GUDRUN GRÄGEL

Bellinilügen

MORD STATT DOLCE VITA In dubio pro reo – im Zweifel für den Angeklagten: Als in Gardone eine alte Dame ermordet wird, entwickelt sich dieser juristische Grundsatz für die junge Gourmetköchin Doro Ritter aus München zur Herzensangelegenheit. Statt hier, am schönen Gardasee, ihre Freundin Louisa wie geplant bei einem Kunstprojekt zu unterstützen, nimmt Doro die Fährte des Mörders auf. Die Polizei hat schnell einen Verdächtigen gefunden: Ausgerechnet Louisas große Liebe soll der Täter sein, und die Indizien sind erdrückend. Allen Zweifeln zum Trotz will Doro die Unschuld des jungen Mannes beweisen. Doch hat er wirklich nichts mit dem Mord zu tun? Die Zeit drängt, und Doro ermittelt auf Hochtouren, bevor die Spuren kalt werden und die Polizei die Untersuchungen einstellt. Wer hat ein Motiv? Wer hat ein Alibi? Wer sagt die Wahrheit und wer lügt? Justitias Waage kommt ins Ungleichgewicht. Doro sucht Antworten und steht dem Täter dabei im Weg. Zum Glück gibt es noch ihren Freund Vinc, der ihr wie immer zur Seite steht …

Geboren und aufgewachsen in Augsburg, hat Gudrun Grägel zunächst ihr Abitur mit Fachrichtung Pädagogik/Psychologie und anschließend eine pharmazeutische Ausbildung absolviert. Privat ist sie dem schwäbisch-bayerischen Raum treu geblieben, als Autorin büxt sie nach Italien an den Gardasee aus, wo sie ihre Protagonistin im südlichen Dolce Vita ermitteln lässt – Recherche und Arbeit mit Wohlfühlcharakter. In »Bellinilügen« schickt sie die junge Köchin Doro Ritter bereits zum fünften Mal auf Mördersuche an den Lago di Garda, und dabei geht es gewohnt kriminell und kulinarisch zu. Seit drei Jahren ist die Autorin Mitglied der »Mörderischen Schwestern«.

Für euch da auf Instagram und Facebook:
www.facebook.com/GudrunGraegel/
www.instagram.com/gudrungraegel/

GUDRUN GRÄGEL

Bellinilügen

GARDASEE-KRIMI

GMEINER

Personen und Handlung sind frei erfunden.
Ähnlichkeiten mit lebenden oder toten Personen
sind rein zufällig und nicht beabsichtigt.

MIX
Papier | Fördert gute Waldnutzung
FSC® C014496

Besuchen Sie uns im Internet:
www.gmeiner-verlag.de

Im Ehnried 5, 88605 Meßkirch
Telefon 07575/2095-0
info@gmeiner-verlag.de

1. Auflage 2024

Lektorat: Susanne Tachlinski
Herstellung: Mirjam Hecht
Kartengestaltung: Julia Franze und Martin Grägel
Umschlaggestaltung: U.O.R.G. Lutz Eberle, Stuttgart
unter Verwendung eines Fotos von: © lamio / stock.adobe.com
Druck: GGP Media GmbH, Pößneck
Printed in Germany
ISBN 978-3-8392-0558-7

Für meine Nichten und Neffen, die genau im richtigen Alter sind, um mich am Puls der Zeit von Doro Ritter zu halten …

Manche Erinnerungen genügen, um die Seele für immer zu parfümieren.

(Gabriele D'Annunzio)

PERSONEN

Doro Ritter, 28 Jahre, kocht nicht nur leidenschaftlich, sondern findet auch jedes Haar in trüben Suppen und verbrennt sich dabei schon mal die Finger

Vincent Wolkenberg, genannt Vinc, 29 Jahre, Doros Lebensgefährte; würde für Doro fast alles tun – und das ist kein leichter Job

Louisa Wagner, genannt Lou, Künstlerin, Fotografin, Schwerpunkt Food-Fotografie, Freundin von Doro

Signora Bruna Rossi, fragt sich: Ist Blut dicker als Wasser?

Frederico Piotti, Louisas Freund, ein bärenstarkes Mannsbild, Pizzabäcker im Bellini

Natale Negretti, Neffe von Signora Rossi

Freunde von Bruna Rossi: Signor Giovanni Tambalotti/ Privatier, Signora Flavia Farelli/alternde Schlagerdiva, Signor Giuseppe Bonera/Gärtner. Sie treffen sich wöchentlich zu einer Runde Backgammon, Rommé oder Canasta.

Luigi und Giulietta Morelli, ihnen gehört die lokale Tabaccheria

Fredericos Freunde: Fausto Piasini/arbeitet in der Tabaccheria, Pascale Catullo/freier Journalist, Berto Marchetto/Casanova mit Motorboot und Krankenpfleger, Tommaso Fassi/seiner Familie gehört der örtliche Tante-Emma-Laden, Cleto Farese/Obst- und Gemüsehändler auf dem Mercato

Marta Giallini, Nachbarin von Signora Rossi

Alfredo Verdi, Chef des Bellini

Signor Caravalli, genannt »il Principe«, zwar fürstliches Erscheinungsbild und fürstlich reich, dennoch kein blaues Blut – Hotelbesitzer und Auftraggeber von Louisa

Signor Franco Brentano, Anwalt in Desenzano

Capitano Edoardo Linfatti, leitender Ermittlungsbeamter der örtlichen Carabinieri

Tenente Ponti, Kollege von Capitano Linfatti

Rambo, Doros Lieblingskater, glänzt durch Abwesenheit und verteidigt seine Vorherrschaft auf dem Viktualienmarkt in München

Caruso, sandfarbener Mops von Signora Rossi, hat nicht nur vier Beine, sondern schmettert bei Bedarf Arien, die dem Original-Caruso zur Ehre gereicht hätten

N
GARDONE SOPRA
W
VIA TRIESTE
GIARDINO BOTANICO ANDRÉ HELLER
VIA ARTURO HRUSKA
VIA ROMA
LUNGOLAGO
GARDONE SOTTO
SALÒ
S

VITTORIALE
DEGLI ITALIANI
RIVA
DEL
GARDA
FASANO
LA TORRE DI SAN MARCO
LAGO DI GARDA

PROLOG

Er ist in die Falle getappt. Grobe Hände schubsen ihn in die Ecke des Raumes. Bevor er sich aufrappeln kann, fällt die Tür ins Schloss. Die Dunkelheit ängstigt ihn nicht, aber etwas liegt in der Luft. Etwas, das ihm Angst macht. Sein Herz klopft in unnatürlich schnellem Takt, während er auf den Lichtstreifen starrt, der durch den Spalt zwischen Türblatt und Boden hereinspitzelt, vorsichtig, so als wollte er nicht von der Dunkelheit geschluckt werden. Er wittert Gefahr, aber er kann nichts tun, kauert sich ängstlich in die Ecke. Selbst in diesem angespannten Zustand sind seine Sinne geschärft. Flüchtig huschen Aromapartikel in seine Nase, erinnern ihn an Gefühle, die er sonst mit diesem Raum verbindet. Wohlgefühle. Hunger. Zufriedenheit. Doch heute ist es anders. Wo ist sie? Warum hilft sie ihm nicht? Warum lässt sie zu, dass er hier eingesperrt ist? Er macht sich klein, wartet geduckt, bis die Gefahr vorbei ist und sie ihm zu verstehen gibt, dass alles gut ist. Er lechzt nach Wasser, lauscht. Irgendwann ist Ruhe draußen. Ein seltsamer Geruch streift seine aufmerksame Nase. Er kann ihn nicht identifizieren, aber er macht ihn nervös. Er richtet sich auf, beobachtet die Tür. Und wartet. Sie wird kommen.

PROLOG

KAPITEL 1

GARDONE STA ANCORA DORMENDO – GARDONE SCHLÄFT NOCH

Luglio (Juli) – Lunedì (Montag) – Tag 1 in Gardone

Kurz nach Mitternacht, das Gepäck ist bereits im Kofferraum verstaut. Rambo verteilt schnurrend und mit großer Ausdauer seine schwarzen Haare auf meiner weißen Hose, wirft mir dabei skeptisch-wissende Blicke zu und verschwindet dann endgültig durch das sich erneut schließende Rolltor der Tiefgarage unserer Wohnung am Marienplatz. Ist ihm jetzt wohl zu dumm geworden hier unten, vor allem die Gefühlsduselei seiner Lieblingsmenschen, sprich Vinc und mir.

Vinc hat den Wink mit dem Zaunpfahl verstanden, er öffnet die Fahrertür seines »Augapfels«, des uralten mintfarbenen Opel Corsa. »Bring mir ja mein Baby sicher ans Ziel«, mahnt er, als wäre das wichtiger als die intakte Ankunft meiner Wenigkeit, aber ich weiß genau, was er meint, nämlich: *Gute Fahrt, komm heil an und ich liebe dich.* »Finde ich nicht gut, so ganz ohne Schlaf loszufahren. Du hättest genauso gut in der Früh erst starten können, noch ein bisschen kuscheln …«, will er mich zum wiederholten Mal locken, aber ich bleibe standhaft.

»Wenn dein Baby eine funktionierende Klimaanlage hätte, gerne. Aber so … Schatz, das ist kein Vorwurf, nur eine Tatsache.« Ich küsse ihn noch mal.

»Jaja, schon gut, hast ja recht«, murmelt Vinc in mein Haar, dann schiebt er mich auf den Fahrersitz. »Aber du rufst gleich an, wenn du da bist, okay?«

»Versprochen. Sag Ulli gute Besserung und vor allem schnelle Genesung, damit du bald nachkommen kannst!«

Vinc verspricht, seinem Geschäftspartner Beine zu machen, schlägt die Autotür zu, klopft aufs Autodach und zieht am Seil. Knarzend rollt das Tor nach oben, ich setze zurück, werfe Vinc ein letztes Flugbussi zu, fahre die Ausfahrt hoch, und dann tauche ich ein in den nächtlichen Verkehr Münchens, in Richtung Süden.

Gardone schläft noch mehr oder weniger, als ich morgens um sechs neben dem imposanten »Grand Hotel« parke und aus dem Auto steige. Obwohl die Sonne von der Ostseite des Sees direkt hier herüberscheint, überläuft mich ein Schauer. Meine leichte Wolljacke liegt zusammengeknüllt auf dem Beifahrersitz, ich schnappe sie mir und schlüpfe hinein. Dann strecke ich mich und gähne ausgiebig. Die frische Morgenluft tut gut. Die Fahrt durch die Nacht war anstrengend, umso mehr genieße ich nun die morgendliche Ruhe am Westufer des Gardasees. Gardone ist noch nicht zum Leben erwacht, aber das wird sich sicher bald ändern.

Ich spaziere ums Hotel herum, und kaum trete ich um die Ecke aus dem Schatten heraus zur Promenade, dem Lungolago Gabriele D'Annunzio, kneife ich geblendet die Augen zusammen. Wie flüssiges Gold glitzern die Sonnenstrahlen auf der bewegten Wasseroberfläche. Langsam schlendere ich den Uferweg entlang und spüre jetzt schon die Kraft der Sonne. Das wird ein heißer Tag. Rechts von mir reihen sich Cafés und Ristoranti aneinander, die noch genauso im Schlaf liegen wie die meisten Bewohner hier, links plätschert der See an die Kaimauern. Weiter draußen dümpeln ein paar Fischerboote, die sich wahrscheinlich bald auf den Rückweg machen. Verspricht der Fang einen satten Gewinn oder war die Mühe für heute eher ernüchternd? Vor meinem inneren Auge entstehen Bilder. Ich spüre förmlich die kühle, nasse Haut der frisch gefangenen Fische in meinen Händen, allerdings spüre ich auch Bedauern über die Notwendigkeit, dass ich ihnen ihr Leben nehmen muss, um sie zu einem kulinarischen Leckerbissen werden zu lassen. Ich bin mit Leib und Seele Köchin und liebe Fischgerichte, aber … Ich muss lächeln. Genau dieses Aber bringt meinen Vater immer zur Verzweiflung. »Entweder du legst diese Skrupel ab oder du kochst vegetarisch beziehungsweise vegan«, kommentiert er meine Sentimentalitäten gerne mitleidslos. »Alles dazwischen ist müßig.« Damit hat er nicht unrecht. In Gedanken kreiere ich ein Fischfilet alla Doro, mit frischen Kräutern, Öl und selbst gemachten Gnocchi. Käsefüllung oder Ricottakräuter? Hm …

Mein Blick wandert zurück zur Promenade. Auf einer Bank, abgewandt vom See, sitzt einsam ein bronzener Mann, vertieft in das oberste Buch eines ganzen Stapels. »Buon giorno, signore«, grüße ich die Statue freundlich, bekomme aber erwartungsgemäß keine Antwort. Neugierig lese ich die Informationen auf der Tafel neben ihm, schlendere dann ein Stück weiter und setze mich auf eine weitere Bank mit Blick auf den See. Ich halte meine Nase in die frische Brise und beobachte ein paar Surfer, die sich im Vento oder Pelèr, wie der kühle Nordwind am Morgen und Vormittag genannt wird, sportlich betätigen. Der Herr aus Bronze interessiert sich dafür nicht, er war Dichter und Denker – Gabriele D'Annunzio, wie mir das Schild verraten hat, verewigt von Alessandro Verdi. »Il solitario studioso« – »Der einsame Gelehrte« hat dieser sein Werk genannt und dem Dichter hier ein exklusives Plätzchen an der Promenade verschafft. Die Gemeinde zeigt so ihren Stolz, ihre Wertschätzung und Verehrung für den berühmten ehemaligen Einwohner.

Im Wasser schaukelt ein Motorboot in den morgendlichen Wellen, zwei Möwen dösen auf der Abdeckung. *Gabbiano*, steht in schwarzen Schreibschriftbuchstaben am Bug, als hätten die weißen Vögel dem Boot den Namen verpasst und deshalb jedes Recht, das Deck mit ihren Hinterlassenschaften zu markieren. Das Recht der Natur haben sie sowieso, und dass mir dieser Name Gänsehaut am ganzen Körper verursacht, hängt mit Ereignissen zusammen, die ich lieber vergessen möchte. Schwamm drüber, heute ist ein anderer Tag und generell schaue ich lieber nach vorne als zurück. Mich erwartet dieses Mal eine wirklich schöne und interessante Zeit, die nichts mit irgendwelchen verqueren Aufträgen zu tun hat. Im Gegenteil, meine Freundin Louisa hat mich eingeladen, ein paar Wochen bei ihr zu wohnen, im Haus ihrer verstorbenen Oma, ihrer italienischen *nonna*, die hier in Gardone gelebt hat. Ihre Mutter ist die letzte Nachkommin des italienischen Zweigs der Familie, sie ist hier aufgewachsen, dann mit ihrem Mann in dessen Heimat München gezogen und hat das Haus in Gardone geerbt. Seit einem Jahr lebt und arbeitet Louisa hier – was den Wohnort angeht, ist sie als Fotografin flexibel. Für ihren neuen Auftrag, einen Hotel-Prospekt, soll ich ihr behilflich sein. Genaueres will sie mir persönlich erklären. Und ganz ehrlich, ich kann ein paar Wochen Ruhe ganz gut gebrauchen. Nach den Vorfällen im Herbst habe ich mich in die Arbeit gestürzt, als wollte ich »die Küche des ›Macis‹ alleine rocken«. O-Ton Sascha Ritter, seines Zeichens Sternekoch, bekannter TV-Koch und stolzer Besitzer besagten »Macis«, eines Gourmettempels am Münchner Sebastiansplatz. Und last, but not least mein Vater. Als er von Louisas Einladung gehört hat, hat er mich quasi aus der Küche geschmissen, mit dem Hinweis, ich solle mich mindestens zwei Monate nicht mehr blicken lassen, er brauche mich schließlich noch länger, und zwar bei bester Gesundheit und nicht mit Burn-out und unverarbeiteten Ängsten. Vinc hat in dieselbe Kerbe geschlagen. Apropos Vinc: Ich habe ihm versprochen, mich zu melden, sobald ich angekommen bin. Ich ziehe das Handy aus der Hosentasche und tippe auf seine Nummer. Ein verschlafenes Brummen dringt an mein Ohr.

»Buon giorno, Schatz«, rufe ich in den Lautsprecher.

»Du bist also schon da«, folgert mein Schlafmonster nicht sehr geistreich.

»Jep! Du wolltest, dass ich mich sofort melde«, erinnere ich ihn.

»Klar, ich hab ja auch gar nicht mehr richtig geschlafen.« Eine glatte Lüge, da bin ich mir sicher. »Und, wie ist Louisas Domizil?«, quetscht er zwischen zwei kaum unterdrückten Gähnern hervor.

»Keine Ahnung.« Ich mache eine kunstvolle Pause, sodass sogar mein verschlafener Freund merkt, dass er nachhaken soll.

»Wieso?«, fragt er prompt.

»Weil ich noch gar nicht zu Louisas Haus gefahren bin. Ich sitze hier unten am Lungolago von Gardone auf einer netten Parkbank, lasse mich von der Morgensonne wärmen und unterhalte mich mit einem Herrn auf einer Bank gleich nebenan. Zugegeben, es ist eine recht einseitige Unterhaltung, der Herr ist noch schweigsamer als du.«

»Du sprichst in Rätseln, Signorina.« Vinc gibt sich mäßig interessiert.

Ich erkläre ihm die Situation, schwärme von Aussicht, Sonne und süßem Nichtstun.

»Wolltest du nicht Louisa bei ihrem Prospekt-Projekt unterstützen?«

Aha, wach genug, um zu sticheln.

»Das kommt nicht zu kurz, aber es wird uns nicht den ganzen Tag beschäftigen. Und bevor du dir um mein Arbeitspensum hier Sorgen machst, pflege lieber Ulli, fahr ihn zur Reha und so, damit du nicht ewig in München festhängst«, fordere ich.

»Mal ehrlich, Schatz, ich würde euch doch nur stören.«

Stimmt schon, haben wir ja hinreichend besprochen. Vinc kommt nach, wenn er sich in München loseisen kann, bis dahin wird Louisa und mir nicht langweilig werden. »Okay, Schatz, ich werde langsam müde, die fehlende Nacht, du weißt ja. Ich fahre hoch zu Louisa, sie wird sich schon wundern, wo ich bleibe. Hab ihr in der Pinkelpause eine WhatsApp geschrieben. Allora, ti amo, Vincenzo mio – ich melde mich später noch mal. Bacio.«

Vinc schickt mir auch einen Kuss durch die Leitung, dann legen wir auf und ich mache mich auf den Weg zum Auto.

Dank Navi finde ich die Adresse schnell. Via Trieste, eine Reihe begrünter Vorgärten und schmucker Einfamilienhäuser säumt die Straße, eines davon trägt Louisas Hausnummer. Ich vergewissere mich noch mal auf der App: Definitiv, dieses Traumhaus muss es sein.

Sie reißt gleich beim ersten Klingeln die Tür auf und steht wie aus dem Ei gepellt da, als wäre es mitten am Tag und nicht erst 7 Uhr morgens. Ganz meine Wellenlänge, ich bin zwar nicht so gestylt um diese Zeit, aber ich liebe die frühen Morgenstunden. Vinc kann so was nicht verstehen.

»Doro! Ich freue mich so«, ruft Louisa. »Komm rein.«

Sie zieht mich in den Flur und wir umarmen uns so stürmisch, dass ich gerade noch mein Handy auf den kleinen Dielenschrank werfen kann, bevor es mir aus der Hand rutscht. Dann holen wir mein Gepäck aus dem Auto, und sie hilft mir, alles in mein Zimmer im ersten Stock zu schleppen.

»Ich schlage vor, du schläfst erst mal eine Runde, das Haus zeige ich dir später. Ich richte eine Kleinigkeit für uns zum Essen her und dann besprechen wir die nächsten Tage, was meinst du?«

»Das klingt perfekt. Ich bin echt ein bisschen platt«, gebe ich zu.

Louisa schließt leise die Tür hinter sich, und ich höre, wie sich ihre Schritte entfernen. Hier wohnt sie also, meine halb italienische Freundin. Louisa. Oder Lou, wie ich sie oft nenne. Nicht schlecht, allein schon die Aussicht über den Ort, der sich an den Hang schmiegt, ist unbezahlbar. Auf solche Objekte sind reiche Ausländer scharf, als Wochenendhaus und für ein paar Ferienwochen im Jahr. Mit einem resoluten Griff ziehe ich die Vorhänge zu, das angenehme Dämmerlicht unterstützt den Drang, mich hinzulegen. Ich kuschle mich zwischen die Laken und wache erst vier Stunden später wieder auf, wie mir ein Blick auf die Uhr zeigt. Noch ein bisschen gerädert, aber wieder von dieser Welt, will ich nur noch kurz duschen und dann schnell runter zu Louisa gehen, sie wird schon auf mich warten.

Als ich den Koffer auspacke, fällt mir ein Päckchen entgegen. Mit Geschenkpapier umwickelt. Was da wohl drin ist? Ich schüttle, überlege, schnuppere ... Keine Ahnung. Hastig reiße ich das Papier von der kleinen Schachtel. In der Box befindet sich eine Glasflasche, daran ist ein Zettel mit Klebestreifen befestigt, auf dem steht: *Riechen, notieren, probieren und berichten. Erinnert dich der Geruch an etwas?* Soll mir wohl mein geplantes Projekt ins Gedächtnis rufen und mir ein mögliches Rezept dafür liefern. Kochbuch für zwei und für romantische Momente. Beziehungsweise schnelle Gerichte, damit mehr Zeit bleibt für ebenjene zweisamen Stunden.

Ich ziehe den Korken aus dem Flaschenhals und rieche vorsichtig. Eine feine Note steigt nach oben. Ich fächle leicht mit der Hand über der Öffnung, um die winzigen Duftpartikel in der Luft zu verteilen und sie dann mit meiner Nase einzufangen. Rose, Zimt ... Aha, eine Gewürzmischung für die Sinne. Auch ein Tütchen mit kleinen roten Gummidrops, selbst gemacht, ist in dem Päckchen, ich öffne den Verschluss und schnuppere hinein – auf jeden Fall mit Zimt aromatisiert. Mit Daumen und Zeigefinger fische ich ein Teil aus der Tüte und stecke es mir in den Mund. Sofort melden meine Geschmacksnerven das zweite Gewürz glasklar: Rosmarin. Süße Idee. Färbt halt doch ein bisschen ab, wenn man mit einer Köchin zusammenlebt.

»Doro!«, unterbricht Louisas Stimme meine romantische Duftreise.

»Arrivo!«, rufe ich zurück.

Als ich kurz darauf hinunterkomme, finde ich Louisa telefonierend auf der Terrasse vor und verliebe mich sofort in diesen Platz. Weinreben ranken sich um die Pergola, es ist schattig und kühl. Ich ziehe mir einen der Holzstühle heran, setze mich und blinzle träge nach oben. Vereinzelt stehlen sich Sonnenstrahlen durch das sich im sanften Wind bewegende Blätterdach. Ich liebe die Sonne und wie viele Menschen lasse auch ich mich von ihrer Schönheit und Wärme bezaubern. Hier ganz besonders, sie fließt in die Seelen und ist Teil des berühmten Dolce Vita.

Ich blicke zu Louisa hinüber. Mit gerunzelter Stirn hört sie ihrem Gesprächspartner zu.

Wo ist eigentlich mein Handy, fällt mir dabei ein, und ich schaue mich suchend um. Ach ja, es muss noch auf der Ablage im Flur liegen. Ich hatte es in der Hand, als ich geklingelt habe, und habe es dort in Sicherheit gebracht, als Louisa und ich uns in unserer Wiedersehensfreude umarmt haben. Barfuß laufe ich über die warmen Steine, um es zu holen.

Als ich zurückkomme, ist Louisa gerade dabei, sich von ihrem Gesprächspartner zu verabschieden. »Carissimo, ärgere dich nicht, wir sprechen später darüber. Doro ist gerade heruntergekommen und wir wollen anstoßen. Allora, bis heute Abend.«

Carissimo – Liebster, es muss also Frederico, ihr Freund, gewesen sein, kombiniere ich. »Streit? Ärger?«, will ich neugierig wissen.

Louisas Stirn glättet sich wieder und sie winkt ab. »Erzähl ich dir später. Jetzt stoßen wir erst mal an.«

Sie geht ins Haus und kommt mit zwei bereits vorbereiteten Cocktails zurück. In der Wärme bildet sich augenblicklich eine Kondenswasserschicht außen an den Gläsern, und die Flüssigkeit darin leuchtet orangefarben in den wandernden Sonnenflecken. »Alkoholfreier Gingerino mit Eiswürfeln, ein wenig Acqua Frizzante und einem Schuss Prosecco«, verrät Louisa. »Cin cin!«, ruft sie und hebt ihr Glas.

»Cin cin!« Wir stoßen an und reden uns warm. Es dauert nicht lange, dann ist jedes Distanzgefühl verschwunden, die Wellenlänge, auf der wir schwimmen, war immer schon dieselbe.

»Wann genau kommt dein Vinc nach?«, fragt sie und schmunzelt selbst über die besitzergreifende Formulierung. Ich lasse es mal so stehen.

»Das ist noch unklar. Vinc' Freund Ulli, mit dem er eine Firma gegründet hat, hat sich den Fuß gebrochen, und zwar nach dem Motto: Wenn schon, denn schon, komplizierter geht's nicht. Außerdem sei er bei den Fotoarbeiten doch nur im Weg, findet Vinc, freut sich aber darauf, nachzukommen.«

»Schön. Frederico kann in der Hauptsaison höchstens mal einen Tag freinehmen. Das ist die Schattenseite seines Berufs. Er arbeitet in einer Pizzeria in Gardone Sopra und macht das total gern, aber die Arbeitszeiten in der Saison sind knackig. Sein Chef lobt ihn immer und betont, er sei das Zugpferd im Laden. Stimmt auch. Fredericos Calzone sorpresa und Calzone misterioso sind legendär und ein Touristenmagnet.«

»Ja, Paps honoriert Zuverlässigkeit und Einsatz auch«, sage ich, nicht ganz auf unser Gespräch konzentriert. Erst einmal ist Vinc in München, und ich bin in Gardone, denke ich gerade. Louisas Haus würde ihm sicher gefallen. Es liegt traumhaft oberhalb des Sees am Hang. Himmlische Ruhe und abends wahrscheinlich Mücken und Fledermäuse.

Louisa holt Getränkenachschub. Eine Karaffe mit Leitungswasser, erfrischend aromatisiert mit Ingwerstückchen, Zitronen- und Limettenscheiben.

»Lust auf einen kleinen Snack? Ich habe Bruschetta vorbereitet«, sagt sie. »Bin gleich wieder da.«

Ich folge ihr in die Küche. Sie röstet Weißbrot an, legt Teller, Besteck und Servietten aufs Tablett, dann tragen wir alles samt der Schale mit dem kühlen Tomatenbelag nach draußen. Genau so habe ich mir das Ankommen vorgestellt. Keine Hektik, mich erst mal treiben lassen. Natürlich wartet die Arbeit für den Prospekt auf uns, aber darauf freue ich mich. Ist mal eine Abwechslung zum Küchenalltag – kochen soll ich hier zwar auch, aber dabei geht es nicht um den Geschmack, sondern darum, ein Fotomotiv zu kreieren, das die Fantasie anregt.

»Greif zu«, ermuntert mich Louisa.

Ich häufe einen ordentlichen Berg Tomatenwürfel auf ein Stück Weißbrot. »Perfetto. Hätte ich nicht besser machen können«, lobe ich.

»Und das aus deinem Mund. Grazie mille.«

Zwei Spatzen pirschen sich ran. Erst picken sie am Boden nach heruntergefallenen Bröseln, dann traut sich der erste und landet auf dem Tisch. Er lugt zum Teller mit dem Weißbrot und hüpft vorwitzig hinüber. Ich lehne mich im Stuhl zurück und beobachte den Frechdachs. Sein Kumpel bleibt vorsichtiger, wägt alles aus der unteren Etage ab. Goldig, die kleinen Kerlchen.

Louisa grinst schuldbewusst. »Es fällt öfter mal was für die Piepmätze ab. Stören sie dich? Du musst sie nur verscheuchen«, sagt sie.

»Ach Quatsch, lass sie. Sind doch süß … He, aber das ist nicht süß!«, rufe ich empört, als der Kleine mit einem kapitalen Brocken im Schnabel den Abflug macht – allerdings nicht, ohne uns ein schwarz-weißes Häuflein auf die Tischplatte zu setzen.

Louisa lacht. »Komm, ich zeig dir das Haus«, entscheidet sie und startet mit einem Rundgang durch den Garten, vorbei am kleinen Pool und an der Hecke, durch die ich ab und an einen Blick auf den See erhasche.

Das Atelier im Inneren des Hauses ist beeindruckend, der Spitzboden unter dem Dach ist mit einer großen Fensterfront ausgestattet, hier gibt es Seeblick pur. »Deine Oma hatte einen coolen Geschmack«, bemerke ich anerkennend.

»Geschmack mit Hintergrund«, sagt Louisa kryptisch. »Die Schwester meiner Mama war Malerin, ich meine, so richtig beruflich. Meine *nonna* hatte ihr kurzerhand ein Atelier im Haus eingerichtet und dabei auch Umbauten nicht gescheut.«

»Die Bilder im Haus sind von deiner Tante?«, kombiniere ich messerscharf, sie sind mir nämlich schon aufgefallen. »Aber was heißt *war*? Malt sie nicht mehr?«

»Nein, leider nicht, sie ist früh gestorben.«

»Oh, das tut mir leid.«

»Sie war so voller Tatendrang und hat richtig gutes Geld mit ihren Bildern verdient, und dann kam diese heimtückische Krankheit. Alles ging ganz schnell. Was letztendlich gut war, so hat sie nicht länger leiden müssen. Es ist schlimm, wenn das Kind vor der Mutter stirbt, hat meine *nonna* immer gesagt. Sie ist oft in die Kirche gegangen und hat dafür gebetet, dass sie statt ihrer Tochter sterben darf. Es war wirklich furchtbar. Meine Mama war in dieser Zeit hier bei ihrer Schwester und ihrer Mutter, aber danach wollte sie wieder zurück nach Deutschland. Wenn Papa in Rente geht, wollen meine Eltern sich überlegen, ihren Hauptwohnsitz hierherzuverlegen. Aber lassen wir die alten Geschichten und die Zukunftsmusik – zurzeit wohne *ich* hier, und das sehr gerne. Der Pool hat sogar eine Gegenstromanlage, du siehst, ich schwelge hier im Luxus. Premium-Homeoffice sozusagen. Und dann habe ich auch noch diesen Wahnsinnsauftrag an Land gezogen. Aber jetzt erzähl erst mal du, du hast mich neugierig gemacht. Was ist das für ein Projekt, das du hier parallel in Angriff nehmen willst?«

»Ein Kochbuch für zwei – schnelle Gerichte für den knappen Feierabend. Stimmungsvolle Dinner für zwei, Zeit zum Kochen, Zeit zum Genießen, Zeit füreinander und so was. Die Rezepte kreiere ich selber«, fasse ich zusammen.

Louisa lacht. »Du bist ja richtig romantisch.« Das ist ihr Stichwort, denn jetzt kommt sie mit verklärtem Blick auf ihr Lieblingsthema zu sprechen: Frederico. »Du musst ihn unbedingt kennenlernen, er ist so ein Lieber«, schwärmt sie. »Wir sollen heute im ›Bellini‹ essen, das ist die Pizzeria, in der er arbeitet, er wird uns seine legendäre Calzone misterioso zubereiten. Sei auf alles gefasst, denn als er gehört hat, wer du bist – ich meine kochtechnisch –, da hat sich ein leicht fieses Lächeln auf seine Lippen geschlichen.« Louisa schmunzelt verschwörerisch, und ich ziehe skeptisch meine linke Augenbraue nach oben. »Keine Sorge, Doro, du wirst es überleben.«

Überleben. Sofort schieben sich Bilder vom letzten Jahr vor mein geistiges Auge. Weg damit! Das hat hier nichts zu suchen. Heute ist Louisa die Hauptperson und natürlich Frederico, ihre große Liebe. Ich denke an Vinc – schade, dass er nicht da ist, aber er hat schon recht, es ist besser, dass ich erst mal alleine gefahren bin. Mädelsgespräche, Prospektplanung, Kochen … da muss er nicht dabei sein.

Ich schaue mich um.

»Ti serve un posacenere?« Louisa ist mein suchender Blick nicht entgangen, und sie kombiniert völlig richtig meine unausgesprochene Frage nach einem Aschenbecher – was nicht allzu schwer ist, da ich zeitgleich eine Zigarettenschachtel aus meiner Tasche ziehe.

»Sì, grazie«, falle ich ins Italienische und freue mich darauf, die Sprache in den nächsten Wochen wieder zu trainieren. »Magst du auch eine?« Ich halte ihr die Schachtel hin.

»Danke nein, ich rauche nicht.«

»Da hast du mir was voraus«, seufze ich und stecke die Packung wieder in die Handtasche.

»Stört mich aber trotzdem nicht, wenn du dir eine ansteckst, Doro. Du bist nicht mein einziger rauchender Gast«, versichert mir Louisa freundlich. Sie steht auf, kramt in der Schublade eines Holzschränkchens, das in einer geschützten Ecke der Terrasse steht, und befördert ein buntes Keramikteil mit Deckel hervor.

»Passt schon. Ich bin mittlerweile auch mehr Gelegenheitsraucherin. Laut Paps kille ich mit jeder einzelnen Zigarette Millionen meiner Geschmacksnerven. Und das als Köchin, da wird er jedes Mal richtig stinkig.«

»Was dich aber nicht sonderlich beeindruckt, habe ich recht?«

»Was soll ich sagen …?«

Sie lacht. »Am besten nichts. Ich kenne deinen Vater ganz gut. Vergiss nicht, dass ich schon einige Aufträge von ihm bekommen habe. Die Fotoshootings mit ihm waren immer ein Erlebnis.«

»Wer ein Fotoshooting mit Paps überlebt hat, ist gestählt fürs Leben«, lästere ich.

Nicht ganz ernst gemeint, denn Paps ist im Grunde pflegeleicht. Auf jeden Fall nicht unfreundlich oder cholerisch oder eingebildet – nur wenn es darum geht, abgelichtet zu werden, dann ist er Perfektionist, da lässt er keine Fehler durchgehen. Wie in der Küche. Da gibt es bei ihm zwar kein Geschrei, aber auch keine Kompromisse.

Louisa legt den Finger ans Kinn. »Ich überlege gerade … War da nicht noch eine zickige Tochter vom Maestro, die nicht mit auf das Bild in der Speisekarte des Gourmettempels wollte?«

»Haha, war klar, dass ich das irgendwann aufs Butterbrot geschmiert bekomme. Aber das ›Macis‹ ist ja schließlich nicht mein Restaurant, ich arbeite nur dort.« Ich lehne mich im Stuhl zurück. Natürlich erinnere ich mich, wie die beiden, Paps und Louisa, mich bekniet haben, mich mit ihm zusammen für die neue Speisekarte ablichten zu lassen.

»Eine gewisse Sonderrolle im Team kannst du dir nicht absprechen, oder?«, bohrt Louisa und versucht erst gar nicht, ihre Schadenfreude zu verbergen. »Oder würdest du sagen, dass euer Souchef oder irgendein Koch in eurer Küche einfach mal so ein paar Wochen nach Italien abdüsen könnte?«

Ich grinse. »Momentan schon. Wir haben so einen eklatanten Personalnotstand in unserer Branche, da kann man fast fordern, was man will, Hauptsache, man kommt wieder.«

»Aber nicht im ›Macis‹. Das kannst du deiner Großmutter erzählen. Ich bin sicher, dass sich die Köche darum reißen, bei Sascha Ritter arbeiten zu dürfen, einen besseren Karrierekick kannst du nicht kriegen.« Louisa lässt meine Ausreden eindeutig nicht gelten.

»Ertappt«, gebe ich deshalb zu, ohne lange nach weiteren Ausreden zu suchen. »Außerdem muss man Paps wirklich für das Betriebsklima in seinem Restaurant loben. Da wird jeder wertgeschätzt, er ist kein Choleriker und sehr gerecht – was seine Angestellten schätzen. Dass er auch bei mir keine Ausnahme macht, finde ich sehr angenehm. Und deshalb wollte ich auch nicht mit Paps auf das Foto, sondern nur aufs Team-Bild.«

»Verstehe ich. Du willst dich nicht mit Saschas Lorbeeren schmücken, und dein Paps wirft einen großen Schatten.«

»Eben.«

»Lass dich nur nicht davon erdrücken«, rät Louisa.

»Keine Sorge, ich weiß, was ich wert bin, und manchmal schlüpfe ich ganz gerne in diesen Schatten. Im Rampenlicht zu stehen, ist nicht so meins.«

»Du hältst dich aber nicht immer im Hintergrund.«

»Was meinst du?«

»Na, deine detektivischen Einsätze.«

»Ach so«, winke ich ab, »Zufälle. Und da stehe ich nicht im Vordergrund, sondern unterstütze nur. Das ist was ganz anderes.«

»Okay, ich bin jedenfalls froh, dass du jetzt erst mal *mich* unterstützt.«

»Erzähl ein bisschen genauer«, hake ich ein. »Worum geht es bei diesem Auftrag denn genau?«

»Signor Caravalli, der ›Principe‹, hat in Gardone, Richtung Fasano, ein ehemals feudales Hotel gekauft. Das Anwesen liegt direkt am See und stand seit fast zehn Jahren leer. Er hat alles saniert und will das Hotel bald in neuem Glanz eröffnen. Und ich soll einen Prospekt dafür konzipieren.«

»Ist dieser Principe adelig?«

Louisa schüttelt den Kopf. »Nein, Signor Caravalli hat zwar ein fürstliches Erscheinungsbild und ist auch fürstlich reich, dennoch fließt kein blaues Blut in seinen Adern, soviel ich weiß. Irgendwann ist der Spitzname ›Principe‹ an ihm hängen geblieben. Und er passt irgendwie zu ihm.«

»Warum eröffnet er das Hotel erst jetzt? Gegen Ende der Saison?«

»Das war so nicht geplant, aber es gab immer wieder Verzögerungen bei den Umbauarbeiten. Rein vom Geld her ist das kein Problem für ihn, aber er ist alt und ein bisschen ungeduldig und will das Hotel unbedingt dieses Jahr noch eröffnen. Es ist sein Lebenstraum, sagt er, und es muss perfekt sein. Ein Treffpunkt für illustre Gäste, Prominente, Politiker, Leute, die in der Öffentlichkeit stehen und für ein paar Tage die Annehmlichkeit genießen wollen, nicht von der Presse belästigt zu werden. Ein nobler Rückzugsort mit großer Anlage und der Möglichkeit zu Privatterminen zum Beispiel im Botanischen Garten, dem Heller-Garten, oder dem Vittoriale degli Italiani … Er ist ein bisschen schrullig, aber nett.«

Louisa scheint echt begeistert von Signor Caravalli zu sein. Ihre Beschreibung erinnert mich an Paps. Exzentrisch und trotzdem sympathisch. »Und du sollst für diesen Luxusort einen Prospekt kreieren? Ist das nicht ein bisschen spät? Wenn er nächsten Monat eröffnen will, muss er doch schon längst die Werbemaschinerie angeworfen haben.«

»Natürlich hat der Principe einen Prospekt. Hier, schau, er hat mir einen überlassen, damit ich weiß, wie es *nicht* werden soll. Ich soll eine zusätzliche Luxusausgabe entwerfen, weniger Werbung, mehr Fotografie und Kunst.«

Ich blättere im Hochglanzprospekt und staune. »Und das ist ihm nicht gut genug? Na, dann viel Vergnügen. Was willst du da noch toppen?«, frage ich.

Louisa lacht, an Selbstbewusstsein fehlt es ihr anscheinend nicht. »Das stimmt so nicht ganz. Der Principe ist ja grundsätzlich mit dem Prospekt zufrieden, aber er will mit dem Kunstprospekt noch eins draufsetzen. Ich hatte eine Fotoausstellung bei einem Bildhauer, der auch für andere Künstler Ausstellungen ausrichtet. Frederico hat mir den Kontakt vermittelt. Die Presseberichte waren geradezu enthusiastisch. Tja, was soll ich sagen, der Principe hat die Ausstellung gesehen und entschieden, dass er einen zusätzlichen Foto-Art-Prospekt für sein Hotel will. Exklusiver, persönlicher, kunstvoll, einzigartig. Und ich muss zugeben, seine Vorstellungen sind wirklich nicht übel.«

Louisa geht mit mir den aktuellen Prospekt durch und erklärt mir die Unterschiede, die sie in ihrer Kunstausgabe herausarbeiten soll. Und da komme ich ins Spiel. »Ein Lieblingsmotiv von mir sind ja Speisen. Food-Fotografie. Du kochst, wir präsentieren das Essen optimal, richten es als Kunstwerk an, beleuchten es richtig, und schon ist das Bild im Kasten. Natürlich alles im Kontext von Luxus, Exklusivität und der einzigartigen Location des Hotels. Wenige Worte, viele Bilder, die die Sinne ansprechen.« Louisa strahlt mich an, gespannt, wann die Begeisterung endlich auf mich überschwappt.

»Keine Frage, eine tolle Herausforderung für dich als Künstlerin. Und eine Ehre. Aber wie soll das ablaufen, und wo? Kochen, anrichten – alles in deiner Küche?«

»Nein, wir dürfen die Hotelküche benutzen. Die ist ja schon fertig. Die Zimmer ebenfalls. Es soll auch eine kleine Foto-Lovestory geben – Frederico sträubt sich noch als Model.«

»Das meinst du aber nicht ernst? Erst Darsteller einer Lovestory im Hotelprospekt, dann wieder Pizzabäcker im Ort. Das ist ja echt peinlich!« Ich lache mich kaputt. »Der Spott seiner Freunde wäre ihm bestimmt gewiss.«

Jetzt muss auch Louisa lachen. »Da hast du recht. Vielleicht kann ich einen seiner Freunde ködern. Geld zieht immer. Und meine Gage gibt mir genügend Spielraum.«

Ich horche auf. »Wieso? Wie viel kriegst du denn?«

Die Antwort lässt mich nach Luft schnappen.

»Dein Selbstvertrauen möchte ich haben«, sage ich beeindruckt. Die ruhige Louisa hat offenbar weder Scheu noch Berührungsängste, was den Geldadel angeht, und genug Vertrauen in ihr eigenes Können und künstlerisches Talent, um unbekümmert und mit Begeisterung an diese Aufgabe heranzugehen und dafür eine fürstliche Summe zu kassieren. »Da kannst du nicht ablehnen, klar, aber das baut schon Druck auf. Also, mich würde das ziemlich nervös machen.«

»Quatsch, Doro, wenn bei dir ein Promi im Lokal sitzt, dann ist das doch höchstens eine Herausforderung, oder?«

»Wenn du es so siehst …«

»Klar, *nur* so. Wenn es dem Principe gefällt, ist das gute Werbung für mich. Außerdem möchte er Fotokunst im Haus ausstellen. Das wird natürlich extra bezahlt.«

»Wow, der Wahnsinn. Die Bilder werden von allen Gästen gesehen, und die sind zahlungskräftig. Da kann sich interessantes Klientel für dich auftun.« Louisa winkt ab, doch ich bin nicht mehr zu bremsen. »Du könntest den Principe höchstselbst als perfekten Gastgeber und galanten Frauenverehrer darstellen, beim Salonkonzert oder einer musikalischen Soiree im Garten, genauso wie beim Golfen mit den illustren Ehegatten.«

In der Folge übertrumpfen wir uns mit kreativen Ideen, ich erzähle weiter von meinem Kochbuchprojekt, denn auch dafür können wir die Hotelküche nutzen. Wie schon gesagt, wir schwimmen auf einer Wellenlänge. Louisa erklärt mir akribisch, wie sie die Speisen für die Fotos zur Geltung bringen wird, mit Hilfsmitteln, Tricks und der optimalen Beleuchtung.

»Sag mal, Lou, Themawechsel – warum wohnt Frederico eigentlich nicht bei dir, so verknallt, wie ihr ja offensichtlich seid?« Diese Frage treibt mich schon die ganze Zeit um. »Oder hat er selber ein Haus?«

»Nein, hat er nicht. Und ja, wir haben darüber gesprochen, wie es wäre, zusammenzuziehen. Aber es gibt einen Haken.«

»Der da wäre?«, frage ich neugierig.

»Frederico wohnt zur Miete bei Signora Rossi in deren Haus, gar nicht weit von hier, nur ein Stück die Straße rauf. Die beiden haben sich gesucht und gefunden. Sie hatte nie einen Sohn, er nie eine richtige Mutter. Die beiden mögen sich wirklich, und das ist der Haken.« Louisa zuckt mit den Schultern. »Ich meine das nicht böse, die Signora ist schon weit über 70 und nicht mehr gut zu Fuß. Frederico will sie in dem Haus nicht allein lassen, sie brauche ihn, wie er sagt. Dagegen komme ich nicht an.« Louisa seufzt ein wenig.

»Hm, ich finde das ausgesprochen nett und verantwortungsvoll von Frederico. Und dass du zu ihm ziehst, ist keine Option?«

Louisa schaut mich an. Offensichtlich sucht sie nach den richtigen Worten. »Tja«, fängt sie an, »das hat die Signora tatsächlich angeboten, aber das kommt für mich nicht infrage. Das ist mir zu eng. Psychisch und physisch. Bei meinem Job als Fotografin brauche ich Platz, ich will mich ausbreiten können, ohne jemanden um Erlaubnis fragen zu müssen, verstehst du? Ich habe schon viel zu lange bei meinen Eltern gewohnt, und jetzt, hier in dem Haus meiner Oma, sehe ich, wie super es ist, endlich frei zu sein. Selber Verantwortung zu übernehmen und so weiter. Mit Frederico zusammen, das wäre toll, aber bitte nicht im Doppelpack mit seiner Ersatzmama, dann lassen wir es lieber so, wie es ist.«

»Okay, das verstehe ich. Aber wenn er zu dir ziehen würde, wärt ihr doch nicht weit weg von ihr, er könnte jeden Tag nach ihr schauen. Ich meine, irgendwann packen alle Kinder ihre Sachen und leben ihr eigenes Leben, oder?«

»Lass gut sein, Doro, das passt schon so. Frederico und ich sind uns einig. Jeder akzeptiert die Entscheidung des anderen, und alles Weitere wird die Zeit zeigen.«

Ich nicke stumm. Das kann ich gut nachvollziehen. Ich bin ja berufsbedingt sehr eng mit Paps verbandelt, und wir sind in der Küche ein Top-Team, aber jeder lebt sein eigenes Leben und mischt sich nicht in die Angelegenheiten des anderen ein. Wenn man zusammenwohnt, ist das viel schwieriger.

»Weißt du«, erzählt Louisa weiter, »Bruna und ihr Haus sind für Frederico Familie und Zuhause, etwas, das er nie hatte und sich immer gewünscht hat. Und jetzt Prost, Doro, ich finde es wunderbar, dass du hier bist und mir mit den Fotomotiven hilfst! Genießen wir die Zeit. Cin cin!« Sie hebt das Wasserglas und die Sonne lässt die grünen und gelben Zitrusfrüchte leuchten.

»Cin cin«, proste ich ihr zu, und die Reste der Eiswürfel klirren leise in den Gläsern.

KAPITEL 2

ALLA FINE DEL GIORNO – AM ENDE DES TAGES

Lunedì (Montag) – Tag 1 in Gardone

»Ich bin echt gespannt auf Frederico. Wann gehen wir denn ins ›Bellini‹?«

»Erst abends, um acht, Frederico muss bis halb elf arbeiten, dann schließt die Küche.«

»Hat er am Nachmittag vielleicht Zeit für einen Kaffee?«

Louisa lacht auf. »Du bist gut, Frederico fängt mittags an. Was meinst du, wie sich die Gäste beschweren würden, wenn sie erst abends Pizza bekämen?«

»Ich dachte, das ›Bellini‹ macht erst am späten Nachmittag auf, aber ist ja klar, dass das in der Saison keine Option ist. Ich hätte eben nicht so lange schlafen dürfen, jetzt muss ich mich bis zum Abend gedulden.«

»Das hätte auch nicht viel genützt, Frederico dreht vor der Arbeit immer noch eine Runde mit dem Fahrrad oder rennt den Berg hoch und wieder runter, das brauche er zum Ausgleich, sagt er.« Die Art, wie Louisa das betont, macht deutlich, dass ihr nichts ferner läge, als ihn jemals dabei zu begleiten.

»Bei der Hitze?«, frage ich, weil es mir genauso geht.

»Ja, irre, nicht wahr?«

»Absolut!« Dann muss ich lachen. »Ich gebe zu, dass ich solche Aktionen durchaus auch schon gebracht habe, und gerade zu unserer Anfangszeit hat Vinc manchmal sehr an meinem Verstand oder zumindest an meiner Vernunft gezweifelt.« Ich muss noch mehr lachen. »Ich befürchte, das tut er immer noch ab und zu.«

»Du bist unmöglich, Doro, der arme Vinc. Aber jetzt zum Tagesplan: Wir machen uns einen faulen Nachmittag am Pool, dann führe ich dich ein bisschen herum, damit du dich hier akklimatisierst, d'accordo?«

»Sì, perfetto, amica mia. Du bist heute die Zeitmanagerin.«

Nach einem entspannten Nachmittag machen wir uns auf den Weg. Zu unserem Ziel führt ein Sträßchen steil hinauf, in den höher gelegenen Ortsteil Gardone Sopra, zur Piazza dei Caduti. Dort liegt in bester Gesellschaft einiger anderer Lokalitäten das ›Bellini‹. Alles ist voll, ohne Reservierung ist es in der Hauptsaison riskant, auf einen Tisch zu hoffen.

»Erst mal darfst du ein paar geniale Ausblicke genießen«, bestimmt Louisa. Sie führt mich über den Platz zur dem heiligen Nikolaus geweihten Kirche. Sie wurde direkt an den Rand der Anhöhe gebaut, und ich bin voller Vorfreude auf den Ausblick von dort oben. Obwohl mich ehrlich gesagt die Aussicht auf Frederico viel mehr interessiert.

Neugieriges Weib, tadle ich mich in Gedanken und folge Louisa zur Kirche. Ich bin sofort vom Bild des Gardasees, der Häuser, Villen und der Vegetation weit unter uns gefangen. Ein schmaler Gang führt rund um die *chiesa parrocchiale*. Panoramaausblick pur.

Ganz Fremdenführerin gibt mir Louisa einen Überblick. »Linker Hand befindet sich der Vittoriale degli Italiani, der ehemalige Wohnsitz des hier verehrten Dichters Gabriele D'Annunzio.«

»Den habe ich heute schon kennengelernt«, werfe ich ein.

Louisa runzelt die Stirn. »Cosa? Che dici?«, fragt sie verwirrt.

»Heute früh, unten an der Promenade. War aber nicht sehr gesprächig, der Herr.«

Es dauert einige Sekunden, dann macht es klick. »Ach, du meinst die Bronze des Dichters am Lungolago!«

»Genau. Er hat sich eindeutig besonders schöne Plätze zum Verweilen ausgesucht.«

»Verweilen ist gut«, Louisa schmunzelt und zeigt zum höchsten Punkt des Vittoriale. »Da oben ist sein Mausoleum, da liegen die sterblichen Überreste des Künstlers und einiger seiner Weggefährten. Außerdem ein Kriegsmuseum, ein halbes Kriegsschiff, ein kleines Amphitheater, und gleich hier beim Eingang, das war sein Wohnbereich. Können wir gerne mal besichtigen, aber das hat Zeit, du bist ja noch länger hier.«

»Gehört das blaue Pferd auch dazu?« Die mehrere Meter hohe blaue Skulptur ist nicht zu übersehen. Sie ragt in den Himmel, aufrecht und stolz, prägt die Skyline, genauso wie die Pinien, die kerzengeraden dunkelgrünen Wächter des Orts und der Landschaft.

»Ja«, sagt Louisa und zieht mich ein Stück weiter. »Aber schau, da vorne im See … Siehst du die Insel? Das ist die Isola del Garda. Sehr bekannt und mondän, kommt auf jeden Fall in den Hotelprospekt.«

»Wun–der–bar«, schwärme ich und meine allgemein alles hier, insbesondere diese gigantischen Ausblicke.

Wir beenden die Besichtigung an den Fresken, die direkt vor dem alten Campanile der Kirche eindrucksvoll den Leidensweg Christi darstellen. »Das reicht für den Anfang und den ersten Überblick«, befindet Louisa, »ich würde vorschlagen, wir gehen rüber ins ›Bellini‹.«

»Gute Idee.«

»Ich merke schon, dass es dich ins ›Bellini‹ treibt, und das sicher nicht nur wegen des guten Essens.«

»Durchschaut«, gebe ich grinsend zu, »zumal du das mit dem Essen heute ziemlich spannend gemacht hast.«

»Echt?«, tut Louisa unschuldig. »Jetzt komm und lass dich einfach überraschen.«

Das muss sie mir nicht zweimal sagen. Wir überqueren den Platz und betreten den Gartenbereich der Pizzeria.

»Ciao, Franco.« Louisa grüßt einen vorbeieilenden Kellner, der mehrere Teller zu einem bedenklich windschiefen Turm auf dem Arm gestapelt hat.

»Ciao, Louisa!«, ruft er über die Schulter zurück.

Ich linse neugierig an Louisa vorbei in den Gastraum. »Wo ist denn dein Traummann?«, frage ich sie. »Ich dachte, er ist der Pizzabäcker hier?« Der Pizzaofen ist eindeutig der Mittelpunkt des Raumes, aber dort herrscht momentan gähnende Leere.

»Ist er ja auch«, entgegnet Louisa, »aber ich habe schon von draußen gesehen, dass er nicht an seinem Platz ist, also gibt es zwei Möglichkeiten, Klo oder Küche.«

»So genau wollte ich es eigentlich gar nicht wissen«, winke ich ab.

In diesem Moment kommt uns ein großer, stämmiger Typ aus der Küche entgegen, ein zierliches Tablett auf dem Handballen balancierend, bestückt mit drei schmalen Sektgläsern, in denen eine zartrosa Flüssigkeit schimmert. Drei Bellini im ›Bellini‹.

»Amore!«, ruft er mit einer tiefen Stimme, deren Bass mir unter die Haut geht, »ich habe euch schon über den

Platz flanieren sehen und mir gedacht, dass es nicht lange dauern wird, bis ihr hier seid. Ecco, ich habe etwas für euch vorbereitet.«

Das ist er also, Frederico Piotti, der Mann, den Louisa hier kennen- und lieben gelernt hat, und dessentwegen sie seit einem Jahr am Gardasee lebt. Er stellt das kleine Tablett auf die Theke, umarmt Louisa stürmisch und küsst sie. Dann bin ich dran, nicht mit dem Küssen, aber mit seiner Aufmerksamkeit. »Allora, du bist also Louisas berühmte Freundin«, stellt er fest und wir mustern uns gegenseitig.

Ich strecke ihm den Handrücken zum Handkuss hin und für den Bruchteil einer Sekunde ist er irritiert. Dann lachen wir beide. »Berühmt nicht, aber Freundin ja«, sage ich. »Doro, freut mich.«

»Frederico. Die Freude ist ganz meinerseits.« Jetzt gibt es doch noch eine Umarmung und Küsschen auf die Wangen, dann reicht er uns die Gläser vom Tablett und wir stoßen an. »Euer Tisch draußen ist leider noch nicht frei, aber ihr könnt euch da vorne hinsetzen, gleich neben der Tür. Was meint ihr?«

»Wunderbar«, sagt Louisa.

Ich finde das auch, draußen ist es fast noch zu heiß, und hier können wir nebenbei ein bisschen mit Frederico reden. Der hat alle Hände voll zu tun. Wir nippen an unseren Bellinis, der süße Pfirsichgeschmack mit dem eiskalten Prosecco ist schon mal ein sehr guter Anfang.

»Und? Was sagst du?«

Klar, Louisa will wissen, wie Frederico bei mir angekommen ist. Ich hebe den Daumen. »Perfetto!«

Das Objekt unserer Unterhaltung winkt uns zu und sieht aus, als wüsste er genau, worüber wir reden. Na gut, dazu muss Frederico kein Hellseher sein. Ich hebe den

Daumen auch in seine Richtung, und er verneigt sich spöttisch.

»Passt«, stelle ich fest, »meinen Segen hast du.«

»Da bin ich aber froh«, feixt Louisa. »Ehrlich, Doro, dieser Mann ist so lieb und so … Ach, er ist einfach ein Schnuckelchen.«

»Wohl eher ein Schnuck«, berichtige ich trocken, »die Verniedlichungsform passt für diesen Kerl nun wirklich nicht.«

Louisa kichert. »Egal, er ist jedenfalls mein Traumprinz!«

»Dann halt ihn fest, manche müssen dafür viele Frösche küssen. Okay, ist vielleicht etwas ungünstig, dass Frederico in Italien lebt, aber andererseits bist du ja Halbitalienerin, und es gibt wahrlich schwierigere Konstellationen.«

Louisa nickt. »Ich lebe gerne hier, und meine Arbeit ist ortsunabhängig. Und München ist ja nicht so weit weg.«

Ich schlürfe den letzten Rest Bellini aus dem Glas. »Schmeckt nach mehr.«

»Ist die Spezialität des Hauses. Jeder Gast bekommt ein kleines Glas als Aperitif. Magst du noch einen?«

Ich lehne lachend ab. »Nein danke, so war das nicht gemeint, der Abend ist noch länger, lassen wir es lieber langsam angehen.«

Louisas Schnuckelchen setzt sich kurz zu uns. Mein erster Eindruck bleibt bestehen: Er ist ein netter Kerl.

»Hast du den Blumenstrauß schon verdaut?«, fragt Louisa und zupft liebevoll an den Haaren in seinem Nacken.

Frederico legt die Stirn in Falten. »Dieser widerliche Schleimer«, er seufzt. »Hat Louisa dir von Natale erzählt?«, fragt er mich.

»Nicht wirklich. Ich kam gerade auf die Terrasse, als ihr telefoniert habt. Wer ist Natale? Du scheinst ihn nicht zu mögen.«

Frederico schüttelt den Kopf. »Heute ganz in der Früh ist dieser Mistkerl schon wieder bei Bruna aufgetaucht. Bruna Rossi ist meine Vermieterin. Natale …« Er stößt angewidert die Luft aus. »Er hat einen riesigen Blumenstrauß mitgebracht und mordsmäßig bei ihr herumgeschleimt. Als gäbe es etwas zu feiern. Dann ist er wieder abgezogen. Er ist bestimmt mit Absicht so früh gekommen, weil er weiß, dass ich um diese Zeit meistens ein Tässchen *caffè* mit Bruna trinke und mich das ärgert, wenn er sich dazugesellt, als wäre er Brunas Familie.«

»Wieso? Wie kommt er darauf?«

»Natale ist Brunas Neffe«, klärt mich Louisa auf. »Er ist vor Kurzem hier aufgetaucht und *kümmert* sich jetzt um seine Tante.« Sie malt mit den Fingern imaginäre Anführungszeichen in die Luft.

Frederico setzt sich kerzengerade auf und schnappt nach Luft. Sein Gesicht läuft rot an, an seiner Stirn pulsiert eine zornige Ader. Eine bedrohliche Erscheinung, denke ich, und auch, dass ich bei Frederico lieber nicht in Ungnade fallen möchte. Dann sackt er in sich zusammen. Er stützt sein Kinn in die Hände und seufzt. »Sì, certo, amore, du hast recht. Der Typ ist mir ja auch völlig schnuppe, aber Bruna regt sich halt immer so auf, und das will ich nicht. Wenn er es wenigstens ehrlich mit ihr meinen würde … Ich bin ja wirklich nicht mit ihr verwandt, und er ist immerhin ihr Neffe. Ich könnte schon verstehen, wenn sie sich über richtige Familie freut.«

»Frederico, hör auf! Du bist für Bruna doch längst Familie. Also, mach dich jetzt nicht verrückt!« Louisa schaut ihm beschwörend in die Augen.

Frederico schweigt, dann wischt er sich übers Gesicht. »Ich weiß nicht, warum ich mich immer so aufrege, der Typ ist es nicht wert. Und deshalb wenden wir uns jetzt den wichtigen Dingen des Lebens zu, dem Essen.« Er lächelt mich an. »Gibt es irgendetwas, was du gar nicht magst? Oder wogegen du allergisch bist? Ernährst du dich vegetarisch? Vegan?« Frederico fragt das völlig neutral, offensichtlich hat er mit keinerlei Neigung ein Problem. »Weißt du, eine *sorpresa* ist gut, aber es soll schließlich keine böse Überraschung werden.«

»Sehr diplomatisch. Spart 'ne Menge Ärger, stimmt's?«, sage ich, denn ich kenne die Trends der Zeit, und keiner weiß besser als ich, wie anspruchsvoll die Gäste oft sind.

Frederico nickt. »Das kannst du glauben!«

»Grünes Licht meinerseits, keine Einschränkungen. Oder doch, es muss nicht unbedingt Trüffel sein. Obwohl wir uns gerade anfreunden, der Trüffel und ich.«

»D'accordo, dann gehe ich und zaubere eure Pizzen.« Damit verzieht er sich zum Holzofen, um seine berühmt-berüchtigte Calzone misterioso für uns zuzubereiten. Auf der Speisekarte stehen diverse Zusatzbezeichnungen dabei, die zumindest vermuten lassen, wohin die Reise geht, sprich Fisch, Wurst oder Gemüse. Man kann sich aber nie darauf verlassen, dieselbe Calzone pesce zu bekommen wie beim letzten Mal, denn der Oberbegriff lautet immer »sorpresa« oder »misterioso«, und das ist genau das, was die Gäste lieben.

Wir stellen uns auf eine längere Wartezeit ein, denn kurz vor uns sind zwei angekündigte Gruppen eingetroffen, die erst noch bedient werden wollen. Kein Problem, wir haben uns viel zu erzählen. Außerdem bleiben wir nicht lange allein, ein paar Freunde von Frederico gesellen sich zu uns. Louisa stellt uns vor.

»Das hier ist Fausto Piasini, er arbeitet in der hiesigen Tabaccheria.«

»Bei uns bekommst du alles außer Lebensmitteln und Haushaltswaren«, konkretisiert Fausto mit einem Augenzwinkern.

Louisa macht weiter. »Berto Marchetto, von Beruf Krankenpfleger, Tommaso Fassi, seinen Eltern gehört ein kleiner Laden unten im Ort, am Corso della Repubblica, Cleto Farese hat einen Obst- und Gemüsestand auf den Märkten, und Pascale Catullo ist freier Journalist für diverse Gardasee-Blätter.« Eine fröhliche, lautstarke Truppe, die wohl schon irgendwo beim Vorglühen gewesen ist. Jeder grinst besonders breit, wenn er vorgestellt wird, jeder auf seine Weise. Pascale und Cleto lächeln höflich, die beiden sind die ruhigen, zurückhaltenden Jungs, Tommaso, der Schönling, lächelt maliziös, Fausto und Berto sind die beiden Witzigen, die sich die Bälle gekonnt zuspielen. Berto packt dann seinen Trumpf aus – er lädt uns für morgen zu einer Tour mit seinem Motorboot ein, was sofort den Spott der anderen hervorruft, von wegen Frauen aufreißen und so. Aber die Situation ist nicht peinlich, ganz im Gegenteil, Berto greift das Stichwort auf: »Wir zwei könnten aber auch heute schon eine kleine Spritztour unternehmen«, schlägt er vor und blinzelt mir zu.

»Mi dispiace, Berto, ich bin schwer verliebt. Vinc, mein Freund, hat sich gerade ein Motorrad bestellt und kommt demnächst damit nach. Vorteil für mich, ich konnte mit unserem Corsa hierherfahren.« Damit sind die Verhältnisse geklärt und das schadet nie, finde ich.

Ich werfe Berto ein Flugküsschen zu.

Der lacht, spielt den Enttäuschten, und alle amüsieren sich über die nicht ganz ernst gemeinte Plänkelei.

Unsere Calzone kommt, der Maestro, sprich Frederico, vertreibt die Meute und fordert hundertprozentige Aufmerksamkeit für seine Kochkunst. Ich bin echt gespannt und hoffe, dass er mich nicht mit »extrem scharf« oder wildem Durcheinander im Inneren der Teigtasche überraschen wird.

»Buon appetito.« Frederico eilt zurück zum Pizzaofen. Während er weiter Pizzateig in die Luft wirft und Belag darauf verteilt, beobachtet er meine Reaktion. Erst mal bewundere ich das Kunstwerk von außen. Dann tippe ich mit dem Finger an die Teighülle – sieht nicht nur knusprig aus, sondern ist auch richtig kross. Ein Klecks Tomatensoße läuft dekorativ über die hintere Ecke der Calzone, deren Form an eine Fischflosse erinnert. Lässt auf jeden Fall eine gewisse Richtung erahnen. Ein Kugelfisch mit überraschender Füllung? Na ja, solange er mir nicht nach Leib und Leben trachtet … Beherzt steche ich mit der Gabel in die aufgewölbte Teighülle, säble die Ecke ab und schiebe sie mir in den Mund. Schmeckt schon mal vielversprechend und in der Kombination aus Teig und Tomatensoße nach Pizzabrot. Die zweite Portion enthält dann die Füllung. Rein optisch erkenne ich dunkelgrüne Fäden, cremige gelbe Grundsubstanz und diverse Stücke, die – ich schnuppere daran – nach Fisch duften. Neugierig schiebe ich ein solches Stück in den Mund. Louisa vergisst vor gespanntem Beobachten, selber zu essen. Ich kaue genüsslich. Von der Konsistenz her könnte es Thunfisch sein. Ja genau, das *ist* Thunfisch, auf jeden Fall, und der salzige Geschmack der grünen Fäden verrät die Meeresalgen. Außerdem identifiziere ich Krabben. Dazu Knoblauch und Ricotta, gebunden wird das Ganze vermutlich durch ein Ei. Ich schiebe eine zweite Gabel nach.

»Und? Was sagst du? Schmeckt es dir?« Louisa hält es nicht mehr aus, sie will jetzt endlich den Lobgesang auf ihren Frederico hören.

»Mmh, rich-tig gut!« Und das meine ich ehrlich.

Ein winziges Krümelchen hat sich zwischen meine Zähne geschoben, ich beiße darauf, fühle und schmecke mit der Zunge das Aroma von Zimt, Nelken, Muskat und Pfeffer – ist anscheinend ein grob gemörsertes Pimentkörnchen. Und nicht zu wenig Knoblauch. Ein bisschen Füllung quillt heraus. »Schlau gemacht, schönes, sattes Safrangelb und diese grünen Algenfäden … Dadurch sieht die Masse appetitlich aus.«

Erfreut über mein Urteil schneidet Louisa ihre Calzone endlich an. Frederico hat uns vorhin noch einen Vino bianco frizzante della casa gebracht und natürlich eine Flasche Wasser. Wir genießen in aller Ruhe unsere Überraschungstasche und lehnen uns anschließend zufrieden zurück.

Frederico kommt rüber. Zeit, seine Kreation ausgiebig zu loben, wobei ich ihn damit beeindrucke, dass ich die Gewürze allesamt herausgeschmeckt habe.

»Als Dessert Käse, Tiramisu, Torta al limone? Oder lieber einen Grappa?«, fragt er.

»Per me solo un caffè, per favore«, japse ich übersättigt.

Frederico grinst. Er weiß genau, dass diese Monsterpizza kaum zu bewältigen war, und ich habe den Verdacht, dass er sie mindestens zehn Prozent größer gemacht hat als üblich.

»Wenn ich hier fertig bin, können wir noch zu mir gehen, Bruna ist schon sehr neugierig auf dich, Doro. Sie ist gesellig und freut sich immer, wenn sie neue Leute kennenlernt. Ist das okay für euch?«

Louisa wirft mir einen fragenden Blick zu.

»Sì, certo, von mir aus sehr gerne. Wann hast du Feierabend?«, frage ich.

»Um halb elf mache ich den Ofen dicht, so um elf kann ich gehen. Bleibt ihr so lange hier sitzen?«

»Was meinst du, Lou? Ich würde gerne ein bisschen laufen, nicht weit, nur hier im Umkreis. Ich bin total voll und brauche Bewegung«, stöhne ich und streiche mir über den Bauch.

Louisa ist einverstanden, wir trinken den Wein aus, der Espresso sorgt für neue Energie. Ein genussträchtiger Abend, stelle ich für mich fest und bin froh, nicht jede Kalorie zählen zu müssen.

Auf dem Platz vor der Kirche treffen wir auf Berto, Fausto, Tommaso, Cleto, Pascale und noch ein paar andere Jungs. Berto drängelt, dass wir noch mit ins »Alberto« kommen sollen. Musik, Tanzen und die Nacht genießen. Frederico könne ja nachkommen, meint er und grinst.

Ich winke ab. »Jungs, seid mir nicht böse, ich bin die Nacht durchgefahren und ehrlich gesagt ziemlich platt. Aber eine Bootsfahrt morgen oder in den nächsten Tagen, da sag ich nicht Nein.«

Berto zieht zwar einen Flunsch, zeigt sich dann aber versöhnlich. »Ich nehme dich beim Wort. Wir besorgen Boote für alle, die mitwollen, und dann zeigen wir dir die Gegend, d'accordo?«

Ich nicke lächelnd. »D'accordo.«

Endlich stürmt Frederico aus dem »Bellini« und zu uns herüber. Die anderen erzählen ihm von der Bar, Frederico hat aber keine Lust, außerdem warte Bruna, sagt er, und so verkrümeln sich die Jungs, und wir schlendern Richtung Via Trieste.

»Hört mal, was ich vorhin über Natale erzählt habe, das bleibt unter uns, okay?« Fredericos Stimme klingt besorgt.

Ich krame gerade in der Handtasche nach einem Taschentuch. »Mich geht das sowieso nichts an«, nuschle ich und niese bekräftigend dazu.

»Ich nehme mal an, du meinst vor allem Doro damit, weil ich mich grundsätzlich nie in die Angelegenheiten deiner Vermieterin einmische, das weißt du.« Louisa stellt das ohne beleidigten Unterton klar.

»Amore, das weiß ich, aber ich wollte es trotzdem erwähnen. Und jetzt kommt, wahrscheinlich sitzt Bruna noch in ihrem Fernsehsessel und verschläft gerade einen Film, während sie auf uns wartet. Die Aussicht auf ein Glas Rotwein in Gesellschaft hat sie bestimmt ausharren lassen.«

Louisa schlingt ihren Arm um Fredericos Hüften, er legt seinen um ihre Schultern. Neben den beiden komme ich mir mit meinen 1,75 Metern ungewohnt klein vor.

In bester Laune erreichen wir das Haus. »Da oben ist mein Reich«, Frederico deutet hoch zu der Mansarde, »inklusive Küche und Bad. Bruna bewohnt das Erdgeschoss und das erste Stockwerk, den Garten nutzen wir zusammen.« Er lotst uns ums Haus herum, durch den Garten, direkt auf die Terrasse. »Meistens ist hinten offen, und ich darf durch ihr Wohnzimmer gehen. Auch die Küche hier unten darf ich mitbenutzen.«

Ich lasse alles auf mich wirken. Das Grundstück liegt traumhaft und nur ein paar Häuser von Louisas Adresse entfernt, aber der Blick hier ist freier als von ihrem Garten aus. Man hat eine wunderbare Sicht auf den See, Mücken und Falter umschwirren die Lichter der Laternen, zwei Fledermäuse halten ihr Festmahl im Schein der Straßenbeleuchtung. Himmlische Ruhe. Louisa und ich warten schweigend auf Frederico, der in der Küche Wein und Gläser holt, außerdem will er nach Bruna schauen.

Nicht die schlechteste Wahlheimat, die Frederico sich ausgesucht hat, logisch, dass da ein potenzieller Mitbewerber um den Posten des »Lieblings des Herzens« sehr ungelegen kommt. Ich schließe für einen Moment die Augen, genieße diese laue italienische Nacht trotz der Hupen und knatternden Motorengeräusche, die von getunten Maschinen zeugen und zur nächtlichen Kulisse gehören wie die Sonne zu Italien oder der Duft nach Knoblauch und Basilikum zu Pesto alla Genovese. Normalerweise setzen solche Bilder sofort meine Magensaftproduktion in Gang, aber die hat noch mit Fredericos Calzone zu tun.

Calzone sorpresa – solche Überraschungen liebe ich. Ich verschränke die Hände im Nacken und fühle mich einfach sauwohl. »Am liebsten würde ich gleich morgen mit den Arbeiten für den Hotelprospekt beginnen. Das ist mal was ganz anderes«, werfe ich in unser Schweigen und hole Louisa damit sichtlich von ihrer rosaroten Wolke.

»Mir geht es genauso«, sagt sie nach einer Weile. »Ich habe schon so viele Ideen, am besten stellen wir einen genauen Plan auf. Wir brauchen einen roten Faden.«

»Wie bei einem großen Menü, da zahlt sich ein Konzept auch aus, obwohl ich es privat lieber spontan mag.«

»Ist beim Fotografieren auch so, aber der Prospekt hat natürlich einen Rahmen, den …« Louisa stockt, dann springt sie wie von der Tarantel gestochen auf. Kreidebleich und ohne Vino steht Frederico vor uns auf der Terrasse. Er blutet an der Hand.

Mit ein paar Schritten ist Louisa bei ihm. »Hast du dich geschnitten?«, ruft sie besorgt und greift nach seiner Hand.

»Was ist passiert?«, frage ich zeitgleich. Hoffentlich kippt Frederico wegen so ein bisschen Blut nicht um.

»Bruna …«, stammelt er.

Alarmiert starren wir ihn an. »Was ist mit ihr? Ist sie verletzt?«, fragt Louisa erschrocken.

Wie in Trance schüttelt Frederico den Kopf.

Ich stehe auf. »Wo ist die Signora?«, will ich wissen und packe ihn am Oberarm, um ihn ins Hier und Jetzt zurückzuholen.

Das funktioniert. Das Entsetzen in seinem Blick bleibt, aber er dreht sich um und eilt uns voraus in die Küche, wir hasten schweigend hinterher. Dort angekommen, erwartet uns eine böse Überraschung: Bruna Rossi liegt auf dem Boden. Wie es aussieht, hat sie eine Kopfverletzung. Blut, Scherben und ein abgeschlagener Flaschenkopf verteilen sich um sie herum auf dem Boden. Ein seltsamer Geruch liegt in der Luft – eine Mischung aus Blut und Wein … Eine Disharmonie, die mir Gänsehaut über den Körper jagt, und das nicht nur wegen der klimatisierten Kühle hier im Raum. Ich wünsche mich an einen anderen Ort, so was funktioniert aber leider nur im Märchen. Nützt ja nix, sage ich mir selbst – eine Devise, die ich in verschiedenen Lebenssituationen zu meinem Motto gemacht habe. Einschlägige Erfahrungswerte im Umgang mit Toten, Blut und ersten Eindrücken am Tatort lassen mich das Kommando übernehmen: »Frederico, ruf den Krankenwagen und die Polizei. Hast du überprüft, ob die Signora noch lebt?« Er nickt, rührt ansonsten keinen Finger. Louisa fasst sich schneller und erledigt die Anrufe. Ich drehe mich auf der Stelle und versuche, im Groben zu erfassen, was hier passiert ist. Das Rote ist nicht nur Blut, sondern auch Rotwein. Was auch immer das bedeuten mag. Wollte Bruna die Rotweinflasche öffnen, hat sich dabei geschnitten, ist gestürzt und hat sich dabei am Kopf verletzt? Das wäre eine hoffnungsvolle Erklärung. Aber so wie sich das Szenario hier darstellt, rührt ihre Wunde an der Schläfe nicht von einem Sturz her, sondern eher von einem Schlag mit der Rotweinflasche, die dabei zu Bruch gegangen ist. »Wir sollten möglichst wenig anfassen, die Polizei wird eh schon fluchen, wenn sie unsere Spuren hier sieht.« Mir fällt auf, dass nicht sehr viel Rotwein aus der Flasche gelaufen sein kann, sonst wäre die Lache am Boden größer. In dem abgeschlagenen Flaschenhals steckt kein Korken, ein Weinverschluss liegt ein Stück weit entfernt unter dem Stuhl. Dafür sehe ich jetzt auf der Ablage des Spülbeckens einen Fleischklopfer liegen. Sieht auf den ersten Blick sauber aus, aber das wird die Spurensicherung klären.

Hinter einer Tür, die direkt neben der liegt, durch die wir den Raum betreten haben, höre ich etwas scharren und winseln. »Was ist das?«, frage ich Frederico.

Er schlägt sich gegen die Stirn. »Caruso! Den habe ich ganz vergessen.«

»Caruso ist Signora Rossis Hund«, erklärt Lousia. »Keine Ahnung, was der in der Speisekammer macht. Ich hole ihn.«

Ich halte sie am Arm zurück. »Warte, lass den Hund lieber da drin. Er verwischt sonst noch mehr Spuren.« Das klingt jetzt gefühllos, aber es ist nun mal so. Er wird mit Sicherheit direkt zu seinem Frauchen wollen, und da hier alles weniger nach einem Unfall als eher nach einem Überfall aussieht, sollten weder wir noch ein Hund irgendwelche wichtigen Spuren unbrauchbar machen.

Das leise Winseln entwickelt sich zu einem durchdringenden Jaulen. »Das hält ja kein Mensch aus«, ruft Louisa nervös. »Hilf mir bitte mal, damit er mir nicht entwischt«, bittet sie mich und geht zur Tür, hinter der der Hund sich abarbeitet. »Du machst auf, ich greife ihn und bringe ihn nach oben«, erklärt sie ihre Absicht.

Zu zweit schaffen wir es, obwohl der kleine Mops verzweifelt versucht, sich aus Louisas Griff zu befreien, aber sie umklammert ihn und eilt in den Flur, wo ich sie dann die Treppe hochhasten höre. Oben schlägt eine Tür zu, und als sie wieder runterkommt, klingelt es bereits an der Haustür. Die Polizei hat keine fünf Minuten gebraucht. Kein Wunder, die Station ist quasi nebenan.

Nachdem sich die Beamten einen kurzen Überblick verschafft haben, bestätigen erste Einschätzungen meine Vermutung: Bruna Rossi wurde offenbar getötet.

Ob ich will oder nicht, sofort machen sich meine Gedanken selbstständig: War es ein Überfall? Einbruch mit Vertuschungsmord? Oder hatte jemand Grund, die Signora umzubringen? Wer hat ein Motiv, aber kein Alibi? Wir müssen auf jeden Fall alle Alibis prüfen. *Wir?* Ich merke selber, dass das so nicht stimmt, das muss mir weder die Polizei sagen noch brauche ich dazu einen mahnenden Vinc an meiner Seite.

Louisa und Frederico stehen stumm in der Ecke und rühren sich nicht. Frederico kann seine Blicke nicht von der toten Signora lösen, Tränen rinnen ihm über die Wangen und tropfen auf sein Hemd, er steht da wie ein Häufchen Elend. Bruna Rossi war nicht nur seine Vermieterin, sondern seine Ersatzfamilie, wie ich heute erfahren habe. Armer Frederico.

Die Sirenen des Notarztes und des Krankenwagens verstummen, die Sanitäter stürmen ins Haus. Wir wären hier nur im Weg, deshalb begleitet uns ein Beamter ins Nebenzimmer.

KAPITEL 3

L'ARIA DI CARUSO – CARUSOS ARIE

Lunedì (Montag) – Tag 1 in Gardone

Vom Nebenzimmer aus hören wir hektisch herumlaufende Menschen, mittlerweile ist auch die Spurensicherung eingetroffen. Der Anblick der toten Signora geht mir nicht aus dem Kopf. Ich habe sie nicht gekannt, trotzdem haben Louisas und Fredericos emotionale Erzählungen ein bestimmtes Bild von ihr in mir entstehen lassen. Sie muss eine warmherzige ältere Dame gewesen sein, die nun tot in ihrer eigenen Küche liegt. Ich will mir gar nicht vorstellen, wie Frederico sich jetzt fühlt.

Die Tür geht auf. Ein Mann von der Spurensicherung kommt ins Zimmer und hält Frederico ein Handy entgegen. »Gehörte dieses *telefonino* Signora Rossi?«, fragt er.

Frederico nickt.

»Kennen Sie den Zugangscode?«

Wieder nickt Frederico. »Bruna hatte einen persönlichen Fingercode, linker Zeigefinger. Und einen Zahlencode: 1998. Das Todesjahr ihrer Mutter.«

»Grazie, signore.« Der Mann tippt die Ziffern ins Handy und verlässt den Raum.

»Die letzte Nummer, die sie gewählt hat, war die 112«, hören wir ihn drüben zu jemandem sagen.

Der Polizist, der bis jetzt wortlos hier im Zimmer neben der Tür stand, folgt seinem Kollegen. »Ich bin gleich zurück«, informiert er uns und schließt die Tür sorgfältig hinter sich.

Die Stille im Raum wirkt auf einmal erdrückend.

»Du schläfst heute bei mir«, sagt Louisa zärtlich und nimmt den immer noch wie betäubt dastehenden Frederico bei der Hand. Statt einer Antwort nickt er nur schwach.

»Wahrscheinlich wird die Polizei das Haus sowieso versiegeln. So wie es aussieht, ist die Todesursache zumindest fraglich oder unklar, da werden erst mal alle Spuren gesichert werden müssen«, stelle ich fest. Ich bin zwar keine echte Expertin auf dem Gebiet, aber ein paarmal habe ich etwas Ähnliches ja schon erlebt.

Louisa schaut zu mir. »Du meinst, Frederico darf nicht in seine Wohnung?«

Ich zucke mit den Schultern. »Ich weiß es nicht sicher, halte es aber für wahrscheinlich, ja.«

Frederico schnauft hörbar. »Ein paar Sachen brauche ich aber schon.«

»Ich erkundige mich mal«, sage ich und stehe auf.

Draußen im Flur schleiche ich vorsichtig zur Küche und klopfe an den Türrahmen, um mich bemerkbar zu machen. Der Beamte mit dem *telefonino* kommt mit einer ärgerlichen Stirnfalte über der Nasenwurzel zu mir. Beim Blick auf das Handy steigt die Neugier in mir: Wen hat Signora Rossi – abgesehen vom Notruf – als Letztes kontaktiert?

Als ich den Beamten danach frage, ernte ich einen entgeisterten Blick. Kein Wunder, der kann ja nicht wissen, dass ich mit einer kriminalistischen Spürnase ausgestattet bin, die mich quasi dazu zwingt, den Dingen auf den Grund zu gehen. Bevor ich den Polizisten noch vollständig vergraule, rücke ich daher lieber schnell mit meiner anderen Frage raus: »Meine Freundin Louisa möchte Frederico Piotti, den Mieter der Wohnung im zweiten Stock, zu sich einladen, damit er nicht allein hier im Haus bleiben muss – oder wird er hier noch benötigt?«, beginne ich. »Er müsste nur ein paar Sachen zusammenpacken. Außerdem ist da noch Caruso, der Hund der Signora, oben in ihrer Wohnung, Sie haben ihn bestimmt schon gehört.«

»Caruso heißt er also.« Der Beamte nickt, lächelt jetzt relativ freundlich. Tiere verbinden eben, und das verzweifelte Winseln und Scharren von oben ist den Männern natürlich nicht entgangen. Sie werden bestimmt froh sein, dass wir das Problem übernehmen wollen, denke ich.

»Das ist eine gute Idee«, entgegnet der Mann nach kurzem Überlegen, ohne zu erwähnen, ob das Haus versiegelt werden wird oder nicht. »Nehmen Sie die beiden mit. Achten Sie aber unbedingt darauf, dass der Hund nicht in die Küche kommt. Ich schicke Ihnen gleich einen Kollegen, der Signor Piotti nach oben begleitet, um seine Sachen zu packen. Wir benötigen außerdem noch seine Fingerabdrücke und ebenso Ihre und die von Signorina Wagner. Zudem haben wir noch ein paar Fragen an Signor Piotti, die wir ihm stellen müssen, bevor Sie aufbrechen.«

Das ist eine Anweisung, keine Frage, schon klar, aber wenigstens nicht unfreundlich.

»Richte ich aus, Signore«, bestätige ich und rastere unauffällig die Küche nach Details ab – man weiß ja nie. Auf der Küchenablage direkt oberhalb der Toten liegt eine geflochtene dunkelblaue Bast-Einkaufstasche, in der sich, wie es aussieht, ein Portemonnaie befindet. Auf dem Küchentisch leuchtet der gelbe Rosenstrauß aus Fredericos Erzählungen im Licht der darüber hängenden Küchenlampe, eine geschnitzte Madonna lächelt milde von ihrem erhöhten Platz aus der dunklen Ecke hinter dem Tisch auf die wahnwitzige Szenerie in diesem Raum herab. Auf dem Tisch wurden ein paar Folienbeutel deponiert. In einem von ihnen kann ich den abgeschlagenen Flaschenhals erkennen, in einem weiteren den Fleischklopfer, in den anderen sind für mich nicht erkennbare Spuren, Fasern, Haare oder so etwas in der Richtung. Mit einem letzten Blick auf die tote Signora am Boden räume ich das Feld, denn gerade treffen zwei Männer mit einem Zinksarg ein, aber es wird wohl noch eine Weile dauern, bis die Leiche zum Abtransport freigegeben wird. Wenigstens spürt die arme Frau nichts mehr, denke ich und mein Magen krampft sich schmerzhaft zusammen. Fredericos Ersatzmama ist tot. Für sie ist alles Leid vorbei, aber ihr Ziehsohn hat eine schwere Zeit vor sich.

Der Beamte, der uns vorhin schon begleitet hat, wird von seinem Kollegen – offensichtlich seinem Vorgesetzten – beordert, Frederico zu holen und in ein separates Zimmer zu bringen, wo der Chef mit ihm sprechen will.

»Tenente Ponti«, stellt der Polizist sich vor, während wir zusammen zurück ins Wohnzimmer gehen. »Wenn Sie Fragen haben oder Ihnen irgendetwas einfällt, das im Zusammenhang mit dem Tod von Signora Rossi stehen könnte, wenden Sie sich bitte an mich. Oder natürlich an den Chef«, er macht eine Kopfbewegung in Richtung Küche, »Capitano Linfatti.«

»Sì, certo, grazie, tenente«, bedanke ich mich und öffne die Tür zum Wohnzimmer.

Louisa und Frederico blicken uns erwartungsvoll entgegen. Ich mache es nicht spannend, sondern erzähle stante pede alles, was ich weiß. »Tenente Ponti«, mit einer Handbewegung stelle ich den Beamten vor, der neben der Tür steht. »Er wird dich begleiten, wenn du deine Sachen packst, Frederico. Caruso holen wir dann zum Schluss, vorher sollst du aber zum Capitano, er hat noch ein paar Fragen an dich. Louisa und ich bleiben hier, der Tenente wird unsere Aussage aufnehmen und von uns allen dreien dann noch die Fingerabdrücke scannen.«

»Signor Piotti, bitte begleiten Sie mich zu Capitano Linfatti, danach können Sie alles Nötige in Ihrer Wohnung erledigen, ich komme mit Ihnen. Signorine, ich bin gleich zurück, dann nehmen wir Ihre Aussagen auf, während der Chef mit Signor Piotti spricht, d'accordo?« Wieder so eine höflich formulierte Anweisung ohne Alternativangebot.

»Sì, certo«, bestätigen wir folgsam.

Der Tenente hält Frederico die Tür auf, dann sind Louisa und ich allein. »Was sollen wir dem Tenente erzählen? Wir haben doch gar nichts mitbekommen. Und Frederico auch nicht«, sagt Louisa angespannt.

»Aber wir waren die Ersten am Tatort. Wenn sie wissen, wann wir genau gekommen sind, und vor allem, was wir angefasst, wo wir uns bewegt haben und so, dann können sie die Spuren richtig einordnen. Reine Routine«, beruhige ich meine Freundin.

»Das ist mir klar, aber …«

»Nix aber, Louisa, die machen ihre Arbeit und das ist gut so. Irgendjemand hat Bruna Rossi auf dem Gewissen, und der soll dafür bezahlen. Da ist so eine kurze Befragung wirklich zu verschmerzen.«

»Das meine ich auch gar nicht, ich hoffe halt nur, dass der Capitano Frederico nicht zu sehr ausquetscht. Ich kenne ihn, er sieht aus wie ein harter Brocken, aber innerlich ist er ein Sensibelchen.« Sie seufzt.

»Klar werden die von Frederico ein paar Informationen brauchen, immerhin hat er mit der Signora zusammengelebt, er kennt ihre Freunde, weiß, wen man verständigen muss und so weiter. Also mach dir mal keinen Kopf, das wird er schaffen, und dann packen wir seine Sachen, holen Caruso und gehen zu dir nach Hause.«

Louisa nickt. »Tut mir leid, Doro, dass dein Aufenthalt hier so dramatisch beginnt.«

»Mach dir meinetwegen keine Sorgen, Lou, kümmere dich lieber um Frederico, für den ist die Situation wirklich schlimm«, rate ich ihr.

Vorläufig geben sich der Capitano und der Tenente mit unseren Aussagen zufrieden, die Spurensicherung wird die Küche und die Wohnung der Signora eingehend unter die Lupe nehmen.

Die Leiche von Signora Rossi wird abtransportiert, und wir sind fürs Erste entlassen, jedoch nicht ohne den Hinweis, uns zur Verfügung zu halten, was bedeutet, erst mal hier in Gardone bleiben zu müssen. Ich habe nichts anderes vorgehabt, allerdings unter anderen Vorzeichen. Dass die Weichen gleich am ersten Tag auf Tod und Gewalt gestellt werden, liegt mir im Magen. Ziehe ich das Unglück irgendwie magisch an? Vinc bezeichnet mich immer als seinen persönlichen Glücksstern, sein positives Karma oder sein Maskottchen. Wenn ich ihm erzähle, dass sein Glücksstern gerade im Haus einer Frau sitzt, die mit eingeschlagenem Schädel in ihrer Küche lag, tot, ja sogar ermordet, dann wird er etwas anderes sagen.

Frederico hat inzwischen eine Sporttasche mit dem Notwendigsten gepackt und bringt Caruso mit nach unten. Er denkt auch an Carusos Futterdosen und legt einige davon aus dem Vorratsschrank in eine bunt geflochtene Bast-

Einkaufstasche, die an einem Haken an der Wand neben dem Schrank hängt – das Pendant zur blauen Variante auf der Küchenablage.

Bevor wir das Haus verlassen dürfen, muss auch Caruso noch eine Begutachtung durch die Polizei über sich ergehen lassen. Vor allem seine Pfoten werden unter die Lupe genommen, Hautschüppchen oder sonstige Rückstände davon abgekratzt, sein Fell auf Blutspuren untersucht. Dann können wir endlich gehen. Caruso will erst nicht mit, er stemmt sich mit seinen kurzen Beinen gegen Frederico, der an der Leine zerrt. David gegen Goliath. Ein Bild für Götter, wenn es nicht so traurig wäre. Und natürlich hat David, sprich Caruso, in diesem Fall keine Chance.

Daheim bei Louisa ist an Schlaf nicht zu denken. Mit Wasser und einem Glas Rotwein setzen wir uns auf die Terrasse, und Frederico erzählt von der Befragung.

»Sie haben sich für mein Alibi interessiert, den ungefähren Todeszeitpunkt konnte der Arzt schon feststellen, der Capitano hat sich allerdings mir gegenüber sehr bedeckt gehalten.«

»Wem muss man eigentlich Bescheid sagen? Außer dem Neffen, meine ich«, fällt mir plötzlich ein.

Frederico schaut mich empört an. »Natale? Mit dem rede ich bestimmt kein Wort!«

»Das musst du auch nicht. Ich bin sicher, dass die Polizei ihn informiert, er ist ein Angehöriger. Mi dispiace, Frederico, du kannst Natale nicht ignorieren, auch wenn du das gerne möchtest.«

Frederico seufzt.

»Und außer Natale? Hat die Signora Freunde, die man benachrichtigen sollte?«, bleibe ich beim Thema.

»Ja, sie hat einige enge Freunde. Die treffen sich immer zum Kartenspielen, ein- oder zweimal in der Woche. Giovanni Tambalotti, der kennt sie schon seit Ewigkeiten und war wohl früher ein Anwärter auf ihre Hand. Dann Giuseppe Bonera, er ist Gärtner im Botanischen Garten hier am Ort und will von Ruhestand noch nichts wissen. Flavia Farelli, eine extravagante alte Dame war mal eine berühmte Schlagerdiva und wirkt auf den ersten Blick ein wenig seltsam«, bei dem Gedanken an sie huscht ein Lächeln über Fredericos Gesicht, aber nur für den Bruchteil einer Sekunde.

»Willst du sie anrufen?«, fragt Louisa und zückt schon ihr Handy.

Frederico schüttelt den Kopf. »Das mache ich morgen. Es ist schon so spät, die schlafen sicher alle längst.«

»Du hast recht«, sagt Louisa, »aber jetzt erzähl weiter, die Vernehmung hat ja ziemlich lange gedauert.«

»Sie wollten meinen Tagesablauf wissen, was ich heute genau gemacht habe, ob und wann ich mit Bruna gesprochen und wann ich sie das letzte Mal gesehen habe. Was sollte ich sagen, es war ein ganz normaler Tag. In der Früh war ich kurz bei Bruna auf einen *caffè* in der Küche und habe ihr erzählt, dass du anreist, Doro. Sie hat vorgeschlagen, sie nach meiner Abendschicht im ›Bellini‹ mit euch beiden zusammen zu besuchen. Dann kam Natale, dieser Schleimer, dazu, in aller Frühe und mit Blumen. Da habe ich mich lieber verzogen. Ich kann es einfach nicht vertragen, wenn der Typ sich an seine Tante ranranzt … Ich hab dann lieber meine Wohnung aufgeräumt, mein Bett gemacht und so, bin dann joggen gegangen, habe anschließend geduscht und mich danach zu Fuß auf den Weg ins ›Bellini‹ gemacht. Ich war spät dran und habe Bruna in der

Zwischenzeit nicht mehr gesehen. Ich dachte sowieso, sie sei beim Einkaufen. Die Beamten wollten alles ganz genau wissen, weil Bruna ungefähr um die Zeit gestorben sein muss, als ich beim Laufen war. Ich verstehe, dass sie jede Möglichkeit prüfen müssen, und es hat mir auch nichts ausgemacht, ihnen alles zu erzählen, ich habe sowieso nichts zu verbergen. Hauptsache, sie finden das Schwein, das ihr das angetan hat! Sie wollten auch wissen, warum ich mich nicht von Bruna verabschiedet habe, als ich zur Arbeit ging. Aber ich habe ihnen erklärt, dass ich das eigentlich nie mache, weil Bruna gerne mal ein Mittagsschläfchen hält. Außerdem habe ich eine eigene Wohnung. Ich kümmere mich um Bruna, ja, aber das heißt nicht, dass ich mich jedes Mal abmelde, wenn ich das Haus verlasse. Bruna wollte das auch gar nicht, sie war eine selbstständige Frau, und mir ging es genauso mit ihr – sie war mir eine mütterliche Freundin, ohne dass ich ihr für irgendetwas Rechenschaft schuldig war. Das haben wir ja gegenseitig so aneinander geschätzt.« Er vergräbt sein Gesicht in den Händen.

»Hast du Caruso gar nicht gehört?«, frage ich, denn der Mops hat ja einen Höllenlärm veranstaltet.

Frederico schaut hoch. »Nein, aber die Speisekammer hat auch kein Fenster und liegt nach hinten hinaus, Richtung Garten. Und ich bin vorne ins Haus. Außerdem kennt Caruso meine Schritte, er bellt normalerweise nicht, wenn er mich kommen hört.«

»Na ja, aber er war alarmiert und hätte vielleicht gerade deshalb deine Aufmerksamkeit erregen wollen.«

Frederico zuckt mit den Schultern. »Keine Ahnung, mir ist jedenfalls nichts aufgefallen. Mein Gott, wenn ich mir vorstelle, dass Bruna vielleicht noch gelebt hat und ihr

Mörder gerade bei ihr war … Ich hätte ihren Tod verhindern können!« Erschüttert schließt er die Augen.

»Das weißt du doch gar nicht. Ist dir denn irgendetwas Ungewöhnliches aufgefallen? Irgendetwas, das anders war als sonst?«, frage ich nach.

»Nein, nichts, niente.«

KAPITEL 4

TRACCE, ALIBI E UN ARRESTO - SPUREN, ALIBIS UND EINE VERHAFTUNG

Martedì (Dienstag) – Tag 2

Louisa und Frederico sehen nicht aus wie ein Liebespaar, das eine glückliche Nacht zusammen verbracht hat, ihre sorgenvollen Mienen künden von unruhigen Stunden. Ich schicke die beiden mit zwei *caffè* auf die Terrasse und kümmere mich ums Frühstück. Ein fruchtiges Müsli wird zumindest den Körper stärken und damit hoffentlich auch den Geist, denn dass heute ein anstrengender Tag werden wird, liegt auf der Hand.

Die Verschnaufpause ist dann kürzer, als ich dachte. Wir sitzen noch beim Frühstück, als es an der Haustür läutet. Der Mops, der bis jetzt apathisch davor gelegen und offensichtlich nur auf eine Gelegenheit gewartet hat, nach draußen entwischen zu können, um sich auf den Heimweg zu machen, springt auf wie ein Gummiball und fängt an zu fiepen. Caruso hat nicht nur vier Beine, sondern schmettert bei Bedarf Arien, die dem Original-Caruso zur Ehre gereicht hätten – oder eher nicht, denn der Ton fährt uns allen durch Mark und Bein. Der arme Kerl, irgendwie muss er spüren, dass mit seinem Frauchen etwas passiert ist, denn er lässt sich nicht von Frederico trösten oder ablenken, obwohl er ihn doch sehr gut kennt.

Louisa übernimmt ihren Part als Hausherrin und geht

zur Tür. Wir hören eine männliche Stimme, auf die Louisa etwas antwortet, dann Schritte, und schließlich tritt Louisa auf die Terrasse, gefolgt von Capitano Linfatti und Tenente Ponti. Ich bin überrascht, die beiden so schnell wiederzusehen, aber auch froh, dass es vorwärtsgeht. »Buon giorno, Capitano«, grüße ich forsch, damit er nicht auf den Gedanken kommt, sein Besuch würde uns einschüchtern. »Gibt es Neuigkeiten?«

Linfatti hebt minimal die Augenbraue, verzieht ansonsten aber keine Miene, als er sich mit einem freundlichen »Buon giorno a tutti« an uns alle wendet, dann aber speziell Frederico ins Visier nimmt. »Signor Piotti, wir möchten Sie bitten, uns zum Haus von Signora Rossi zu begleiten und mit uns zusammen noch einmal den Ablauf der Tat in Verbindung mit Ihrer Anwesenheit im Haus abzugleichen. Könnten Sie bitte mitkommen?«, fragt er und scheint wie sein Kollege ein Meister darin zu sein, klare Anweisungen in höfliche Formulierungen zu verpacken.

»Wir kommen auch mit«, lasse ich verlauten, und Louisa nickt eifrig dazu.

»Signorine, das ist keine Party, sondern eine polizeiliche Ermittlung. Wir müssen allein mit Signor Piotti sprechen, Sie können leider nicht dabei sein.«

»Wir warten draußen im Garten«, mischt sich Louisa ein, worauf der Capitano resigniert mit den Schultern zuckt.

»Andiamo«, sagt Frederico und steht auf. »Ich will, dass der Schuldige so schnell wie möglich gefasst wird. Wenn ich den zwischen die Finger kriege …«, knurrt er in drohendem Bass.

Ganz ehrlich, ich möchte nicht zwischen seine wütenden Pranken geraten, denke ich und bemerke, wie der Capitano den Rücken ein wenig durchdrückt. Immerhin überragt Frederico ihn um einen halben Kopf und wirkt durch seine imposante Größe und seine tiefe Stimme wie eine geballte Ladung Kraft. Andererseits sind die Polizisten zu zweit.

Wir folgen den Männern und lassen Caruso bewusst zurück, der dreht sonst durch, wenn er daheim sein Frauchen nicht findet.

»Warum muss Frederico denn noch mal befragt werden? Er hat doch alles schon zu Protokoll gegeben und weiß genauso wenig wie wir, was passiert ist«, sagt Louisa unterwegs leise zu mir.

»Tja, sein Aufenthalt im Haus nach dem Joggen und sein Weggang danach passen exakt zur Todeszeit. Frederico war zum ungefähren Todeszeitpunkt im Haus, da ist es logisch, dass sie ihn noch mal befragen. Vielleicht fällt ihm doch noch ein Detail ein, das er gestern im Schock vergessen hat und das ihm erst heute wieder bewusst wird.« Natürlich habe ich selbst keine Ahnung, was die Polizisten wirklich von ihm wollen, aber da ich persönlich weniger betroffen bin als Louisa, kann ich besser spekulieren und ihre Anspannung ein wenig mildern. Bald werden wir ohnehin mehr erfahren, das hoffe ich zumindest.

Vor dem Anwesen steht ein Wagen der Carabinieri. Frederico verschwindet mit den Polizisten im Haus. Wenn Louisa nicht wäre, käme ich glatt in Versuchung, mir eine günstige Position zum Lauschen zu suchen.

»Wenn Sie schon mal da sind, können auch Sie uns noch ein paar Fragen beantworten.« Mit diesen Worten ruft uns der Tenente nach einer Weile herein. Capitano Linfatti wartet im Wohnzimmer und nimmt erst Louisa zur Seite, dann mich. Er will von mir wissen, wie lange Frederico gestern Abend allein im Haus war.

»Ein paar Minuten höchstens. Er wollte eine Flasche Wein und Gläser für uns holen und außerdem nach seiner Vermieterin sehen, weil sie mich gerne kennenlernen wollte. Sie selbst hat Frederico vorgeschlagen, nach seinem Dienst mit uns hierherzukommen.«

»Und dann?«

»Frederico kam auf die Terrasse, ohne Wein, dafür mit blutigen Händen. Wir dachten, er hätte sich geschnitten, aber er war total geschockt und hat den Namen seiner Vermieterin gestammelt. Ich bin aufgestanden und habe ihn am Arm gepackt. Das hat ihn etwas aufgerüttelt und er hat uns in die Küche geführt. Was wir dort vorgefunden haben, wissen Sie.«

»Und Sie haben nichts angerührt?«

»Wir haben sofort den Notarzt und die Polizei verständigt und darauf geachtet, möglichst wenig anzufassen, aber wir mussten natürlich kontrollieren, ob die Signora noch lebt. Das hatte Frederico bereits gemacht, als er vor uns in der Küche war, deshalb die blutigen Hände.« Ich wiederhole geduldig alle mir bekannten Fakten, die wir ja auch gestern genau so geschildert haben. »Mir ist aufgefallen, dass die Signora Straßenschuhe anhatte und dass eine Einkaufstasche auf dem Küchenschrank lag, so als wollte sie gerade zum Einkaufen aufbrechen. Oder als wäre sie vom Einkaufen zurückgekehrt. Allerdings war die Tasche leer, bis auf die Geldbörse, das konnte ich erkennen. Auf der Ablage des Spülbeckens lag ein Fleischklopfer, der Holzgriff war noch nass, wie es aussah.«

»Sehr aufmerksam beobachtet.« Ist das zynisch gemeint? Der Capitano lässt sich nicht in die Karten blicken. »Wissen Sie, von wem die Blumen sind?«, fragt er wie nebenbei.

Was bleibt mir da anderes übrig, als Natale ins Spiel zu

bringen? Ich bedaure es zwar, aber ich erzähle, was ich weiß. Das wird Frederico sowieso bereits getan haben, um Natale kommt er ohnehin nicht herum. Wenn er der Neffe und einzige Angehörige ist, wird die Polizei ihm den Vorzug geben, was die Entscheidungen rund um die tote Signora, die Beerdigung und das Haus angeht. Diese bittere Pille wird Frederico schlucken müssen.

Capitano Linfatti ist jetzt offensichtlich fertig mit mir. Er bespricht sich leise mit dem Tenente.

»Ach ja, das hätte ich jetzt beinahe vergessen«, fällt mir ein.

»Sì?« Der Capitano schenkt mir noch mal seine Aufmerksamkeit.

»Caruso, Signora Rossis Hund, war in der Speisekammer eingesperrt, als wir in die Küche kamen. Meine Freundin hat ihn dann nach oben gebracht, weil er so aufgeregt war.«

»Interessant«, murmelt der Capitano.

»Ist mir gestern total entfallen. Wahrscheinlich hat er den Eindringling attackiert, und der hat ihn dann weggesperrt. Vielleicht hat er ihn ja sogar gebissen«, überlege ich hoffnungsvoll.

»Das wäre in der Tat ideal.« Der Capitano verzieht keine Miene, und ich weiß nicht, woran ich bei ihm bin.

»Wo ist Frederico?«, fragt Louisa.

Ja genau, denke ich, *wo ist Frederico?*

In diesem Augenblick tritt er ins Wohnzimmer, neben ihm ein dritter Carabiniere. Wo kommt der auf einmal her? Eine ungute Stimmung liegt in der Luft.

»Signor Piotti konnte nicht feststellen, dass etwas fehlt. Es scheint kein Raubmord gewesen zu sein, oder der Dieb ist überrascht worden und in Panik geflüchtet, bevor er auf Geld oder Wertgegenstände stoßen konnte«, berichtet der Mann.

Louisa schaut skeptisch von Frederico zum Capitano.

»Sie haben das Testament gefunden«, sagt Frederico mit rauer Stimme.

Louisa atmet erleichtert auf. »Gott sei Dank! Dass Bruna ein Testament zu deinen Gunsten geschrieben hat, war kein Geheimnis. Das beweist doch, wie ihr zueinander standet.«

Frederico räuspert sich. »Die Polizei sieht das anders«, sagt er mit immer noch belegter Stimme. »Sie sagen, dass Bruna zwischen halb elf und elf gestern Vormittag gestorben ist. Ich bin so um elf vom Joggen nach Hause gekommen. Ich habe geduscht und bin dann los ins ›Bellini‹. Ich war schon spät dran …« Seine Stimme versagt.

Louisa starrt ihn erschrocken an. »Wie … Was bedeutet das?« Dann wird ihr die Tragweite seiner Worte bewusst. »Das heißt, dass du im Haus warst, als Bruna gestorben ist?«, flüstert sie entsetzt.

Frederico hebt nur hilflos die Hände.

Der Capitano ergreift das Wort. »Wie Signor Piotti Ihnen mitgeteilt hat, haben wir das Testament gefunden, von Hand geschrieben und mit Datum versehen, und wenn nicht irgendwo ein neueres Testament auftaucht oder hinterlegt worden ist, dann ist Signor Piotti nun der Besitzer dieses Anwesens. Sie haben schon recht, Signorina Wagner, es zeigt sein Vertrauensverhältnis zu Signora Rossi, allerdings stelle ich mir die Frage, ob sie das Testament nicht vielleicht ändern wollte. So hat es zumindest der Neffe der Signora ausdrücklich betont, als wir ihn heute Morgen über den Tod seiner Tante informiert haben. Die Signora wusste ja bis vor Kurzem nichts von seiner Existenz, also könnte es gut sein, dass sie ihre Meinung geändert und beschlossen hat, ihren Besitz doch in der Familie zu belassen. Und das hätte Signor Piotti als Erben ausgebootet.«

Louisa schnauft empört. »Was wollen Sie damit andeuten?«

»Dass Signor Piotti Interesse daran gehabt hat, das Testament nicht ungültig werden zu lassen. Es geht um viel Geld. Signor Piotti«, er schaut jetzt Frederico an, »ich muss Sie vorerst mitnehmen. Sie werden über Ihre Rechte belehrt und dürfen sich einen Anwalt nehmen. Packen Sie die notwendigen Dinge, mein Kollege wird Sie begleiten.«

Tenente Ponti übernimmt den Part. »Andiamo, per favore«, fordert er Frederico auf, fasst ihn sachte am Arm und schiebt ihn zurück in den Flur.

Capitano Linfatti wendet sich an den anderen Kollegen, der bereits vor uns im Haus war. »Haben Sie die besagten Kleidungsstücke gesichert?«

»Alles, was Signor Piotti zum Sport getragen hat, und die Kleidung, die er anschließend zur Arbeit angezogen hat.«

Der Capitano nickt. »Das Haus bleibt versiegelt, bis die Spurensicherung durch ist. Sobald sie fertig sind, möchte ich benachrichtigt werden. Die Sache hat Priorität«, weist er an. »Tenente, Sie begleiten den Kollegen und Piotti im Wagen.«

Louisa fasst wortlos nach meiner Hand. Mir fehlen die Worte, was wahrlich selten vorkommt, aber meine Gedanken nehmen Fahrt auf. So wie es aussieht, wurde nichts gestohlen, weder Bargeld noch sonstige Wertgegenstände wie Schmuck oder Bilder fehlen, zumindest laut Frederico. Aber er war in etwa zur Tatzeit im Haus, und der Capitano unterstellt ihm, seine Vermieterin wegen des kürzlich aufgetauchten Neffen und des Testaments umgebracht zu haben. Das ist heftig. Ich lege den Arm um Louisas Schultern. Wir gehen nach draußen und stehen stumm da, als Ponti und Frederico aus dem Haus kommen. Frederico geht zu Louisa, nimmt sie fest in die Arme und flüstert ihr etwas ins Ohr. Sie lächelt, allerdings laufen ihr Tränen über die Wangen. Er küsst sie liebevoll.

»Doro, pass auf Louisa auf«, bittet er mich dann. Er wirkt relativ gefasst, nur traurig.

»Das mache ich, versprochen«, beteuere ich aus tiefstem Herzen. »Es wird sich bestimmt alles aufklären. Wenn du etwas brauchst, lass es uns wissen.«

Hektisch, weil Ponti und der Capitano drängen, versuchen wir, uns noch schnell die nötigsten Worte zuzuwerfen.

»Hast du einen Anwalt? Sollen wir einen beauftragen?«, frage ich, weil der Capitano ja davon gesprochen hat.

»Ja, ich befürchte, ich brauche einen. Danke, Doro, und schau nach Louisa! Ti amo, amore«, ruft er ihr zu, dann wird er ins Auto komplimentiert.

»Ciao, Frederico, halt die Ohren steif!«, rufe ich.

»Ti amo«, schluchzt Louisa und will zum Auto laufen. Aber Ponti hat die Tür bereits zugeworfen, steigt ein, der Kollege startet den Wagen und wendet.

Louisa heult Rotz und Wasser. Ich umarme sie, sie bebt am ganzen Körper.

Nach einer Weile löst sie sich von mir. »Frederico kann keiner Fliege etwas zuleide tun. Er hat die Signora geliebt wie eine Mutter, die er nie hatte. Wegen ihr ist er nicht zu mir gezogen, Doro, du weißt das«, beschwört sie mich verzweifelt.

»Natürlich weiß ich das, Lou, beruhige dich.«

»Hilfst du mir? Du bleibst doch?«, flüstert sie mit leichter Hysterie in der Stimme.

»Ja, ich bleibe, und ja, ich helfe dir.« Ich streichle über ihre Hand, die sich in meinen Arm gekrallt hat. Langsam entkrampfen sich ihre Finger.

»In erster Linie braucht Frederico einen Anwalt. Die Polizei wird nach der Wahrheit suchen, wenn Frederico also unschuldig ist, dann hast du ihn bald wieder.«

»Was heißt ›*wenn* er unschuldig ist‹?«, ruft sie empört. »Er *ist* unschuldig! Frederico ist zu so einer Tat gar nicht fähig. Niemals!«

»Das werden wir herausfinden. Oder besser gesagt, die Polizei. Und wir werden uns parallel zu deren Ermittlungen umhören und versuchen, Frederico zu entlasten. Aber Lou, wir wissen nicht, auf was wir dabei stoßen werden. Wenn Frederico den Mord doch begangen hat …«

»Davor habe ich keine Angst, ich weiß, dass er es nicht getan hat«, unterbricht mich Louisa.

»Am besten kümmern wir uns erst mal um einen Anwalt«, versuche ich, die emotionale Anspannung etwas zu lösen.

»Du hast recht, Doro, das ist jetzt das Wichtigste.«

»Kennst du jemanden, der infrage kommt? Als Anwalt, meine ich.«

Lousia schüttelt den Kopf. »Nein, aber ich könnte den Principe fragen. Der hat sicher gute Kontakte.«

»Gute Idee, Lou. Rufst du ihn gleich an? Oder gehen wir persönlich zu ihm? Wir müssen nur vorher besprechen, was wir ihm sagen. Du solltest nicht riskieren, dass er dir den Auftrag entzieht«, gebe ich zu bedenken.

»Das glaube ich nicht. Solange er keine Angst haben muss, dass ich sein Projekt vernachlässige«, meint Louisa. »Außerdem ist mir Frederico wichtiger als der Auftrag.«

»Eh klar! Also, erster Punkt: Anwalt suchen. Zweitens müssen wir überlegen, was wir noch tun können. Vielleicht fangen wir auch schon mit dem Prospekt an, das macht Spaß und lenkt uns ab. Lass uns erst mal nach Hause gehen, da kannst du in Ruhe telefonieren«, schlage ich vor.

»Danke, Doro«, flüstert Louisa und schluchzt leise. Dann reißt sie sich zusammen. »Ich will persönlich mit dem Principe sprechen, aber erst muss ich Alfredo Bescheid sagen, bevor er alles von der Polizei erfährt. Er muss ja auch wissen, dass Frederico unter Umständen einige Tage nicht zur Arbeit erscheint.«

»Fredericos Chef? Willst du zu ihm ins ›Bellini‹?«

Louisa nickt. »Ich rufe ihn gleich an, um uns anzukündigen.«

Arm in Arm laufen wir los. Uns wird es in nächster Zeit nur noch im Doppelpack geben, zumindest bis Frederico wieder freikommt. Louisa ist taff, die fängt sich wieder, da bin ich mir sicher. Wir müssen einfach alles daran setzen, Frederico zu entlasten – sofern er unschuldig ist. Dieses »sofern« schwirrt mir wie eine lästige Fliege im Kopf herum. Die Indizien gegen ihn sind leider erdrückend. Und ich kenne Frederico kaum. Obwohl der erste Eindruck und mein Bauchgefühl auf seiner Seite sind.

Daheim stolpern wir über einen apathisch daliegenden Caruso. Die Nummer drei im Bunde.

Wir verkrümeln uns beide, um zu telefonieren. Louisa auf die Terrasse, um Alfredo zu fragen, ob wir ihn zum Reden im »Bellini« aufsuchen können, ich ins Wohnzimmer, um mit Vinc zu sprechen.

»Doro, ein Wunder, dass du durchgekommen bist, ich hänge heute wahrscheinlich bis Mitternacht an der Strippe. Ulli hat durch seinen Unfall viel auflaufen lassen und liegt jetzt faul im Bett. Von dort aus tyrannisiert er alle. Für heute hat er ein paar Meetings angesetzt, das zu erwähnen hat er nur leider vergessen, genauso wie er versäumt hat, diese Meetings abzusagen.« Vinc lacht gutmütig. »Aber egal, es sieht gar nicht so schlecht aus, er sagt, der Arzt hat grünes Licht für Homeoffice gegeben und er muss ja nur zum Schreibtisch humpeln und telefonieren. Ach ja, und noch was …«

»Mach dir deswegen keinen Stress«, unterbreche ich ihn schnell. »Ich werde hier noch eine Weile beschäftigt sein, und mir wird bestimmt nicht langweilig, bis du nachkommst. Hast du ein bisschen Zeit? Ist nämlich eine längere Geschichte.«

»Muss ich mir Sorgen machen?«, fragt er alarmiert.

»Nicht meinetwegen«, beruhige ich ihn, »aber Lousia hat Probleme.«

»Schatz, können wir vielleicht morgen sprechen? Ich habe es grade echt eilig.« Er klingt gestresst, und das ist bei ihm selten. »Tut mir leid, Doro, heute ist bei uns wirklich die Hölle los.«

Dann frag mal mich, denke ich und sage: »Wir reden morgen, häng dich wieder an die wichtigen Strippen. Bussi, Schatz, ich freu mich, wenn du hier bist.«

»Danke, Schatz. Aber du weißt ja, wenn es dringend ist, dann bist du die Nummer eins.«

»Schmeichler. Ich liebe dich auch, und jetzt endgültig Bussi und ciao.«

»Bussi und ciao, und Finger weg von gefährlichen Problemen anderer Leute!«

Ich fühle mich ertappt, schicke zur Tarnung noch ein paar Küsschen durch den Äther, dann beenden wir unser Gespräch, und ich gehe raus zu Louisa.

»Alfredo ist schon im ›Bellini‹, wir können gleich kommen.« Louisa reibt sich nervös die Hände.

»Na, dann los«, rufe ich aufmunternd. »Am besten nehmen wir den armen Caruso mit, vielleicht muss er ja mal ein Geschäftchen erledigen. Hast du irgendwelche Tüten für den Notfall? Oder gibt es hier irgendwo einen Spender, wo man diese Hundetüten ziehen kann?«

»Äh … ja, ich glaub schon, aber Frederico hat ein paar eingepackt.«

Caruso liegt vor der Tür und lässt sich nicht mit Futter locken. Ich gehe neben ihm in die Hocke. »Sobald ich es zum Einkaufen schaffe, besorge ich Leckerlis für dich, du Armer«, tröste ich ihn und kraule ihn zwischen den Ohren. Er schaut mich mit tief über die Augen hängenden Liedern an und winselt leise. Ich hake die Leine an seinem Halsband ein – sicher ist sicher, wir kennen den kleinen Kerl ja nicht und haben keine Ahnung, ob er auf unsere Anweisungen hört.

Im »Bellini« ist Alfredo gerade dabei, Nudelteig zu produzieren. Als er uns sieht, legt er den Teig in einen Korb und deckt ihn ab. »Ciao, Louisa, welche Hiobsbotschaft bringst du mir? Ist Frederico krank?«

Sein Blick wandert nach unten, zu unseren Füßen. »Nanu? Ist das nicht Caruso? Ciao, mein Bester.« Er klopft dem Mops sanft auf die Flanken, der fiept nur leise. »Was ist mit dir los?«, fragt Alfredo aufmunternd. »Geht es dir nicht gut? Bekommst nachher ein Stückchen Schinken, das kriegst du ja immer, wenn du mit deinem Frauchen hier bist, stimmt's?« Er wendet sich wieder Louisa zu. Besorgt streicht er sich über seinen grau melierten Bürstenkopf. »Allora, was ist los?« Natürlich ahnt er, dass Louisa nicht ohne triftigen Grund hier erscheint.

Alfredo wird immer blasser unter seiner Bräune, als Louisa ihm schließlich alles erzählt. Aber er verliert nicht viele Worte, vor allem äußert er keinerlei Zweifel an Fredericos Unschuld. Das finde ich beachtlich. Er verspricht Louisa, sich um einen Anwalt zu kümmern. »Ich denke an einen unserer Stammgäste, der übrigens ein großer Fan von Fredericos Calzone sorpresa ist. Er hat sein Büro in Desenzano«, sagt er zuversichtlich.

Sorpresa, sorpresa … Ich hoffe, dass nicht noch mehr davon auf uns zukommt, unser Bedarf an Überraschungen ist wahrlich gedeckt.

»Signorine, ihr braucht ein wenig Stärkung«, bestimmt Alfredo dann und führt uns in den Gastraum.

Wir setzen uns, und er springt in die Küche.

»Fredericos Chef ist echt nobel«, sage ich anerkennend.

»Frederico ist sein wichtigster Mitarbeiter, seine Calzonen sind legendär, die Gäste schwören darauf und kommen eigens deshalb hierher. Das ist der eine Grund, aber Alfredo und Frederico verstehen sich auch privat sehr gut, sie sind mehr als nur Angestellter und Chef füreinander.«

»Dein Frederico scheint ja ein echter Sympathieträger zu sein. Eine Ersatzmutter und ein väterlicher Freund an seiner Seite, das spricht für ihn.«

»Da siehst du, dass Frederico einfach ein Netter ist. Solche tiefen Verbindungen entstehen ja nicht umsonst.«

»Ja, Lou. Und wenn wir Glück haben, kann Alfredo auch noch einen fähigen Anwalt für ihn organisieren.«

Wenig später kommt Alfredo mit zwei *caffè* und zwei Stück Kuchen zurück. »Lasst es euch schmecken, ich muss leider zurück in die Küche. Louisa, ich rufe den Anwalt an und gebe dir Bescheid, sobald ich etwas erreicht habe. Richte doch bitte Frederico aus, dass ich für ihn da bin.« Er beugt sich zu Caruso hinunter und hält ihm das versprochene Leckerli hin. »Und dich habe ich natürlich auch nicht vergessen.« Der Hund hebt nur kurz die Schnauze, dann legt er sie wieder auf seine Pfoten, ohne von dem Schinkenstückchen Notiz genommen zu haben. »Allora, ciao, signorine.« Alfredo nickt uns zu, Louisa steht auf, und die beiden umarmen sich kurz.

»Grazie mille«, bedankt sie sich gerührt.

»Das ist doch selbstverständlich«, sagt er und verschwindet in der Küche.

»Na, siehst du, es läuft«, stelle ich voller Zuversicht fest, dann widmen wir uns schweigend *caffè* und Kuchen. Der feine Nugatgeschmack der cremigen Masse verschmilzt mit dem Kaffeearoma. Es könnte alles so perfekt sein, wenn wir nicht mitten im Chaos sitzen würden.

Eine Viertelstunde später sind wir gerade am Gehen, als Alfredo uns zurückruft: »Louisa, warte, ich habe Signor Brentano erreicht! Er wird die Sache übernehmen und sich mit Frederico in Verbindung setzen, d'accordo?«

»Alfredo, du bist wunderbar! Mir fällt wirklich ein Stein vom Herzen.« Louisa eilt zu ihm und drückt ihm einen Kuss auf die Wange.

Alfredo winkt ab. »Frederico ist mein Freund. Er braucht meine Hilfe, also bin ich für ihn da.«

»Ich bin dir jedenfalls unendlich dankbar«, übergeht Louisa seine Bescheidenheit. »Wahre Freunde erkennt man in der Not. Ciao, Alfredo.«

»Allora, jetzt ist genug Süßholz geraspelt, die Küche ruft, sonst müssen sich meine Gäste heute mit Pizzabrot begnügen.« Mit diesen Worten scheucht er uns aus der Pizzeria.

Draußen atmet Louisa erleichtert auf. »Ich bin so froh, dass das mit dem Anwalt geklappt hat. Und wenn Alfredo ihn empfiehlt, strahlt das irgendwie etwas Vertrauenswürdiges aus. Weißt du, es macht mich fertig, dass ich nicht mal mit Frederico telefonieren darf. Und die Vorstellung, dass er eingesperrt ist … Was muss wohl gerade in ihm vorgehen? Seine geliebte Bruna ist tot, und er wird verdächtigt, sie umgebracht zu haben. Da muss er doch verrückt werden!« Die kurze Entspannung, die wir eben noch empfunden haben, ist verflogen. Louisas verzweifelte Gedanken verfinstern ihre Miene.

»Ich kann dich verstehen, Lou, wenn Vinc in Fredericos Lage wäre, ich glaube, ich würde einen Tunnel graben, um ihn zu befreien.« Die Vorstellung treibt mich an.

»Es war Vorsehung, dass du gestern gekommen bist«, sagt Louisa und drückt meinen Arm. »Ich weiß gar nicht, wie ich das ohne dich durchstehen würde.«

»Ich werde euch helfen. Das Schwein, das Bruna Rossi getötet hat, kann sich warm anziehen! Wenn die Polizei den Täter nicht findet, dann tun wir das.«

»Schau nicht so grimmig, Doro, da kriegt man ja Angst.« Louisa lächelt, und obwohl ihre Augen schwimmen, sieht sie ein bisschen zuversichtlicher aus.

»Ich meine das ernst, Lou, wir werden uns umhören, und anfangen könnten wir bei Brunas Freunden. Frederico wollte sie ja über Brunas Tod in Kenntnis setzen, das übernehmen nun wir.«

»Wahrscheinlich wissen sie längst Bescheid. Gardone ist nicht groß, und die Einheimischen sind untereinander gut vernetzt.«

»Trotzdem würde ich Brunas Freunde gerne persönlich aufsuchen. Wir müssen möglichst viele Informationen sammeln über die Signora und auch über Frederico. Vielleicht finden wir die Nadel im Heuhaufen, irgendeinen entscheidenden Hinweis, der belegt, dass Frederico nicht der Mörder von Bruna Rossi sein kann.«

»Was soll das für ein Hinweis sein?«, fragt Louisa etwas mutlos.

»Das weiß ich noch nicht. Ich kenne Frederico kaum und muss mir erst ein Bild machen. Vielleicht hat ja jemand etwas beobachtet, das ihn entlasten könnte. Hatte die Signora zum Beispiel gestern Besuch? Ich meine, außer von diesem Natale natürlich. Hatte sie Streit mit jemandem? Solche Dinge eben. Manchmal gewinnt eine Bemerkung, die man zunächst als unwichtig erachtet hat, im Nachhinein an Bedeutung, manchmal gibt es eine Kettenreaktion im Sinne von ›wenn, dann‹ …«

Louisa schaut mich ein bisschen ratlos an. Für sie hören sich meine Worte wahrscheinlich wirr an. Ich versuche, es besser zu erklären: »Na ja, wenn Bruna zum Beispiel gestern außer Natale noch weitere Besucher hatte, dann könnte einer von ihnen der Mörder oder die Mörderin sein.« Mich streift ein Verdacht. »Was ist eigentlich mit diesem Natale? Was weiß man von ihm?«

Louisa zuckt mit den Schultern. »Er ist vor ein paar Monaten plötzlich aufgetaucht.«

»Wie aufgetaucht? Aus dem Nichts? Ein Neffe ist doch nicht aus heiterem Himmel einfach so da. Vielleicht ist er ein Betrüger?«

»Nein, er ist kein Betrüger, das ist schon geklärt. Leider. Bruna hat allerdings nichts von seiner Existenz gewusst. Erstens war sie mit ihrem Bruder – Natales Vater – zerstritten, und zweitens war dessen Ehe kinderlos. Natale ist ein Produkt außerehelicher Aktivitäten.« Louisa lacht bitter auf. »Natale Negretti. Seit er aufgetaucht ist, scharwenzelte er um seine Tante herum und machte einen auf fürsorglichen Neffen. Erzählte ständig etwas von Familie und wie froh er sei, sie gefunden zu haben. Zwei einsame Seelen und so weiter. Widerlich!« Louisa schüttelt sich.

»Und was hat es mit dem Testament auf sich? Ich habe schon mitgekriegt, dass Frederico das Haus erben soll, aber was ist mit Natale? Wie hängt das alles zusammen?«

»Bruna hat Frederico als ihren Erben eingesetzt, denn sie wollte nicht, dass nach ihrem Tod der Staat alles kassiert, das hat sie schriftlich festgehalten. Nicht notariell beglaubigt, aber sie hat ein Testament verfasst und von Zeugen unterschreiben lassen, also würde ich schon meinen, dass es gültig ist. Allerdings ...« Sie stockt.

»Allerdings was?«, bohre ich nach.

»Natale ist damit nicht einverstanden. Er besteht darauf, dass *ihm* das Haus zusteht. Darum ging es ja zwischen Frederico und Natale. Um den Anspruch auf Brunas Gunst und auch um den Anspruch aufs Erbe. Natale hat auf Blutsverwandtschaft gesetzt, Frederico auf Seelenverwandtschaft.«

»Familie wird Natale nichts nützen, wenn ein Testament da ist. Und es wurde ja gefunden«, wende ich ein.

Louisa stöhnt. »Ja, aber jetzt dreht die Polizei Frederico einen Strick daraus und unterstellt ihm, dass er Bruna umgebracht hat, damit sie sich nicht doch noch für ihren Neffen als Erben entscheiden konnte. Aber Frederico ging es nie um das Haus. Er hatte Bruna einfach gern.«

»Was sagt denn Frederico selbst dazu? Und vor allem, wie hat Signora Rossi zu der Angelegenheit gestanden?«

»Bruna habe ihren Neffen nicht besonders gemocht, sagt Frederico, aber sie habe sich immer nach einer Familie gesehnt und unter dem Bruch mit ihrem Bruder gelitten. Und dann ... Natürlich hat Frederico befürchtet, dass sich Natale sofort bei ihr einnisten würde, wenn er auszieht. Und dass er sich das Haus unter den Nagel reißen will. Frederico hat schon recht, Familienbande sind stark, und Natale hat sich von seiner besten Seite gezeigt. Wie gesagt ging es Frederico aber nicht in erster Linie um das Haus, sondern er wollte seinen Platz in Brunas Herzen nicht an Natale abtreten. Endlich hatte er so etwas wie eine Familie, und dann …«

»Tja, Lou, verstehen kann ich beide. So ein Haus in dieser Lage und der dazugehörige Grund sind schon ein bisschen Süßholzraspelei wert.«

»Frederico wollte vor allem nicht, dass Natale Bruna wehtut. Er hat befürchtet, dass er ihr den Besitz abschwatzen und dann verschwinden würde. Deshalb hat er sich gestern so über die Blumen geärgert. Er hat sie als Provokation empfunden. Ist halt ein wunder Punkt bei ihm.«

Ich weiß noch nicht so recht, was ich von dem Ganzen halten soll. »Es wäre schon sehr nobel von Natale, sich einfach damit abzufinden und auf das Haus zu verzichten«, sage ich und denke, dass das eigentlich für beide gilt, für Frederico genauso wie für Natale.

Louisa schaut mich empört an. »Der Typ hat kein Recht auf das Haus. Überhaupt kein Recht!«

»In seinen Augen schon. Er ist der einzige lebende Verwandte. Und wenn es Frederico nicht gäbe, hätte er ein beträchtliches Erbe zu erwarten.« Louisa holt tief Luft, aber bevor sie etwas sagen kann, fahre ich fort: »Reg dich nicht auf, Lou, ich sage ja nicht, dass ihm das Haus tatsächlich zusteht, aber in seinen Augen ist es so. Andererseits wäre es dann auch dumm von ihm gewesen, seine Tante umzubringen, bevor er sie dazu gebracht hätte, das Testament zu ändern.«

Louisa starrt mich an. »Daran habe ich noch gar nicht gedacht.«

»Ist mir auch gerade erst gekommen. Das ist es, was ich meine. Man findet nicht nur Goldstücke, wenn man in die Tiefe gräbt.«

Louisa nickt traurig. »Frederico hat noch nie etwas besessen. Und das Haus ist für ihn mehr als nur etwas Materielles, für ihn hat es auch großen ideellen Wert.«

Ich glaube Louisa, bin mir aber bewusst, dass ich parteiisch bin und vor allem Natale noch gar nicht persönlich kenne. Letzteres werde ich jedoch ändern. Und wenn Frederico unschuldig ist, dann werden wir das beweisen.

»Jetzt lass den Kopf nicht hängen, Lou, das hilft deinem Frederico auch nicht weiter. Lass uns lieber überlegen: Frederico hat gesagt, er habe die Signora nach dem Joggen nicht mehr gesehen, sei danach duschen und im Anschluss direkt zur Arbeit gegangen. Also hätte die Signora schon tot sein können, als er von seiner Runde ins Haus zurückkam, oder?«

Louisa schlingt die Arme um ihren Körper. »Eine schauerliche Vorstellung«, sagt sie. Dann strafft sie sich. »Ich glaube, ich weiß, was du meinst. Wir sollten einfach versuchen, so viel wie möglich zu erfahren, alles kann sich unter Umständen als hilfreich erweisen.«

»Genau«, nicke ich. »Fangen wir mit den Freunden der Signora an. Hast du die Adressen?«

»Nur die von Giovanni Tambalotti. Er war der engste Freund von Bruna.«

»Dann auf zu Signor Tambalotti«, eröffne ich unsere Ermittlungstour.

Caruso folgt uns geduldig.

KAPITEL 5

QUATTRO AMICI – VIER FREUNDE

Martedì (Dienstag) – Tag 2

»Giovanni Tambalotti wohnt unten an der Promenade in Gardone Sotto oder Gardone Riviera, wie es auch heißt. Früher hatte er ein riesiges Haus in Fasano, der Nachbargemeinde, mit Garten und Seeblick. Jetzt wohnt er hier in einem noblen Apartment im oberen Stock, direkt am Wasser. Bruna hat mal erzählt, dass ihm das große Haus allein zu viel war, Familie hat er keine, also hat er es verkauft und sich hier die Wohnung genommen. Man munkelt, dass er das ganze Gebäude erworben hat, samt den anderen Wohnungen und den Geschäftsräumen im Erdgeschoss. Aber wie gesagt, das sind Gerüchte, die nicht von Bruna stammen, die hat immer nur von der oberen Wohnung gesprochen«, teilt Louisa ihr Wissen mit mir, während wir den schmalen Fußweg am Botanischen Garten entlang hinunter zu Tambalottis Haus laufen.

Wir haben Glück. Als wir den glatt polierten schwarzen Eisenknopf drücken, tönt sofort eine angenehm freundliche Stimme aus der Gegensprechanlage: »Sì, chi è?«

»Buon giorno, signor Tambalotti. Hier ist Louisa Wagner, die Freundin von Frederico Piotti. Ich müsste dringend mit Ihnen sprechen. Ist das möglich?«

»Buon giorno, signorina. Sì, certo! Kommen Sie herauf.«

»Grazie, signore. Noch eine Bitte: Meine Freundin aus Deutschland ist dabei – dürfte ich sie mit hochbringen?«

»Sì, kommen Sie gerne beide herauf. Ihre Freundin, das ist bestimmt die berühmte Köchin aus München, giusto? Bruna hat so etwas erwähnt.« Ein Lächeln liegt in seiner Stimme, und er lässt den Türöffner summen.

Seine Fröhlichkeit verursacht mir einen Kloß im Hals, wenn ich an die schreckliche Nachricht denke, die wir ihm gleich überbringen müssen – denn so, wie er klingt, weiß er noch nichts vom Tod seiner Freundin.

Ein schlanker, mittelgroßer älterer Herr öffnet uns oben die Wohnungstür. Er trägt eine hellgraue Anzughose, ein weißes Hemd, darüber die passende Anzugweste und hat kräftiges, leicht gewelltes weißes Haar – eine durch und durch gepflegte Erscheinung und noch dazu ausgesprochen gut aussehend.

»Caruso!«, rufe ich erschrocken, als der kleine Kerl an ihm hochspringt. »Scusì, Signore, das ist der Hund von Signora Rossi, wir haben ihn gerade Gassi geführt, hoffentlich hat er Sie nicht schmutzig gemacht.«

»Caruso, mein Guter, was ist los? Darfst du mit zwei hübschen jungen Signorine spazieren gehen? Kommen Sie herein, es ist nichts passiert, Caruso und ich sind beste Freunde, nicht wahr, mein Guter?«

Er begrüßt uns nochmals herzlich und führt uns auf seine Terrasse mit herrlichem Seeblick. Unten sitzt Gabriele D'Annuncio auf seiner Bank und liest mit Denkermiene in seinem Buch. Paradiesisch. *Zu* paradiesisch. Ich reiße mich von dieser Idylle los.

»Warum so ernst an diesem schönen Tag?«, fragt Signor Tambalotti und bietet uns einen Platz in einer Sitzgruppe aus wetterfestem Flechtmaterial an. »Darf ich Ihnen etwas bringen? *Caffè, acqua?*«

»No grazie, signore«, Louisa räuspert sich und sucht nach Worten.

»Ich bringe ein Schälchen Wasser für Caruso, d'accordo? Bin gleich wieder da«, sagt Tambalotti und eilt in die Küche. Kurz darauf kehrt er zurück und stellt eine silberne Schüssel vor Caruso auf den Boden. Der schlabbert durstig. Tambalotti setzt sich derweil erwartungsvoll auf den Stuhl gegenüber unserer Bank.

Louisa holt tief Luft. »Signor Tambalotti, wir haben leider eine sehr, sehr traurige Nachricht für Sie. Bruna Rossi ist gestern gestorben.«

Der Schock bei unserem Gegenüber geht sichtlich tief. Langsam hebt Tambalotti eine Hand an den Mund.

»Eigentlich wollte Frederico es Ihnen sagen, aber es gab da eine Entwicklung … Wir haben es gestern erst spät in der Nacht erfahren …« Louisa verstummt.

Schweigend lassen wir die Nachricht bei unserem Gegenüber sacken. Tambalotti steht auf und tritt ans Balkongeländer. Ich glaube nicht, dass er viel von der Schönheit des Sees wahrnimmt, aber er braucht bestimmt ein paar Augenblicke für sich, ein paar Minuten, in denen wir ihm nicht ins Gesicht blicken und er seine Emotionen ordnen kann.

Nach einer Weile dreht er sich zu uns um. »Bruna ist tot, sagen Sie? Woran ist sie gestorben? Sie war doch kerngesund.« Er flüstert fast.

»Wie gesagt, Signore, es ist kompliziert. Bruna ist nicht einfach gestorben, sie wurde getötet. Gestern am frühen Mittag. Frederico, Doro und ich haben sie gestern Nacht gefunden. In ihrer Küche. Da war sie schon seit einigen Stunden tot.«

»Sie sagen, Bruna wurde getötet? Was bedeutet das? Erzählen Sie mir alles, per favore!« Er setzt sich wieder auf seinen Stuhl und hängt an Louisas Lippen. Sein Gesicht ist fahl und wirkt plötzlich um Jahre gealtert. Die erwartungsvoll freudige Spannung von vorhin hat sich in das verzweifelte Bedürfnis verwandelt, etwas zu erfahren, was ihn die Nachricht begreifen lässt.

Louisa holt tief Luft und berichtet von Brunas Auffinden und den Umständen inklusive der polizeilichen Untersuchung und Fredericos Verhaftung. Unversehens schießen ihr Tränen in die Augen. Ihr Mitgefühl für den trauernden Mann uns gegenüber und ihre Sorge um Frederico in seiner aussichtslosen Lage ist mehr, als sie verkraften kann. Die Tränen sind ein Ventil.

Trotz seines eigenen Schmerzes scheint Signor Tambalotti zu verstehen, was in Louisa vorgeht. Als er aufsteht und an uns vorbei in die Wohnung geht, streicht er ihr sanft übers Haar. »Sie werden Ihren Liebsten wiederbekommen«, murmelt er.

Natürlich, da ist Louisa im Vorteil, sie ist jung, und Frederico lebt. Giovanni Tambalotti und seine Bruna dagegen …

Bevor wir uns fragen können, wo der Signore überhaupt hin ist, kommt er auch schon wieder zurück. In der Hand hält er zwei dünne Fotoalben. »Wenn ich darf, möchte ich Ihnen gerne mein Leben mit Bruna in Bildern zeigen. Es wäre mir eine Freude«, bittet er uns.

»Das ist eine sehr schöne Idee«, sage ich, und Louisa nickt.

Signor Tambalotti lächelt melancholisch und schiebt seinen Stuhl so, dass wir alle drei gut sehen können. Sobald er sich wieder hingesetzt hat, legt Caruso sich direkt auf seine Füße. Tambalotti scheint das nicht zu stören, er tätschelt ab und zu Carusos Kopf, während er in den Alben blättert und wir uns die Bilder ansehen und die Geschichten dazu anhören. Es ist ergreifend, und ich bin froh, dass ich endlich einen ersten Eindruck von Bruna bekomme. Sie und Signor Tambalotti haben gut zusammengepasst, wie ich finde.

»Wir waren immer knapp davor, ein Paar zu werden«, sagt er jetzt wehmütig, als hätte er meinen Gedanken erraten. »Aber irgendwie hat es nie geklappt mit uns. Immer wenn einer von uns beiden ungebunden war, steckte der andere gerade in einer Beziehung oder Ehe. Ich will mich nicht beklagen, ich hatte eine wunderbare Frau, leider ist die Ehe trotzdem in die Brüche gegangen. Möglicherweise, weil ein Teil meines Herzens immer bei Bruna war.« Er seufzt tief. Sicher hätte er sich normalerweise vor Louisa und mir nie so geöffnet, aber die Nachricht vom Tod seiner Freundin löst einen emotionalen Ausnahmezustand in ihm aus. »Und jetzt, wo wir uns endlich gefunden haben …« Er wischt sich mit den Händen übers Gesicht. »Meine Lieben, ich danke euch dafür, dass ihr euch kümmert und mir diese Nachricht persönlich überbracht habt. Ich wollte heute bei Bruna anrufen, und es wäre ein noch größerer Schock gewesen, wenn ich am Telefon von ihrem Tod erfahren hätte. Ich kann es noch immer nicht fassen. Meine liebste Bruna.« Er räuspert sich.

»Durch die furchtbaren Umstände ist es Frederico nicht möglich, Brunas Freunde zu informieren, deshalb haben wir beschlossen, das für ihn zu übernehmen. Wir würden auch gerne mit den anderen beiden aus Ihrer Runde sprechen. Könnten Sie uns freundlicherweise ihre Adressen geben?«, bittet Louisa.

»Das ist sehr liebenswürdig von euch, aber das mache ich lieber persönlich.« Er strafft die Schultern.

»Dürften wir vielleicht mitkommen?«, wage ich zu fragen, obwohl es mir eigentlich unangenehm ist, in dieser Situation so aufdringlich zu sein. Aber ich denke an Frederico, und das treibt mich an. »Wir müssten mit Ihnen allen sprechen. Denn wir dürfen nicht vergessen, dass Ihre Freundin getötet wurde und ein Unschuldiger dafür in Untersuchungshaft sitzt. Deshalb wollen wir uns nicht nur darauf verlassen, dass die Polizei alles aufklären wird, sondern möchten selbst möglichst viel Licht ins Dunkel bringen. Immerhin müssen Sie damit rechnen, dass die Polizei auch Brunas Freunde befragen wird, dann sind Sie wenigstens vorbereitet. Signor Tambalotti, verstehen Sie das jetzt bitte nicht falsch, wir haben natürlich keinerlei Recht, Sie auszuhorchen, aber wir möchten ein möglichst vollständiges Bild von dem Tag bekommen, an dem Bruna getötet wurde. Wir möchten wissen, was sie getan, wen sie getroffen hat. Oder ob jemand etwas beobachtet hat, das anders war als sonst.«

»Verstehe ich Sie recht? Sie fragen mich nach meinem Alibi zur Mordzeit?« Signor Tambalotti schnaubt und sitzt auf einmal sehr aufrecht auf seinem Stuhl. »Wenn es nicht so traurig wäre, müsste ich jetzt lachen.«

»Uns ist wahrhaftig nicht zum Lachen zumute«, sagt Louisa leise.

»Also meinetwegen, ich war gestern Vormittag unten in der Bar, bei Matteo. So zwischen elf und zwölf. Das können Sie gerne nachprüfen. Sie dürfen mich auch zu Flavia und Giuseppe begleiten, es wäre auf jeden Fall in Brunas Sinne, Frederico zu helfen. Sie hatte ihn wirklich gern wie einen Sohn, das hat sie oft gesagt. Und auch wenn die Beweise gegen ihn sprechen, ich glaube an Fredericos Unschuld.«

»Grazie tante, signore. Leider ist Fredericos Alibi für die Tatzeit löchrig, und die Motive, die die Polizei ihm unterstellt, sind nachvollziehbar. Wenn es uns gelingt, ein lückenloses Bild zu erstellen, fügt sich das Puzzle vielleicht anders zusammen, als es jetzt scheint.«

»Ich bin auf Ihrer Seite«, sagt Signor Tambalotti schlicht. »Ich rufe die beiden an und frage, ob sie zu Hause sind. Un momento, per favore.« Er verschwindet in der Küche, dicht gefolgt von Caruso. Wahrscheinlich hilft es ihm sogar bei seiner Trauerbewältigung, an der Aufklärung von Brunas Tod mitwirken zu können.

Ein paar Minuten später ist er zurück. »Sie kommen hierher. Ungefähr in einer Stunde. Würden Sie mich bis dahin allein lassen? Ich weiß, das ist unhöflich, aber …«

»Überhaupt nicht, Signor Tambalotti, das verstehen wir sehr gut. Wir gehen in der Zwischenzeit eine Runde mit Caruso, d'accordo? In einer Stunde sind wir zurück.«

Wir spazieren in gedrückter Stimmung an der Promenade entlang, dann nehmen wir einen Gingerino in der Bar, in der besagter Matteo arbeitet – wir haben ausgemacht, ihn wegen Tambalottis Alibi zu befragen, aber nicht jetzt sofort. Das läuft uns ja nicht weg. Andererseits hätte Tambalotti dann natürlich im Fall der Fälle die Gelegenheit, sich um sein Alibi zu kümmern. Also doch? Wir disponieren um. Ich überlege mir eine Strategie, erkundige mich, ob wir Matteo sprechen könnten. Leider ist er noch nicht im Haus.

»Bringen wir erst das Gespräch mit Signora Farelli und Signor Bonera hinter uns. Dann können wir immer noch entscheiden, ob wir noch mal hierherkommen«, schlage ich daher vor. Louisa ist einverstanden.

Pünktlich nach 58 Minuten drücken wir den schwarzen Klingelknopf zu Signor Tambalottis Wohnung. In dem Moment, in dem wir auf die Einladung des Türsummers hin die Tür nach innen aufdrücken, biegen hinter uns zwei ältere Herrschaften um die Ecke und betreten nach uns das Haus. In Ermangelung eines Aufzugs laufen wir die Treppen hoch, die beiden folgen etwas langsamer. Vermutlich sind das die Freunde, die Tambalotti erwartet. Verstohlen schaue ich mich immer wieder um. Meine Blicke werden wie magnetisch von der Erscheinung der Frau angezogen, von der farbenfrohen, flatternden Kleidung, ihren orangeroten Haaren, den Lippen, die in ebendieser Farbe geschminkt sind.

Als wir oben sind, springt Caruso wieder freudig an Tambalottis Hosenbeinen hoch. Dieses Mal bin ich entspannter, weil ich weiß, dass ihm das nichts ausmacht.

»Nehmt doch schon auf der Terrasse Platz, ich glaube, Flavia und Giuseppe kommen auch gerade.«

Wir stehen noch im Flur, als die beiden eintreten. Die extravagante Frau umarmt Tambalotti, der Mann begrüßt Tambalotti per Handschlag und überreicht ihm eine Plastiktüte, aus der oben ein paar grüne Wedel herausspitzen. »Für dich, mein Freund. Ich habe endlich einen Ableger nehmen können. Es hat ein wenig gedauert, aber ich hab's nicht vergessen. Und jetzt spann uns nicht länger auf die Folter – was ist so dringend?«

»Danke, Giuseppe, nett, dass du daran gedacht hast. Aber geht erst mal durch auf die Terrasse.«

Wir folgen alle der Aufforderung, Louisa und ich rutschen wieder auf die Bank an der Wand. Tambalotti hat noch einen Stuhl dazugeholt, sodass jetzt fünf Personen um den niedrigen Tisch herum Platz finden. Die Supermarkttüte stellt er neben der Tür ab. Es stehen Wasser und Gläser und eine Flasche Grappa bereit.

Eine Viertelstunde später hat er alle miteinander bekannt gemacht und den Freunden die traurige Nachricht von Brunas Tod überbracht. Er lässt den beiden Zeit, den Schock erst mal zu verdauen. Fragen über Fragen sprudeln dann aus Flavia und Giuseppe heraus, Tambalotti erzählt ihnen alles haargenau, auch, warum Louisa und ich hier sind.

Sie sind erschüttert über Brunas grausamen Tod und versprechen, uns tatkräftig bei der Suche nach dem Täter zu unterstützen. Die Sache mit dem Alibi sprechen wir nicht an, es ist der falsche Zeitpunkt. Vielleicht kann Tambalotti uns das abnehmen. Wenn die Frage von ihrem Freund kommt, werden sie eher kooperieren, als wenn Louisa und ich uns von außen einmischen. Noch sind sie schockiert, und es wird eine Weile dauern, bis sie die Tatsachen annehmen können, vor allem die Umstände ihres gewaltsamen Todes geben ihrer Trauer natürlich eine ganz eigene Dimension. Wir müssen schnellstmöglich Tambalottis Alibi prüfen, um Sicherheit zu haben, dass er als Täter ausscheidet und wir ihm vertrauen können.

»Bruna hat vor ein paar Tagen von einem Geldsegen gesprochen«, erinnert sich Flavia Farelli. Ich spitze die Ohren. Das klingt interessant.

»Jetzt, wo du es sagst, ja, das stimmt. Sie hatte einen Lotteriegewinn oder so etwas, aber dann kam die Sache mit deinem Stalker dazwischen, und wir haben das Thema nicht weiterverfolgt. Ich habe das ehrlich gesagt auch gar nicht so ernst genommen.« Giuseppe Bonera zuckt mit den Schultern.

»Ich auch nicht«, sagt Flavia, »und der Stalker setzt mir wirklich zu. Dieser Mensch denkt, er könne mich heiraten, stellt euch das mal vor! Er verehrt mich und meine Musik, hat alle Schallplatten von mir … Er will mich auf Händen tragen. Ein wildfremder Mann! Aber genug jetzt davon, was können wir in der Sache tun?«

Ich fasse mir ein Herz. »Es hätte Bruna vermutlich das Herz gebrochen, zu wissen, dass ausgerechnet Frederico von der Polizei verdächtigt wird, etwas mit ihrem Tod zu tun zu haben. Aus diesem Grund bitten Louisa und ich Sie, die engen Freunde von Bruna, bei der Aufklärung aller Umstände, die zu ihrem Tod geführt haben, mitzuhelfen. Wir befürchten, dass die Polizei sich zu sehr auf Frederico konzentrieren könnte und eventuell andere mögliche Motive nicht mit der notwendigen Sorgfalt beleuchtet. Das muss nicht so sein, aber wir wollen einfach nichts versäumen und stellen daher unsere eigenen Ermittlungen an. Bruna hat Frederico wie einen Sohn geliebt. Und Louisa liebt Frederico. Und es bricht ihr das Herz, ihn im Gefängnis zu sehen, für eine Tat, die er nicht begangen hat. Ganz im Gegenteil – er hat mit Bruna seine Ersatzmutter verloren. Also interessiert uns jetzt erst mal alles, was im Umfeld von Signora Rossi in letzter Zeit geschehen ist – zum Beispiel das mit dem Gewinn. Ich meine, das ist doch auf jeden Fall etwas Außergewöhnliches. War es eine hohe Summe?«

Flavia Farelli nickt traurig. »Bruna hatte ein Faible für die Lotterie, vor allem für diese Rubbellose. Sie hat jede Woche welche gekauft, meistens in der Tabaccheria von Luigi und Giulietta Morelli.«

Wie hoch der Gewinn war, wissen die Freunde aber leider auch nicht. Auf jeden Fall müssen wir Signor Brentano darüber informieren, denke ich. Als Fredericos Anwalt ist er unser Verbindungsglied zu Frederico und kann unsere Fragen weiterleiten. Vielleicht weiß ja Frederico etwas über einen Gewinn. Ist zwar wahrscheinlich eine Sackgasse, aber egal. Dann kann ich den Punkt von der Liste streichen. Oder wir haben das Mordmotiv gefunden. Und die drei Freunde werden auch noch durchleuchtet, unauffällig, damit sie nicht gekränkt sind, ich will es mir mit dieser Quelle nicht verscherzen. Bis jetzt hat Signor Tambalotti vor den anderen nicht erwähnt, dass wir ihn nach seinem Alibi für die Tatzeit befragt haben. Ich könnte mir vorstellen, dass er sich diesen Schwarzen Peter nicht auf die Fahne schreiben möchte und sich lieber heraushält. Denn wenn er das Thema anschneidet, bedeutet das im Umkehrschluss, dass auch die anderen ihr Alibi offenlegen müssen. Tja, das kann ich jetzt nicht ändern. Da ich nicht der Typ bin, unangenehme Dinge auf die lange Bank zu schieben, gehe ich geradewegs in medias res, was heißt, ohne viel Drumherumgerede ins Fettnäpfchen zu treten, wie Vinc es sicher liebevoll formulieren würde.

Louisa hält sich im Hintergrund, lässt mich machen, auch wenn ihre Ohren immer mehr glühen. Ich suche den richtigen Einstieg in die Alibi-Fragerunde.

»Signora Farelli«, fange ich mit der extravaganten alten Dame an, »wann haben Sie Bruna Rossi das letzte Mal gesehen oder mit ihr telefoniert?«

Flavia muss nicht lange überlegen. »Das war an unserem letzten Gesellschaftsabend. So nennen wir unsere wöchentlichen Treffen. Wir reden, spielen Karten, planen Ausflüge oder Urlaubsreisen.«

»Spielen Sie dabei auch um Geld?« Diese Frage wäre mir sicher nicht eingefallen, wenn das Thema Glücksspiel vorhin nicht auf den Tisch gekommen wäre.

»Nur um ein paar Tausend pro Abend«, winkt Flavia lässig ab.

Louisa und ich werfen uns einen Blick zu. Also doch!

»Kleiner Scherz«, schmunzelt Flavia. Ihre beiden Freunde lächeln ebenfalls und genießen wohl auch, uns oder speziell mich ein wenig veräppelt zu haben.

Ich nehme es mit Humor. »Sie haben völlig recht. Sie sind mir in keiner Weise Rede und Antwort schuldig. Aber vielleicht kann ich als Außenstehende einigermaßen objektiv auf die Situation blicken, während das für Sie in Ihrer persönlichen Betroffenheit gar nicht möglich ist.«

Alle nicken ernst.

»An welchem Tag war das letzte Treffen?«, frage ich.

»Vergangenen Donnerstag.«

»Das Gleiche gilt für mich«, wirft Giuseppe Bonera dazwischen. »Auch ich habe Bruna an diesem Abend das letzte Mal gesehen.«

»Und wo waren Sie gestern Vormittag, so gegen elf, Signora Farelli?«

Flavia schnappt nach Luft. »Was soll das? Sind Sie von der Polizei? Wenn nicht, dann möchte ich Sie höflich bitten …«

»Lass gut sein, Flavia. Mich hat sie auch schon gefragt«, interveniert Tambalotti. »Und mal ehrlich, seien wir doch froh, wenn Licht in die Sache kommt. Unsere liebe Freundin Bruna ist tot. Das Einzige, was wir noch für sie tun können, ist, denjenigen zu finden, der sie auf dem Gewissen hat. Wenn die Beantwortung dieser Fragen dazu beiträgt, dann ist das doch gut so. Wir alle kennen außerdem Frederico, und keiner von uns zweifelt wohl an seiner Unschuld. Bruna stand ihm sehr nahe und würde wollen, dass wir ihm helfen.« Er sieht müde aus. Das Ganze nimmt ihn sichtlich mit.

Flavia schweigt. Dann steht sie auf und fasst Giovanni Tambalotti an den Schultern. »Du hast recht, mein Freund«, sagt sie schlicht und setzt sich wieder. »Allora, Signorina, mein Alibi ist leicht zu beantworten und ebenso leicht zu überprüfen«, sagt sie und will mich mit diesen kryptischen Worten wohl doch noch ein bisschen in meine Schranken weisen.

Ich schlucke die kleine Provokation runter und warte ab. Louisas Wangen sind gerötet, ich glaube, sie schämt sich gerade ein wenig fremd.

»Giuseppe und ich«, Flavia beugt sich zu Giuseppe Bonera, der zu ihrer Rechten sitzt, und legt ihm die Hand auf den Arm, »wir waren gestern von ungefähr 10 bis 13 Uhr unterwegs. Zusammen.«

»Unterwegs? Könnten Sie das präzisieren?«, frage ich möglichst neutral. Ich will sie nicht weiter reizen.

Flavias Miene ist und bleibt traurig, nichtsdestotrotz lächelt sie leicht. »Wir erledigen unsere Einkäufe im Supermercato gerne gemeinsam.« Sie zeigt auf die Tüte, in der jetzt die Ableger für Tambalotti stecken. »Dort sind die Preise günstiger, weil er etwas abseits der Touristenroute liegt. Giuseppe fährt und hilft mir dann freundlicherweise auch noch, meine Einkäufe in die Wohnung zu tragen.«

»Dafür bekomme ich regelmäßig ein wunderbares Menü von Flavia serviert. Also durchaus eine Win-win-Situation.« Giuseppe zwinkert Tambalotti zu, der erstaunt die Brauen zusammenzieht.

»Flavia, du kochst?«, fragt er. »Für Giuseppe? Das habt ihr uns nie erzählt.«

Signora Farelli hebt federleicht die Schultern. »Ihr habt nie danach gefragt, und ihr wart ja auch immer sehr mit euch selbst beschäftigt.«

War das jetzt ein Vorwurf? *Bei Gelegenheit klären*, notiere ich auf meiner gedanklichen Fragenliste direkt unter dem Stichwort *Ungeklärter Beziehungsstatus.*

»Das hätte Bruna gefallen«, scherzt Tambalotti mit wehmütiger Stimme.

»Ach, was du jetzt denkst, mein Lieber. Es haben sich nur zwei einsame Seelen zum Einkaufen und einem gemeinsamen Essen zusammengetan«, relativiert Flavia jeden Verdacht in Richtung Liebesverhältnis.

Giuseppe Bonera sagt nichts dazu. *Ein Gentleman genießt und schweigt ...* Ich setze noch ein Ausrufezeichen hinter die ungeklärten Beziehungsverhältnisse.

»Wir brauchen alle eine Stärkung«, bestimmt Giovanni Tambalotti und greift zur Grappaflasche. Keiner widerspricht, als er die transparente Flüssigkeit in die tulpenförmigen Gläser laufen lässt. Schweigend prosten wir uns zu und spüren dann der samtigen Würze des Tresterbrandes nach.

Giovanni räuspert sich. »Und jetzt ist Schluss mit dem Gesieze. Wir sind eine Interessengemeinschaft mit trauriger Aufgabe. Ich bin Giovanni, das sind Flavia und Giuseppe.« Einvernehmlich heben die drei Freunde die Gläser.

Louisa und ich tun es ihnen gleich. »Louisa. Mich kennt ihr ja alle, und das ist Doro, meine Freundin aus München. Danke, dass ihr uns helfen wollt, Frederico aus seiner misslichen Lage zu befreien. Ihr als engste Freunde von Bruna Rossi seid unverzichtbare Helfer in dieser Sache. Und schlussendlich geht es nicht nur um Frederico und seine Unschuld, sondern darum, die Umstände von Bruna Rossis Tod zu beleuchten und damit zu klären.«

Einvernehmlich nicken wir uns zu.

KAPITEL 6

SCOIATTOLI E CARLINI – EICHHÖRNCHEN UND MÖPSE

Martedì (Dienstag) – Tag 2

Am Nachmittag

»Trotz allem müssen wir die Alibis überprüfen«, sage ich zu Louisa, als wir endlich energielos auf einer Bank an der Promenade sitzen. Caruso begießt den nebenstehenden Baum, sein Radius ist begrenzt, wir wollen ihn aber trotzdem lieber nicht von der Leine lassen.

»Fangen wir in Giovannis Stammkneipe an, bei Matteo. Andiamo«, sagt Louisa und läuft schon los. Die Angst um Frederico beflügelt sie offensichtlich.

Matteo ist da, bringt uns zwei *caffè*, Wasser und ein paar Kekse. Für Caruso pult er ein Hundedrops aus der Hosentasche und wirft es ihm zu. Caruso akzeptiert gnädig.

Ich frage beiläufig, ob Giovanni Tambalotti gestern Vormittag – so gegen elf – seinen Regenschirm hier habe liegen lassen. Er habe uns gebeten nachzufragen, als wir ihm erzählt hätten, hier vorbeischauen zu wollen.

»Giovanni war da, aber warum hatte er bei strahlendem Sonnenschein einen Regenschirm dabei? Wird wohl alt, der Gute«, spottet Matteo.

»War es am Vormittag nicht bewölkt? So um elf?«, versuche ich die Kurve zu kriegen. Der Regenschirm war ja offensichtlich nicht die beste Idee.

»Signorina, gestern war es den ganzen Tag sonnig, auch um elf, als Giovanni kam und wir den Laden geöffnet haben, und er hatte keinen Regenschirm dabei. Sagen Sie ihm einen schönen Gruß, er soll doch mal im Kühlschrank nachschauen.« Matteo lacht, und ich verziehe höflich meine Mundwinkel, finde aber, dass der Witz einen ziemlichen Bart hat.

Als Matteo sich entfernt, lehnen Louisa und ich uns zurück. »Tja, ist schon unangenehm, im Privatleben anderer Menschen zu graben. Man tritt immer jemandem auf den Schlips. Aber wir wissen, für wen wir es tun. Natürlich wird Tambalotti davon erfahren und das Manöver durchblicken, ich hoffe aber, dass er uns verzeiht.«

»Ich denke schon«, sagt Louisa.

Sie wirkt etwas gefasster als noch vor ein paar Stunden. Genau wie Caruso. Als wir bei Tambalotti waren, ist bei dem armen Kerl irgendwie der Knoten geplatzt, aktuell liegt er auf meinen Füßen.

»Allora, Alibi Nummer eins können wir abhaken, das freut mich, denn es hätte mir leidgetan, Tambalotti weiter auf der Liste haben zu müssen. Wenn er um elf hier unten bei Matteo war, dann wäre es schon sehr ambitioniert, davon auszugehen, dass er ein paar Minuten vorher einen Mord oben in der Via Trieste begangen hat. Selbst mit ein bisschen Puffer. Wir können ihn zu mindestens 95 Prozent ausschließen, würde ich sagen.«

Louisa wirkt nachdenklich. »Wie wird die Polizei unsere Einmischung finden?«, fragt sie vorsichtig.

Wusste ich doch, dass ihr etwas auf der Seele brennt. »Hör zu, Lou. Ich verstehe deine Sorge um Frederico, mir würde es mit Vinc nicht anders gehen. Die Situation ist total verworren. Und deshalb werden wir der Polizei helfen, das Wirrwarr zu entwirren.«

Wir müssen beide ein wenig lachen über diesen Satz, und mir wird sofort leichter ums Herz, und wenn ich Louisas Mimik richtig interpretiere, geht es ihr ähnlich. Hoffentlich. Wir zahlen und laufen dann an der Promenade entlang.

»Ich habe nur Angst, dass der Capitano und seine Leute unser Vorgehen als ungebührlich werten und ihren Unmut womöglich an Frederico auslassen werden«, erklärt sie.

»Das Risiko müssen wir eingehen, finde ich. Frederico ist der ideale Sündenbock, es passt alles zusammen und spricht leider gegen ihn. Je schneller wir Erkenntnisse gewinnen, die ihn entlasten, desto schneller ist er hoffentlich wieder frei. Wir haben ja auch noch Signor Brentano zur Unterstützung. Und Alfredo. Und hoffentlich auch Flavia, Giovanni und Giuseppe. Also lass uns die Alibis prüfen – je mehr wir ausschließen können, umso enger zieht sich das Netz um den Täter. Oder die Täterin.«

»Da habe ich ja glatt Glück, dass wir beide gestern Vormittag zusammen waren und du mein Alibi bestätigen kannst«, wagt Louisa einen Scherz.

»Na ja, ich habe ziemlich lange geschlafen …«

Louisa wird blass. »Das meinst du nicht ernst, oder?«

Ich winke ab. »Echt, Lou, bei dir verzichte ich aufs Alibi, dazu kenne ich dich zu gut. Ich hätte es dir angemerkt, wenn du mal schnell einen Mord zwischendurch begangen hättest, hundertpro. Aber rein prinzipiell hast du natürlich recht. Zu deiner Beruhigung: Vinc hat mir erzählt, dass du an mein Handy gegangen bist. Ziemlich genau um elf. Ich habe es im Flur liegen lassen.«

Louisa schlägt sich die Hand vor den Mund. »Oh, tut mir leid, Doro, ich habe ganz vergessen, dir seinen Anruf auszurichten. Ich wollte dich nicht wecken … und dann habe ich einfach nicht mehr daran gedacht.«

»Lou, entspann dich, Vinc rührt sich schon, wenn es dringend ist, und ich habe ja sowieso bei ihm angerufen. Du siehst, es ist nichts passiert. Aber zu deinem Alibi: Auch für den Fall, dass die Polizei dich danach fragen wird, musst du dir keine Sorgen machen. Bleib bei der Wahrheit, dreh bloß nichts zurecht, das macht es nur kompliziert und unglaubwürdig. Es ist sehr unwahrscheinlich, dass du mein Handy eingesteckt und zu Bruna Rossi mitgenommen hast, um diese dann zu erschlagen und nach deiner Rückkehr einfach so weiterzumachen, als wäre nichts gewesen. Also, nur der Vollständigkeit halber: Vinc ist dein Alibi, und kein Mensch wird annehmen, dass du einen Mord geplant und zur Durchführung das Handy deiner schlafenden Freundin bei dir getragen hast. Manche Szenarien kann man einfach ausschließen, basta!«

Wir schweigen einen Moment, aber nicht lange, ich bin bereits am Überlegen, wie wir die Befragungen durchführen sollen. »Wir müssen auch die Nachbarn einbeziehen«, lasse ich Louisa an meinen Gedanken teilhaben. »Oder Passanten, die um diese Zeit gewöhnlich auf der Via Trieste unterwegs sind. Ist ihnen jemand aufgefallen, der sonst um diese Zeit nicht hier entlanggeht? Der nicht hierhergehört? Gardone ist keine Großstadt, die Einheimischen kennen sich untereinander. Sie wissen viel voneinander, da findet sich bestimmt der eine oder andere Ansatzpunkt, und dann geht es wieder irgendwie weiter. Wichtig ist auf jeden Fall, schnell zu agieren, solange die Spur noch warm ist«, betone ich noch einmal.

»Doro, ich lebe hier! Die werden uns die Fragen übel nehmen, sie werden beleidigt sein.«

»Hey, wir tun nichts Ungesetzliches, und wir tun es für zwei von ihnen. Für Frederico und für Bruna Rossi, auch wenn sie nichts mehr davon hat. Die meisten werden das einsehen und uns unterstützen, du wirst sehen.«

»Meinst du?« Louisa bleibt skeptisch. »Aber die Polizei? Wie wird die reagieren? Ich habe wirklich Angst, dass …«

Ich winke ab. »Mach dir keinen Kopf. Wir hören uns um, sonst nix.«

»Okay, ich bin sowieso dabei. Für Frederico. Ich sehe es halt nur nicht so locker wie du.« Louisa lächelt verkrampft.

Um sie abzulenken, bitte ich sie, mir das legendäre Luxushotel ihres Auftraggebers zu zeigen.

»Wo genau liegt es? Richtung Fasano, hast du gesagt?«, frage ich und drehe mich dabei um meine eigene Achse. Wir stehen mittlerweile an der Piazza Wimmer, direkt neben dem imposanten »Grand Hotel«, inmitten der Touristenströme, die sich durch die Gassen schieben und in den Lokalen verteilen. Immer auf der Suche nach einem Erinnerungsstück an den Urlaub und das viel gelobte Dolce Vita hier in Bella Italia.

Louisa zeigt nach Norden. »Nur ein paar Hundert Meter weiter, das Grundstück befindet sich direkt am See. Wir müssen allerdings oben an der Straße entlanggehen.«

Klar, der Lungolago endet hier, die riesigen Anlagen der Hotels und der Privatvillen liegen direkt am Wasser, wer weiterkommen will, muss hintenherum laufen, an der Via Zanardelli entlang, wie die Ringstraße um den See, die Gardesana, in diesem Teilabschnitt heißt. Langsam eröffnet sich mir ein gewisser Überblick über Gardone Sotto,

Gardone Riviera, Gardone Sopra, Fasano und wie sich die verschiedenen Ortsteile und Orte sonst alle nennen.

»Ich weiß nicht, ob der Principe im Hotel ist, aber der Betrieb läuft bereits auf Probe, das heißt, es sind auf jeden Fall Angestellte da. Ich zeige dir alles, und du kannst dir überlegen, was dir kulinarisch zu meinen Ideen einfällt und zum Ambiente des Hauses passt. Ich brauche immer das gewisse Feeling, wenn meine Bilder eine Seele bekommen sollen. Geht es dir mit dem Kochen nicht genauso?«

»Absolut! Das kann ich nur unterschreiben. Andiamo!« Louisa und ich sind ein gutes Team, stelle ich wieder einmal fest. Ich hoffe nur, dass ihr Enthusiasmus nicht unter der über uns lastenden Realität zusammenbricht.

»Fein! Ich möchte vorher nur Signor Brentano anrufen und fragen, ob es Neuigkeiten von Frederico gibt. Ob er weiß, wann er wieder nach Hause darf.« Sie zückt ihr Handy.

Ich übernehme Carusos Leine, und während Louisa telefoniert, lehne ich am Geländer des Schiffsanlegeplatzes an der Piazza Wimmer, direkt neben dem ehrwürdigen »Grand Hotel«. Hier ist es momentan ruhig, der See liegt grünblau schimmernd vor mir, als wollte er mir zu meiner Wahl gratulieren, genau in diesem Augenblick an diesem Ort zu sein. Zu meinen Füßen hechelt Caruso. Ich kraule ihn kurz zwischen den Ohren. Muss ich mir Sorgen machen? Er schaut zu mir hoch, mit dem typischen Mopsblick, der irgendetwas zwischen weise und treuherzig ausdrückt. Wasser hat er genug bekommen, bei Giovanni und dann noch bei Matteo, wahrscheinlich machen ihm eher die Hitze und die überzüchtete flache Nase zu schaffen, die schier unter den überlappenden Hautfalten verschwindet. Und natürlich hat er ein paar Pfunde zu viel auf den Rippen. »Deine Diät gehen wir ein anderes Mal an, Caruso, mein Dickerchen, was meinst du?«, mache ich ihn schon mal mit dem Gedanken ans Abnehmen vertraut. Aber dann drängen sich wichtigere Probleme in den Vordergrund. Was weiß ich von Frederico, außer dass er eine gigantisch gute Calzone zaubert und Louisa ihn liebt und ihm vertraut? Die Indizien sind erdrückend. Wundert mich ehrlich gesagt nicht, dass die Polizei ihn in Untersuchungshaft genommen hat, und ich befürchte, der Staatsanwalt wird alles tun, dass das erst mal so bleibt. Wenn ich das Erbe in den Mittelpunkt des Interesses stelle, kommt natürlich genauso Natale ins Spiel. Die Polizei war ja schon bei ihm und hat ihn informiert. Wie hat sich das alles wirklich abgespielt? Hat Signora Rossi vorgehabt, ihm das Haus zu vererben, wie er selbst vehement betont? Die endgültige Wahrheit hat sie wohl mit ins Grab genommen. Ich will Natale unbedingt auf den Zahn fühlen, diesem ominösen Neffen, und mir ein eigenes Bild von ihm machen. Und bei Linfatti nachbohren, ob nicht auch Natale im Visier der Ermittlungen steht. Also: Natale und Capitano Linfatti, die beiden Männer stehen ganz oben auf meiner Gesprächsliste.

Mein Handy läutet. Ich schaue aufs Display. Vinc. Als ob er gespürt hätte, dass ich gerade an andere Männer denke.

»Hast du mich vergessen?«, fragt er prompt, als ich rangehe.

»Schatz, natürlich nicht! Hast du ein paar Stunden Zeit? Es ist so viel passiert.«

»Aber du bist doch noch nicht einmal zwei Tage da …«

»Ich kann nix dafür, ich schwör's.«

»Wie immer halt. Für sein Karma kann man nix, stimmt's?«

»Hey, verarschst du mich etwa?«

»Wie kommst du auf so einen abwegigen Gedanken?« Vinc gluckst leise.

»Ja klar, was für eine absurde Unterstellung«, setze ich lapidar nach.

»Jetzt mal ernsthaft, Doro, ich wollte dir noch etwas …«

Louisa gesellt sich zu mir und lässt einen tiefen Seufzer hören.

»Schatz, ich muss Schluss machen«, unterbreche ich Vinc. »Wir telefonieren später wieder, okay? Oder ist es sehr wichtig? Ich glaube, Lou braucht jetzt ein paar Streicheleinheiten.«

»Alles klar, ich wollte nur deine Stimme hören, ob alles gut ist und so … Bei dir ändert sich das ja manchmal stündlich.«

»Übertreib mal nicht, drück mich lieber, wenigstens in Gedanken«, fordere ich.

»Siehst du die Blutergüsse an deinen Armen?«

»Hä?«

»Da müssten einige sein, so fest wie ich dich die ganze Zeit drücke.« Wieder ein leises Glucksen.

»Vinc, ich liebe dich. Echt! Du bist so romantisch.«

»Du doch auch, nur manchmal wird das von deiner Energie überdeckt«, stellt er sehr realistisch fest.

»So viel zum Thema Romantik, grazie mille. Viele Küsschen von mir und bis später, Vincenzo mio.«

»A dopo.«

Damit vertagen wir unsere Liebesbeteuerungen.

»Und? Hast du Brentano erreicht?«, frage ich Louisa, als ich aufgelegt habe.

»Ja, aber er hat keine Neuigkeiten. Die Staatsanwaltschaft hat Untersuchungshaft beantragt, und der Richter ist dem gefolgt. Und vorerst kann er auch keine Besuchserlaubnis für mich erwirken. Sobald er mehr weiß, will er Bescheid geben.« Sie schlägt die Hände vors Gesicht.

Leider ist das keine Überraschung. Ich streiche ihr tröstend über den Arm, dabei schaue ich auf die Uhr. Okay, halb drei. Ich lasse Louisa an meinen Plänen teilhaben, damit sie sich nicht zu sehr in ihren verzweifelten Bildern im Kopf verliert. Ich kann sie so gut verstehen. Wenn Vinc derjenige wäre, der unter Verdacht stünde … Allein der Gedanke kurbelt meine Motivation nochmals kräftig an.

Louisa richtet sich auf. »Brentano will sich morgen mit uns treffen. Ich habe das ›Bellini‹ vorgeschlagen.«

»Also doch Neuigkeiten?«, folgere ich.

»Nein, das nicht, aber Brentano meint, dass wir unbedingt persönlich miteinander reden sollten. Er hätte dich auch gerne dabei.«

»Soso, was hast du ihm denn erzählt?«

»Alles«, erklärt Louisa schlicht.

»Perfetto, dann muss ich mich wenigstens nicht unter einem fadenscheinigen Vorwand dazudrängen.«

Louisa lacht leise. »Als ob dir das etwas ausmachen würde.«

»Hallo! Ich tue, was notwendig ist, aber ich behaupte nicht, dass mir das immer angenehm ist«, protestiere ich.

»So habe ich das nicht gemeint«, verteidigt sie sich und kann schon wieder ein wenig lächeln.

Okay, gut so. Ich brauche sie nämlich. Mit all ihrer Power und Intelligenz. Was habe ich kürzlich gelesen? Intelligenz lässt sich nicht nur am IQ oder an guten Schulnoten ablesen, sondern auch an der Fähigkeit, unter ungünstigen Bedingungen zu überlegen und zu überleben und in schlechten Ausgangspositionen gute Lösungen für eine Verbesserung der Lage zu finden. Genau das, was wir brauchen. »Dann auf in die Höhle des Principe«, sage ich und drücke ihr Carusos Leine in die Hand.

Der schaut uns strafend an. Ich vermute, er ist der Meinung, dass man bei der Hitze gefälligst ein schattiges Plätzchen suchen und dann einfach Ruhe geben sollte.

»Dein Mopsblick nützt dir gar nix, Dickerchen. Dafür gibt es später ein fürstliches Abendessen als Entschädigung, einverstanden?«, verspreche ich.

Gemütlich, dem Tempo unseres trägen Möpschens angepasst, schlendern wir den Corso Zanardelli entlang. Immer wieder blitzt der Gardasee zwischen den Hecken und Häusern hindurch. Wobei »Häuser« der falsche Ausdruck ist. Es sind eher Anwesen, Villen, Herrenhäuser. Kann man nicht anders nennen.

»Hier in Gardone gibt es immer noch viel Luxus, wie auch schon im vorigen Jahrhundert«, erklärt Louisa. »Da vorne ist es«, sie zeigt auf ein wahrlich fürstliches Gebäude. »Das ›Hotel Principe‹. Es wurde Anfang des letzten Jahrhunderts erbaut, hat dreimal den Besitzer gewechselt, war im Zweiten Weltkrieg sogar mal Quartier für die deutschen Besatzer und ist seit 1948 im Besitz der Familie Caravalli.«

»Dann ist so sein Spitzname entstanden, oder? Der Name des Hotels und Signor Caravallis Auftreten, wie du sagst?«, spekuliere ich.

»Vermutlich. Allerdings hat die Familie es lange Jahre nicht als Hotel betrieben, aber Signor Caravalli, mein Auftraggeber, hat es sich zum Ziel gesetzt, an die alten Zeiten anzuknüpfen, als nur die Reichen und Berühmten sich einen Aufenthalt in diesem Luxusresort leisten konnten.«

Das ist heute bestimmt nicht anders, denke ich mir, als wir in die schmale Zufahrtsstraße zum Grundstück einbiegen. Allein der Blick in den hinteren, parkartigen Gartenbereich, der, umrahmt von einer hohen grünen Hecke, eine beeindruckende Fläche aufweist, lässt erahnen, dass es vorne an der Seeseite noch mondäner wird.

»Schau mal, Lou«, rufe ich entzückt und zeige auf ein Eichhörnchen, das mit flinken Sprüngen ein kurzes Stück des gepflegten Rasens überquert, um dann an einer Pinie sicheres Terrain zu erreichen. Caruso tappt mit einer Pfote vor, als wollte er den kleinen Nager jagen, überlegt es sich dann aber anders.

»Möpse sind gerade sehr beliebt«, sage ich, während wir Carusos Rückzug beobachten. »Was ist das für eine merkwürdige Rasse? Jagen die überhaupt?«, frage ich meine Freundin. »Einen Schönheitswettbewerb würden sie nicht gewinnen. Das knautschige Gesicht und der kompakte Körperbau – obwohl, süß ist er schon irgendwie. Schau mal, Lou, wie er uns mit seinen schwarzen Kulleraugen anschaut und schnauft wie eine Kreiselpumpe.«

»Möpse hätten einen unglaublich lieben Charakter, hat Bruna immer gesagt, und Jagdtrieb besitzen sie so gut wie gar nicht. Was sehr angenehm ist, finde ich«, antwortet Louisa.

»Finde ich auch.« Ich beuge mich runter zu unserem Mops und kraule seine Nackenröllchen. »Hörst du, Caruso? Kein Jagdtrieb. Und lass dir bloß nix anderes einreden.«

Je weiter wir gehen, desto mehr eröffnet sich uns zwischen Pinien, Palmen und getrimmten Buchsbaumkreationen der Blick auf den See. Eine Sicht, die kaum zu toppen ist. Louisa biegt um die Ecke, Caruso und ich schließen schnell auf. Hoppla, beinahe wäre ich auf Louisa aufgelaufen, weil sie abrupt stehen geblieben ist. Ich linse über ihre Schulter, und mir ist sofort klar, was sie am Weitergehen hindert. Wie es aussieht, platzen wir nämlich mitten in eine Veranstaltung. Alle Gäste sind top geschniegelt und dezent parfümiert, wir dagegen … Die illustre Gesellschaft verharrt einen mucksmäuschenstillen Moment und starrt uns an wie ein homogener Fischschwarm, der kollektiv die Richtung ändert. Wuff, kommentiert Caruso, und ich hoffe, dass er nicht seinem Namen Ehre machen möchte und zu singen anfängt. Nein, tut er nicht, er weiß, was sich gehört.

Eine Gestalt löst sich aus dem Schwarm und kommt auf uns zu. »Signorine? Kann ich Ihnen …? Eh, Signorina Wagner. Welch eine Freude!«, grüßt der ältere Herr mit einer eleganten Verbeugung und deutet doch tatsächlich einen Handkuss an. Dann wendet er sich ebenso formvollendet mir zu. »Signorina.«

»Signor Caravalli«, ruft Louisa erfreut und strahlt dabei eine Selbstsicherheit aus, die ich seit dem Tod von Signora Rossi nicht mehr an ihr erlebt habe. »Das ist meine Freundin aus Deutschland, die mir bei den Aufnahmen helfen wird.«

»Buon giorno, signor Caravalli«, übernehme ich die von Louisa verwendete Anrede.

Neugierig schaue ich mich um. Ionische Säulen über der Eingangsterrasse, neoklassizistischer Stil, breite Steintreppe zur Terrasse an der Seefront, so viel erkenne ich auch ohne allzu große Architekturkenntnisse. »Sehr beeindruckend.«

Signor Caravalli nickt bescheiden. »Wir feiern den Geburtstag meiner Schwester, und unser Küchenchef wollte dies gerne als Probelauf für die Küche und sein Team nehmen. Gesellen Sie sich doch dazu«, lädt er uns ein.

»Auf ein kleines Getränk mit Vergnügen«, willigt Louisa ein. »Selbstverständlich möchten wir Ihrer Schwester gratulieren, danach würden wir uns aber zurückziehen und Sie mit Ihrer Familie feiern lassen. Ich möchte Doro gerne durchs Hotel führen und über unsere Pläne für den Hotelprospekt sprechen, wenn es Ihnen recht ist. Wir wollen Sie hier gar nicht weiter stören.«

»Sie stören nicht, meine Familie ist sehr gespannt auf die Künstlerin, die ich für mein Hotel gewinnen konnte.«

Louisa lächelt, in keiner Weise verlegen. Sie weiß, was sie kann, und sie hat sich durch ihre Ausstellung großen Respekt erworben, das ist unverkennbar.

In unseren leichten Sommerkleidern sind wir nicht ganz adäquat gekleidet, aber unsere Jugend gleicht das wohl wieder aus, jedenfalls werden wir freundlich begrüßt. Wir bekommen auf einem Silbertablett einen sommerlich leichten Holunderblütensirup mit einem Schuss Sekt in edlen Kristallglastulpen gereicht und stoßen mit dem Geburtstagskind und mit dem Principe an. Plötzlich knurrt Caruso laut und vernehmlich. Oje, einer der Gäste hat einen Hund dabei. Eine riesige Dogge. Was Caruso nicht daran hindert, sich streitlustig davor zu stellen und sie vorbeugend anzuknurren. »Ein klassischer Fall von Selbstüberschätzung«, flüstere ich Louisa ins Ohr. Die greift vorsichtshalber die Leine etwas fester. *Zeit, das Fest zu verlassen*, verständigen wir uns mit einem kurzen Blick und treten samt unserem mutigen Mops den Rückzug an.

»Signorina Wagner«, der Principe berührt Louisa dezent am Ellbogen und führt uns ins Innere des Hauses. »Signorina, ich möchte noch sagen, dass ich von den tragischen Vorgängen gehört habe. Wenn ich Sie unterstützen kann, wir haben hervorragende Anwälte«, bietet er an.

Sehr nobel, schließlich hat er Louisa gegenüber keinerlei Verpflichtung und Frederico gegenüber schon gleich zweimal nicht.

»Ich danke Ihnen sehr, Principe, ich habe tatsächlich erwogen, Sie zu fragen, aber wir haben auf Empfehlung Signor Brentano aus Desenzano engagiert, und diese Sache wird unsere Vereinbarung nicht tangieren«, beantwortet Louisa damit auch die Frage, die Signor Caravalli höflichkeitshalber nicht gestellt hat.

»Vielen Dank, Signorina, das beruhigt mich natürlich sehr.« Er deutet eine Verbeugung an und lässt uns allein.

Zielstrebig führt mich Louisa durch lange Flure mit alten, marmorgefliesten Böden und Wänden, imposante Stuckdecken erinnern an vergangene Zeiten, Dekorationen fügen sich unauffällig in das Gesamtbild dieser Gediegenheit ein. Alles sehr beeindruckend.

»Ich möchte nicht wissen, was man hier für eine Nacht bezahlen muss«, kann ich mir nicht verkneifen zu bemerken. Okay, bei uns im »Macis« ist es auch nicht gerade billig, aber hier sind wir in einer anderen Welt. »Ich bin berufsbedingt in etlichen Häusern herumgekommen, aber das ›Principe‹ ist, glaube ich, die Kirsche auf der Sahnetorte.

Wir finden für Caruso ein abgelegenes Plätzchen vor der Küche, wo er niemandem im Weg sein dürfte. Ran an die Arbeit, denke ich, und freue mich.

In der Küche ist alles blitzblank, übersichtlich, und eine entspannte Emsigkeit liegt in der Luft. Acht Augenpaare mustern uns, als wir eintreten.

»Tja, so kann es aussehen, wenn der Chef kein Choleriker ist, es keinen Personalnotstand gibt und vor allem nicht gerade 60 oder 80 Essen punktgenau, heiß und optisch sich selbst übertreffend auf den Tisch kommen müssen. Glaub mir, ich weiß, wovon ich rede«, flüstere ich Louisa ins Ohr.

»Kann ich mir vorstellen, aber du hast im ›Macis‹ vom Chef bis zum Arbeitsklima sicher kein schlechtes Los gezogen, hab ich recht?«

»Hast du«, gebe ich augenzwinkernd zu. »Sogar wenn ich den Tochterbonus abziehe, den ich durchaus manchmal als Joker einsetze, ist Paps ein recht pflegeleichter Chef.«

»Er hat aber keinen laxen Führungsstil, er weiß schon, was er will«, stellt Louisa fest, die meinen Vater bereits in Aktion erleben durfte.

Der Küchenchef hat uns entdeckt und kommt zu uns rüber. »Buona sera, Signorina Wagner«, begrüßt er Louisa. Ich werfe einen schnellen Blick auf meine Armbanduhr – kurz nach 16 Uhr, spät genug für »Buona sera«, denke ich. Und immerhin wird ja bereits das Abendessen vorbereitet.

»Buona sera, signor Sardoni. Was gibt es denn heute?«, fragt Louisa.

Ich grüße ebenfalls und recke höchst neugierig den Hals.

Sardoni lächelt. »Ein kleines, aber feines Menü für die Familie. Leicht und gerade richtig für den späten Nachmittag. Wird sich dann allerdings bis zum Abend ausdehnen.« Während er mit uns plaudert und die Köstlichkeiten aufzählt, die seine Köche gerade kreieren, behält er die Gesamtsituation in der Küche im Auge.

Keine Frau dabei, stelle ich mit einem schnellen Rundumblick fest.

»Feiern, essen, tanzen, reden. La famiglia«, spricht Sardoni weiter. »Genauso sollen sich die Gäste des ›Principe‹ künftig in diesem Haus fühlen. Wie eine große Familie.«

»Schade, dass du deine Kamera nicht dabeihast«, bedaure ich, »da hätten wir einige Motive in der Tasche gehabt.«

»Du meinst, du würdest dir einiges an Arbeit sparen, wenn wir hier die Werke des Küchenmeisters ablichten würden?«

»Ertappt«, gebe ich lachend zu. »Ich koche gerne, aber diese meisterhaft kunstvollen Kreationen sind schon mühsam. Und mal im Ernst, ich finde, die Arbeit des Küchenchefs sollte im Prospekt sichtbar sein. Ehre, wem Ehre gebührt, meinst du nicht?«

»Du hast schon recht, Doro, aber der Principe will halt ein bisschen mehr. Die anderen Hotels haben ebenfalls sehr edle und hervorragende Prospekte, er will aber noch zusätzlich eine Art Kunstausgabe eines solchen, ein Gästebuch, etwas, das die Besucher mit nach Hause nehmen dürfen. Und deshalb hat er mich engagiert. Ich soll etwas ganz Besonderes entwerfen. Es soll die Geschichte des Hauses, die Schönheit der Gegend zeigen und so weiter, vor allem künstlerisch. Eine Liebeserklärung an dieses Haus, an das Land …« Louisa stockt.

»Ein Konzept hast du aber noch nicht, oder?«, frage ich skeptisch. Das Ganze hört sich für mich noch recht ziellos an.

»Noch nicht wirklich. Ich dachte mir, du bist auf jeden Fall fürs Essen zuständig. Ich mache die Vorgaben bezüglich Farbe und so weiter und sorge für die richtige Präsentation. Du kochst und inspirierst mich.«

»Ich werde also deine Muse sein?«, frage ich amüsiert.

»Wenn du so willst. Bist du ja jetzt schon. Ohne dich wäre ich heute sicher nicht hier. Vielleicht hätte ich sogar den ganzen Auftrag hingeschmissen.«

»Was kein Wunder wäre. In so einer Situation braucht jeder Unterstützung. Dafür sind Freunde ja da.«

»Ich habe einen Ordner mit Bildern von verschiedenen Events. Die können Sie gerne verwenden oder sich Ideen holen«, meldet sich Sardoni wieder zu Wort.

Louisa fasst mit beiden Händen ihre langen glatten Haare zu einem dicken Strang zusammen und legt sie über die linke Schulter nach vorne. Ein sicheres Zeichen, dass sie sich ihre nächsten Worte gut überlegt. Verzögerungstaktik, könnte man auch sagen.

»Die sind sicherlich hervorragend, aber mir schwebt etwas anderes vor. Ihre Arbeit wird ja in dem anderen Prospekt gewürdigt, in dem Gästebuch soll es um die Kunst des Fotografierens gehen. Farben, originelle Darstellung, Beleuchtung und solche Dinge.«

Sardoni lächelt. »Signorina, kein Problem, wenden Sie sich bei Bedarf an mich, ansonsten mische ich mich nicht ein, ich will ja auch nicht, dass Sie mir vorschreiben, wie ich zu kochen habe.« Er sagt das verschmitzt. »Und, Signorina Ritter, richten Sie Ihrem Vater schöne Grüße aus, ich würde mich gerne bei Gelegenheit für das Essen im ›Macis‹ letztes Jahr revanchieren.«

Aha, denke ich, die Herren kennen sich. Wenn das so ist, muss ich sofort den Ritter-Bonus ausnutzen und ein paar Zutaten für Louisa und mich für heute Abend organisieren. So können wir uns die Zeit fürs Einkaufen sparen. Denn wir wollen ja noch in die Tabaccheria zu Luigi Morelli. In der Hauptsaison haben die Geschäfte zwar fast alle bis 20 oder 21 Uhr geöffnet, aber irgendwann müssen wir heute auch mal Schluss machen.

»Setzen Sie es aufs Spesenkonto«, sagt Louisa zum Küchenchef, sichtlich froh, dass dieser nicht in seiner Ehre gekränkt zu sein scheint. Aber Sardoni lehnt vehement ab. »Signor Caravalli wäre zutiefst beleidigt, Signorina. Sie nehmen sich, was Sie brauchen, e basta.«

Louisa schaut mich fragend an.

»Salat, Tomaten, Zucchini, eine Aubergine, kein Fleisch bitte, es ist heiß, und wir sind noch eine Weile unterwegs. Ein bisschen Obst und Käse wären fein«, überlege ich schnell, um die Gelegenheit zu nutzen.

»Gino!« Sardoni winkt einen jungen Mann heran. »Du gehst doch heute um 19 Uhr?« Der junge Mann nickt. »Kannst du die Kühlkiste auf dem Heimweg bei den Damen vorbeibringen?«

»Wo wohnen Sie denn?«, fragt Gino vorsichtshalber, bevor er Versprechungen macht.

»Via Trieste, gleich hinter dem Rathaus«, erklärt Louisa. »Aber das ist nicht nötig, wir können die paar Sachen locker tragen.«

»Ich lege alles in eine Isolierbox und stelle sie an einen schattigen Platz, das ist kein Problem«, widerspricht Gino.

»Grazie«, entlässt Sardoni seinen Koch, der zurück an seinen Arbeitsplatz eilt. »Ich lasse alles zusammenstellen, inklusive Weißbrot. Dann können Sie in Ruhe erledigen, was Sie sich vorgenommen haben.«

Wir sträuben uns nicht lange, das Angebot ist bei der Hitze eine gute Option.

»Viel Glück«, wünscht Sardoni zum Abschied. Anscheinend wissen alle Bescheid.

Wir gehen raus auf den Flur zu Caruso. Der trennt sich nur widerwillig von der klimatisierten Kühle und tappt mit klackenden Krallen ergeben neben uns her.

KAPITEL 7

NON SOLO BIANCO E NERO – NICHT NUR SCHWARZ UND WEISS

Martedì (Dienstag) – Tag 2

Am späten Nachmittag

»Ich rufe noch mal Signor Brentano an. Es muss doch Neuigkeiten von Frederico geben!« Louisas Stimme signalisiert schon wieder aufsteigende Panik.

Verständlich, es ist eine extreme Situation, vor allem die Hilflosigkeit, weil man nichts tun kann. »Mach das, Lou. Ich suche inzwischen ein ›stilles Örtchen‹ für Caruso.«

Ein Lächeln stiehlt sich auf ihr Gesicht. »Bist du sicher, dass Caruso dieses Angebot annimmt und sein Geschäft punktgenau dort erledigt, wo du es dir vorstellst?«

»Unwahrscheinlich, in der Tat«, gebe ich lachend zu. »Ich wollte dich nur in Ruhe telefonieren lassen.«

»Wie du willst, aber du störst mich nicht.«

Louisa sucht sich einen schattigen Platz unter den dunkel glänzenden Blättern einer riesigen Magnolie und fiebert der Unterhaltung mit Signor Brentano und den hoffentlich positiven Worten bezüglich Fredericos Befinden entgegen. Caruso erschnuppert an der langen Leine die Gegend, sprich die Duftmarken seiner Artgenossen, während meine Blicke über den parkähnlichen Garten schweifen und nach dem Eichhörnchen Ausschau halten. Das

»Principe« ist ein edler Schuppen, kleiner als das riesige »Grand Hotel« an der Piazza Wimmer, dessen Ausmaße wahrlich beeindruckend sind, aber in Bezug auf Exklusivität stehen beide Häuser auf einem sehr hohen Level, das ist offensichtlich. Die Villen und Hotels hier an der Via Zanardelli sind mondän und eine Klasse für sich, aber nicht unbedingt die Welt, in der ich mich außerhalb meines beruflichen Wirkens im Gourmettempel meines Vaters bewege. Paps schon. Der kocht nicht nur sternemäßig, sondern liebt es auch, selbst Empfänger diverser Luxusbehandlungen zu sein.

Louisa hakt sich bei mir unter. »Immer noch keine Entspannung der Lage«, seufzt sie. »Signor Brentano hofft, mir morgen Mittag etwas Positives berichten zu können. Er ist zuversichtlich, sagt er.«

Wortlos drücke ich ihren Arm, und wir schlendern Richtung Piazza Wimmer. Zwei Carabinieri lehnen an ihren chromblitzenden Motorrädern, sie tragen dunkle Poloshirts und Uniformhosen mit messerscharfer Bügelfalte, die polierten schwarzen Helme liegen auf ihren Sitzen.

»Ausgesprochen gut aussehend, die Herren. Die würde ich nicht von der Bettkante schubsen«, sage ich todernst.

Louisa lacht. So angespannt sie die ganze Zeit ist, kann ich sie doch ab und zu aus der Reserve locken. So wie jetzt. »Kleiner Scherz! Aber Zweck erfüllt, würde ich sagen. Du lachst«, schmunzle ich.

»Du hast echt einen schrägen Humor«, attestiert sie mir. Versaut nennt Vinc das. Ich grinse.

Caruso hebt naturgemäß sein Bein an jedem Baum, Verkehrsschild oder auch Gartenzaun. Überall dort, wo für Menschennasen nicht wahrnehmbar ein Artgenosse seine Markierung hinterlassen hat und er den unwiderstehlichen

Drang verspürt, die Machtverhältnisse klarzustellen. Unter den Augen des Gesetzes ziehe ich ihn allerdings energisch weiter, nicht dass wir einen Strafzettel kassieren.

Jetzt steht noch die Tabaccheria von Luigi Morelli auf dem Plan. Bruna Rossis Freund Giovanni Tambalotti hat gesagt, dass Signora Rossi immer hier eingekauft hat. Zigarillos, Zeitungen, Journale und eben auch ihre Lose und Lottoscheine.

Wir biegen in die Ladenstraße, den Corso della Repubblica, ein. An der Ecke zieht die Auslage einer alten Apotheke meine Blicke auf sich. *Farmacia internazionale*, prangt in bronzefarbenen Lettern auf weißem Marmorgrund oberhalb der unscheinbaren Eingangstür – lediglich ein weißer, nach Farbe lechzender Holzrahmen mit einer schmucklosen Glasaussparung, umrandet von einer schlichten Marmoreinfassung. Der alte Apotheker wird mit einem Bild und verschiedenen Urkunden im Schaufenster geehrt. Cesare Storari heißt er wohl, und nach ihm sind auch die unterschiedlichen Kräuterliköre benannt, die, in schöne Glasflaschen abgefüllt und fein säuberlich etikettiert, hier beworben werden. Fernet, Acqua di Cedro, Liquimenta, Genziana – alles Kräuter, die dem Magen und der Verdauung förderlich sind. An der Außenwand hängt ein Automat. Kondome? Hygieneartikel? Louisa zieht mich weiter. Vorbei an Schaufenstern, die mit Kleidern, Schuhen, Bademoden, Taschen, Wein, Eis, Snacks und diversen Köstlichkeiten locken. Ein buntes Bild. Touristen strömen wie Ameisen von einem Laden in den anderen, auf der Suche nach Schnäppchen und Urlaubserinnerungen. Schön, wer sich unbesorgt dafür begeistern darf, denke ich und bin selbst meilenweit entfernt von solch angenehmen Vergnügungen. Mein Fokus liegt aktuell auf der Tabaccheria und neuen Erkenntnissen, die wir uns dort erhoffen und die so wichtig für uns sein könnten. Irgendwo liegt der Schlüssel zu Signora Rossis gewaltsamem Tod, wir müssen nur erst den Anfang des Fadens finden.

Louisa geht es offensichtlich genauso, denn zielsicher strebt sie flotten Schrittes zu dem Laden am Ende der Straße. *Lotto, Tabacchi*, steht da in grasgrünen Lettern über dem Eingang, die abends wahrscheinlich neonfarben leuchten. Vor dem Laden drängen sich drehbare Verkaufsständer mit Taschen in bunten Sommerfarben, Freundschaftsarmbändern und Sonnenbrillen, unzähligen Gardasee-Motiven auf Magnettafeln und natürlich ein Aufsteller mit den obligatorischen Postkarten. Immer noch. Früher wären es sicher drei davon gewesen, heute schlagen WhatsApp und Smartphone-Kamera die gute alte Postkarte als Erinnerung an einen unvergesslichen Urlaub.

Wir gehen rein und schauen uns um, vor allem nach dem Besitzerpaar, Luigi Morelli und seiner Frau Giulietta. Der Geruch nach Zeitschriften, Büchern und Tabakwaren umfängt uns. Eine besondere Mischung, die ich liebe. Spielzeug, Modellautos, Bälle und aufblasbare Gummitiere sowie Luftmatratzen tummeln sich in der Enge des Ladens. Wir quetschen uns an pinkfarbenen Flamingofüßen vorbei zur Theke, hinter der ein älterer Mann auf Kundschaft wartet. »Signor Morelli?«, spreche ich ihn an. Im Hintergrund stapeln sich Hunderte Zigarettenschachteln, auf der Theke Aufsteller mit Gardasee-Kugelschreibern, ebensolchen Feuerzeugen und allerlei Krimskrams.

»Sì, signorina. Cosa posso fare per Lei?«, fragt er und rückt dabei ein paar Pfeifen im Glasregal neben sich gerade.

»Wir würden gerne kurz mit Ihnen sprechen. Ist das möglich?«

Er zieht verwundert die Augenbrauen nach oben. »Con me? Cosa vuole?«

»Es geht um Signora Rossi«, sage ich und lasse die Worte erst mal wirken.

Und das tun sie. Signor Morellis Gesicht mutiert zur starren Maske. Die Pfeifen interessieren ihn plötzlich nicht mehr. Natürlich, er hat vom Tod der Signora gehört und geht auf Abwehr. Zumal ich ja eine völlig Fremde für ihn bin und Louisa auch keine Stammkundin bei ihm ist. Vielleicht kennt er sie sogar ebenso wenig wie mich. Bevor ich noch entscheiden kann, wie ich das Gespräch am besten unauffällig in die richtige Richtung lenke, fällt Louisa mit der Tür ins Haus: »Signor Morelli, wir haben erfahren, dass die Signora gerne Lotto gespielt und die Lose bei Ihnen gekauft hat. Uns wurde außerdem zugetragen, dass sie kürzlich einen größeren Gewinn erzielt hat. Wissen Sie etwas darüber?«

Morellis Augenbrauen driften in Richtung Nasenwurzel. Er schüttelt den Kopf.

Ich ergreife das Wort: »Signore, lassen Sie mich erklären, warum wir Sie das fragen und was wir überhaupt mit Signora Rossi zu tun haben. Es ist so, Signorina Wagner hier ist die Verlobte von Frederico Piotti, dem Untermieter von Signora Rossi. Sie versucht, mehr über die Umstände von Signora Rossis Tod herauszufinden. Die Polizei sagt, sie sei für jeden Hinweis dankbar«, lüge ich, ohne rot zu werden. Der Capitano hat uns natürlich keinen Auftrag gegeben, Erkundigungen einzuholen. Morgen will ich mit ihm reden, was nichts daran ändern wird, dass er zwei junge Zivilistinnen mit Sicherheit nicht mit Nachforschungen in einem Mordfall betrauen wird. Egal, vorerst erteile ich uns den Auftrag höchstpersönlich.

Ein jüngerer Mann will eine Landkarte zahlen, zwei kleine Jungs fragen nach Kaugummi. An der quadratischen, mit dunkelbraunem Holz furnierten Säule hinter der Theke stapeln sich unterschiedliche Lottoscheine, unter der Glasplatte an der Zahltheke sind verschiedene Rubbellose ausgestellt. Sie versprechen hohe Gewinne, den Traum vom sorgenfreien Leben, warnen allerdings gemäß staatlicher Verordnung vor Spielsucht und Abhängigkeit. Eine Italienerin hat es eilig – Feierabend oder nur kurz Pause vor einem langen Abend? –, jedenfalls braucht sie Zigaretten. Sie legt das Geld passend auf den Zahlteller und greift nach der verlangten Marke. Noch im Hinauseilen reißt sie das Zellophan von der Schachtel und pfriemelt eine Zigarette heraus. Entspannung sieht anders aus.

Endlich ebbt der Kundenstrom ab, und Morelli widmet sich uns. »Warum ist es wichtig, ob Signora Rossi bei mir eingekauft hat?«, will er wissen.

Klar, es ist normal, dass ihn interessiert, was er mit dem Tod einer Kundin zu tun haben soll. Auf die Gefahr hin, dass mir das einen Rüffel vom Capitano einbringt, lüfte ich das Geheimnis um die Umstände des Ablebens der Signora. Zumindest einen Teil davon. Zum Beispiel die Tatsache, dass es kein natürlicher Tod war und dass es möglicherweise um Geld ging. Eventuell um ein Lotterielos mit einem beträchtlichen Gewinn. »Signor Morelli, dass es einen Gewinn gegeben haben muss, steht eigentlich außer Zweifel. Die Signora hat es im Freundeskreis erwähnt, und der wiederum wusste, dass Bruna Rossi bei Ihnen Stammkundin war«, befördere ich vage Vermutungen kurzerhand zur Wahrheit.

»Attenzione, signorine«, keucht eine gepresste Stimme hinter mir.

»Mia moglie Giulietta«, stellt Signor Morelli die Frau vor, die das Paket mithilfe eines jungen Mannes in den schmalen Gang hinter der Theke geschleift hat und jetzt neugierig zu uns rüberschaut.

»Problemi alla schiena.« Seine Untätigkeit verlegen erklärend, fasst Signor Morelli sich an den Rücken.

»Buona sera, signora«, grüßen Louisa und ich gleichzeitig. »Ciao, Fausto«, Louisa nickt dem jungen Mann neben Morellis Frau zu.

Fausto. Den habe ich gestern Abend im »Bellini« kennengelernt. Einer von Fredericos Freunden. Eine kurze Pause entsteht.

»Ich mache Feierabend«, meldet sich Fausto dann ab, winkt in die Runde und verschwindet.

Morelli teilt seiner Frau mit, warum wir hier sind. Giulietta stemmt die Hände in die Hüften und posaunt heraus: »Natürlich wusste Bruna, wie man einen größeren Gewinn einlöst. Sie hat doch mal zwei- oder dreitausend Euro gewonnen, erinnerst du dich? Jedenfalls war es so viel, dass sie zur Bank gehen musste, um das Geld zu bekommen.« Giulietta hilft dem Erinnerungsvermögen ihres Mannes nicht besonders sanft mit einem Stoß in seine Rippen auf die Sprünge. Der nickt ergeben.

»Okay, das glaube ich gerne, aber mich interessiert, ob sie in der letzten Zeit hier einen Gewinn hatte.«

Morelli zuckt mit den Schultern. »Gesagt hat sie nichts.«

»Luigi!« Giuliettas Stimme drückt ihre Unzufriedenheit aus. »Denk mal an Freitag vorletzte Woche. Natürlich hat sie nichts gesagt, aber sie hatte hochrote Wangen. Wir haben doch noch darüber gesprochen!«

»Giulietta, das geht uns nichts an. Wir mischen uns nicht in die Angelegenheiten unserer Kunden.« Signor Morelli wird jetzt energisch, er fühlt sich sichtlich unwohl in seiner Haut.

»Was du immer hast. Ist doch sowieso schon alles bekannt, Bruna hat es ihren *Freunden* erzählt. Ihren Freunden! Pff!« Giulietta stößt einen verächtlichen Laut aus. »Da habe ich meine eigene Meinung dazu. Bruna und Flavia – von wegen beste Freundinnen. Flavia war grün vor Neid. Ihr Ruhm ist verblasst, sie ist arm wie eine Kirchenmaus, und Bruna hatte in ihren Augen alles, was man sich wünschen kann. Und dann auch noch einen Lottogewinn!«

Aha, Giulietta tratscht gerne, jubiliere ich innerlich. »Dann hatte sie also tatsächlich einen Gewinn?«, frage ich mit harmloser Miene.

Giulietta zuckt mit den Schultern. »Genaues wissen wir nicht. Aber sie hat ein Los gekauft, ein Rubbellos, und das hat sie wie immer sofort aufgerubbelt, drüben an der Lottosäule, und dann wurde ihr Gesicht ganz rot. Ich habe zu Luigi gesagt, dass sie was gewonnen haben muss. Sie hat den Gewinn aber nicht bei uns eingelöst, wie sonst, wenn sie ein paar Euro gewonnen hat, sondern ist verdächtig schnell verschwunden.«

»Und Sie meinen, Signora Rossi hat mit ihren Freunden darüber gesprochen? Aber warum sollte Flavia ihr das nicht gönnen?«, bohre ich weiter. Ich will die Quelle auf keinen Fall versiegen lassen.

»Na ja, das sagte ich bereits: Flavia war neidisch auf Bruna. Sie hätte das Geld auf jeden Fall besser gebrauchen können.«

»Wollen Sie damit andeuten, dass Flavia ihrer Freundin das Los gestohlen hat oder stehlen wollte? Und dabei hat sie dann …? Trauen Sie Flavia so eine Gewalttat zu?«

Giulietta hebt abwehrend die Hände. »Wo denken Sie hin! Das habe ich nie behauptet.«

O doch, denke ich, *das hast du wohl, du alte Tratsche!* Da ich sie nicht vergraulen will, schlucke ich eine passende Bemerkung runter und vertiefe das Thema nicht weiter.

Giulietta fühlt sich dennoch zu einer Erklärung bemüßigt. »Ich habe nur gesagt, dass es mit dieser sogenannten Freundschaft nicht weit her war. Man munkelt hinter vorgehaltener Hand, dass Flavia es auf Giovanni Tambalotti abgesehen hat – würde mich nicht wundern, denn dann wäre sie saniert.«

Man munkelt – damit zieht sie sich selbst aus der Schusslinie. Für den Moment hat der Schreck Giulietta aber doch verstummen lassen. *Egal, ich krieg dich schon noch,* bin ich mir sicher.

Giuliettas Handy läutet. »Scusate, da muss ich rangehen. Mein Friseur.« Sie wendet sich von uns ab. »Sì, pronto«, meldet sie sich und lauscht. »Sì, sì, nessun problema. Allora ci vediamo giovedì, va bene«, flötet sie in ihr *telefonino*, dann legt sie auf und hebt theatralisch die Hände. »Carla ist krank, mein Friseurtermin ist auf übermorgen um 17 Uhr verschoben worden. Was soll man machen?«

»Deine Frisur ist noch wunderbar, meine Liebe«, tröstet Luigi Morelli seine Frau und ist sichtlich erleichtert, das Gespräch in vermeintlich unverfänglichere Fahrwasser lenken zu können.

»Das sagst du immer.« Sie winkt ab und verdreht die Augen. »Mein Mann findet, ich gehe zu oft zum Friseur«, erklärt sie Louisa und mir. »Ich bitte dich, Luigi, davon verstehst du nichts. Du hast leicht reden, mit deinem Drei-Millimeter-Kurzhaarschnitt kannst du dir den Friseur sparen, das erledigt dein Rasierapparat. Bei mir ist das eine völlig andere Sache. Die ganze Woche rackere ich mich im Geschäft ab, da wirst du mir einmal die Woche einen Termin bei meiner Carla gönnen. Sie hat Wunderhände und massiert in einer Viertelstunde den Stress der gesamten Woche weg, der sich bei dem ganzen Ärger mit den Leuten und der Abrechnung anstaut. Und in letzter Zeit muss ich sogar noch die Ware reinschleppen!«

Der Vorwurf sitzt. Luigi wirkt ziemlich kleinlaut. »Wir haben ja Fausto, nicht wahr? Der ist sehr fleißig«, wagt er einen Einwurf. »Und für die Fenster suchen wir eine Putzhilfe, versprochen.«

Giulietta Morelli schnauft besänftigt.

»Können Sie mir den Salon empfehlen? Ich bräuchte dringend etwas Farbe«, gebe ich einem spontanen Einfall nach.

»Ich gehe zu L'Onda. Kommen Sie doch einfach am Donnerstag mit, Carla nimmt sich bestimmt Zeit für Sie«, schlägt sie großzügig vor.

Ich nicke. Wahrscheinlich denkt Giulietta, dass sie mich dort ausfragen kann. Haha! Genau das Gegenteil wird der Fall sein. Der Friseursalon ist der ideale Ort, um Giulietta auszuhorchen. Ich bemühe mich, keinen allzu zufriedenen Gesichtsausdruck zur Schau zu stellen. »Kann ich mal so ein Rubbellos sehen?«, komme ich stattdessen auf mein tatsächliches Anliegen zurück. Ich habe mich bisher weder mit Lotto noch mit sonstigen Glücksspielen beschäftigt und will mir besser vorstellen können, was Bruna Rossi vor Augen hatte, als ihr bewusst wurde, dass sie mehr als ein paar Hundert Euro gewonnen hat. »Wie hoch sind denn die Gewinnsummen bei solchen Losen?«

Luigi Morelli dreht sich dienstbeflissen um, nimmt ein paar Lose von verschiedenen Stapeln und legt sie vor uns auf die Ablage. »Frutti Ricchi kostet zwei Euro und hat einen Höchstgewinn von 100.000 Euro. Bei diesen Losen rubbelt man die Symbole auf, Apfel, Avocado, Pfirsich und so weiter, und es gibt Bonussymbole. Hier haben wir die Il-Miliardario-Lose, dieses Exemplar kostet zum Beispiel fünf Euro und hat einen Höchstgewinn von 500.000 Euro. In der Zeile ›Numeri Vincenti‹ kannst du die Gewinnzahlen freirubbeln, und darunter legst du dann deine persönlichen Nummern frei, die du mit den oberen Zahlen vergleichst«, gibt er stolz sein Fachwissen weiter.

»Dann ist eine halbe Million also der Höchstgewinn?«

»Nein, es gibt Lose bis zu einer Million.«

»Aha. Und wenn man gewinnt? Woher bekommt man das Geld?« Ist ja nicht uninteressant und außerdem in unserem Fall auch nicht unwichtig.

Giulietta mischt sich ein: »Bis 990 Euro zahlen wir hier im Laden in bar aus und erhalten das Geld von der Zentrale. Größere Gewinne müssen sich die Begünstigten persönlich bei der Bank abholen.«

»Und der Staat kassiert zehn Prozent vom Gewinn«, ergänzt ihr Mann.

»Aha, na dann – versuchen wir unser Glück?«, frage ich Louisa und lege eine Zwei-Euro-Münze auf die Theke. »Von der Frutti-Ricchi-Reihe, per favore.«

»Sei nicht so knickrig.« Louisa lächelt und schiebt einen Zehn-Euro-Schein zu meiner Münze.

Glückslose eben, allein schon deswegen, weil Louisa sogar einen Moment das Elend mit Frederico zur Seite schieben kann. »Das sind die besten Vorzeichen für den Hauptgewinn«, rufe ich enthusiastisch und zwinkere Signor Morelli zu. Der übergibt Louisa und mir unsere Lose und steckt das Geld in die Kasse.

Ich schau rüber zur Lottosäule, die ist von zwei Glücksrittern belegt, die ihre Zahlen auf den Scheinen ankreuzen. »Wir rubbeln draußen, sind gleich wieder da«, behaupte ich im festen Glauben an den ganz großen Gewinn.

»Oder wir sind auf dem Weg zur Bank«, setzt Louisa meinem Optimismus das Krönchen auf.

Als wir aus dem Laden treten, schaut sie sich um. »Ach, schade, Fausto ist weg.«

»Kein Wunder, der kennt seine Chefin und hat die Flucht ergriffen. Aber ich hätte ihn auch ganz gerne noch gesprochen – allein, ohne seine Gruppe um ihn herum.«

»Warum? Du willst doch nicht auch noch Fredericos Freunde aushorchen, oder?«, fragt Louisa skeptisch.

»Doch, Lou«, sage ich vollkommen ernst. »Wir müssen alle und jeden aushorchen. Irgendwo liegt der Hund begraben, will heißen, irgendwann taucht ein Detail auf, das uns weiterbringt, und dann noch eins und noch eins, bis das Puzzle fertig ist. Und dazu müssen wir auch Fredericos Freunde ein wenig durchleuchten. Ich verspreche, dass wir das so dezent machen werden, dass sie den Alibitest gar nicht bemerken.«

»Danke, Doro.«

Und manchmal wissen Freunde gewisse Dinge übereinander … Immerhin hätte Frederico ja wirklich ein starkes Motiv, denke ich. Dieses Mal ist es keine Zufriedenheit, die ich verbergen muss, sondern echte Besorgnis. Auch wenn ich Louisa angekündigt habe, dass unsere Nachforschungen natürlich auch zu Fredericos Ungunsten ausgehen könnten, wäre es ziemlich sicher das Aus für unsere Freundschaft. Mein Bauchgefühl spricht zwar für Fredericos Unschuld, aber wenn ich ganz ehrlich zu mir selbst bin, kratzt unter der emotionalen Schicht die Ratio – und die ist zumindest beunruhigt.

Dann wische ich mit einer energischen Handbewegung die trüben Gedanken zur Seite und setze mich auf den breiten Fenstersims. »Komm, Lou, legen wir unsere Glücksnummern und Glücksfrüchte frei.« In meinem Bauch kribbelt es leicht. »Bin fast ein bisschen aufgeregt«, gestehe ich.

»Genießen wir die Vorfreude. Du fängst an«, bestimmt Louisa.

Mit dem Daumennagel kratze ich das erste Feld auf. Ein Schmetterling und eine Sonne, von wegen Früchte … Egal, das sind meine Gewinnsymbole. Ich krame nach dem Feuerzeug in meiner Handtasche und rubble damit weiter. Funktioniert besser, und ich habe nicht das ganze silberne Zeug unterm Fingernagel. »Weiter!«, drängt Louisa. Keine Minute später wissen wir, dass nicht einmal die zwei Euro Einsatz wieder reingekommen sind.

Jetzt schnappt sich Louisa mein Feuerzeug. Die Glückszahlen auf ihrem Los sind 16, 24, 43, 13 und 11. Leider stimmen sie nicht mit ihren persönlichen Glückszahlen überein. Wir lachen. Über unsere Aufgeregtheit und den kurzen Traum vom Geldregen. »Na ja, die zwölf Euro werden wir verschmerzen«, meint Louisa lapidar.

Ich schaue kurz auf Caruso runter, der hechelnd zu unseren Füßen liegt, und zucke mit den Schultern. »Gehen wir wieder rein und verkünden unser Unglück. Über Brunas Gewinn werden wir heute nichts Neues mehr erfahren. Ich setze auf den Friseurbesuch am Donnerstag – wenn Giulietta etwas weiß, dann wird sie es mit Sicherheit dort erzählen.«

»Wir könnten uns bis dahin um das von Signora Morelli ausgestreute Gerücht kümmern, was die Beziehung zwischen Bruna Rossi und ihrer Freundin Flavia Farelli angeht«, schlägt Louisa vor.

»Perfekt«, befinde ich.

Als wir wieder im Laden stehen, sind die beiden Morellis mit Kunden beschäftigt, also winken wir nur zum Abschied, und als Signor Morelli fragend die Braue hebt, schütteln wir bedauernd die Köpfe. »Grazie del Suo tempo e della Sua pazienza«, bedanke ich mich für seine Zeit und Geduld.

Wir machen uns auf den Heimweg. Als wir die Hauptstraße überqueren, düsen zwei Carabinieri auf Motorrädern in Richtung Salò an uns vorbei. Ist das ein Omen? Aber wofür? Dass wir weitermachen sollen mit unseren Ermittlungen? Dass wir unserer Nase und unserem Bauchgefühl folgen sollen?

Die nächsten Minuten laufen wir schweigend nebeneinanderher. Wir nehmen wieder den schmalen Weg, vorbei am Heller-Garten.

Ich schaue auf die Uhr. »Fast sechs, mal sehen, ob dieser Natale daheim ist. Ich bin echt gespannt auf den Typen. Dem traue ich nicht über den Weg. Ich muss mir ein eigenes Bild machen. Von jedem Einzelnen, der etwas mit dem Tod zu tun haben könnte und bei dem wir Gelegenheit bekommen, ihn zu befragen. Also los!«, beschließe ich und klatsche tatkräftig in die Hände.

Lou lacht ungläubig. »Ist das dein Ernst? Ich gehe heute nirgends mehr hin«, verkündet sie und gähnt.

»Nur noch Natale, der liegt auf dem Weg. Die anderen machen wir morgen, versprochen. Und dann koche ich uns was Feines, okay? Du weißt ja, wo er wohnt, oder?«

Louisa nickt. »Na gut, überredet. Frederico hat mir das Haus mal gezeigt, als wir ins ›Bellini‹ gelaufen sind. Ist nicht weit von der Via Trieste entfernt.«

Das Gebäude liegt in einer schmalen Gasse, in die nur wenig Licht dringt, was im Sommer eindeutig von Vorteil ist. Während sich andere mit nassen Tüchern und schräg gestellten dunklen Holzläden behelfen müssen, herrscht hier ein angenehm kühles Klima. Der terrakottafarbene Verputz blättert an vielen Stellen großzügig ab, das ganze Haus wurde zumindest von außen schon seit einer Ewigkeit nicht renoviert. Feine Risse in den dunklen Holzläden zeugen von jahrelangem Trotzen gegen Wind und Wetter, verlangen nach Farbe und Lasur. Wenn das Schild neben der Klingel stimmt, dann wohnt Natale Negretti im dritten Stock. Die Haustür steht offen. Als wir eintreten, steigt mir sofort der Nachteil der schattigen Lage des Hauses in die Nase: Es riecht feucht und nach schimmeligem Mauerwerk. Einen Aufzug gibt es nicht in diesem alten Haus, also nehmen wir die steile, abgenutzte Holztreppe. Nur unser leicht keuchender Atem unterbricht die düstere Stille im Treppenhaus. Am lautesten schnauft Caruso. Ich habe Mitleid und nehme ihn am letzten Absatz auf den Arm. Vor der Wohnungstür setze ich ihn wieder ab. Energisch drückt Louisa den Klingelknopf. Von Müdigkeit keine Spur mehr, sie schaut auf einmal wütend aus. Ist Natale so ein rotes Tuch für sie? Dann bin ich ja mal gespannt, wie Caruso auf ihn reagiert.

Gar nicht, muss ich feststellen, als endlich die Tür geöffnet wird. Der Hund ignoriert Natale genauso, wie Natale ihn ignoriert. Der starrt nämlich erst Louisa an und wirft dann mir einen unfreundlichen Blick zu.

»Buona sera, Natale«, grüßt Louisa, und wer sie kennt, weiß, dass sie sich nur mühsam beherrscht, dem Erzfeind ihres Frederico nicht an die Gurgel zu springen. Natale spürt das offensichtlich auch, denn er weicht einen Schritt zurück. Louisa rückt sofort nach. Gut so, lobe ich innerlich und dränge hinter Louisa her, damit kann er uns schon mal nicht die Tür vor der Nase zuschlagen. An Natales Miene lese ich ab, dass ihm sein Fehler im selben Moment bewusst wird, aber es ist zu spät, ihn zu korrigieren, ohne uns mit Körperkontakt aus seiner Wohnung zu schieben. Caruso schlüpft an Natale vorbei und rollt sich im Flur zusammen. Hauptsache kühl, denkt er wahrscheinlich. Okay, Begeisterung sieht anders aus, aber Caruso verhält sich eindeutig nicht aggressiv Natale gegenüber. War alles ein bisschen viel für das kleine Kerlchen, fühle ich mit dem gebrochenen Mopsherzen mit.

»Permesso«, entschuldige ich mich und quetsche mich an Natale vorbei, hin zu Caruso. Ich lege die Leine neben ihn auf den alten braunen Teppich, der von besseren Zeiten erzählt und – müffelnd wie das ganze Haus – den Boden in Natales Wohnung ziert. Natale bleibt nichts anderes übrig, als uns hereinzubitten, nachträglich sozusagen, weil wir ja eh schon drinnen sind. Er geht uns voraus ins Wohnzimmer. Ich sehe vier Türen vom Flur abgehen, eine steht offen. Die Küche. Dann gehören die anderen zu Schlafzimmer und Bad, folgere ich. Nummer vier führt ins Wohnzimmer, wo Natale uns einen Platz auf der Couch anbietet. Louisa und ich versinken nebeneinander in dem weichen ockergelben Samtmonster, Natale setzt sich uns gegenüber, ohne uns etwas anzubieten. Man hat nicht einmal einen versöhnlichen Ausblick auf die Berge oder den See, denke ich, als ich während eines Moments der Sprachlosigkeit in dem geschmacklosen Wohnzimmer aus dem Fenster schaue. Na gut, wenn man davon absieht, dass die Mieterin gegenüber auf der anderen Straßenseite sehr attraktiv ist und anscheinend kein Problem mit möglichem Voyeurismus hat, wenn ich die fehlenden Vorhänge oder Jalousien richtig deute.

Irgendwie habe ich den Punkt verpasst, sofort mit meinen Fragen loszulegen, weil ich dachte, Louisa sei so geladen, dass sie direkt ihren Frust rauslassen muss. Ich hätte sie auch gar nicht zurückgehalten, weil ich mir von heftigen Gefühlen eine entsprechende Antwort oder auch Verteidigung erwarte. Und je emotionaler sie und Natale drauf sind, desto eher könnten auch unbedachte Worte fallen. Aber Louisa legt nicht los, also muss ich einspringen.

»Natale – darf ich Sie so nennen? Ich bin Doro Ritter, eine Freundin von Louisa, die Sie ja kennen. Ich wohne zurzeit bei ihr und war mit dabei, als Frederico Ihre Tante tot aufgefunden hat. Wir haben dazu ein paar Fragen, die Sie uns vielleicht beantworten können«, beginne ich vorsichtig.

Er ist spürbar verunsichert, schielt immer wieder zu Louisa, die, auch ohne etwas zu sagen, eine Menge Aggression ausstrahlt. »Ich habe alles bereits der Polizei zu Protokoll gegeben«, wehrt er ab. Der Klassiker, war ja klar.

Und dann explodiert der Vulkan namens Louisa. »Hast du der Polizei auch erzählt, wie sehr du darauf erpicht warst, dass Bruna endlich zum Notar geht und das Testament ändert? Wie du immer deinen Lieblingssatz verwendet hast, von wegen Blut ist dicker als Wasser? Wie du dich bei ihr eingeschleimt hast mit kleinen Gefälligkeiten? Oder mit völlig übertrieben großen Blumensträußen? Was du zu Frederico gesagt hast, natürlich unter vier Augen?« Wie Pistolenschüsse knallt sie ihm die Fragen um die Ohren und schießt im Takt mit dem Zeigefinger mit.

Natale fällt in seinem Sessel zurück. »Was soll ich zu Frederico gesagt haben?«, bringt er nur heraus, verdattert ob des plötzlichen Angriffs.

»Dass du der rechtmäßige Erbe bist und dass du dafür sorgen wirst, dass am Ende alles seine Ordnung hat!«

»Selbst wenn ich so etwas gesagt hätte, gäbe es dafür keine Zeugen.«

»Frederico hat es mir erzählt, das genügt mir.«

»Die Polizei wird das anders sehen, es steht Aussage gegen Aussage. Und schließlich wurde Frederico verhaftet, nicht ich.« Natale verschränkt die Arme vor der Brust, er hat jetzt Oberwasser. »Außerdem existiert das Testament ja noch. Wie passt es bitte in deine Theorie, dass ich meine Tante erschlage, bevor ich das Testament in Händen halte?« Jetzt fühlt er sich endgültig sicher, das ist nicht zu übersehen.

Louisas Power ist verpufft. Sie nagt stumm an ihrer Unterlippe.

»Es könnte aber auch etwas schiefgelaufen sein. Oder Sie spekulierten einfach von Anfang an darauf, dass Frederico verurteilt wird und als Mörder der Erblasserin selbst nicht mehr erben kann.« Das ist ein Schuss ins Blaue, aber Natale ist anzusehen, dass ihm dieser Gedanke durchaus nicht fremd ist. Er bekommt Schluckauf.

»Es ist nichts *schiefgelaufen*, wie Sie es so schön ausdrücken, jedenfalls nicht mit mir oder für mich. Dafür aber für meine arme Tante und auch für Frederico. Er hat halt gemerkt, dass ihm seine Felle davonschwimmen. Ich habe Tante Bruna in der Früh Blumen gebracht, das stimmt. Aber was ist denn falsch daran? Ich habe meine letzte Blutsverwandte gefunden, warum soll ich ihr keine Blumen schenken? Und ja, ich bin der Meinung, Blut ist dicker als ein dubioses Versprechen, das der Untermieter meiner Tante ihr aus den Rippen geleiert hat. Wer weiß, was er der armen Frau dafür versprochen hat. Man hört da ja die wildesten Geschichten.«

Louisa will ihm jetzt endgültig an den Kragen, ich kann sie gerade noch zurückhalten.

»Ist doch wahr!«, ereifert sich Natale. »Frederico war mies drauf an dem Morgen, wie immer, wenn wir aufeinandertrafen«, zischt er mit einem Seitenblick auf Louisa. »Dann ist er gegangen. Tante Bruna wollte einkaufen. Sie hat noch die Blumen ins Wasser gestellt, dann haben wir gemeinsam das Haus verlassen. Ich bin direkt nach Hause gelaufen und habe sie danach nicht mehr gesehen.« Er setzt einen waidwunden Blick auf, dessen Glaubwürdigkeit zu ergründen ich jetzt überhaupt keine Lust habe. Ich kann nicht behaupten, dass dieser Mensch mir sonderlich sympathisch ist, aber ehrlich gesagt glaube ich auch nicht, dass er alles nur erfunden hat, was er sagt. Was ist also wahr, was gelogen?

Dann fragt Louisa nach dem Los. Natale hält ihrem Blick stand, kann aber nicht verhindern, dass sich auf seiner Stirn ein feiner Schweißfilm bildet.

»Ich weiß nichts von einem Los. Ich muss auch gar nicht mit euch reden, das wisst ihr, aber mir ist daran gelegen, möglichst wenig Unfrieden in der ganzen Sache aufkommen zu lassen. Ich bin offen und ehrlich, und alles, was ich euch sage, könnt ihr auch gerne der Polizei erzählen, obwohl ich es im Groben schon zu Protokoll gegeben habe. Frederico wird für seine Tat zur Rechenschaft gezogen, da kann ich nichts dafür, das hat er sich selbst zuzuschreiben. Meine Tante hat mir noch an ihrem Todestag zugesagt, dass sie mir das Haus überlassen wird. Solch eine Immobilie muss einfach in der Familie bleiben, das hat sie wohl eingesehen. Frederico sollte wohl etwas Geld als Entschädigung bekommen. Vielleicht hat er unser Gespräch belauscht und ihren Entschluss gehört.« Er richtet sich im Sessel auf und schaut uns herausfordernd an.

»Was für Geld?«, übergehe ich die neuerlichen Anschuldigungen gegen Frederico. »Hat es doch einen Gewinn gegeben?«

Louisa dagegen geht aufs Ganze. »War es nicht in Wirklichkeit gerade umgekehrt? Bruna hatte nie vor, ihr Wort gegenüber Frederico zu brechen und das Testament zu ändern. Ganz im Gegenteil, sie hat nie besonders familiäre Gefühle dir gegenüber gehegt, stimmt's?«

Natale sieht beleidigt aus. »Du stellst immer *mich* als Erbschleicher hin, aber wer ist denn in Wirklichkeit der, der sich bei Bruna eingeschleimt hat? Warum ist Frederico denn nicht längst zu dir gezogen? Obwohl du Platz genug hast und er dich angeblich liebt, bleibt er doch lieber bei einer alten Frau wohnen? Scusa, aber das stinkt zum Himmel! Frederico hatte nur Angst, seinen Einfluss auf meine Tante zu verlieren, wenn er auszieht, und damit auch ihr Erbe, das eine einmalige Gelegenheit für einen armen Pizzabäcker wie Frederico gewesen wäre, der selbst nichts besitzt. Und das war ihm wichtiger, als zu dir zu stehen. Zu der Frau, die er angeblich aufrichtig liebt. Stattdessen hat er bei Bruna den Fürsorglichen gespielt. Dass ich nicht lache. Hast du die Angelegenheit mal von dieser Seite betrachtet?« Natale stößt ein wütendes Schnauben aus. Er lässt sich jetzt nicht mehr in die Ecke drängen. Er wird grantig, steht auf. »Es ist genug. Basta! Ich bin euch keine Rechenschaft schuldig und trage keine Schuld an irgendetwas. Frederico kann als Mörder der Erblasserin sowieso nicht erben, und damit fällt alles automatisch mir als Neffen zu. Ich habe also gar keinen Grund, mich euch gegenüber zu rechtfertigen. Außerdem würde mir jedes Gericht sofort recht geben und das Testament für ungültig erklären, wenn ich es anfechten würde, und das werde ich im Zweifelsfall, denn *ich* bin Brunas Familie. Familie hat nämlich noch einen Wert hier bei uns in Italien. Allora, und jetzt verlasst bitte meine Wohnung. Subito!«

Caruso springt dynamisch auf und folgt uns, noch bevor ich zur Leine greifen kann. Fast als hätte er Angst, dass wir ihn bei unserem überstürzten Aufbruch vergessen könnten.

»Was hat der Besuch bei Natale gebracht?«, frage ich, als die Haustür hinter uns ins Schloss gefallen ist.

Louisa zuckt mit den Schultern. »In meinen Augen hat Natale das beste Motiv für den Mord. Er will das Haus, und das Testament stand ihm im Weg. Ob Bruna ihm wirklich versprochen hat, es zu seinen Gunsten zu ändern, wissen wir nicht. Natale behauptet es zwar, aber was, wenn es ganz anders war? Wenn Bruna ihm ein für alle Mal klargemacht hat, dass sie ihre Meinung diesbezüglich genauso wenig ändern wird wie das Testament? Vielleicht hat sie ihm Geld versprochen, vielleicht auch von dem Los erzählt, aber das bestreitet er ja. Also entweder hat er das Testament gesucht oder das Los. Oder beides. Und dann ist Bruna überraschend zurückgekommen.«

»Und musste sterben«, vervollständige ich den Satz. »War das sein Plan? Bruna umzubringen, sobald er das Testament gefunden hätte? Oder wollte er nur das Los?«

»Keine Ahnung.« Louisa schaut düster. »Jedenfalls nutzt die Polizei diese Argumentationskette gegen Frederico und nagelt ihn damit fest.«

»Das stimmt. Und leider ist es so, dass für einen Außenstehenden Frederico das stärkere Motiv hatte, weil er rein rechtlich ohne Testament gar nichts erben würde, Natale aber alles. Es war bekannt, dass Frederico von dem Testament wusste, er hat es auch gar nicht geleugnet. Die Polizei glaubt, er habe Angst gehabt, Natale könne seine Tante doch noch umstimmen, und sie deshalb erschlagen. Vielleicht ging auch ein Streit zwischen beiden voraus, immerhin hat sich Frederico ziemlich aufgeregt, als Natale schon in aller Früh mit den Blumen bei Bruna ankam. Frederico hat uns selbst davon erzählt, und Natale hat es der Polizei gesagt. Und eben auch, dass seine Tante das Testament zu seinen Gunsten ändern wollte. Das wiegt in den Augen des Gesetzes bestimmt schwer. Natale hat einfach diesen verdammten Familienbonus.«

Wir seufzen unisono und biegen in die Via Trieste ein. Gleich darauf sind wir bei Louisas Haus.

Die Kiste mit den Lebensmitteln steht wie versprochen vor der Tür. Louisa gähnt. »Oje, das habe ich ganz vergessen. Willst du heute wirklich noch was kochen, Doro? Sollen wir nicht lieber kurz ins ›Bellini‹ gehen und dort was essen? Und dann hinterher hier auf der Terrasse nur noch ein Glas Wein trinken?«

»Verlockende Idee, und ich bin auch ziemlich platt. Aber weißt du, Lou, ich koche gerne und es entspannt mich. Ich zaubere uns was Leichtes, und wir nehmen einen Bellini als Aperitif. Was meinst du?«

»Wenn es dir nicht zu viel ist. Aber mach bloß keinen Aufwand. Ich hab eigentlich kaum Hunger. Den Bellini nehme ich allerdings gern.«

»Allora, in dubio Bellini – sag ich doch. Ich zieh mich nur noch schnell um.« Ich drücke ihr ein Küsschen auf die Wange und springe schon die Treppe hoch.

Nach einer Zwei-Minuten-Dusche schlüpfe ich in frische Klamotten und bin bereit für den Küchendienst. Ich freue mich darauf, weil ich genau weiß, wie sehr ich mich beim Kochen entspannen kann. Normalerweise natürlich am liebsten zusammen mit Vinc … Ich beschließe, ihn später noch anzurufen, und widme mich jetzt erst mal dem Pfirsichmus für den Bellini. Ich überlege, was ich kochen soll. Ein Blick in die Kiste aus dem »Principe« und in den mager bestückten Kühlschrank von Louisa reduziert die Möglichkeiten. Aber das schreckt mich nicht ab, ich bin Meisterin im Resteverwerten. Immerhin, als Vorspeise sind gefüllte Minipaprika möglich – *Peperoni ripieni di ricotta* mit gerösteten Pinienkernen. Dazu brauche ich Ricotta, Pesto, Knoblauch, Salz, Pfeffer. Während ich noch überlege, wie es weitergeht, rufe ich nach Louisa, wegen der Sektgläser für den Bellini. Die Hälfte des Pfirsichmuses gebe ich in ein kleines Gefäß und stelle es ins Eisfach. Fürs nächste Mal, optimiert Geschmack und Konsistenz des Bellinis. Für heute tun es auch zerkleinerte Eiswürfel und ein eiskalter Prosecco.

Nachdem Louisa die gewünschten Gläser in die Küche gebracht hat, gibt sie zunächst das Pfirsichmus hinein und füllt dann unter leichtem Rühren mit Prosecco auf.

»Cin cin.« Wir prosten uns zu. »Ich bin froh, dass wir zu Hause sind«, spricht sie mir aus der Seele. »Wenn du nichts dagegen hast, nehme ich mein Glas mit hoch, ich will auch noch unter die Dusche. Allein schon, um den Geruch aus Natales Wohnung loszuwerden.«

»Mach das, Lou, ich komme hier allein zurecht.« Mir ist klar, dass Louisa mehr als nur den Schweiß des Tages loswerden will, und wenn es auch nur symbolisch ist.

Ich seufze. Was für ein Mist, das Ganze. Ich überlege, ob jetzt der richtige Zeitpunkt für ein Telefonat mit Vinc ist, beschließe aber, es auf später zu verschieben. Jetzt will ich erst kochen und ein bisschen runterkommen, sonst kriegt er die ganze Anspannung ab, und das will ich nicht. Was ich nachher brauche, ist ein liebevolles Geplänkel am Telefon und sonst nix.

In der Kiste, die Sardoni für uns bestückt hat, finde ich gut gekühlt auch zwei Steaks und Weißbrot. *Pasta o carne?* Die Steaks machen das Rennen. Dazu gibt es einen erfrischenden Salat mit Rucola und Cocktailtomaten und außerdem Fenchel mit filetierten Orangenschnitzen, die ich mit Honig, Salz und Pfeffer mariniere. Von wegen karger Vorrat – die Kiste beschert uns ein Festmahl.

Als Louisa wieder in der Küche erscheint, ist bis auf die Steaks alles fertig. Sie deckt draußen den Tisch und trägt die Schüsseln raus, ich brutzle das Fleisch im heißen Fett. Ich möchte noch ein wenig Soße und nehme das Fleisch aus der Pfanne, das kann derweil in Alufolie ruhen. Das Bratfett zischt, als ich es mit etwas Rotwein ablösche, sofort zieht ein unvergleichliches Aroma durch die Küche. Noch einen kleinen Schuss Balsamicoessig dazu, abschließend würze ich mit Salz und Pfeffer.

Endlich sitzen wir gemütlich draußen, der Bellini ist bereits geleert, und ein sattes Glas Rotwein hat seinen Platz eingenommen. Die ersten Minuten essen wir schweigend, genießen den Geschmack von Gemüse, Fleisch und Salat, nippen an unserem Wein und lehnen uns dann gesättigt zurück. Louisa hat es trotz allem geschmeckt, das freut mich. »Wir räumen später ab«, bestimmt sie, und ich bin mehr als einverstanden.

Ich zünde mir eine Zigarette an und schaue den ausgepusteten Rauchkringeln nach. Dann halte ich die Ruhe nicht mehr aus. Meine Gedanken sind längst wieder mitten im Fall Bruna Rossi. Ich habe mir zwar fest vorgenommen, nicht mit dem Thema anzufangen, bevor Louisa es nicht tut, aber jetzt haben wir gegessen, sind gestärkt … *Lass es einfach raus, Schatz*, würde Vinc sagen, und das mache ich dann auch. »Was war eigentlich mit Caruso? Warum wurde er weggesperrt? Er kennt Frederico, der hätte ihn nicht wegsperren müssen. Natale kennt er allerdings auch, und als wir heute bei ihm waren, war Caruso zwar nicht so begeistert wie bei Giovanni Tambalotti, aber er hat ihn auch nicht angeknurrt«, lasse ich Louisa an meinen Überlegungen teilhaben.

»Ach, du glaubst, Caruso hätte sich vor ihn hingestellt und uns bellenderweise verraten, dass er der Mörder von Bruna ist? Und wir hätten das verstanden, wie einst Dr. Dolittle?« Sie verzieht spöttisch die Augenbrauen. Dann erklärt sie mir, dass sie das Thema aus demselben Grund nicht anschneiden wollte wie ich – um mich nicht damit zu belasten.

»Lou, hör auf! Ich helfe dir gerne, und wie du weißt, habe ich sogar ein gewisses Faible für unklare Kriminalfälle. Vinc würde sich bei der Vorstellung, ich würde mich in so einen Fall nicht einbringen, schlapplachen. Es entspricht sozusagen meinem Naturell«, nehme ich ihr die Skrupel.

»Dann bin ich ja beruhigt«, sagt Louisa und spinnt den Faden weiter. »Wir treffen Brentano also morgen. Wir sind um elf mit ihm im ›Bellini‹ verabredet. Zur Lagebesprechung. Alfredo stellt uns einen Tisch in einer ruhigen Ecke zur Verfügung und kümmert sich auch um das Mittagessen.«

»Ja klar, das ist wichtig. Dass wir planen, wie es weitergehen soll, und vor allem, dass wir an einem Strang ziehen. Mit Signor Brentano, aber auch mit der Polizei.«

»Hoffentlich sieht die das auch so«, unkt Louisa nicht

das erste Mal, wenn es um unsere eigenen Ermittlungen und die Einstellung der Polizei dazu geht.

»Vergiss das mal. Lass uns lieber eine Liste für Signor Brentano machen, wonach er Frederico fragen soll. Erstens: Wer hat einen Zweitschlüssel für das Haus? Zweitens: Weiß er etwas über das Los und wo die Signora es aufbewahrt haben könnte? Solche Dinge. Vielleicht darfst du aber auch schon selbst mit Frederico telefonieren oder er kommt endlich frei. Es könnte ja immerhin sein, dass die Polizei noch andere Verdächtige gefunden hat oder zumindest Spuren, die Frederico entlasten.«

Louisa schaut mich hoffnungsvoll an. »Meinst du? Wird Brentano erreichen, dass Frederico aus der U-Haft entlassen wird? Auch wenn der Verdacht bestehen bleibt? Für Frederico ist alles besser, als tatenlos in seiner Zelle zu sitzen und sich immer wieder zu fragen, ob er den Mord hätte verhindern können, wenn er noch mal bei Bruna vorbeigeschaut hätte. Ich verstehe das sowieso nicht, ehrlich. Wieso haben sie Frederico verhaftet, sie hätten genauso gut Natale mitnehmen können? Der steht Frederico bezüglich eines Motivs nun wirklich in nichts nach. Und wenn die Motive gleichwertig sind, dann können die doch nicht wahllos einen von beiden einsperren und den anderen laufen lassen. Das ist total unfair!«

»Das sehe ich auch so, Lou. Aber wie auch immer, warten wir ab, ob Signor Brentano morgen gute Neuigkeiten für uns hat. Ich wünsche es mir so sehr für euch beide. Außerdem könnten wir Frederico gut als Unterstützung gebrauchen. Er kennt die Leute hier viel besser als wir und ist einer aus dem Ort. Und es wäre bestimmt auch bedeutend leichter für ihn, um Bruna zu trauern, wenn er aktiv zu den Ermittlungen beitragen könnte.«

»Ja genau. Stattdessen steht er unter dem Verdacht, sie getötet zu haben. Das ist die übelste seelische Grausamkeit, die ich mir vorstellen kann. Genauso wie der Gedanke, dass der Mord vielleicht passiert ist, während er im Haus war. Dass er möglicherweise gerade oben unter der Dusche war und Bruna verletzt unten lag. Und er ihr Leben hätte retten können, wenn er noch mal zu ihr gegangen wäre. Verdammte Möglichkeiten.« Louisa vergräbt ihr Gesicht in den Händen.

»Kannst du mich einen Moment allein lassen?«, bittet mich meine Freundin.

Ich stehe auf und streiche ihr über den Arm, dann nehme ich mein Rotweinglas und drehe eine Runde durch den Garten, laufe barfuß durchs Gras. Das Wasser im Pool schimmert dunkel, das Licht der Straßenlaterne dringt nicht bis hierhin durch. Ich setze mich an den Beckenrand und lasse die Füße ins Wasser baumeln. Plötzlich überfällt mich die unbändige Lust zu schwimmen. Eine Minute später gleite ich durchs kühle Wasser. Ein perfekter Moment, die Sehnsucht nach Vinc durchströmt mich.

Nach drei Bahnen steige ich über die Leiter aus dem Becken, streife das Wasser von meiner Haut und lasse mich in Ermangelung eines Handtuchs notdürftig an der Poolumrandung sitzend trocknen. Selbst wenn draußen die Besatzung eines Reisebusses vorbeiflanieren würde, würde mich die dichte Hecke vor unerwünschten Blicken schützen. Ich trockne meine Hände und mein Ohr an meinem T-Shirt, das ich zerknüllt am Beckenrand abgelegt habe, und nehme mein Handy.

»Rate mal, wo ich sitze«, frage ich Vinc, als er abnimmt.

»Keine Ahnung, Schatz, wahrscheinlich auf der Terrasse im ›Bellini‹, wo du dir eine Calzone gegönnt hast.«

»Völlig daneben! War zwar in der engeren Auswahl, aber ich wollte heute selbst was Kulinarisches zaubern. Und jetzt bin ich wo? Du hast noch eine Chance, sonst kostet es dich einen Bellini oder Spritz. Na?«

»Okay, lass mal kurz überlegen … Hängematte auf der Terrasse, Schaukelstuhl im Garten … Nein, warte, jetzt hab ich's! Du sitzt am Swimmingpool und lässt deine Füße ins Wasser hängen.«

Wie bitte?! »Hey, hab ich 'ne Videoschaltung?« Ich meine, dass Vinc oft meine Gedanken errät, bevor ich sie ausgesprochen habe, das weiß ich, aber woher zum Geier weiß er …?

»Jetzt darfst *du* raten«, unterbricht er meine Gedanken.

»Äh, was denn?« Ich stehe auf der Leitung.

»Na das, was du dich gerade fragst.«

»Woher du weißt, dass ich am Pool sitze?«

»Genau. Gleicher Wetteinsatz.«

»Keine Ahnung! Hast du mein Handy manipuliert?«

»Na, na, wer wird denn gleich so misstrauisch werden …«

»Vin-cen-zo!«

»Ruhig Blut, Sherlock lüftet das Geheimnis ja schon. Du plätscherst einfach zu laut mit deinen Zehen, mein Schatz.«

»So einfach …? Haha, aber was du nicht weißt, ist, dass ich gerade im Wasser war und … keine Socken anhabe.«

»Sehr erotisch.«

»Warte mal kurz, ich muss meine Klamotten zusammenlegen, die hab ich vorher natürlich auch ausgezogen.«

»Doro! Das ist fies! Wo ich nicht da bin. Und hoffentlich auch sonst keiner!«

»Moment, ich schau mal …«

Vinc lacht leise. »Ulli wird in ein paar Tagen wieder teilweise einsatzfähig sein. Und bis dahin bleibst du einfach genau so sitzen, wie du gerade bist …«

»Guter Vorschlag. So als Lots Weib, zur Salzsäule erstarrt. Könnte dir so passen! Aber ernsthaft, es ist kein Problem, mach dein Zeug fertig, Lou und ich haben alle Hände voll zu tun, und ich unterstütze sie, so gut ich kann. Ich hab's dir noch gar nicht erzählt … In Kurzform gesagt: Es geht um Mord.«

Vinc hört zu, ohne mich zu unterbrechen, und erfährt im Schnelldurchlauf von den Vorgängen der letzten Tage. »Dich kann man keine Sekunde aus den Augen lassen, oder verarschst du mich etwa?«

»Ich wünschte, es wäre so«, sage ich düster.

»Warte mal, ich muss das alles erst sortieren.«

»Frederico und Louisa tun mir so leid. Hoffentlich bekommt Fredericos Anwalt ihn wenigstens bald aus der U-Haft raus. Allein der Verdacht ist eine extreme Belastung, aber wenigstens könnte er aktiv beim Beweisen seiner Unschuld mithelfen, wenn er frei wäre. Er kennt die Leute und die Gegend hier auch besser als wir …«

Vinc unterbricht mich: »Aber Louisa lebt doch auch schon eine ganze Weile in Gardone, oder?«

»Ja, schon, aber sie kennt die Freunde von Signora Rossi kaum. Und auch die meisten Einheimischen nicht …« Kurz bin ich abgelenkt und hindere die Mücke auf meinem Oberschenkel mit einem Gewaltakt daran, mir ein juckendes Andenken für die Nacht zu hinterlassen.

»Und dieser Alfredo? Fredericos Chef im ›Bellini‹? Der unterstützt euch?«

»Ja, Alfredo ist ein Netter. Er mag Frederico und ist vor allem voll und ganz von seiner Unschuld überzeugt. Der Verdacht der Erbschleicherei wiegt schwer und wird von Natale noch befeuert. Der streut böse Gerüchte, zum

Beispiel bei der Polizei, und leider bleibt in solchen Fällen ja viel zu oft was hängen.«

»Das stelle ich mir besonders schlimm vor, unschuldig verdächtigt zu werden und die fiesen Unterstellungen dann entkräften zu müssen, in dem Wissen, dass für immer ein Makel an einem haften bleiben wird.«

»Du sagst es.« Ich seufze. »Weißt du, die Freunde von Signora Rossi, vor allem Giovanni Tambalotti, glauben auch nicht an Fredericos Schuld. Sie sind erschüttert, betroffen und traurig, aber keiner von ihnen hält Frederico für den Mörder seiner Vermieterin. Das haben sie Louisa und mir versichert. Und ich glaube ihnen. Allerdings …«

»Was?« Es klingt etwas alarmiert.

»Na ja, letztens bei Giovanni Tambalotti hat Flavia so etwas angedeutet, nicht bezüglich des Täters, aber vielleicht bezüglich eines neuen Motivs. Da sind wir jetzt dran.«

»Du machst mich neugierig.«

»Blut geleckt, was? Also, hör zu: Flavia hat erzählt, dass Bruna bei ihrem letzten Treffen zwei Tage vor ihrem Tod erwähnt habe, dass sie in Kürze eine Menge Geld erwarte. Sie sagt, Genaueres habe sie nicht verraten, aber das bekommen wir schon noch raus.«

»Okay, Doro, jetzt schalte mal einen Gang runter. Und vor allem, lass der Polizei auch ein bisschen Arbeit übrig.«

»Alter Spötter«, winke ich ab.

KAPITEL 8

NOBLESSE OBLIGE – ADEL VERPFLICHTET

Mercoledì (Mittwoch), Tag 3

Morgens

Heute ist Mittwoch, mein dritter Tag hier in Gardone. Ich verschränke die Hände im Nacken und lasse den gestrigen Tag Revue passieren. Unglaublich, was alles auf uns eingestürmt ist. Angefangen beim Auftauchen des Capitano und seiner Kollegen – ab diesem Moment war nichts mehr, wie es war. Streng genommen ging es natürlich schon vorher los, als wir Bruna Rossi tot in ihrer Küche aufgefunden haben. Wie um diese Bilder zu verdrängen, wandern meine Blicke zum Fenster. Vom Bett aus sehe ich die Wedel der riesigen Palme im Garten. Da mein Zimmer zum Garten hinaus liegt, keine Straßenlaterne ins Zimmer leuchtet und der Raum von außen nicht einsichtig ist, habe ich darauf verzichtet, den Vorhang zuzuziehen. Nordostseite bedeutet, dass ich einen Hauch Morgensonne abkriege und schon jetzt, um 6 Uhr früh, sehe, dass es ein strahlender Sommertag werden wird. Für alle Urlauber und Ausflügler ein Traum, für uns trotz unserer traurigen Mission immerhin ein bisschen Balsam für die Seele. Zumindest für mich. Die letzten Wochen daheim waren größtenteils grau und regnerisch. Und jetzt? Ganz anders als ursprünglich geplant, fröne ich nicht in vollen Zügen dem italienischen Dolce Vita, widme mich im Schatten einer Palme am Pool meinem Kochbuchprojekt oder bin mit Louisa auf Recherchetour für ihren Exklusivauftrag. Nein, ich fische stattdessen in trüben Gewässern nach Motiven und Beweisen für einen Mord. Langsam hege ich die Befürchtung, dass Vinc recht haben könnte mit seiner süffisanten Bemerkung über meine magische Anziehungskraft ungeklärte Kriminalfälle betreffend … Was mich zum heutigen Tag bringt. Als Erstes steht ein Gespräch mit Capitano Linfatti auf dem Programm. Ich hätte gestern doch kurz anrufen und unseren Besuch ankündigen sollen. Andererseits hätte er dann wahrscheinlich abgesagt, weil er sich bestimmt nicht mit zwei hysterischen jungen Frauen herumplagen will. So gesehen hat ein spontaner Überfall durchaus seine Vorteile. Schlimmstenfalls schmeißt er uns raus, oder er ist gar nicht da. Das wäre ärgerlich, aber irgendein Kollege wird schon im Büro die Stellung halten. Ich werde mir auf jeden Fall Mühe geben, wem auch immer möglichst viel aus den Rippen zu leiern.

Langsam erwacht in mir der dringende Wunsch nach einem Espresso. Als ich aus dem Bad komme, stolpere ich fast über Caruso, der sich vor der Tür platziert hat und mich erwartungsvoll mit seinen schwarzen Knopfaugen mustert. Gemeinsam tappen wir nach unten, ich barfuß vorneweg und Caruso mit klackernden Krallen eifrig hinterher. Wenn ich da an Rambo denke, meinen schwarzen Schmusekater, der trotz seiner sieben Kilo Lebendgewicht auf lautlosen Samtpfoten durch die Wohnung schleicht und oft unbemerkt auf einmal neben mir auftaucht … Durch und durch Katze eben. Caruso ist hauptsächlich daran interessiert, sein Geschäftchen zu erledigen, und als er bemerkt, dass ich ihm weder zur Haustüre folge noch die Leine in die Hand nehme, disponiert er um und weist mir schnurstracks den Weg zur Terrassentür. Mit einem Anflug schlechten Gewissens lasse ich ihn raus in den Garten. Lässt sich ja alles bereinigen, denke ich, denn mit Tütchen in der Hand Gassi zu gehen, ist momentan keine erstrebenswerte Option für mich.

Schon eher inspiriert mich der Gedanke an ein Frühstück. Nachdem ich in der Küche den Kaffeeautomaten angeschaltet habe, sichte ich die Vorräte. Hm, hier besteht dringender Einkaufsbedarf. Ich könnte Pfannkuchen machen. Mein Magen knurrt. Eier, Milch und Mehl sind da. Außerdem haben wir dank des Principe noch einen Apfel, ein Stück Ananas, zwei Bananen, zwei Pfirsiche und ein Stück Wassermelone, damit lässt sich was anfangen. Ich schneide das Obst in gabelfreundliche Stücke, nehme mir eine kleine Auswahl davon auf einen kleinen Teller und stelle den Rest zurück in den Kühlschrank. Mittlerweile ist der Kaffeeautomat betriebsbereit. Ich wähle einen Espresso, den ich schwarz wie die Nacht, aber gut gesüßt die Kehle hinunterlaufen lasse. In eine größere Tasse plätschert in aller Ruhe ein *caffè lungo* – typisch deutsch brauche ich auch noch etwas Volumen.

Via Smartphone lasse ich mich von klassischen italienischen Schlagern berieseln, ist gut für meine Stimmung. Der Teig für die Pfannkuchen ist genug geschlagen. Ich schalte gerade den Mixer ab, als Louisa leise in die Küche tritt. »Morgen, Lou. Na, hast du einigermaßen schlafen können?« Ich stelle den Mixer ins Spülbecken und umarme dann Louisa, deren Augenringe von dunklen Gedanken zeugen, die seit zwei Tagen und Nächten wie eine Gewitterfront über ihr Leben ziehen.

»Buon giorno, Doro.« Ein schwaches Lächeln huscht über ihr Gesicht. »Du wirst staunen, wer mich gerade angerufen hat.«

»Ja? Sag schon!«

»Der Principe. Er hat gesagt, Kunst brauche ihre Zeit und die richtige Muse. Ich soll mich jetzt auf Frederico konzentrieren, die Bilder und das Gästebuch haben Zeit, bis meine Ruhe dafür zurück ist. Was soll ich sagen? Er hat recht.«

»Klar hat er recht. Ein kluger Mann. Und die Konditionen?« Ist ja nicht unerheblich, und schade wäre es schon …

»Bleibt alles beim Alten. Finde ich wahnsinnig verständnisvoll. Ich hätte mich nicht zu fragen getraut.«

»Wow! Der Mann gefällt mir, das ist ja fast überirdisch galant. Galant, gescheit und empathisch. Adel verpflichtet eben«, bemühe ich den oft zitierten Ausspruch. »Allora, konzentrieren wir uns auf Frederico.« Ich drücke Louisa den Pfannenwender in die Hand. »Aber vorher stärken wir uns. Nützt ja nichts, wenn wir hungrig in die Schlacht ziehen. Kannst du mal kurz auf die Pfannkuchen aufpassen? Ich glaube, Caruso kratzt an der Tür, ich lasse ihn rein.«

Louisa steht wortlos da, ungekämmt und im Schlafanzug. »Mann, Doro, machst du immer so einen Wirbel in der Früh? Das ist ja unheimlich.« Sie fährt sich mit der freien Hand durch die Haare.

»Pass auf, dass nix anbrennt«, sage ich bloß. Während ich zur Terrassentür gehe, denke ich an Vinc, der des Öfteren über mein morgendliches Energielevel klagt. Ich hätte ihn jetzt gerne bei mir … Mit ihm ist alles irgendwie leichter. Ich lächle und atme tief die frische Morgenluft ein. »Du, es ist herrlich draußen«, rufe ich in die Küche zurück. Dann gehe ich wieder rein zu Louisa. »Wir frühstücken auf der Terrasse, oder? Deckst du den Tisch, und ich mach drinnen fertig? Oder nee«, ändere ich mit Blick auf ihr Outfit meinen Plan, »zieh du dich um, ich komm hier unten alleine klar.«

Wortlos streckt Louisa mir den Pfannenwender entgegen und verkrümelt sich nach oben.

»Ahornsirup oder Marmelade?«, rufe ich ihr hinterher.

»Für mich bitte Marmelade, aber es steht noch Ahornsirup im Kühlschrank, falls du einen willst. Du musst nur schauen, ob der nicht längst abgelaufen ist.«

Nach dem Frühstück ziehen wir los.

»Du willst also allen Ernstes einfach so bei dem Capitano an die Tür klopfen? Ohne vorher anzurufen?«, vergewissert sich Louisa über unsere Vorgehensweise.

»Was kann schon passieren? Dass er uns rausschmeißt? Das wäre auch nicht so schlimm. Mach dir nicht ins Hemd, nur weil der bei der Polizei ist. Bei den Carabinieri, genauer gesagt. Es ist schließlich sein Job, mit Menschen umzugehen, auch mit Angehörigen. Die Polizei, dein Freund und Helfer – heißt es nicht so? Und weißt du was? Ich hatte schon einige Male engeren Kontakt zu den italienischen Staatsbeamten, Polizia genauso wie Carabinieri, und die meisten waren durchaus umgänglich. Jedenfalls hat mir noch keiner den Kopf abgerissen. Man muss nur wissen, wann man besser ruhig ist und den Rückzug antritt.« Ich grinse. Ein Zeitpunkt, den ich durchaus manchmal verpasse … Was ich Louisa gegenüber vornehm verschweige.

»Wenn du das sagst.« Louisa bemüht sich sichtlich um Optimismus.

Der sich aber wieder verflüchtigt, als wir wenig später im Rathaus vor einer Tür stehen, die sich per Messingschild als Zugang zum Reich der Carabinieri ausweist. Neben einigen anderen Türen, hinter denen sich die Ressorts der Stadtverwaltung verbergen, unter anderem auch die staatliche Polizei, die dem Innenministerium weisungsgebunden ist, ist hier anscheinend ein Außenposten der Carabinieri, die unten im Ort ihre Hauptzentrale haben und dem italienischen Militär unterstehen. Ist für uns jedenfalls praktisch, dass Linfatti hier für uns greifbar ist. Ich nicke Louisa aufmunternd zu, dann klopfe ich energisch an die weiß gestrichene Tür.

Wir haben Glück – zumindest in meinen Augen –, der Capitano lässt ein kräftiges »Sì?« ertönen. Er scheint ein wenig überrascht, als wir eintreten.

»Buon giorno, Capitano«, grüße ich höflich, und Louisa beeilt sich, dasselbe zu tun.

Der Capitano grüßt hinter seinem Schreibtisch, der zur Tür hin ausgerichtet ist, zurück. Als wir diese Förmlichkeiten hinter uns gebracht haben, schaut er uns, die Hände auf der Tischplatte gefaltet, abwartend an.

Innerlich gehe ich den Fragenkatalog durch, den wir uns für ihn vorgenommen haben. Besser wäre es, wenn Louisa anfangen würde, sie ist mit Frederico liiert und hat somit weit mehr Grund, neugierig zu sein, als ich.

Der Capitano löst unser Dilemma, indem er sich an Louisa wendet. »Signorina, ich habe eine gute Nachricht für Sie. Die Spurensicherung wird heute die Untersuchungen in Signora Rossis Haus abschließen, ab morgen wird die Versiegelung des Hauses aufgehoben.«

Kurz huscht ein Hoffnungsstrahl über Louisas Gesicht. »Heißt das, dass Frederico freikommt?«

»Das liegt leider nicht in meiner Macht, Signorina. Dazu müssten wir Beweise finden. Für seine Unschuld beziehungsweise gegen seine Schuld.« Linfatti hebt bedauernd die Hände.

Ich habe den Eindruck, er empfindet durchaus Sympathie für Louisa und würde ihr gerne etwas Positives sagen, aber er ist nicht der Typ, der sich in Lügen und falsche Versprechungen flüchtet, nur um vor einer Zeugin oder vor Angehörigen gut dazustehen.

Louisa nickt. »Das glaube ich Ihnen, Capitano. Aber es liegt in Ihrer Macht, Beweise zu finden, die die Unschuld von Frederico belegen.« Sie hebt die Hand, um jedwede Einwendung im Keim zu ersticken. »Ja, Sie brauchen es nicht zu erwähnen, natürlich können dabei auch Punkte ans Tageslicht kommen, die gegen ihn sprechen. Da ich aber felsenfest von Fredericos Unschuld überzeugt bin, ist das in meinen Augen kein Risiko, sondern einzig und allein eine Chance. Ich hoffe, dass sie nicht nur ihn als möglichen Täter sehen.« Sie schaut ihn forschend an. Oder eher herausfordernd? »Ermitteln Sie eigentlich auch gegen Natale Negretti? Ich weiß, Sie sehen das anders, aber aus unserer Sicht wiegen die Motive, die er möglicherweise hatte, genauso schwer wie die, die gegen Frederico sprechen. Gerade die Tatsache, dass ihm, falls Frederico als Erbe ausfällt, Bruna Rossis Besitz zufällt. Was seiner Meinung nach nur gerecht wäre.«

Linfatti wägt seine Worte gut ab. »Natale Negretti, hm … Der Grund, warum ich von dieser Theorie nicht überzeugt bin, ist immer noch das Testament. Wenn seine Tante ihm wirklich versprochen hat, die zu Fredericos Gunsten bestehende Verfügung zu canceln, warum hat er dann nicht einfach abgewartet, bis sie es tut? Zudem ist es nicht so leicht, einen Menschen umzubringen, das sollten Sie nicht unterschätzen. Diesbezüglich möchte ich mir weder über Ihren Freund noch über Negretti ein Urteil erlauben, aber Negretti hätte sich damit unnötig belastet. Und dass Piotti als Erbe ausfällt, weil ihm der Mord an Bruna Rossi nachgewiesen wird, ist ein Risiko, das er gar nicht hätte eingehen müssen, wenn seine Tante das Testament sowieso hätte ändern wollen.«

Louisa schlägt mit der flachen Hand auf die Tischplatte. »Eben. Das ist ja der Punkt. Er lügt. Seine Tante wollte das Testament nie ändern!«

»Aber dass Piotti wütend war wegen der Blumen, die Negretti seiner Tante mitgebracht hat, war von Negretti nicht gelogen. Das hat Piottis Reaktion bei der Befragung sehr deutlich gezeigt. Verständlicherweise ist er nicht gut auf seinen Rivalen zu sprechen, weil der in den Augen vieler wahrscheinlich schon allein aufgrund seiner Blutsverwandtschaft gewisse Rechte haben sollte.«

»Ist das auch Ihre Meinung, Capitano?«, fragt Louisa leise.

»Nein, Signorina, das ist nicht meine Meinung. Meiner Meinung nach hat jeder das Recht, selbst über sein Hab und Gut zu bestimmen. Es gibt natürlich immer Ausnahmen von der Regel – und ob hier eine Ausnahme besteht, wird sich zeigen –, aber in jedem Fall wird der Mörder nichts erben. Sofern er als solcher auch überführt wird. Warten wir also ab, was die Untersuchungen ergeben. Wenn Ihr Freund unschuldig ist, wird es ans Tageslicht kommen.«

»Wissen Sie, Capitano, Frederico kann Natale nicht leiden, das stimmt, aber Bruna mochte ihren Neffen auch nicht besonders. Das hat sie Natale spüren lassen, und sie hat es auch Frederico gegenüber geäußert. Solche Aktionen wie der Blumenstrauß in aller Frühe, das war die pure

Provokation, weil Natale wusste, dass Frederico morgens gerne mit Bruna ein Tässchen *caffè* getrunken und dabei ein bisschen geplaudert hat. Er wusste, dass Frederico sich darüber ärgern würde, und hoffte wohl, dass er ihn so dazu bringen könnte, vor Bruna aus der Rolle zu fallen. Wobei ich mir sicher bin, dass Bruna seine Manöver durchschaut hat. Aber noch etwas ganz anderes, Capitano: Wissen Sie eigentlich von einem Lotteriegewinn, den Signora Rossi angeblich kurz vor ihrem Tod gehabt haben soll?«

Linfatti nickt bedächtig. »Ist uns zu Ohren gekommen, ja.«

Als Louisa nichts weiter dazu sagt, mische ich mich ein: »Und haben Sie mit Frederico darüber gesprochen? Oder mit Natale?«

Jetzt lacht Linfatti. »Haben wir. Und wissen Sie was, die Herren waren sich einig. Zumindest im Wesentlichen.«

Louisa schaut genauso perplex wie ich. »Einig?«, frage ich skeptisch.

»So könnte man es nennen. Jeder behauptet, dass Signora Rossi einen Teil des Geldes sozusagen als Trostpreis für den jeweils anderen geplant hätte und diese Tatsache den anderen natürlich wütend gemacht habe. Also, Piotti sagt, Signora Rossi wollte das Testament beim Alten belassen, ihren Neffen aber mit etwas Geld, das ihr zugefallen sei, besänftigen. Negretti behauptet, sie habe das Testament ändern und Frederico mit dem Geld beruhigen wollen. Und aus lauter Wut sei dann der Mord vom jeweils anderen verübt worden.« Linfatti lehnt sich mit verschränkten Armen in seinem Bürostuhl zurück und beobachtet uns.

Louisa und ich tauschen einen kurzen Blick. Wir teilen den gleichen Gedanken, den Louisa dann auch laut ausspricht: »Da ist sie schon wieder, die Ungerechtigkeit,

Capitano, sehen Sie sie denn nicht? Beide haben ein Motiv, aber nur Frederico sitzt im Gefängnis!«

Der Commissario verschränkt die Hände, legt die Zeigefinger an die Lippen und scheint zu überlegen, was er dazu sagen soll. Oder weiß er etwas, das wir nicht wissen? Gibt es etwa einen Beweis dafür, dass Bruna ihrem Neffen tatsächlich versprochen hat, das Testament zu ändern oder zu vernichten? Mir geht durch den Kopf, ob Frederico ein solches Gespräch zwischen Bruna und Natale belauscht haben und keinen anderen Ausweg mehr gesehen haben könnte, als … Ich wage nicht, den Gedanken zu Ende zu denken, aber das würde natürlich sehr gut passen.

»Capitano, Sie wissen also von dem Gewinn. Aber das Los wurde nicht gefunden, richtig? Ebenso wenig wie eine entsprechende Menge Bargeld«, vergewissere ich mich.

Der Capitano legt seine Hände wieder auf den Tisch. »Nein, ein Lotterielos oder diesbezügliche Quittungen haben wir bei der Hausdurchsuchung nicht gefunden. Und auch kein Bargeld. Wir werden den Kontostand von Bruna Rossi aber dahingehend durchleuchten. Danke für den Hinweis. Allora, Signorine, mehr gibt es momentan nicht zu sagen. Wenn Sie Ihrerseits keine Fragen mehr haben …« Er erhebt sich.

»Hat Negretti Ihnen auch erzählt, dass er das Testament auf jeden Fall anfechten wird? Dass die Familie in Italien immer gewinnt? Davon ist er überzeugt, und daher wäre es in seinen Augen doch durchaus lohnenswert gewesen, wenn seine Tante ablebt und er endlich sein rechtmäßiges Erbe antreten kann.«

Linfatti ist sichtlich amüsiert. »Jetzt führen Sie die Beweiskette aber ins Abstruse, Signorina. Allora, Sie haben bestimmt schon mal vom Ermittlungsgeheimnis gehört –

nur um das nebenbei zu erwähnen. Meine Damen, ich habe nichts dagegen, wenn Sie entlastende Fakten für Piotti suchen, aber machen Sie sich nicht allzu große Hoffnungen. Und erwarten Sie nicht, dass ich jedes Ermittlungsdetail haarklein mit Ihnen bespreche. Ich dagegen erwarte von Ihnen, dass Sie mir – wenn Sie schon herumschnüffeln – von ihren Aktivitäten und Ergebnissen berichten. Und das ist keine Bitte, sondern eine polizeiliche Anordnung. Haben wir uns verstanden?« Damit meint er jetzt vordergründig wohl mich, so wie er mich mit seinem Blick fixiert. »Signor Brentano, der Anwalt, kann sich an uns wenden, jederzeit, aber das weiß er ja.«

Jetzt schaut Linfatti Louisa an. »Allora, Signorina, morgen können Sie wieder ins Haus, und vielleicht bringen die Laborergebnisse auch neue Erkenntnisse. Seien Sie versichert, ich verstehe Ihre Sorge, und seien Sie ebenso versichert, dass wir sorgfältig und unvoreingenommen in jede Richtung ermitteln, die wir für wichtig erachten und die relevante Ergebnisse verspricht.« Sein Blick wandert wieder in meine Richtung, und ich müsste mich schon sehr täuschen, wenn seine linke Augenbraue sich nicht eben spöttisch nach oben bewegt hätte.

Draußen vor dem Rathaus holen wir erst einmal tief Luft. Ich ziehe Louisa in Richtung Via Trieste. Was ich jetzt dringend brauche, ist ein Schluck Wasser, und außerdem müssen wir Caruso zu Hause abholen, der darf mit ins »Bellini«, wo wir uns um 11 Uhr mit Signor Brentano verabredet haben.

»Siehst du, Louisa, das war jetzt überhaupt nicht schlimm oder peinlich oder aufdringlich. Linfatti versteht unsere Beweggründe, vor allem deine.«

Louisa kramt einen schwarzlackierten Holzstab aus der Handtasche, fasst mit einem geübten Griff ihre langen Haare zusammen und fixiert sie am Hinterkopf zu einer gekonnten Hochsteckfrisur. Wenn ich so was mache, sieht das eindeutig weniger professionell aus.

»Okay«, sagt sie, »konzentrieren wir uns auf das Treffen mit Brentano.« Sie erhofft sich davon in erster Linie Kontakt mit Frederico und eine ehrliche Einschätzung seines Zustands.

Wenig später begrüßt uns unser kleiner Mops schwanzwedelnd an der Haustür. Soweit man bei seiner eingerollten Rute von Schwanzwedeln reden kann. Ich klicke die Leine an seinem Halsband fest. »Wir gehen schon mal raus«, rufe ich Louisa hinterher, die die Treppe rauf Richtung Bad verschwindet.

»Ja, ich komm gleich nach«, ruft sie zurück.

Ich lasse die Haustür für sie offen, Caruso zerrt mich auf die Straße. Na klar, im Garten gibt es keine interessanten Gerüche. Außerdem zieht es ihn zum Haus seines Frauchens. Ist ja verständlich, ich wundere mich sowieso, dass er nicht ständig wie ein Pfeil in diese Richtung flitzt, sobald er die Möglichkeit dazu hat. Allerdings lasse ich ihn auch aus diesem Grund nicht von der Leine, dafür kenne ich ihn zu wenig. Aber er ist relativ entspannt. Er schnüffelt, und ich folge ihm. Gefühlt alle zwei Meter hebt er sein Bein, als wollte er der gesamten Konkurrenz zeigen, wer hier der Chef im Revier ist. Ich beobachte ihn amüsiert, sein Eifer ist echt süß. Als er dann allerdings vor dem Nachbargrundstück seines toten Frauchens ein Häufchen absetzt, drehe ich mich weniger amüsiert zur Seite und ziehe ein Tütchen aus der Tasche. Trotzdem muss ich schmunzeln. »Nehmen wir's mit Humor, mein Moppel. Auf jeden Fall wollen wir keinen Ärger mit der Nachbarin. Hey, das kannst du dir aber auch sparen«, kommentiere ich seinen angedeuteten Versuch, sein Häufchen mit den Hinterläufen verdecken zu wollen. »Spuren der Erinnerung an ein Leben in freier Wildbahn. Moppel, das waren deine Vorfahren, die mussten sich noch anders verhalten, du hast eine Dienerin, die mit der Tüte hinter dir wartet, bis sie deine Spuren verwischen darf.«

»Buon giorno, signorina, mit wem unterhalten Sie sich so nett?«, ertönt hinter der Hecke eine ältere Frauenstimme, gleich darauf lugt ein freundliches Gesicht mit Sonnenbrille über das fast zugewachsene Gartentürchen.

»Buon giorno, signora. Ich erkläre gerade diesem Mops, wie es sich anfühlt, seine Hinterlassenschaften in ein Tütchen zu packen.«

Die Frau lacht. »Sie können den Beutel gerne gleich hier bei mir in die Tonne werfen.«

»Grazie mille, sehr freundlich«, bedanke ich mich für das Angebot.

»Grazie a Lei, es ist leider nicht selbstverständlich, dass Hundehalter die Häufchen ihrer Tiere entfernen.«

»Na ja, ich bin ja eigentlich gar keine Hundebesitzerin, Caruso ist der Hund von Signora Rossi, Ihrer verstorbenen Nachbarin.«

Die Dame macht ein betroffenes Gesicht. »Traurig, die Geschichte. Wir haben oft ein Gläschen Wein zusammen getrunken«, erzählt sie. Dann hellt sich ihre Miene auf. »Darf ich Sie vielleicht auf einen *caffè* einladen? Ich heiße Marta Giallini.« Sie lächelt.

»Doro Ritter, angenehm. Grazie, Signora Giallini, ein anderes Mal gerne, aber gerade warte ich auf Louisa Wagner, sie wohnt ein paar Häuser weiter und ist die Freundin von Signor Piotti, Bruna Rossis Mieter.«

»Signor Piotti! Das ist so schrecklich. Dass er Bruna getötet haben soll …«

»Das ist ein riesiges Missverständnis, Signora«, erkläre ich, schlucke aber eine weitere Verteidigungsrede hinunter. Genau das ist er, der Makel, der schon jetzt an Frederico klebt. Vorverurteilt von den Nachbarn. Und wann folgen die Freunde? Wie steht sein Anwalt zu ihm? Sein Chef? Mir wird schlecht bei dem Gedanken an die Folgen für Frederico, obwohl er höchstwahrscheinlich gar nichts mit dem Tod von Bruna Rossi zu tun hat.

»So habe ich das nicht gemeint«, entschuldigt sich Signora Giallini erschrocken. »Wissen Sie, ich wohne ganz allein hier, meine Tochter lebt in Süditalien und kommt nur selten hierher. Ich habe mich immer über Besuch von Bruna gefreut, und Frederico ist ein sehr hilfsbereiter junger Mann. Er hat öfter kleine Gefälligkeiten für mich erledigt. Einkaufen, diverse Reparaturen im Haus oder auch Rasenmähen. Sie müssen wissen, ich bin blind und auf fremde Hilfe angewiesen.«

»Oh«, sage ich betroffen und überrascht zugleich. Hätte die Signora nichts gesagt, ich hätte es nicht bemerkt. Caruso hat sich mittlerweile vors Gartentürchen platziert und fiept auffordernd. Signora Giallini öffnet das Türchen und beugt sich zielsicher zu ihm hinab, um ihn zu streicheln.

»Doro«, erschallt es in diesem Moment von weiter unten.

»Wir sind hier«, rufe ich zurück, und Louisa kommt die leichte Steigung zu uns herauf.

»Buon giorno, Signora Giallini«, grüßt sie die alte Frau, als sie uns erreicht hat. »Ah, Sie haben Doro schon kennengelernt.«

»Louisa, Signora Giallini war so freundlich, uns auf einen *caffè* einzuladen«, berichte ich. »Vielleicht kommen wir abends mal darauf zurück, was meinst du? Auf ein Gläschen Wein?«

»Gerne, nur müssen wir das kurzfristig machen. In den nächsten Tagen kann ich nichts planen, ich weiß ja nicht, wie sich die ganzen Untersuchungen rund um den Tod von Signora Rossi entwickeln.«

»Das verstehe ich, meine Liebe, Sie müssen sich jetzt voll und ganz auf die Rehabilitierung Ihres Freundes konzentrieren. Aber mein Angebot steht, ich freue mich, falls Sie beide mal Zeit für ein gemeinsames Gläschen haben.«

»Signora Giallini, wenn wir hier gerade zusammenstehen, haben Sie zufällig am späten Montagvormittag etwas Ungewöhnliches drüben bei Signora Rossi beobachtet?«, frage ich, doch im selben Moment fällt mir ein, dass das unwahrscheinlich ist, weil die Signora ja blind ist. »Ich meine, hat Ihre Nachbarin vielleicht bei Ihnen angerufen oder sich, als sie zum Einkaufen ging, hier draußen mit Ihnen unterhalten?«

»Leider nicht. Das hat die Polizei auch schon gefragt«, sagt die Signora bedauernd.

»Doro, wir müssen los«, drängelt Louisa. »Ich will Signor Brentano nicht warten lassen.«

Sie hat recht, es ist zehn vor elf, und wir müssen uns beeilen. Wir verabschieden uns von Signora Giallini mit dem Versprechen, bald einmal bei ihr vorbeizuschauen, und machen uns flott auf den Weg. Die Sonne knallt sommerlich heiß vom azurblauen Himmel – Urlaubsidylle pur, wenn nicht diese verflixt persönliche Gewitterfront drohend über uns hängen würde. Und kein entlastendes Indiz in Sicht. Kurz fühle ich mich entsetzlich mutlos, bis mir Carusos Röcheln auffällt. Hat echt Probleme mit der Atmung, der Arme. »Mach mal ein bisschen langsamer«, bitte ich Louisa deshalb.

Sie schaltet einen Gang zurück und Caruso schließt wieder auf. »Mann, Doro, ich dreh noch durch. Verdammt, ich bin auf dem Weg zu Fredericos *Anwalt*! Wieso um alles in der Welt braucht er überhaupt einen, frage ich dich. Er hat Bruna verloren. Er sollte Liebe und Unterstützung bekommen, stattdessen wird er eingesperrt und darf mich nicht sehen.« In ihren Augen schimmert es verdächtig.

»Ach, Lou, was soll ich sagen? Das ist eine extrem üble Situation für Frederico. Genauso gut hätte die Polizei sich auf Natale einschießen können. Hat sie aber nicht, deshalb müssen wir jetzt Fredericos Unschuld beweisen – oder andersherum Natales Schuld. Und wir *brauchen* Brentano. Er ist der Einzige, der dir konkret Nachricht von Frederico übermitteln kann. Hören wir uns an, was Brentano vorschlägt, dann planen wir weiter.«

Louisa seufzt schwer. Irgendwie macht die Sache mit dem Anwalt alles so offiziell, so greifbar.

Ich lasse mich ein Stück zurückfallen, gestatte mir, die Blicke runter auf den See zu genießen, die sich zwischen den Häusern auftun. Die Terrasse einer Pizzeria wird gerade für den Mittag eingedeckt, Sonnenschirme werden aufgespannt und unten grüßt türkisblau der See. Traumhaft. Aber heute können wir das nicht genießen. Außer, Brentano hat positive Neuigkeiten – dann wäre zumindest ein Eis an der Promenade drin. Louisa braucht dringend ein paar schöne Momente, sonst dreht sie noch durch. Ich spüre ihre extreme innere Anspannung und finde sie alles andere als verwunderlich.

Brentano, im hellgrauen Sommeranzug mit geöffnetem Hemdkragen und ohne Krawatte, sitzt schon am Tisch und unterhält sich angeregt mit Alfredo. Die Pizzeria öffnet erst um 12.30 Uhr, bis dahin können wir ungestört hier drinnen reden, Alfredos Koch bereitet in der Küche alles vor, auch die Pizzen, die ja eigentlich Fredericos Spezialität sind.

Nach der allgemeinen Begrüßung setzen wir uns. Alfredo hat schon Getränke für uns bereitgestellt, für Caruso ein bisschen Schinken und eine Schale mit Wasser.

»Vorab eine reine Formalität«, ergreift Signor Brentano das Wort, »Signor Piotti hat mich meiner Schweigepflicht sowohl Ihnen gegenüber, Signorina Wagner, als auch dir gegenüber, Alfredo, und auch Ihnen gegenüber, Signorina Ritter, entbunden. Er ist sich sicher, dass sich dieser Spuk, wie er es nennt, bald aufklären wird, da er, wie er betont, nichts zu verbergen hat. Allora, dann wollen wir mal.« Er fährt sich mit beiden Händen durch seine vollen grauen Locken. »Soll ich anfangen, oder möchten Sie mir erst Fragen stellen?«

»Fangen Sie an«, schlage ich vor, zeitgleich wirft aber schon Louisa ihre dringendsten Fragen in den Raum.

»Wann kommt Frederico wieder frei? Wann kann ich ihn besuchen?«

Brentano erinnert mich an den Capitano heute Morgen, der ebenso bedächtig und überlegt zu seinen Antworten angesetzt hat wie der Anwalt nun. »Das kann ich zum jetzigen Zeitpunkt leider noch nicht sagen. Ich bin dabei, mit der Staatsanwaltschaft wegen eines Besuchsrechts zu verhandeln, zumindest aber ein Telefonat zu ermöglichen. Noch sind nicht alle Spuren ausgewertet, die Sachlage muss noch eingeschätzt werden, und ja, leider ist es so, dass die Staatsorgane es nicht so eilig damit haben wie die Angehörigen. Ich habe Sie als Verlobte eingeführt, denn sonst stünden die Chancen für eine schnelle Entscheidung noch schlechter.«

Das Übliche, denke ich grantig. Das kann doch nicht wahr sein, dass an so verklebten Vorschriften festgehalten wird! Aber was rege ich mich auf, in Deutschland ist es nicht anders.

Brentano berichtet unterdessen weiter: »Signor Piotti sagt, Signora Rossi habe vorgehabt, einkaufen zu gehen, als er sie das letzte Mal gesehen hat. Natale Negretti sei noch bei ihr gewesen. Ihren Hund habe sie dabei vermutlich wie gewöhnlich bei offener Terrassentür zu Hause gelassen, damit er selbstständig in den Garten konnte. So habe ein Einbrecher leichtes Spiel gehabt, ins Haus zu gelangen. Der Hund müsse ihn wohl gestört und der Einbrecher ihn daher in die Speisekammer gesperrt haben. Warum Signora Rossi offensichtlich wenig später noch mal nach Hause zurückgekehrt ist, wisse er auch nicht, er selber habe nichts mitbekommen, da er zu dieser Zeit beim Joggen gewesen sei.«

»Das kann ich mir gut vorstellen, dass Caruso im Haus war, weil er schlicht zu faul ist zum Laufen. Und sein gutmütiges Frauchen hat ihm einen Gefallen tun wollen, als sie ihn daheim ließ, stimmt's, mein Dickerchen?«, stelle ich mit einem Blick auf den Mops zu meinen Füßen fest. Allein sein Blick gestern am Lungolago unten, als wir, anstatt zurück zum schattigen Garten in der Via Trieste zu gehen, zum »Hotel Principe« aufgebrochen sind. Wahrscheinlich würden sich Caruso, der träge Mops, und Rambo, mein stattlicher Kater, hervorragend verstehen. Was die Figur und die Einstellung zu Fressen und Bewegung betrifft, könnten sie beide in direkter Linie von Garfield abstammen.

Ich kehre zurück zum Thema. »Wir haben uns gefragt, wer der Einbrecher war und was er gesucht haben könnte. War es vielleicht Natale, der das Testament finden wollte?

Ist er bei der Suche überrascht worden, vielleicht von Frederico, als der vom Joggen zurückkam? Wurde es ihm dann vielleicht zu heiß und er ist abgehauen, hat auf die Theorie vertraut, dass die Familie im Zweifelsfall immer erbt? Oder hat Natale von dem ominösen Lottogewinn gewusst und war auf der Suche nach dem Los? Hat er es gar schon gefunden? Als wir ihn danach gefragt haben, hat er es geleugnet. Jedenfalls hat die Polizei das Testament gefunden, aber keinen Lotterieschein und auch keine größere Menge Bargeld, soweit wir wissen.«

»Signorina, Sie haben vollkommen recht. Das Wichtigste ist, Beweise für Signor Piottis Unschuld zu finden. Oder Beweise für die Schuld einer anderen Person. Zumindest in der Art, dass es Zweifel an Piottis Schuld gibt – weitere Motive, lückenhafte Alibis und dergleichen. Sobald ich etwas erfahre, gebe ich Ihnen Bescheid, aber aktuell habe ich leider nicht mehr Informationen als Sie. Signorina Wagner, ich soll Sie ganz herzlich grüßen und Ihnen ausrichten, dass Sie sich keine allzu großen Sorgen machen sollen. Signor Piotti ist sehr zuversichtlich, dass er bald wieder bei Ihnen sein wird. Wenn es vorerst keine Fragen mehr gibt, würde ich mich jetzt auf den Rückweg machen, ich will auch noch kurz mit Capitano Linfatti sprechen.«

»Signor Brentano, bitte, tun Sie alles, um zu ermöglichen, dass ich Frederico bald besuchen darf.«

Brentano verspricht es und verabschiedet sich dann. Alfredos Einladung zum Essen lehnt er dankend ab, erwidert aber seine Umarmung und lässt sich von ihm nach draußen begleiten.

Mein erster Eindruck: Franco Brentano ist ein freundlicher und sehr engagierter Mann, unaufgeregt und voll auf die Sache konzentriert. Aber ist er auch von Fredericos

Unschuld überzeugt? Glaubt er Frederico? Oder hat er den Fall nur seinem Freund Alfredo zuliebe übernommen? Das konnte ich tatsächlich nicht von seiner Miene ablesen. Na gut, wir haben keine Wahl und müssen ihm vertrauen. Auf jeden Fall wird er sich reinhängen, dass Louisa Frederico besuchen darf, und ist sich, wie es scheint, nicht zu schade, mit uns zusammenzuarbeiten. Allerdings macht auch er keine Versprechungen, dass Frederico bald wieder frei sein wird, in diesem Punkt ist er wie der Capitano und möchte keine falschen Hoffnungen wecken.

Alfredo kommt zurück. »Habt ihr Hunger? Wollt ihr eine Kleinigkeit essen?«

Louisa schüttelt stumm den Kopf.

»Lieb von dir, Alfredo, aber die Nachrichten waren ja alles andere als berauschend«, lehne auch ich sein Angebot dankend ab. »Wir haben nichts Neues erfahren, keine wirklich hoffnungsfrohe Botschaft. Da ist uns einfach nicht nach essen zumute, das verstehst du sicher.«

»Kein Problem. Aber ich sehe dir an der Nasenspitze an, dass du gewisse Vorbehalte gegen Signor Brentano hast.«

»Nein, so würde ich das nicht formulieren. Ich bin nur enttäuscht, dass wir keine positive Botschaft erhalten haben. Irgendeinen Hoffnungsschimmer. Ich finde Signor Brentano sehr sympathisch und auch glaubwürdig, aber es besorgt mich, dass Frederico vollkommen von einem Fremden abhängig ist.«

»Für Brentano lege ich meine Hand ins Feuer, Doro. Er ist ein langjähriger Kunde und mittlerweile ein richtiger Freund. Ich würde ihm meine Großmutter anvertrauen.«

»Ihr Leben oder die ganze Großmutter?«, frage ich ein bisschen spöttisch.

Alfredo lacht. »Ihr wisst, was ich meine.«

»Sì, certo, Alfredo. Louisa, was hältst du von ihm?«

»Ich finde, er wirkt vertrauenswürdig. Aber du hast recht, es fühlt sich alles bedrohlich an, auch der Gedanke, dass mir der Umgang mit Frederico einfach verwehrt werden kann. Und dass wir Brentano vertrauen müssen, ohne eine Wahl zu haben.«

Ich beiße mir auf die Lippe. Habe ich ihr jetzt einen Floh ins Ohr gesetzt? Warum presche ich manchmal so unsensibel vor, verdammt!

Erschrocken schauen wir auf. Brentano ist zurückgekommen und setzt sich wieder an den Tisch. Er reibt sich das Kinn, räuspert sich und kann nicht verhindern, dass sich seine Stirn in sorgenvolle Falten legt. »Ich habe eben einen Anruf bekommen. Vom kriminaltechnischen Team. Schlechte Neuigkeiten. Die Polizei will die Spuren wohl nicht kalt werden lassen und hat Druck gemacht. Und das Labor hat schnell gearbeitet. An Fredericos Laufschuhen und an seinem T-Shirt wurden winzige Spuren von Blut gefunden, Bruna Rossis Blut.« Er gibt uns Zeit, die Information richtig aufzunehmen.

Auf meinem Gesicht spiegelt sich vermutlich die gleiche Ratlosigkeit wie auf Louisas und Alfredos. Einer schaut den anderen an, die stumme Frage im Blick, was das, was wir gerade gehört haben, bedeutet. Eine Blutspur an Fredericos Laufschuhen?

»Aber das kann nicht sein«, stößt Louisa dann tonlos aus. »Er war nach dem Joggen nicht mehr bei Bruna in der Wohnung!« Sie klingt jetzt hysterisch.

Ich versuche, ruhig zu bleiben, zu überlegen. »Gibt es außerhalb der Küche oder überhaupt von Signora Rossis Wohnung noch irgendwelche Spuren? Vielleicht im Treppenhaus? Hatte vielleicht der Hund Blut an den Pfoten?«

Brentano schüttelt bedauernd den Kopf. »Diese Punkte sind berücksichtigt worden. Alle Orte, an denen der Hund an diesem Tag war, also auch im oberen Stockwerk, wurden nach Blutspuren untersucht, außerdem laut Protokoll sogar die Pfoten des Hundes. Auch sonst wurden außerhalb der Wohnung keine Spuren gefunden. Nur die an Piottis Sportschuhen und an seinem T-Shirt. Mit dem bloßen Auge kaum erkennbar, aber es gibt sehr effektive Methoden, solche Spuren sichtbar zu machen. Und für den DNA-Abgleich genügen kleinste Partikel. Ich muss jetzt dringend mit Piotti sprechen, ob er das irgendwie plausibel erklären kann, aber vorerst haben diese neuen Erkenntnisse leider zur Folge, dass es mit der Entlassung aus der Untersuchungshaft schwierig werden wird.« Brentano steht auf und verlässt zum zweiten Mal das »Bellini«.

KAPITEL 9

UN PARADISO – EIN PARADIES

Mercoledì (Mittwoch) – Tag 3

Am Nachmittag

Nach Brentanos Abgang sitzen wir schockiert da. Der Fall hat eine ungeahnte Wendung genommen, die wir nicht einschätzen können.

Ich will gar nicht daran denken, wie viele Fälle von Justizirrtümern es gibt, in denen die Beweislage wasserdicht scheint, die Staatsanwaltschaft den Fall als abgeschlossen bewertet und weitere Ermittlungen nur die Staatskasse belasten würden. Vielleicht auch weil der leitende Kommissar von der Schuld des Verdächtigen überzeugt ist und er wesentliche Dinge übersieht. Ich kann nur hoffen, dass Linfatti ein Ermittler ist, der alles tut, um die Wahrheit herauszufinden. Die Wahrheit und nichts als die Wahrheit … Und natürlich dass Frederico wirklich unschuldig ist. Aber daran habe ich persönlich keine Zweifel, deshalb kann und werde ich mich mit ganzer Kraft für ihn einsetzen, dennoch gibt es sie, die unwahrscheinliche Möglichkeit, dass es anders sein könnte, als wir denken … oder hoffen.

Louisa unterbricht meine Überlegungen. Ich zwinge mich, ruhig durchzuatmen, ich will sie nicht mit meinem Pessimismus belasten. Ist so schon alles schlimm genug für sie. Aber ich befürchte, sie hat mir die Sorgen bereits vom

Gesicht abgelesen. »Ach Doro«, seufzt sie, »ich möchte jetzt nach Hause. Ich muss das alles erst mal für mich sortieren. Und wenn ich nicht bald mit Frederico sprechen kann, dreh ich durch!«

Ja, das wäre für mich auch das Schlimmste: Wenn Vinc sich in so einer beschissenen Notlage befände und ich nicht zu ihm könnte. Das Mitleid für die beiden erdrückt mich fast. »Sollen wir ein Stück laufen?«, schlage ich vor. Dabei klären sich die Gedanken oft oder werden zumindest etwas leichter.

»Nein, Doro, ich will wirklich heim. Ich bin total durch und brauche einfach meine Ruhe. Das geht nicht gegen dich, aber wenn ich mich jetzt nicht hinlege, dann krieg ich eine sehr unangenehme Migräne. So kann ich den Anfall vielleicht noch stoppen.«

»Lou, du musst dich nicht rechtfertigen. Mach, was gut für dich ist, ich gehe eine Runde und nehme Caruso mit. Ich habe mein Handy dabei und bin jederzeit für dich erreichbar. Alfredo, lieben Dank, dass du dich so kümmerst. Falls du von Brentano hörst …«

»… gebe ich sofort Bescheid. Versprochen. Louisa, ich drücke euch die Daumen, das weißt du. Und wenn du was brauchst oder ihr zum Essen kommen wollt, das ›Bellini‹ hat immer einen Platz für euch.«

»Danke, Alfredo, du bist ein Schatz«, sagt Louisa teilnahmslos.

Wir machen uns auf den Weg, und ich merke, wie gut mir die laue Luft tut. Ich begleite Louisa bis zum Haus und überzeuge dann Caruso sanft davon, dass es mit mir unterwegs viel schöner ist, als faul im Schatten einer Palme zu liegen. Nur die Richtung zu seinem Zuhause kann ich ihm nicht zugestehen, da ich runter an die Promenade will. Zwar hätte ich gerne Louisa dabei, um mit ihr einen *caffè* zu trinken oder einen Eisbecher zu genießen, aber das müssen wir wohl verschieben. Vielleicht leistet Vinc mir gleich am Telefon Gesellschaft.

Der Anblick des Municipio, des Rathauses, legt sich wie ein Stein auf mein Gemüt, als ich die Piazza Pietro Scarpetta quere. Linfattis Wagen steht nicht auf dem Parkplatz, auch kein Motorrad der Carabinieri. Der Capitano ist außer Haus. Die Wahrscheinlichkeit, dass er mich heute ein zweites Mal empfangen hätte, wäre sowieso nicht sehr groß gewesen. Er wird jetzt erst mal alles neu sortieren, vermutlich mit Frederico sprechen und sich dann – wenn wir Glück haben – bei Louisa melden. Aber schätzungsweise nicht mehr heute. Ich seufze. Unsere Nerven liegen blank, und abwarten ist nicht meine Stärke.

Ich laufe den schmalen Weg am Botanischen Garten entlang hinunter Richtung See, bis Caruso laut hechelnd protestiert. Er stemmt sich mit seinen kurzen Hinterbeinen in den Boden, dass es einen Ruck an der Leine gibt. Sofort drossle ich mein Tempo. »Scusami, mein Dickerchen, ich hab dich ganz vergessen. Ich mach langsamer, versprochen.« Was ich auch tue. Neugierig versuche ich, durch kleine Lücken im Zaun und im Grün Eindrücke vom Botanischen Garten zu erhaschen. Was ich sehe, bestärkt mich in meinem Vorhaben, dem Park irgendwann einen Besuch abzustatten. Für heute bleibe ich auf dem geplanten Weg zur Promenade, gehe vorbei am »Grand Hotel«, über die Piazza Wimmer und suche mir in einem der Cafés einen schattigen Platz unter einem Sonnenschirm. Ich bestelle für mich *caffè* und Acqua Frizzante und für Caruso eine Schale Leitungswasser. Für Letzteres werde ich auf eine Hundestation im Schatten eines Baumes an der Promenade verwiesen. Auch nicht schlecht – ich führe Caruso hinüber und lasse ihn schlabbern, dann gehen wir zurück an unseren Tisch. Caruso verzieht sich unter meinen Stuhl und döst ein, scheinbar zufrieden, dass ich endlich mal Ruhe gebe.

Die bunten Sorten Eis in der Außentheke lachen mich an. Ich muss nicht lange überlegen, ob ich mir eine Portion bestelle, sondern nur, welche Sorten ich nehme. Stracciatella und Pistazie auf jeden Fall. Was Fruchtiges, Melone oder Heidelbeere, wenn es das gibt, und ja, Zitrone und Kokos. Oder statt Zitrone *cannella*, Zimt, falls vorhanden.

Zufrieden lehne ich mich zurück und schiebe die Sonnenbrille nach oben. Meine Blicke wandern über den See, rüber Richtung Salò, am Ufer von San Felice del Benaco entlang. Da liegt sie, die Isola del Garda. Die größte Insel im Gardasee ist zwar öffentlich zugänglich, befindet sich aber in Privatbesitz. Sie soll ein echtes Juwel sein. Mit einem Schloss und einer außergewöhnlichen Flora. Noch ein Ziel für irgendwann einmal. Meine Blicke gleiten weiter. Die Aussicht, das leise Geräusch der rollenden Wellen, das Möwenkreischen und das Stimmengewirr, diese Mischung erdet mich wieder. Die üblen Entwicklungen rund um Signora Rossis Tod kann ich keine Sekunde vergessen, nur verlieren sie ihre alles verschlingende Kraft und werden zu Ereignissen, mit denen wir uns auseinandersetzen müssen.

Der Kellner balanciert das Tablett mit den Getränken, ich bestelle mein Eis – nachdem es die Sorte Zimt nicht gibt, wird es eben Zitrone, ist auch okay. Der halbe Liter Wasser für den Durst ist fast weg, den Espresso genieße ich in zwei kleinen Schlucken und löffle noch die braune Zuckermasse vom Tassenboden. Es könnte ein perfekter

Tag sein. *Könnte.* Ich habe mir mal vorgenommen, jeden guten Augenblick zu genießen, ihn für sich gelten zu lassen, aber das sagt sich so einfach. Die Welt meiner Freundin ist gerade aus den Fugen geraten, da fällt Unbeschwertheit nicht leicht, ist nahezu unmöglich. Trotzdem tut die Sonne gut und schmeckt das Eis, das der Kellner mittlerweile vor mich hingestellt hat. Drei Kugeln hätten auch gereicht, ist 'ne ziemlich große Portion. Typisch, Stress löst bei mir Heißhunger aus. Bevor ich weiterlöffle, mache ich ein Foto, das ich per WhatsApp an Vinc schicke. Wir spotten manchmal über Menschen, die jedes Gericht und jedes Getränk mit dem Handy festhalten, ertappen uns dann aber selbst oft dabei. Jaja, denke ich, immer erst mal vor der eigenen Tür kehren.

Gerade fährt ein Ausflugsdampfer ein und spuckt eine bunte, lärmende Menschenmasse aus. Der Anlegeplatz ist ungefähr hundert Meter links vor mir, direkt vor dem »Grand Hotel«. War das wirklich erst gestern, dass ich dort stand? Aber auch da war die Welt schon nicht mehr in Ordnung.

Das Klingeln meines Handys lässt nicht lange auf sich warten. War so klar, dass Vinc zu dem Foto einen Kommentar abgeben muss. »Sì, pronto, Vincenzo mio«, säusle ich ins *telefonino*.

»Fresssack.«

»*In*, bitte schön.«

»Wie bitte?«

»Na, Fresssackin oder Fresssäckin oder wie auch immer. Schön korrekt bleiben, mein Lieber, gell.«

»Wenn du weiterhin solche Monstereisportionen verschlingst, muss es künftig sowieso ›Fass‹ heißen, und das ist dann neutral.« Vinc lacht sich auf meine Kosten kaputt.

»Gut gebrüllt, Löwe«, gebe ich zu und lache mit. »Könnte glatt von mir sein.«

»Nee, nee, nee, meine Liebe, nicht alle guten Witze sind von dir.«

»Haha. Du, Schatz, wie geht's Paps? Sag ihm einen lieben Gruß von mir, wenn du ihn siehst. Ich will ihn nicht mit einem jammerigen Anruf aufregen, du weißt ja, dass er seit dem letzten Herbst etwas dünnhäutig geworden ist, wenn es um mein Wohlbefinden geht. Sag ihm einfach, es geht mir gut und ich melde mich bald. Wenn ich mit ihm rede, riecht er den Braten sofort. Da ist er fast so schlimm wie du.«

»Daran bist du selbst schuld. Kaum dreht man sich einmal um, steckst du schon wieder in Schwierigkeiten. Ja, ich weiß, du kannst nichts dafür, das macht es aber auch nicht besser. Und keine Sorge, deinem Vater geht es gut. Aber jetzt zu euch: Wie geht es Louisa? Gibt es was Neues von ihrem Frederico?«

»Ja, leider«, sage ich leise. Ich schaue mich um, die Nebentische sind frei, keiner hört mit. Dann berichte ich Vinc mit gedämpfter Stimme, was geschehen ist. Alles. Haarklein.

»Schatz, ich will nie, nie, nie solche Angst um dich haben müssen, wie Louisa sie gerade um Frederico haben muss. Das ist der blanke Horror.«

»Doro, Liebling, dito. Und glaub mir, ich habe letztes Jahr mein Quantum Angst um dich durchstehen müssen, das schreit definitiv nicht nach Wiederholung. Pass auf dich auf. Da ist ein Mörder unterwegs. Auch wenn du kein Geld zu vererben hast und bisher nicht im Fokus stehst, du weißt aus einschlägiger Erfahrung, wie schnell man ins Visier geraten kann, wenn sich der Täter bedroht fühlt.«

»Das weiß ich, und ich verspreche, vorsichtig zu sein, aber der Fall liegt komplett anders … Oje, Vinc, Fredericos Freunde sind im Anmarsch. Gleich wird's laut und emotional. Wir telefonieren am besten später weiter, okay? Ich hab zwar überhaupt keine Energie, den Jungs jetzt die Neuigkeiten zu erklären, aber da komm ich wohl nicht drum herum. Sie haben ein Recht darauf, die Wahrheit zu erfahren. Zumindest im Groben. Obwohl … Letztendlich muss Louisa entscheiden, was sie erzählen will und was nicht. Und vielleicht sollten wir uns auch erst noch mal mit Brentano oder dem Capitano unterhalten. Immerhin geht es um Mord, und ich bin kein Auskunftsbüro.« Je mehr ich Vinc erkläre und je näher die Gruppe kommt, umso klarer wird für mich, dass ich mich tatsächlich bedeckt halten muss.

Und dann sind sie da. Aufgeregt, besorgt. Natürlich haben sie mich ebenfalls entdeckt. Es ist die ganze Mannschaft, soweit ich das auf die Schnelle überblicken kann. Sie haben inzwischen von Fredericos Situation gehört. Im »Bellini« und auch über Fausto, der in der Tabaccheria arbeitet. Sie sind sehr betroffen, bieten ihre Hilfe an, übertrumpfen sich gegenseitig mit lautstarken Beteuerungen, dass sie ihren Freund unterstützen wollen und er auf sie zählen könne. Das solle Louisa ihm ausrichten.

Zur Ablenkung und Aufmunterung schlagen sie vor, endlich die versprochene Bootsfahrt zu unternehmen. »Das wird euch auf andere Gedanken bringen. Nehmt eure Badesachen mit«, rät Berto.

Ich finde die Idee gar nicht so schlecht. Nicht nur wegen der Ablenkung, sondern auch um den Jungs ein wenig auf den Zahn zu fühlen. Vielleicht wissen sie mehr über Brunas Freunde oder haben irgendeine wichtige Info aufgeschnappt. Die Leute von hier kennen sich doch untereinander, der eine hört Geschichten vom anderen und so weiter. Immerhin ist die Tabaccheria nicht zuletzt dank Signora Morelli mit Sicherheit eine gute Informationsquelle – und betreiben die Eltern von Tommaso nicht einen kleinen Lebensmittelladen hier unten im Ort? Ich bin sicher, dass wir auf der Bootstour einiges erfahren können. Aber dazu muss Louisa erst mal bereit sein, und zuallererst kommt es darauf an, wie es mit Frederico weitergeht.

»Jungs, verschieben wir die Bootstour«, vertröste ich die Runde. »Louisa muss heute erst mal ein wenig zur Ruhe kommen. Morgen vielleicht, d'accordo? Oder auf jeden Fall in den nächsten Tagen. Ich muss jetzt los.« Ich winke dem Kellner, Fausto zieht einen Kugelschreiber aus seiner Brusttasche und schreibt mir seine Nummer auf die Serviette, die auf dem Tisch liegt. Dann ziehen die Jungs weiter. Und ich habe Zeit, mit Louisa abzusprechen, was wir den Freunden sagen können und was wir lieber für uns behalten.

Ich zahle und bummle dann gemächlich mit Caruso los in Richtung Louisas Zuhause. Jenseits der Hauptstraße lockt mich eine Riesentafel mit Kunst und exotischen Pflanzen im Botanischen Garten. Der Eingang ist gleich um die Ecke. Ich schaue auf die Uhr, es ist halb fünf. Bis 19 Uhr hat der Park geöffnet, das reicht noch. Die Anlage soll ja sehr romantisch sein, wie ich gehört habe.

Dieses Urteil bestätigt sich voll und ganz. Gleich nach dem Eingang des Heller Gardens, wie der Park auf dem Flyer genannt wird, grüßt unverkennbar Keith Haring mit seinem roten Hund, aber nicht nur. Eine tibetische Gebetsfahne bewegt sich sanft in der Luft, ich flaniere auf mosaikgeschmückten Wegen an Efeumenschen und Skulpturen vorbei. Sie sind überall zu entdecken, mitten auf der Wiese genauso wie versteckt zwischen Pflanzen, und stammen von André Heller höchstselbst sowie von den Künstlern Rudolf Hirt, Roy Lichtenstein oder Mimmo Paladino. Auf verschlungenen Wegen geht es durch gepflegte Beete, in denen von Palmen, Riesenfarnen, Schilf und Kakteen über wunderbar blühende Büsche bis hin zu Blumen alles zu entdecken ist. In vielen kleinen Nischen verstecken sich Sitzgelegenheiten, Mosaik-Ameisen krabbeln über den Weg, ich bleibe jeden zweiten Meter stehen und lasse mich in einen neuen, verzauberten Winkel entführen. Zwischen Seerosenblüten und tellerförmigen Blättern gleiten lautlos Goldfische und Wasserschildkröten in verwunschenen Teichen, immer wieder tauchen tibetanisch anmutende Figuren auf ... Wow, das ist einer der schönsten Parks, die ich je erlebt habe.

Der Besucherstrom ist überschaubar, die meisten streben wohl schon nach Hause, um sich fürs Abendessen herzurichten, sonst wäre die Bank, die von leiser Musik berieselt wird, sicher nicht frei. Caruso interessiert sich für den kleinen Teich gleich nebenan. Er genehmigt sich ein paar Schlucke, dann streckt er sich der Länge nach auf dem schattigen, kühlen Boden aus. Hund müsste man sein – zumindest manchmal, um keine Sorgen zu haben. Ich beobachte ihn. In dieses faltige Gesicht kann man alles Mögliche hineininterpretieren, aber egal, ob man ihm das jetzt ansieht oder nicht, er ist mit Sicherheit auf seine besondere Art traurig. Er vermisst sein Frauchen und weiß nicht, wo es hin ist. Zum Glück weiß er auch nicht, dass sein zukünftiges Hundeleben vom Ausgang der Misere abhängt, in der wir jetzt alle stecken. Frederico würde Brunas Hund sicher gerne übernehmen, aber was wird aus ihm, wenn wir seine Unschuld nicht beweisen können?

»Ich sehe schon, mein Möpschen, Hundsein ist auch kein Zuckerschlecken, was?« Ich beuge mich zu ihm runter und kraule ihn zwischen den Ohren. Caruso legt seine Stirn in noch tiefere Falten und schaut treuherzig zu mir hoch. Er fiept leise, ich seufze.

Zwischen den fleischigen Blättern einer riesigen Agave und anderen Pflanzen sehe ich vereinzelt Menschen vorbeilaufen, der Anblick eines Mannes reißt dann schlagartig mein friedliches Schutzmäntelchen von mir, das ich mir in den letzten zwei Stunden umgelegt habe. Giuseppe Bonera. Klar, das hätte mich nicht so überraschen müssen, der arbeitet ja hier. Ich schlucke den sauren Geschmack hinunter, der sich urplötzlich in meinem Mund breitgemacht hat. Jetzt muss ich schnell entscheiden: Soll ich ihm hinterher? Die Gelegenheit nutzen, ihn allein zu erwischen und mit den Andeutungen zu konfrontieren, die Giulietta Morelli vom Stapel gelassen hat? Aber wäre das so schlau? Egal, ich setze mich in Bewegung, bevor er in den Windungen der schmalen Wege verschwindet. Ob ich ihn anspreche oder nicht, werde ich dem Moment und meiner Intuition überlassen.

»Mi dispiace, Caruso, jetzt musst du 'nen Zahn zulegen, sonst entwischt uns der gute Mann.«

Das sieht der Mops ein, und seine kurzen Beine tappen einen Takt schneller. »Shit, jetzt ist er weg«, ärgere ich mich und schaue mich suchend um. Er scheint wie vom Erdboden verschluckt zu sein. Langsam gehe ich weiter in die eingeschlagene Richtung, als mich von der Seite jemand anspricht.

»Signorina Doro? Bist du das?« Bonera beziehungsweise Giuseppe, wir waren ja schon beim Du, taucht zwischen den Rhododendren auf. Er trägt einen Eimer, in dem er verwelkte Blätter und Blüten sammelt, in der Brusttasche seiner ärmellosen Überjacke steckt eine Gartenschere.

»Giuseppe, schön, dich zu treffen! Ich habe schon an dich gedacht, weil ich ja wusste, dass du hier arbeitest. Hast du noch lange?«, wähle ich mal wieder den goldenen Weg der Halblüge.

Giuseppe scheint meine Verlegenheit nicht zu bemerken, er wirkt völlig entspannt. »Der Garten schließt um 19 Uhr, dann mache ich Schluss.«

»Ist ein langer Arbeitstag.«

»Halb so wild. Meistens komme ich sehr früh, wenn es noch kühl ist und noch keine Besucher hier sind, aber ab und zu trifft es mich halt auch zur Spätschicht. Ist aber kein Problem für mich. Ich liebe meine Arbeit hier draußen, und ganz ehrlich, was sollte ich mit meiner Zeit anfangen, wenn ich den ganzen Tag frei hätte? Mein Beruf ist mein Hobby, hier bin ich an der frischen Luft, und ich habe auch mal Zeit für ein Tässchen Kaffee oder ein Glas Wein.

»Jetzt auch?«, packe ich den Stier bei den Hörnern.

»Eine spontane Frau. Gerne. Da vorne ist ein kleiner Kiosk.«

Er spendiert zwei Gläser Weißwein, und wir setzen uns damit ein Stück abseits auf ein Mäuerchen.

»So kann man es aushalten«, schmunzle ich. »Salute!«

»Alla tua salute«, Giuseppe prostet mir zu und nimmt einen genießerischen Schluck.

»Der Garten ist ein echtes Schmuckkästchen.« Mit einer ausladenden Geste unterstreiche ich meine Worte. »Diese Mischung aus so vielen Pflanzenarten, überall Kunstwerke an den Wegen, in versteckten Nischen, die Teiche ... Ein echtes Gesamtkunstwerk, das André Heller hier geschaffen hat.«

»Eigentlich hat André Heller den Garten wiederentdeckt, angelegt hat ihn Prof. Dr. Arturo Hruska. Der war Zahnarzt und hat sogar einen Zaren behandelt. Und andere Persönlichkeiten, wie zum Beispiel Sigmund Freud oder Papst Johannes XXIII. Am Gardasee gefiel es ihm so gut, dass er ab 1903 hier praktizierte. Außerdem fing er an, einen ganz besonderen Garten anzulegen. 1988 hat sich André Heller dann also dem Garten angenommen, eine Stiftung gegründet und die Pflanzenvielfalt aus der ganzen Welt mit Kunstwerken seiner Künstlerfreunde und natürlich auch mit seinen eigenen Werken bereichert. Viele seiner Freunde sind seiner Einladung an diesen spirituellen Ort gefolgt, und auch die Besucher von heute sind immer noch sehr berührt davon. Heller hat sich längst zurückgezogen, aber der Garten ist noch immer unter seinem Namen bekannt, was auch vom neuen Besitzer gutgeheißen wird.« Giuseppe ist sichtlich stolz, seine pflegenden Hände in dieses Gesamtkunstwerk mit einbringen zu dürfen.

»Das ist wirklich ein ganz außergewöhnlicher Ort, Giuseppe. Du kannst mit Recht stolz darauf sein, hier mitzuwirken. Ich habe heute nur kurz reingeschnuppert, aber ich komme wieder, mit mehr Zeit und mehr Muse«, verspreche ich und meine es ernst. Der Park ist auch was für Vinc, er liebt Pflanzen genauso wie ich.

»Giuseppe, darf ich dir noch ein oder zwei Fragen zu Bruna stellen?«

»Alles, was du willst und der Sache dienlich ist«, sagt er ernst.

»Ich muss noch mal auf die Beziehungen zwischen euch innerhalb der Gruppe zurückkommen. Ihr wart ja alle seit Jahren eng befreundet. Gab es da keine Eifersüchteleien? Zwischen Bruna und Flavia zum Beispiel? Oder – entschuldige, wenn ich das jetzt so direkt frage – gab es intimere Beziehungen zwischen Bruna und dir oder Giovanni? Oder zwischen Flavia und einem von euch?«

Giuseppe schnauft tief durch. »Bruna und ich waren nur gute Freunde. Immer schon. Giovanni und sie waren eher ein verhindertes Liebespaar, so habe ich das zumindest empfunden. Ich dachte immer, dass die beiden irgendwann einmal zusammenkommen, aber irgendwie hat das Timing nie gepasst. Einer von beiden war immer gerade in einer Beziehung, während der andere frei war.« Giuseppe nickt nachdrücklich zu dieser Einschätzung. Und die stimmt im Großen und Ganzen mit Giovannis gestrigem Bericht überein.

»Und Flavia? Wie stand die zu jedem Einzelnen von euch?« Das ist die Schlüsselfrage für mich. Giulietta Morelli hat Flavia schwer belastet. Bin gespannt, was Giuseppe dazu sagt. Ob an dem Tratsch was dran ist?

Giuseppe nippt an seinem Wein und streicht sich lange über den Bart, bevor er sich entschließt zu antworten. »Ja, ich war in Flavia verliebt, sehr sogar. Aber als kleiner Gärtner, der ich ja immer schon war, hatte ich keine Chance bei ihr. Sie war schön und eine berühmte Sängerin, und die Männer umschwärmten sie wie die Motten das Licht. Sie war viel unterwegs, auf den Bühnen der Welt, und wir haben uns einige Jahre aus den Augen verloren. Ich fand eine liebe Frau, mit der ich zwei Kinder bekam, und war ein glücklicher Familienvater. Aus meiner Liebe zu Flavia wurde Verehrung der Künstlerin, die sie war, und dann, als ihr Stern im Musikgeschäft und im Theater zu sinken begann, war ich als Freund für sie da, um sie aufzufangen. Das hat sich auch nicht geändert, als meine Frau gestorben ist und Flavia relativ mittellos und sehr allein dastand. Wie wir es letztes Mal bereits erwähnt haben: Wir sind ein gutes Team. Wir werden nicht jünger, und gute Gesellschaft ist unersetzlich und ein Lebenselixier.«

»Und wie steht es zwischen Flavia und Giovanni? War oder ist sie in ihn verliebt?«

Wieder lässt sich Giuseppe Zeit mit der Antwort. »Das kann ich nicht beurteilen«, sagt er schließlich. »Früher bestimmt nicht, aber später …« Er zuckt mit den Schultern. »Manchmal vielleicht. Ich glaube jedoch eher, dass Flavia schlicht einsam ist. Wir beide verstehen uns gut, sind aber kein Paar. Das geht nicht von mir aus, aber es ist einfach so.«

Ich winde mich ein wenig. »Gab es innerhalb der Gruppe, wie soll ich sagen, ein finanzielles Gefälle? Ich weiß, dass Giovanni nicht unvermögend ist, Bruna hatte immerhin ihr Haus und am Ende wahrscheinlich sogar einen Lotteriegewinn. Aber wie steht es mit Flavia?«

»Besonders schöne und erfolgreiche Frauen leiden meistens auch besonders stark unter dem Älterwerden, dem Dahinwelken der äußeren Schönheit, der Zerbrechlichkeit des Ruhms. Gestern noch berühmt und umschwärmt, heute in Vergessenheit geraten, und die strahlende Schönheit weicht der Würde des Alters. Und der gewohnte Lebensstil ist auf einmal nicht mehr finanzierbar. Als Flavia gespürt hat, dass ihr Stern zu sinken beginnt, hat sie sich komplett aus der Öffentlichkeit zurückgezogen. Sie wollte sich weder der Häme ihrer Neider aussetzen noch von ihren Fans oder der Presse wegen des schwindenden

Ruhms bemitleidet werden. *Ganz oder gar nicht, mein Lieber,* hat sie mir mal offenbart und dann nie wieder darüber gesprochen. Und ich habe das respektiert. Aber ich bin sicher, dass sie nicht neidisch war. Auf Bruna, meine ich. Sie waren gute Freundinnen, allerdings war Flavia immer schon sehr auf Männer fixiert. Kann sein, dass sie bei Giovanni etwas missverstanden hat. Er unterstützt sie nämlich finanziell. Sehr diskret, möchte ich betonen. Ich bin sicher, dass Bruna nichts davon wusste, ich selbst zum Beispiel habe es nur durch Zufall mitbekommen. Aber glaube mir, Doro, ich freue mich für Flavia darüber und hätte ihr meinerseits auch gern geholfen, aber als Gärtner habe ich diesbezüglich wenig Spielraum. Zumal ich zwei Kinder und fünf Enkel habe. Mag sein, dass Flavia Giovannis Unterstützung falsch gedeutet hat. Ich habe schon bemerkt, dass sie sich ihm gegenüber anders verhielt, und als ich das mit dem Geld erfahren habe, hatte ich auch so eine ungefähre Ahnung, was Flavia sich vielleicht erhoffte. Das tat mir leid, weil ich wusste, dass sie keine Chance hatte. Ich glaube nämlich, dass Giovanni und Bruna ganz kurz davor waren, es endlich miteinander zu wagen. Sie haben beim letzten Treffen so etwas angedeutet.«

Okay, ich wollte das ganze Paket, jetzt habe ich es. Giuseppe war offen und ehrlich, ich glaube ihm. Und er ist tief betroffen über Brunas Tod. Auch wegen Giovanni. Das habe ich eben deutlich gespürt, als er von den beiden gesprochen hat.

Flavia ist die Person, die ich gar nicht einschätzen kann. Kommt sie als Mörderin infrage? Hat Giuseppe ihr geholfen? Waren die beiden auf das Geld aus? Nein, das kann ich mir genauso wenig vorstellen wie bei Frederico. Da hätten sie ja wirklich eiskalt einen Mord planen müssen …

Und das halte ich für unwahrscheinlich. Die beiden waren zur fraglichen Zeit zusammen einkaufen, das müsste leicht nachzuprüfen sein. Muss ich mit Brentano besprechen. Der hat als Anwalt mehr Möglichkeiten als Louisa und ich als private Möchtegern-Ermittlerinnen.

»Cara Doro, ich wünsche euch von Herzen, dass diese furchtbare Geschichte bald aufgeklärt wird. Richte Louisa und Frederico bitte Grüße aus und dass wir helfen, wenn wir können.«

»Danke, Giuseppe, das mache ich gerne. Louisa darf immer noch nicht zu Frederico, der Kontakt läuft nur über seinen Anwalt. Aber wir halten euch auf dem Laufenden, versprochen.«

Wir verabschieden uns, Giuseppe bringt die Gläser zurück, und Caruso und ich machen uns jetzt endgültig auf den Heimweg, seitlich am Garten entlang, über die Via Arturo Hruska in den oberen Ortsteil. Jetzt weiß ich auch, woher der Weg seinen Namen hat, denke ich. Die Antworten auf andere Fragen wären mir allerdings lieber.

Es ist immer noch sehr warm. Als ich zurückkomme, schwimme ich erst mal ein paar Runden im Pool. Louisa hat mich gehört und gesellt sich dazu.

Wir gleiten schweigend durchs laue Wasser. Nach einer Weile setzen wir uns an den Beckenrand, lassen uns in der milden Abendluft trocknen, und ich berichte nebenbei von meinem Treffen mit Giuseppe Bonera und was er über die Gruppe preisgegeben hat.

»Morgen frage ich Tambalotti nach einem Foto von Flavia und Giuseppe. Er wird uns hoffentlich unterstützen.«

»Und was willst du damit bezwecken?« Louisa kann mir nicht folgen.

»Ich will Brentano bitten, das Alibi der beiden zu überprüfen. Ob und wann sie im Supermarkt waren, damit wir es mit der Mordzeit abgleichen können. Beziehungsweise Brentano. Wenn es passt, muss nicht mal die Polizei involviert werden.«

Louisa sieht skeptisch aus, widerspricht aber nicht. Und ich nehme mir vor, diesen Punkt gleich in der Früh in Angriff zu nehmen. »Jetzt schau nicht wie ein verschrecktes Huhn vor dem Suppentopf, Lou, ich mach das mit dem Foto.«

Sie fängt sich schnell wieder und klinkt sich in die Planung ein. »Okay, du besorgst das Foto, und ich bespreche alles mit Brentano.«

Ich nicke zufrieden. Louisa konnte ihre Migräne mit Ruhe, Schlaf und ein paar Tabletten im Keim ersticken und scheint wieder ganz die Alte zu sein. Schließlich schlägt sie sogar vor, heute Nacht hier draußen zu schlafen, wozu sie mich nicht lange überreden muss. Wir sagen den Mücken den Kampf mit Insektenabwehrspray und Duftspirale an und verteilen ein paar Kerzen. Außerdem bestückt Louisa die zwei Liegen mit Decken und Kissen und stellt einen kleinen Gartentisch für Gläser dazu. Zikaden zirpen – für mich das Urlaubsgeräusch schlechthin. Fehlen nur noch Frederico und Vinc, dann wär's eine richtig romantische Sommernacht. Lous Miene nach zu urteilen, denkt sie das Gleiche.

Bevor wir uns allerdings schlafen legen, haben wir beide noch Hunger. Ich mache mich auf in die Küche, und Louisa leistet mir beim Kochen Gesellschaft, gibt Hinweise, wo was zu finden ist. Mal sehen, was der Kühlschrank noch hergibt … Ich finde einen abgelaufenen Quark, Sahne ist auch da, ein paar angeschlagene Pfirsiche liegen in der Schale auf der Ablage – dazu fällt mir spontan eine lockere Biskuitpfirsichtorte ein. Ich liebe Resteverwertung. Allerdings kommen beim Sichten der weiteren Zutaten Verfallsdaten ans Tageslicht, bei denen selbst ich für sofortigen Austausch plädiere. Okay, muss ich unbedingt durchsehen. Ich persönlich koche vorwiegend mit frischen Zutaten, aber manche Dinge wie Gelatine, Vanillezucker oder Backpulver verwende auch ich als Fertigprodukt. Mindestverfallsdaten sehe ich je nach Produkt nicht so eng – in der Restaurantküche des »Macis« herrscht natürlich diesbezüglich akribische Ordnung und Einhaltung aller Regeln, allerdings landet diverser Ausschuss nicht im Müll, sondern bei mir und den Kollegen in den Privatküchen. Wäre ja sonst schade drum. Natürlich spendet Paps auch regelmäßig Lebensmittel – und das nicht nur zu Werbezwecken und auch nicht nur ausrangierte Ware, sondern vielmehr seinem inneren Drang folgend, helfen zu wollen.

Louisa betrachtet das immer größer werdende Häuflein an zu entsorgenden Lebensmitteln. »Es sind noch einige Dinge von meiner *nonna* übrig geblieben, die uns erst mal zu schade waren, um sie wegzuschmeißen, aber dann haben wir vieles doch nicht verwertet. Wenn du das mal angehen willst – du hast freie Hand.«

»Morgen mache ich weiter«, sage ich und schiebe die Teile vorerst in die Ecke.

Als Nachspeise entscheide ich mich für ein Fruchteis, dazu gibt es einen Fruchtsalat aus Wassermelone, Pfirsichen, Trauben und Basilikumblättern – der Kuchen, an den ich vorhin gedacht habe, dauert zu lange und wäre auch viel zu viel für uns. Den mache ich, wenn wir endlich zu viert sind.

»Du darfst wählen, Lou: Risotto mit Erbsen und Salsiccia oder lieber Pasta mit Salsiccia. Wir haben auch noch ein bisschen Gemüse von gestern.«

»Wenn ich es mir aussuchen darf, dann Pasta al forno, egal, was du reintust.« Louisa stützt ihr Kinn in die Hände und überlässt mir das Feld.

»Wunderbar, allora, los geht's!« Ich schalte auf Turbo. Zuerst die Nudeln ins kochende Salzwasser, dann den Obstsalat schnippeln, leicht mit frischem Zitronensaft beträufeln und ab in den Kühlschrank.

»Lou, kannst du mir bitte frische Kräuter aus dem Garten holen? Thymian, Liebstöckel, einen Zweig vom lilafarbenen Basilikum und vielleicht ein paar Minzblätter?«

»Aus *nonnas* verwildertem Kräuterbeet?« Louisa lacht. »Ich bin nicht so die Gärtnerin, ich entspanne draußen lieber, als dass ich dort was pflege.«

»Ts, ts, ts, ich geh lieber selber raus, nicht dass du statt der Kräuter nur Unkraut bringst.« Ich schnappe mir ein kleines Küchenmesser und eile in den Garten. Es wuchern genügend brauchbare Kräuter wie Thymian, Oregano, Liebstöckel und Salbei zwischen Giersch und Blutampfer – diese Schlangenwurzler nehmen allmählich überhand, ich fürchte, im nächsten Sommer werden sie endgültig das Beet beherrschen. Immerhin, ein paar Blätter für den Salat kann man verwenden. Die Nudeln sind fertig, gerade so al dente, denn sie kommen ja noch ins Rohr.

Für die Soße dünste ich in heißem Olivenöl und etwas Butter Zwiebeln, Knoblauch, klein gewürfelte Pancetta sowie gehäutete und ebenfalls gewürfelte Tomaten an. Was haben wir an Gemüse da? Zucchini. Dazu hacke ich ein paar frische Kräuter aus dem Garten und schneide ein paar Scheibchen Salsiccia auf. Wird alles angedünstet und mit etwas Weißwein abgelöscht. Dann gebe ich einen Becher Sahne dazu und mische Salz, Pfeffer, Muskat und eine Handvoll geriebenen Parmesan darunter. Ich weiß, dass es schmeckt, aber ich habe Hunger und überzeuge mich mit ein paar Probelöffeln lieber persönlich davon. Alles unter die Nudeln in der Auflaufform mischen und dick mit Mozzarella belegen. Dann ab ins Rohr, bis der Käse Farbe annimmt.

»Lou, deckst du schon mal den Tisch? Ich bereite noch den Salat vor.« Dafür schneide ich Eissalat und ein wenig Liebstöckel aus dem Kräuterbeet in hauchdünne Streifen und kreiere ein Dressing aus Sauerrahm, Senf, Essig und Öl, Salz und Pfeffer.

»Liebstöckel im Salat? Ich vertraue dir ja gerne, wenn es ums Kochen geht, aber …«

»Nix *Aber*, probier.« Ich schiebe Louisa eine Gabel voll in den Mund.

Sie kaut und nickt dann anerkennend. »Fein«, sagt sie. Ich grinse zufrieden.

Zum Essen trinken wir ein Glas Weißwein, Louisa hat einen gut gekühlten Lugana aus dem nicht weit entfernten Anbaugebiet südlich des Gardasees spendiert, dazu viel Wasser, und dabei bleiben wir dann auch, denn wir wollen einen klaren Kopf behalten. Morgen steht einiges auf dem Programm. Außerdem schlage ich vor, einen genauen Zeitplan aufzustellen. Wie groß sind die Zeitfenster am Mordvormittag? Wer hätte ins Haus kommen können und wie? Ich hole Stift und Papier und notiere alles, was uns einfällt. Brainstorming. Wenn ich es aufschreibe, verliere ich es nicht aus den Augen.

»Nehmen wir mal die zwei Hauptverdächtigen raus, wer wusste noch von dem Los?«, überlege ich laut.

»Die Freunde von Bruna.« Louisa springt auf den Zug mit auf. »Wenn die aber auch endgültig raus sind, wer bleibt dann noch? Für mich ist die Nummer eins nach wie vor Natale. Aber wenn er es nicht ist? Wenn, wenn, wenn …«

»So ist das leider, aber wir dürfen nicht einseitig denken. Und genau das will ich mit diesem Ping-Pong-Überlegen erreichen. Wir liefern uns gegenseitig Stichworte, erweitern das Feld und lassen neue Bilder entstehen. Nimm zum Beispiel die Morellis von der Tabaccheria und damit auch Fausto, der dort arbeitet. Und wenn ich an Giuliettas Mitteilungsbedürfnis und ihre nicht vorhandene Hemmschwelle an Diskretion denke, dann könnte die Liste noch viel länger werden«, unke ich. »Morgen wird das Haus wieder freigegeben. Ich bin echt gespannt, ob die Polizei das Los gefunden hat.«

»Wenn es so ist, ob sie es uns dann wohl sagen?«, zweifelt Louisa.

»Natürlich nicht. Aber ich denke schon, dass zumindest Brentano alle Ergebnisse erfahren wird. Er ist Fredericos Verteidiger und muss alle Fakten kennen. Du solltest ihn morgen auf jeden Fall anrufen. Und ich kümmere mich um die Fotos von Flavia und Giuseppe.« Noch eine Variante fällt mir ein: »Es könnten aber auch zwei getrennte Fälle sein. Einmal geht es um das Testament und einmal um das Lotterielos. Vielleicht hat das eine mit dem anderen gar nichts zu tun und wir verrennen uns, wenn wir beides miteinander in Verbindung bringen. Also: Wer hat Bruna ermordet? Ein simpler Einbrecher, der von Bruna überrascht worden ist? Natale wegen des Testaments oder des Loses? Frederico?«

Auch wenn Louisa den Namen ihres Freundes in diesem Zusammenhang nicht gerne hört, stimmt sie meinen Überlegungen prinzipiell zu.

»Wenn wir schon dabei sind«, fahre ich fort, »wie wäre es damit: Dank Giulietta Morellis nicht vorhandener Diskretion kann die Nachricht eines Gewinnes schon riesige

Kreise gezogen haben, zum Beispiel könnte auch ein völlig Fremder davon gehört haben, der das schnelle Geld gerochen hat. Oder ein Gärtner oder Poolpfleger aus der Nachbarschaft. Der Briefträger, die Männer von der Müllabfuhr, Straßenreiniger oder was weiß ich.«

Louisa nickt. »Möglich ist alles, allerdings sprechen die Umstände eher nicht für einen Zufallstäter, finde ich. Wie sollte ein Fremder auf die Idee kommen, dass Bruna das Los noch nicht eingelöst hat?«

»Das stimmt, aber es könnte ja auch ein Einbrecher gewesen sein, der von dem Los gar nichts gewusst hat. Er könnte nach Schmuck und Bargeld gesucht haben, und Bruna hat ihn dabei erwischt«, erkläre ich meinen Gedankengang.

»Ach so, ja, das wäre plausibel.«

»Allerdings sind da immer noch die Blutspuren«, gebe ich zu bedenken, denn bei allem Wunschdenken, dass es ein Fremder gewesen sein könnte, dürfen wir diesen Punkt nicht ignorieren.

Ein bisschen trübsinnig richten wir es uns auf unseren Liegen ein, zwei Wassergläser zwischen uns auf dem kleinen Beistelltisch. Ich verschränke die Hände im Nacken und schaue in den Himmel. Wolkenlos und samtschwarz, besprenkelt mit unzähligen hellen Sternen, direkt über uns eine halbe Scheibe Mond. »Vinc und ich haben mal ein 5.000-Teile-Puzzle geschenkt bekommen. Unser erster Impuls war, es weiterzuschenken oder in der Papiertonne zu entsorgen, aber dann hat es uns gepackt. War dann wie eine Sucht. Noch ein Teil und noch ein Teil – weißt du, was ich meine?«

Louisa schüttelt den Kopf. »Ich habe nie gepuzzelt.«

»Egal, jedenfalls erinnert mich Brunas Fall an dieses Puzzle. Zuerst die Randteile, die geben schon mal eine gewisse

Struktur vor. Dann suchst du dir markante Bildstellen, hervorstechende Farben, ein Detail, das du in dem riesigen Haufen von Teilen relativ leicht findest. Irgendwann wird der Berg mit den unverarbeiteten Teilen kleiner, das Bild vollständiger. Die restlichen Teile sind dann die ohne besonderes Profil, die, die du nicht so leicht von den anderen unterscheiden kannst. Es entsteht hier eine Insel, dort eine Insel, und manchmal findet sich eine Verbindung, aber es bleiben Lücken wie schwarze Löcher im Weltall, von denen keiner weiß, was drin ist. So komme ich mir grade vor. Wir sind umgeben von schwarzen Löchern. Das Offensichtliche ist sichtbar, aber die schwarzen Löcher können den Zusammenhang verändern. Wir sehen noch viel zu wenig.«

»Oder wir sehen alles und deuten es nur nicht richtig. Natürlich kann es so sein, wie du sagst, aber wenn ein Teil fehlt? Wenn eines verloren gegangen ist? Wenn es ein entscheidendes Teil ist, das wir einfach nicht finden? Das wir gar nicht finden können, weil es nicht da ist? Zum Beispiel ein Einbrecher, der nicht hier in der Gegend wohnt oder der gestorben ist und damit nicht mehr greifbar?«

»Shit, Lou, hör auf, male so etwas nicht an die Wand! Bei unserem realen Puzzle haben tatsächlich am Ende zwei Teile gefehlt – wir hatten stark unseren verfressenen Kater Rambo in Verdacht.« Bei dieser Vorstellung müssen wir beide trotz des Ernstes der Lage lachen. »Das war extrem ärgerlich, da puzzelst du wochenlang, und dann so etwas. Das darf uns einfach nicht passieren. Wir puzzeln uns voran, und am Ende haben wir ein Bild. Und zwar ein vollständiges. Das keine Zweifel an Fredericos Unschuld offenlässt. Das ist unser Ziel. Buona notte, Lou.«

»Buona notte, Doro.«

KAPITEL 10

IL SORRISO DELLA MADONNA – DAS LÄCHELN DER MADONNA

Giovedì (Donnerstag) – Tag 4

Ich weiß nicht, wer von uns beiden gestern als Erste eingeschlafen ist, aber als ich aufwache, ist es bereits hell, und die Vögel veranstalten einen Höllenlärm. Glaubt man gar nicht, wie viel Dezibel so kleine Kehlen rausschmettern können. Auf dem Tisch stehen noch die Gläser. Louisa liegt eingerollt wie ein Igel auf ihrer Liege und atmet gleichmäßig. Leise schäle ich mich aus der Decke, Caruso hat sich irgendwann zwischen unseren Liegen platziert und begleitet mich jetzt in die Küche.

Während der Kaffeeautomat warmläuft, versorge ich unseren Mops mit einer Portion Hundefutter und frischem Wasser. Nach dem ersten Espresso sind meine Lebensgeister endgültig erwacht. Ich schnappe mir ein Tablett, sammle die Gläser und das restliche Geschirr von gestern ein und bestücke die Spülmaschine in der Küche. Louisa hat die Gläser klirren gehört und sich noch enger zusammengerollt.

»Wetten, dass sie kommt, wenn ihr erst der Kaffeeduft in die Nase zieht?«, sage ich zu Caruso.

Der gibt ein zustimmendes »Wuff« von sich.

»Grazie, mein Süßer«, bedanke ich mich für seine Aufmerksamkeit.

War super, unter freiem Himmel zu nächtigen, finde ich. Egal, was heute auf uns zurollt, wir haben zumindest gut geschlafen, und ich für meinen Teil bin geistig bereits auf dem Sprung zu Tambalotti wegen der Fotos. Na gut, es ist erst kurz nach sieben, und ich muss mich noch gedulden. Mir bleibt also nichts anderes übrig, als den Tag langsam anzugehen.

»Wette gewonnen«, stelle ich fest, als Louisa wenig später gähnend in der Küche erscheint. Caruso grunzt dazu, und Louisa hat keine Ahnung, wovon ich rede.

Wir schlürfen Kaffee – leider habe ich nur zwei Cornetti im Gefrierfach gefunden, die selbst nach dem Aufbacken labbrig schmecken. Liegen wahrscheinlich seit Monaten unbeachtet ganz hinten im Eisfach. »Wir müssen unbedingt einkaufen«, kommentiere ich diesen Missstand. Louisa widerspricht nicht.

Als ihr Handy klingelt, fahren wir erschrocken zusammen. Ist noch reichlich früh für einen Anruf.

»Sì, pronto?«, sie lauscht. »Fredericos Anwalt«, flüstert sie mir dann zu. Sie hört wieder zu, ein paarmal antwortet sie oder fragt etwas nach, ich ahne, worum es geht, und bin auf die Einzelheiten gespannt.

Nach dem Gespräch setzt sie mich mit knappen Worten in Kenntnis: »Die Spurensicherung ist fertig, das Haus von Signora Rossi und auch Fredericos Wohnung sind freigegeben. Fredericos Hausschlüssel ist noch bei der Polizei, aber Signor Brentano hat mir ausgerichtet, dass auf dem Balken der Pergola ein Ersatzschlüssel liegt. Damit sollen wir gemeinsam mit ihm ins Haus gehen und etwas überprüfen. Er ist in einer halben Stunde dort, wir sollen am Haus auf ihn warten. Komm, ziehen wir uns um, unterwegs erzähle ich dir alles genau.« Sie ist bereits auf dem Weg in ihr Zimmer.

»Hey! Um was geht es? Sag schon!«, rufe ich ihr unter Protest hinterher.

»Beeil dich. Ich weiß sehr wahrscheinlich, wo das Los ist«, wirft sie mir über die Schulter zurück.

Bereits ein paar Minuten später sind wir auf dem Weg zu Signora Rossis Haus. Ohne Caruso, wir wollen ihm die Aufregung ersparen, er würde nur vergeblich nach seinem Frauchen suchen.

Wie vor drei Tagen, am Montagabend, gehen wir um das Haus herum und durch den Garten zur Terrasse. Die liegt noch im Schatten. Die dunklen Säulen und die Holzbalken der Überdachung sind überwuchert von dichtem Blattwerk, das tagsüber sicher angenehme Kühle spendet. Momentan sind wir aber auf der Suche nach dem Schlüssel.

»Brentanos Angaben zufolge müsste er ungefähr hier liegen. Louisa schiebt einen Stuhl in Position, steigt darauf und tastet zwischen den Blättern auf dem Balken herum. Triumphierend hält sie kurz darauf den Schlüssel in der Hand. »Ecco, andiamo!«, ruft sie.

Etwas tun zu können, gibt ihr Antrieb, und auch ich spüre einen Adrenalinschub. »Sollten wir nicht auf Brentano warten?«, bremse ich vorsichtshalber trotzdem.

»Das ändert doch nichts«, lässt Louisa sich nicht aufhalten, und ich bin dabei.

Wir laufen nach vorne zur Haustür, sperren auf, und Louisa eilt voraus in die Küche. Zielstrebig steuert sie den Küchentisch an, schiebt ihn etwas zur Seite und quetscht sich in die Ecke, aus der die Madonna huldvoll auf uns herablächelt. Sie streckt sich, hebt die geschnitzte Figur behutsam von dem hölzernen Eckregal und stellt sie auf den Küchentisch. Ist anscheinend gar nicht so leicht …

Immerhin ist sie geschätzte 50 oder 60 Zentimeter hoch und bestimmt aus massivem Holz.

Äh, was wird das? Louisa wickelt vorsichtig die goldene Stola von Marias Schultern und legt das Tuch auf den Tisch, ebenso wie die goldene Kette mit dem Holzkreuz. Jetzt ruckelt sie leicht am Kopf. Hat die Madonna einen doppelten Boden? Ist sie hohl? Lousia versucht, den Kopf zu drehen, drückt ihn vorsichtig nach links und rechts – und hält ihn in den Händen. Wow. So einfach geht das. Erwartungsvoll beuge ich mich vor und linse in den hohlen Hals. Louisa untersucht den Hohlraum im Kopf, aber weder sie noch ich können etwas finden. Kein Los, kein Geld, rein gar nichts. Viel Platz ist in der engen Röhre sowieso nicht, niemals genug jedenfalls, um einen größeren Betrag oder etwa Schmuck darin zu verstecken, dagegen könnte man ein Stück zusammengerolltes Papier durchaus dort unterbringen. Nur leider ist halt nichts drin. Enttäuscht schauen wir uns an.

»Frederico hat Brentano davon erzählt. Bruna hat ihm das Versteck wohl einmal gezeigt, sie hat aber auch gesagt, dass sie es noch nie benutzt habe, weil sie finde, dass die Madonna dafür viel zu schade sei. Deshalb auch die Stola, hat ihr der Antiquitätenhändler beim Kauf erklärt, damit man die Schnittstelle nicht sieht. Für das Testament wäre der Hohlraum viel zu klein gewesen, aber für ein Lotterielos hätte es ausreichen können … Schade, wäre auch zu schön gewesen. Aber wahrscheinlich hätte die Polizei es dann ohnehin schon gefunden.« Louisa verstummt.

»Nicht unbedingt. Sie haben in erster Linie nach Spuren gesucht: Blut, Einbruchspuren, Fingerabdrücke. Das Testament hatten sie ja bereits gefunden, also bestand an der Madonna überhaupt kein Interesse mehr, oder?«

»Ja, kann sein. Außerdem ist nicht gesagt, dass das Los jemals da drin war. Frederico hat es nur als Möglichkeit betrachtet.«

»Genau, und jetzt wissen wir, dass es nicht so ist. Punkt. Ruf Brentano an, vielleicht ist er noch nicht losgefahren, er kann sich den Weg hierher ja nun sparen, dann können wir gleich weiter. Ich wollte nämlich noch mal zu Tambalotti, und anschließend könnten wir zu einem Supermercato fahren.«

Louisa nickt und geht zum Telefonieren auf den Flur.

»Brentano war noch nicht weit und fährt gleich weiter in seine Kanzlei«, verkündet sie, als sie kurz darauf zurück in die Küche kommt. Ihre Wangen sind gerötet.

»Aber …?«, hake ich nach, weil ich spüre, dass da noch was ist.

»Er war nicht begeistert, dass wir allein ins Haus gegangen sind. Falls Beweise aufgetaucht wären, wäre er als Zeuge wichtig gewesen. Er findet es gut, dass wir uns engagieren, aber wir sollen die Situation nicht unterschätzen und uns besser mit ihm absprechen.«

»Hm«, brumme ich nur.

Schweigend bauen wir die Madonna wieder zusammen. Ist wirklich sehr sauber gearbeitet, und das Tuch samt Kreuz gibt der Figur etwas Feierliches, Sakrales. Passt gut in den italienischen Haushalt einer älteren Dame, und es wundert mich gar nicht, dass die Figur nicht in den Fokus der Spurensicherung geraten ist. Vermutlich hat sie jeder gesehen, aber keinem ist sie wirklich aufgefallen.

»Signor Brentano hat gesagt, ich solle den Schlüssel bei mir behalten und mich auf Fredericos Wunsch hin ein wenig um das Haus kümmern, bis er aus der Haft freikommt«, erklärt Louisa und schaut sich unschlüssig um. »Hilfst du mir kurz, Doro? Ich würde gerne überall zumindest die Pflanzen im Haus und auf der Terrasse noch gießen. Übernimmst du das hier unten, dann schaue ich, ob oben bei Frederico noch was zu tun ist. Danach können wir los.«

»Geht klar, Lou.« Ich fülle die kleine Messingkanne, die auf dem Fensterbrett steht, und wässere die ausgetrockneten Blumentöpfe hier in der Küche, dann gehe ich rüber ins Wohnzimmer. Hier dürstet nicht nur ein Ficus benjamina, eine wunderschöne Birkenfeige, nach Wasser, sondern auch zwei Philodendren. Glänzende, staubfreie Blätter, stelle ich fest. Bruna Rossi hat ihre Pflanzen anscheinend geliebt.

Unter meiner Sohle knirscht es. Ich bücke mich und ziehe einen kleinen spitzen Glassplitter aus der dünnen Ledersohle meiner Zehensandale. Das hätte schiefgehen können. Ich hebe den Blick, und dann sehe ich es: Im Glas der Terrassentür klafft ein riesiges Loch, der Boden davor ist von Scherben übersät.

»Lou«, rufe ich hektisch nach meiner Freundin, »komm schnell ins Wohnzimmer!« Ich kann den Blick nicht von der zerborstenen Schreibe abwenden.

Alarmiert eilt Louisa herbei, und wir starren sprachlos auf die Szenerie. »Da wollte jemand einbrechen!«, sagt sie endlich.

»Wir müssen den Capitano anrufen«, bringe ich schließlich hervor. »Jetzt gleich. Wir warten hier auf ihn.«

»Ich mache das«, stimmt Louisa zu und tippt die Nummer von Linfatti in ihr *telefonino*.

Wenig später haben wir fast ein Déjà-vu. Capitano Linfatti steht mit seinem Kollegen Tenente Ponti in Brunas Wohnung, nur diesmal nicht in der Küche, sondern im Wohnzimmer. Der Capitano schickt uns raus, vermutlich will er die Sachlage ohne unsere neugierigen Ohren mit seinem Kollegen erörtern. Bedauerlich, weil ich mich irgendwie als Teil des Ermittlungsteams fühle – was ich natürlich nicht bin –, aber alles andere hätte mich auch gewundert.

Als uns der Tenente nach einer Viertelstunde wieder ins Wohnzimmer bittet, erwartet uns Capitano Linfatti mit ernstem Blick. »Signorine, dem ersten Eindruck nach zu urteilen und in Anbetracht der besonderen Situation und der Beziehung, in der Sie zu dem Mordverdächtigen stehen, kann ich zu diesem Zeitpunkt nicht ausschließen, dass dieser Einbruch fingiert ist.« Er räuspert sich etwas unbehaglich.

Äh … verstehe ich das jetzt gerade richtig? Stirnrunzelnd schaue ich zu Louisa. Die steht anscheinend völlig im Nebel.

»Was heißt ›fingiert‹?«, fragt sie verwirrt.

»Meine Damen, das wäre kein Kavaliersdelikt«, antwortet Linfatti kryptisch und bestätigt damit meine unglaubliche Vermutung.

»Sie verdächtigen uns?«, platze ich heraus.

Louisa kapiert immer noch nichts. Das wundert mich gar nicht, weil diese Unterstellung einfach zu unverschämt ist.

»Capitano, das kann nicht Ihr Ernst sein! Sie verdächtigen Frederico, Bruna Rossi umgebracht zu haben, obwohl sie ihm wie eine Mutter war, und jetzt unterstellen Sie auch noch uns, in dieses Haus eingebrochen sein, zu dem wir einen Schlüssel haben? Das glaube ich jetzt nicht.« Ich stemme meine Hände in die Hüften.

»Signorina Ritter, La prego di calmarsi.«

Ich soll mich beruhigen? Niemals! Zumal mir bewusst ist, dass wir diese Situation hätten vermeiden können, wenn wir auf Brentano gewartet hätten.

Langsam verändert sich auch Louisas Gesichtsfarbe. Sie schluckt. Ihre Spannung lädt förmlich den ganzen Raum auf. Würde mich nicht wundern, wenn sie gleich Blitze schießt. Sie baut sich vor Linfatti auf. »Vor zwei Tagen haben Sie Frederico verhaftet, obwohl er nicht der einzige potenzielle Täter ist. Ich sage nur Natale Negretti. Aber *Sie* haben sich auf Frederico eingeschossen. Doro und ich werden beweisen, dass er unschuldig ist. Obwohl das eigentlich *Ihre* Aufgabe wäre. Und jetzt fällt Ihnen nichts Besseres ein, als uns einen fingierten Einbruch unterzuschieben? Können Sie mir mal verraten, was das für einen Sinn ergeben sollte? Außerdem hat uns Signor Brentano geschickt. Er ist Anwalt.« Louisas Stimme bebt vor Wut.

»Eben. Signor Piottis Anwalt. Signorina, ich verstehe Sie, aber wir untersuchen hier einen Mordfall. Kaum ist die Spurensicherung aus dem Haus, entdecken Sie einen Einbruch. Das wirft Fragen auf. Immerhin deutet ein Einbruch darauf hin, dass jemand Interesse an etwas hat, das sich im Haus befindet. Frederico Piotti kommt dafür nicht infrage, denn er sitzt in Untersuchungshaft. Das könnte ihn auch für den Mord entlasten, denn es ist ja wahrscheinlich, dass auch der Mörder etwas in Signora Rossis Haus gesucht hat und dabei von ihr überrascht wurde. Das Ergebnis kennen wir alle. Ein erneuter Einbruch könnte bedeuten, dass der Täter zurückkam, um seine Suche zu beenden, was Piotti entlasten würde. Und wer wünscht sich das mehr als Sie, Signorina?«

Bevor Louisa oder ich etwas erwidern können, hebt der Capitano die Hand und stoppt uns noch beim Luftholen.

»Beruhigen Sie sich bitte, ich rufe die Spurensicherung, dann werden wir sehen, was dabei herauskommt. Ihre Fingerabdrücke haben wir ja bereits.«

»Wie praktisch«, kann ich mir einen zynischen Kommentar nicht verkneifen.

Linfattis Mundwinkel heben sich minimal, was seinem Gesicht sofort einen ausgesprochen charmanten Zug verleiht. »In der Tat, Signorina«, kontert er lapidar und zeigt wieder sein gewohntes Pokerface. »Darf ich trotzdem fragen, was Sie heute hier wollten?«

Louisa und ich tauschen einen schnellen Blick. »Erzähl du«, bittet sie mich.

Ich glaube, sie ist noch verschnupft wegen der Verdächtigung. Aber ganz ehrlich, der Capitano hat leider recht. Ich hoffe nur, dass er in alle Richtungen gleichermaßen gründlich ermittelt. Mein Bauchgefühl spricht für ihn, auch weil er offensichtlich Humor hat und nicht wegen jeder Kleinigkeit beleidigt ist. Er lässt sich aber nicht herumkommandieren und ist souverän genug, sich von Louisa und mir nicht aus der Ruhe bringen zu lassen. »Allora, Capitano, hier kommt die Wahrheit und nichts als die Wahrheit.«

»Ah, tutta la verità e nient'altro che la verità.« Linfatti verschränkt abwartend die Arme vor der Brust. Und dann bekommt er sie, die Wahrheit. Über die Madonna, ihr Innenleben und unsere Vermutung aufgrund von Fredericos Hinweis. Die sich aber leider als falsch herausgestellt hat.

Der Capitano lässt sich die Figur und ihr Geheimversteck von uns zeigen und kneift die Augen ärgerlich zusammen. Klar, das hätten seine Leute finden müssen. Tenente Ponti verteidigt seine Kollegen und weist Linfatti auf die gleichen Punkte hin, die ich schon zu Louisa gesagt habe, nämlich dass das Testament ja gefunden wurde und ein Lotterieschein nicht explizit gesucht wurde. »Wäre aber schön gewesen, dann wüssten wir, ob dieses Los wirklich existiert oder nicht«, brummt der Capitano dennoch unzufrieden.

»Vielleicht war es nie da drin und existiert trotzdem«, erwäge ich eine Möglichkeit.

»Wäre möglich«, brummt er.

Wir hören seine Leute eintreffen. Er reibt sich die Hände. »La verità e nient'altro che la verità – machen wir uns an die Wahrheitsfindung«, sagt er und bittet uns, ihn und seine Kollegen allein zu lassen.

»Der Capitano ist ganz in Ordnung. Dass er uns verdächtigt hat, geschah ja eher im Ausschlussverfahren«, relativiere ich Linfattis Anschuldigung, als wir wieder bei Louisa zu Hause sind.

»Hat sich aber nicht so angehört«, entgegnet Louisa.

»Lass dich davon nicht runterziehen, wir wissen ja, dass es nicht so war. Immerhin ist an seiner grundsätzlichen Theorie ja was dran, und mir ist es lieber, er orientiert sich in alle Richtungen, denn dann wird er irgendwann auch auf die richtige Fährte stoßen. Also, ein bisschen Optimismus bitte.« Ich hake mich bei ihr unter. »Weißt du, in mir hat sich da drin heute ein Gedanke verfestigt. Ich will ihn nur erst gründlich durchdenken, bevor ich dem Capitano womöglich einen Floh ins Ohr setze.«

»Ach ja? Lass hören«, drängelt Louisa.

»Na gut: Wir hatten es ja gestern Abend schon. Stellen wir uns mal vor, es gibt nicht nur einen Fall und einen Täter, sondern zwei Fälle und zwei Täter.«

»Okay, und weiter?«

»Dann hätten wir auch zwei Motive. Einmal das Testament – das wäre nur für Frederico und Natale wichtig – und einmal das Los. Dafür kämen viele infrage, denn das Los wäre theoretisch für jeden ein Gewinn, da es nicht personalisiert ist und faktisch dem gehört, der es besitzt.«

»Du meinst, der Mord hatte mit dem Testament gar nichts zu tun? Der Mörder hatte es auf das Los abgesehen?«

»Es wäre eine Möglichkeit, ja. Oder aber der Einbrecher von heute war auf der Suche nach dem Los, und der Mord an Bruna geschah wegen des Testaments. Leider wären wir dann wieder bei Natale und Frederico.« Ich seufze.

Louisa ebenfalls. »Wie gesagt, sind das aber keine neuen Erkenntnisse, Doro. Das hatten wir ja gestern Abend schon.«

»Stimmt. Aber die eingeschlagene Scheibe gibt dem Ganzen eine neue Dimension. Bei dem Einbruch ging es ganz sicher nicht um das Testament, denn das hat die Polizei ja schon gefunden, und es ist auch kein Geheimnis, was drinsteht.«

»Ist das jetzt gut oder schlecht für Frederico?«

»Eher gut, würde ich sagen. Die Karten werden neu gemischt, wir müssen eben nur den Einbrecher finden.«

Louisa schaut mich perplex an. »Du meinst das ernst, oder?«

»Klar, tue ich, und die Zeit drängt, Lou. Ich geh jetzt zu Tambalotti und versuche, Fotos von Giuseppe und Flavia zu organisieren. Du rufst Brentano an.«

Louisa nickt. »Gut, so machen wir es. Wir sollten auch mit Brunas Nachbarn reden. Irgendjemand hat ihn vielleicht doch gesehen. Oder eben jemand anderen, der nicht hierhergehört, was meinst du?« Sie schaut mich erwartungsvoll an und zückt schon ihr Smartphone, um loszulegen.

»Gute Idee, Lou. Fangen wir an.« Ich gehe auf mein Zimmer und ziehe mich um. Dann läute ich bei Tambalotti an, um zu fragen, ob er zu Hause ist und kurz Zeit für mich hat.

Hat er. Ich winke Louisa zu, die im Wohnzimmer sitzt und telefoniert. »Bin bald zurück. Ciao, Lou!«

Mittlerweile steht die Sonne hoch am strahlend blauen Himmel, es herrscht flirrende Julihitze, die Touristen sind begeistert, die Einheimischen lechzen nach Regen. Ganze Heerscharen von Menschen eilen hinunter zum See, als gäbe es dort etwas gratis zu ergattern. Ich höre Sirenengeheul und Gehupe. Hektische Unruhe liegt in der Luft. Das macht mich neugierig, aber ich muss erst zu Tambalotti, ich will ihn nicht warten lassen.

Der schwarze Klingelknopf glänzt in der Sonne, Tambalotti öffnet, kaum dass ich ihn gedrückt habe.

»Buon giorno, Doro. Komm herein«, begrüßt er mich, als ich oben bin, und lotst mich auf die Dachterrasse. Dort haben wir einen guten Blick auf die Menschen unten an der Promenade, die gebannt in den Himmel starren, als wäre eine Flotte Außerirdischer im Anflug. Das Gebrumme, das sich nähert, rührt aber nicht von Ufos her, sondern von einem walfischförmigen gelben Transportflugzeug, das sich jetzt zur Wasseroberfläche senkt, als wollte es mitten auf dem See landen. Vereinzelte Surfer, die sich zu nahe an der Einflugschneise befinden, suchen schnell das Weite.

»Pass mal auf, das hast du bestimmt noch nie gesehen, Doro. Das ist ein Löschflugzeug.«

»Ach so, deshalb die eiligen Pilger zum See. Ich habe mich schon über die ganze Hektik gewundert. Habt ihr keine normale Feuerwehr?«

»Doch, natürlich. Aber wenn es schnell gehen muss oder die Brandstelle schwer zugänglich ist, nutzen wir auch diese Möglichkeit.«

Mittlerweile ist das Flugzeug an der Wasseroberfläche entlanggeschrappt, hat Wasser aufgenommen, zieht wieder nach oben und dreht ab.

»Wo brennt es denn?«, frage ich.

Giovanni Tambalotti zeigt in Richtung der Berge oberhalb von Gardone. Direkte Linie zum »Bellini« und dem Vittoriale, dem riesigen Anwesen von Gabriele D'Annunzio. Oberhalb des Parks, mitten aus den Hügeln, steigt schwarzer Qualm in den Himmel auf und verdüstert die Sonne. Beängstigend. Wie wollen die mit dem bisschen Wasser dagegen ankommen?

»Weiß man, was die Ursache für das Feuer ist?«, frage ich erschüttert.

Giovanni schüttelt den Kopf. »Wahrscheinlich Leichtsinn. Eine weggeworfene Zigarette, die noch glimmte, oder ein Lagerfeuer, das nicht richtig gelöscht wurde. Ganz abgesehen davon, dass so etwas zu dieser Jahreszeit strengstens verboten ist. Aber manche Menschen schert das nicht. Brandstiftung ist natürlich auch nicht auszuschließen.« Er zuckt mit den Schultern. »Das wird man herausfinden.«

»Ja, bestimmt. Aber was zerstört ist, ist zerstört.« Ich denke an Bruna. Auch ihr Tod ist irreversibel.

»Da hast du leider recht.« Hat er den gleichen Gedanken?

Nach einer Weile wendet sich Giovanni von den spektakulären und zugleich erschreckenden Bildern ab. »Setz dich doch bitte, Doro. Was kann ich für dich tun?«

Ich habe auch genug gesehen von Feuer und Löschflugzeugen und genug traurige Bilder von verbrannter Erde und ausgelöschtem Leben im Kopf. »Es geht um die Klärung der verschiedenen Alibis«, versuche ich, mich wieder auf den Fall zu konzentrieren. »Tut mir leid, Giovanni, dass ich schon wieder damit anfange, aber Louisa leidet, und Frederico ebenso, und ich glaube, auch für dich persönlich wird es leichter, wenn die Wahrheit ans Licht kommt. Ich habe gestern zufällig Giuseppe im Botanischen Garten getroffen. Wir haben uns unterhalten, natürlich auch über eure Freundschaft, über Bruna und wie sie zu jedem von euch im Einzelnen stand. Es war ein schönes und, wie ich denke, ehrliches Gespräch. Um euren Freundeskreis endgültig alibimäßig abhaken zu können, bräuchte ich ein Foto von Flavia und Giuseppe. Ich will ganz ehrlich zu dir sein: Die Fotos sind für Signor Brentano bestimmt, den Anwalt von Frederico. Er soll Flavias und Giuseppes Alibi bezüglich des Supermarktbesuchs, wenn möglich, bestätigen. Zur Polizei will ich damit nicht gehen.«

Giovanni streicht sich nachdenklich übers Kinn. »D'accordo«, sagt er dann und steht auf. »Ich hole die Bilder.«

Als er mit einem Papierumschlag in der Hand wiederkommt, füge ich noch hinzu: »Wenn du willst, werden Flavia und Giuseppe nichts davon erfahren.«

Giovanni schüttelt den Kopf. »Davon halte ich wenig, liebe Doro, alles kommt irgendwann ans Tageslicht, und dann mutiert harmloses Verschweigen zu Vertuschung oder gar zu Lüge. Es ist in Ordnung so, keine Sorge.«

»Grazie per la tua comprensione, Giovanni«, danke ich ihm für sein Verständnis.

»Non c'è di che. Grazie del tuo aiuto«, dankt er mir im Gegenzug für meine Hilfe.

Wir suchen gemeinsam in dem Umschlag nach einem passenden Foto. »Oder willst du lieber ein Handybild?«, fällt ihm ein.

»Das wäre natürlich super. Wenn du so etwas hast?« Klar, hätte ich auch früher draufkommen können, da stand mir aber wahrscheinlich meine unbewusst überhebliche Einschätzung, was ältere Menschen und Handynutzung angeht, im Weg.

»Aber natürlich«, sagt Giovanni amüsiert. »Wir haben kürzlich einen Geburtstag gefeiert und dabei ein paar Bilder geschossen. Sogar Selfies mit uns allen vieren drauf. Außerdem könnte man auch einfach das Foto abfotografieren.« Er zwinkert mir zu, und ich werde, glaube ich, ein bisschen rot. »Ich schicke sie dir. Deine Nummer habe ich, du hast mich ja heute angerufen.«

»Grazie mille, Giovanni. Äh … Hast du zufällig noch die Plastiktüte, in der Giuseppe dir am Dienstag den Ableger mitgebracht hat?«, kommt mir eine andere Idee.

»Sì, certo, liegt sicherlich noch beim Kunststoffmüll«, sagt er, ohne nachzufragen, wozu ich sie brauche. »Ich suche sie dir gleich raus.«

»Grazie tante, Giovanni. Soweit ich mich erinnere, war es eine Supermarkttüte …«, erkläre ich verlegen.

»Schon recht, Doro, ich habe schon verstanden.« Er bewahrt Haltung, das muss man ihm lassen, trotzdem spüre ich die tiefe Traurigkeit, die in ihm ruht. Brunas Tod hält uns immer noch alle umklammert. Giovanni natürlich viel mehr als mich, bei mir sind es eher Mitgefühl und Trauer darüber, dass es wahrscheinlich nur um Geld ging und deshalb eine Frau sterben musste und ein junger Mensch unschuldig im Gefängnis sitzt. Es ist einfach übel, dass alle Spuren so zielgerichtet auf Frederico weisen. Geschickt manipuliert? Kann sein, und wenn, dann verdammt gut gemacht. Arme Louisa. Frederico ist eingesperrt, und sie kann nicht einmal mit ihm reden. Und noch viel schlimmer muss ihre Angst sein, dass wir es nicht schaffen, ihn zu entlasten, und die Polizei sich mit den bisherigen Indizien zufriedengibt. Wie soll es dann weitergehen? Der Einbruch ist zwar ein neuer Ansatzpunkt, aber ob der überhaupt mit dem Mord in Zusammenhang steht, ist ungewiss. Klar heißt es oft, der Mörder kehre an den Tatort zurück, aber was sollte er da gewollt haben? Das Los, das er beim ersten Mal nicht gefunden hat? Wäre es das Risiko wert? Schließlich ist der Mord vielleicht nur passiert, weil der Täter von Bruna Rossi überrascht worden ist und danach keine Zeit mehr hatte, weiterzusuchen. Andererseits war der Mörder oder die Mörderin offensichtlich so abgebrüht, Frederico mit fingierten Spuren zu belasten. Da braucht man schon verdammt gute Nerven.

Und jetzt? Wollte der Täter sein Werk vollenden und sich das Los holen? Hätte er nicht davon ausgehen müssen, dass die Polizei es längst gefunden hat? Wer weiß überhaupt von dem Los? Auf jeden Fall die Morellis von der Tabaccheria und damit auch ihr Angestellter, Fausto. Und sonst? Natale? Flavia? Schuldbewusst richtet sich mein Blick auf Giovanni, der in seinem Stuhl sitzt und sich über die Schenkel streicht. So leid es mir tut, ich kann die Erwägung dieser Möglichkeit nicht verhindern. Flavia hat in meinen Augen durchaus ein Motiv. Zugegeben etwas konstruiert, aber nicht völlig aus der Luft gegriffen. Wenn Flavia also kein wasserdichtes Alibi hat, dann muss ich sie wieder auf die Liste möglicher Verdächtiger setzen. Genauso wie Frederico. Wenn man die persönliche Seite außen vor lässt, hat er ein Motiv. Trotzdem ist Natale mein

Favorit. Muss er sein, weil es Frederico einfach nicht sein darf. In meinem Kopf dreht sich all das im Kreis.

Giovanni scheint meine düsteren Gedanken erraten zu haben. »Ah, cara Doro, du solltest die Tage hier genießen und dich nicht mit Verbrechen, Neid und Missgunst auseinandersetzen müssen«, sagt er mitfühlend.

»Das war der Plan, Giovanni, und das wird noch kommen. Du wirst sehen, spätestens in ein paar Tagen wissen wir, wer Bruna das angetan hat. Und dir. Überhaupt euch allen. Dass sie tot ist, kann man nicht rückgängig machen, aber wenn sie ihren Frieden findet und ihr Gerechtigkeit widerfährt, dann kannst du dich von ihr verabschieden und selbst zur Ruhe kommen.«

»Grazie, Doro, ich weiß, du meinst es gut. Aber mach dir nicht zu viele Sorgen um einen alten Mann wie mich.«

Ich stehe auf. »Giovanni, Alter ist relativ, und Sorgen mach ich mir schon ein bisschen, und deshalb werde ich nicht aufgeben, versprochen. Sobald sich etwas ergibt, informiere ich dich. Und wenn du jemanden zum Reden brauchst, dann melde dich. Ich stehe gerne zur Verfügung, ehrlich!«

Giovanni begleitet mich zur Tür, drückt mir die Tüte aus dem Supermarkt in die Hand und umarmt mich spontan. »Du bist lieb. Vinc kann sich glücklich schätzen, eine Freundin wie dich zu haben.«

Ich bin gerührt. Sogar Vinc' Namen hat er sich gemerkt. Verstohlen wische ich mir eine Träne aus dem Augenwinkel.

KAPITEL 11

GUARDIANI DELLA NOTTE – WÄCHTER DER NACHT

Giovedì (Donnerstag) – Tag 4

Als ich unten aus dem Haus trete, rieche ich verbrannte Luft. Die Hauptstraße ist einspurig gesperrt, alles hupt, und ich spüre die Ungeduld der wartenden Autoinsassen fast körperlich. Das wird ein Riesenstau werden. Gerade brummt wieder ein gelbes Löschflugzeug über uns hinweg. Ich schlängle mich durch die wartenden Autos und eile nach oben zur Via Trieste. Mein Handy meldet den Eingang einer neuen WhatsApp. Im Laufen checke ich die Nachricht – sie enthält die versprochenen Bilder von Flavia und Giuseppe. Die werde ich gleich an Louisa schicken, damit sie sie an Brentano weiterleiten kann. Das Display zeigt 11.44 Uhr, aber mir kommt es vor, als wäre der Tag mit seinen 24 Stunden schon vorbei.

Als ich zu Hause ankomme, werkelt Louisa gerade in der Küche. Sie wischt den Kühlschrank aus und hat alle Lebensmittel entsorgt, die sich nicht mehr zum Verzehr eignen. Beschäftigungstherapie, nehme ich an. »Sollen wir nachher zum Supermarkt fahren?«, fragt sie, nachdem sie mich begrüßt hat.

Mein innerer Schweinehund sträubt sich. »Du, das würde ich doch lieber auf morgen verschieben. Ich hab jetzt erst mal Hunger – wie sieht's aus, gehen wir ins ›Bellini‹, eine Kleinigkeit essen?«

»Wenn du willst … Aber mir würde ein Salat genügen.«

»Salat hat Alfredo auf jeden Fall, mir schwebt eher ein Teller Pasta vor. Und zwar fix und fertig, heute will ich bedient werden. Und jetzt brauch ich Wasser und einen *caffè*. Für dich auch?«

»Nein danke, Doro, ich hatte gerade einen.«

Der Automat ist ausgeschaltet, daher fülle ich Kaffeepulver und Wasser in die *caffettiera* und stelle sie auf die Herdplatte.

Fünf Minuten später sitzen wir auf der Terrasse im Schatten, und ich schlürfe genüsslich an meinem Espresso. »Hast du Brentano gefragt, ob er das Alibi von Flavia und Giuseppe überprüfen lassen kann?«

»Kann er und macht er. Die Bilder habe ich ihm geschickt«, antwortet Louisa. »Er sagt, er hat Mitarbeiter für solche Fälle, und er muss auch seine Ermittlungsergebnisse nicht weitergeben, wenn sie seinen Mandanten belasten würden. Natürlich darf er keine Spuren verwischen, aber das versteht sich ja von selbst.«

»Okay, prima. Das läuft.«

Eine halbe Stunde später machen wir uns auf den Weg ins »Bellini«. Wir haben Glück, draußen wird in einer Ecke gerade ein Tisch frei. Der Sonnenschirm spendet angenehmen Schatten, das Feuer in den Bergen oberhalb der Piazza dei Caduti scheint gelöscht, es hängen aber immer noch Rauchschwaden in der Luft, und die Frage nach der Ursache des Brandes ist Hauptgesprächsthema um uns herum.

»Was darf ich euch bringen, *ragazze*?« Alfredo höchstpersönlich begrüßt uns.

»Die Speisekarte bitte. Die Mädels lassen sich heute bekochen, Maestro«, gehe ich auf seinen lockeren Ton ein.

»Getränke wisst ihr schon?«

»In dubio Bellini«, bestelle ich und muss bei diesem Wortspiel sofort wieder an Frederico denken. In dubio pro reo, im Zweifel für den Angeklagten, wie es im Juristenlatein heißt – hoffentlich gilt das auch für Louisas Freund. Allerdings wollen wir seine Unschuld zweifelsfrei beweisen, alles andere wäre ein schlechter Kompromiss.

Ich bleibe am Pasta-Teil der Speisekarte hängen, Bigoli mit frischen Sardellen aus dem Gardasee, das spricht mich an. Louisa begnügt sich mit Salat. Wir ordern eine große Flasche Wasser, der Bellini hat genug Alkohol für diese Uhrzeit, wir haben schließlich noch einiges vor.

»Acqua?«, tönt es kurz darauf spöttisch von hinten über meine Schulter, sodass ich Selbiges vor lauter Schreck beinahe verschütte. Als ich mich umdrehe, blicke ich in Pascales Gesicht, die anderen Jungs sind ebenfalls dabei und schnappen sich kurzerhand ein paar freie Stühle, um sich zu uns an den Tisch zu quetschen.

»Müsst ihr denn gar nicht arbeiten?«, lästere ich und schaue herausfordernd in die Runde.

»Mittagspause«, erklärt Fausto knapp, Berto und Cleto nicken dazu. Pascale dagegen verwehrt sich ausdrücklich gegen das Nichtstun. »Habe ich erwähnt, dass ich freier Journalist bin? Ich bin immer im Einsatz, habe meine Antennen überall. Selbst jetzt.«

Genau wie ich, denke ich und bemühe damit Vinc' Running Gag über meine kriminalistischen Ambitionen.

»Das Feuer heute ist allemal einen Artikel wert«, erklärt Pascale weiter. »Ich habe bereits einen Bericht an die Redaktion geschickt. Und Bildmaterial.« Er zeigt uns einige Fotos, die er geschossen hat, und außerdem ein Video von der Löschaktion der Flugzeuge. Letzteres hat er der lokalen Fernsehredaktion angeboten. Dann will er wissen, ob es Neuigkeiten im Fall Bruna gibt. »Wie geht es Frederico? Wie können wir helfen?«, fragt er.

»Ihr könnt Augen und Ohren offen halten und sehen, ob ihr etwas aufschnappt oder euch etwas einfällt. Zum Beispiel, wer außer Natale und Frederico von Brunas Tod profitiert. Ich meine finanziell.«

»Machen wir«, verspricht Pascale, dann wechselt Berto das Thema. »Wie sieht's aus? Heute um 18 Uhr Bootstour?«

Louisas Miene verschließt sich. Ich weiß, sie hat dazu überhaupt keine Lust, aber sie wird mitkommen.

»Eh, Berto, willst du allein mit den Mädchen los?«, protestiert Fausto. »Du weißt ganz genau, dass ich vor acht nicht kann. Frühestens um halb acht, hat der Chef gesagt, die Chefin ist heute ab halb fünf weg.«

Ich weiß auch, warum, denke ich. »Ich kann auch nicht so früh, ich habe um fünf noch einen Friseurtermin«, erwähne ich nur.

Fausto schüttelt belustigt den Kopf. »Du bist doch gerade erst angekommen. Deine Haare sind super. Was willst du beim Friseur?«

Ich gebe mir alle Mühe, möglichst gelassen zu tun und nicht rot zu werden. »Deine Chefin hat mich drauf gebracht«, bleibe ich so nahe wie möglich an der Wahrheit. »Sie nimmt mich quasi mit, denn ich will mir schon lange hier unten im Nacken die Haare ein bisschen dunkler färben lassen.«

Berto lacht. »Lass dich ruhig noch schöner machen, die anderen Bootsfahrer werden uns beneiden.«

Ich lächle salomonisch und hoffe, Louisas bärbeißige Miene damit auszugleichen. Der traurigen Lage zum Trotz wird es bestimmt eine lustige Runde, und ich freue mich auf die Bootstour. »Um acht unten im Hafen«, bestätige ich, und die Jungs verabschieden sich.

Das Zusammentreffen mit Fredericos Freunden hat meine Lebensgeister geweckt. Nach dem Essen schlage ich Louisa vor, in den Park des Vittoriale zu gehen – Giovanni hat mich vorhin auf den Gedanken gebracht –, aber sie hat keine Lust, will eine Weile allein sein. Also trennen sich unsere Wege vor dem »Bellini«.

Wenig später löse ich eine Eintrittskarte und stürme die Treppen zum Monument hoch. Ganz schön viele Stufen, und es ist heiß. Außer Atem komme ich oben an. Ein wunderbarer Ausblick eigentlich, wenn nicht bedrohliche Rauchschwaden in einiger Entfernung über den Bergen am Himmel stehen würden.

Auf der Seeseite treffe ich auf Giovanni Tambalotti, der auf den Stufen sitzt und in die Ferne blickt. Als er mich bemerkt, bietet er mir einen Platz neben sich auf den Stufen an. »Hier bin ich oft«, sagt er, ohne sich weiter zu erklären.

Von diesem Punkt aus sehe ich einen Großteil des Parks. Vor allem das riesige Kriegsschiff zieht meine Aufmerksamkeit auf sich. Völlig fehl am Platz inmitten dieser mediterranen Landschaft, wie ich finde. Die gesamte Anlage ist ein imposanter Ort, vor allem hier oben, wo sich der Dichter Gabriele D'Annunzio eine Grabstätte mit Ausblick geschaffen hat. Weiße Windhunde aus Stein oder Gips bewachen in verstreuten Posen dieses überdimensionierte Mausoleum in ihrer Mitte. »Ein Poet mit Faible für den Krieg?«, frage ich Giovanni nachdenklich. »Romantische Nischen und ein Kriegsmuseum, ein Amphitheater und ein halbes Kriegsschiff. Wie passt das zusammen?«

Giovanni nickt bedächtig und sucht nach einer Erklärung. »Gabriele D'Annunzio war ein großer Dichter, den wir Italiener sehr verehren. Und ja, er hat eine militärische Vergangenheit. Viele sagen, keine sehr rühmliche. An seinem Lebensende hat er sich hier ein Heim geschaffen – und ein Denkmal. ›Il Vittoriale‹ heißt das Anwesen. Der Park wurde dann mit einem Kriegsmuseum und dem Schiff bereichert … Es passt schon zusammen, irgendwie. Viele Menschen haben ja zwei Gesichter. Jeder muss seine eigene Entscheidung treffen, wie er dazu steht. Für mich ist dieser Ort ein Kraftort.«

Paradiesisch, denke ich nicht zum ersten Mal, aber selbst im Paradies gibt's faule Äpfel.

Ich lasse Giovanni allein und nutze den Park weiter als Fitnesspfad. Dabei registriere ich die eine oder andere romantische Ecke und mache mir eine gedankliche Notiz, die Anlage mal in aller Ruhe mit Vinc gemeinsam zu erkunden.

Mir ist heiß, und der Schweiß rinnt mir von der Stirn. Leider habe ich vergessen, eine Flasche Wasser mitzunehmen. Egal, es ist sowieso an der Zeit, zurückzulaufen. Abkühlung im Pool, duschen und dann ab zur »Welle«, wie ich den Friseur »L'Onda« für mich getauft habe. Da will ich nicht zu spät kommen.

Die Damen sind bereits voll bei der Sache, als ich fünf Minuten vor fünf im Salon eintreffe. Giulietta hat mich schon angekündigt. Die Chefin, Signora Antonella – hager, faltig, extrem geschminkt und mit oranger, dauergewellter und hochtoupierter Haarpracht – weist mir eine junge Mitarbeiterin namens Michelle zu. Michelle ist sehr ruhig und ich glaube, etwas schüchtern, was für mich den Vorteil bringt, dass ich den Gesprächen der anderen problemlos folgen kann. Signora Antonellas Extravaganz und ihre Haarfarbe erinnern mich ein wenig an Flavia, nur dass diese trotz des verblassten Glanzes immer noch Klasse hat – was man von Antonella nicht behaupten kann. Sie ist laut und schrill und anscheinend ein Herz und eine Seele mit ihrer Angestellten Carla, die ihres Zeichens die Busenfreundin von Giulietta ist. Ein Trio der besonderen Art.

Michelle ist die Geschwätzigkeit ihrer Chefin sichtlich unangenehm. Mit leicht geröteten Wangen hebt sie in einer entschuldigenden Geste die Hände. Ich signalisiere unauffällig Solidarität mit ihr. Auf der anderen Seite provoziere ich gezielt das Mitteilungsbedürfnis der Signora, indem ich sie mit Stichworten reize, die ihre Ausführungen in die richtige Richtung lenken. Ich bin fast ein bisschen stolz auf mich, wobei die Signora zugegebenermaßen ein leicht zu manipulierendes Opfer ist. Genauso wie Carla und Giulietta. Ich befürchte, Michelle verliert gerade die Hoffnung auf eine Gleichgesinnte, sie verstummt total. Aber es muss sein. Je schlimmer Michelle mich findet, desto begeisterter sind die Damen von mir. *Haha.*

Damit der Termin etwas länger dauert, lasse ich wie angekündigt meine Nacken-Unterhaar-Partie dunkel färben. Giulietta wird leutselig und klatscht kräftig über die tote Bruna Rossi und deren Freundin Flavia Farelli, die alternde Diva. Carla, ihre Friseurin, säuselt fleißig mit. Mir ist jetzt sonnenklar, was vorher schon feststand und weshalb ich ja hier bin: Bei Giulietta und Carla geht es nicht nur ums Waschen, Schneiden und Legen, sondern vor allem um den Austausch von Frau zu Frau. Um die Einschätzung bestimmter Personen und deren Verhalten, ihr Liebesleben, das Aussehen und last, but not least um ihre finanzielle Situation. Okay, bis zu einem gewissen Punkt finde ich es noch witzig, aber so wie die beiden jetzt über Bruna und Flavia herziehen, das ist gemein. Bruna ist tot und kann sich nicht mehr wehren. Und Flavia tut mir leid, denn ich befürchte, die beiden Tratschen werden ihre Meinung zum Thema nicht nur unter sich bereden, sondern für eine schnelle und umfassende Verbreitung unter den Einheimischen sorgen. Und wer hört schon weg, wenn es sich um eine von ihnen handelt, die noch dazu eines unnatürlichen Todes gestorben ist?

»Darf es bei Ihnen auch ein Gläschen Prosecco sein, Signorina?« Die Chefin lädt mich ein, meine Haarfarbe draußen einwirken zu lassen, zusammen mit Giulietta, die von Carla begleitet wird.

»Sehr gerne, grazie«, willige ich ein und folge den Damen. In dem kleinen Innenhof steht ein Tisch, der mit einem Aschenbecher bestückt ist, und Antonella balanciert ein Tablett mit einer Flasche Prosecco und vier Gläsern nach draußen. Michelle wird gar nicht erst gefragt.

»Nur ein klitzekleines Schlückchen für mich«, stoppe ich die Chefin, die großzügig die Gläser füllt. Giulietta zieht an einer E-Zigarette und bläst den kalten, hellen Qualm in die Luft, ich zünde mir solidarisch eine Zigarette an und quetsche weiter unauffällig die Damen aus.

Tratsch hin oder her, ich höre genau hin, und wenn auch nicht alles stimmt, ein Körnchen Wahrheit ist vielleicht doch dabei, was bedeutet, dass ich auf jeden Fall Flavia noch mal auf den Zahn fühlen werde. Dabei werde ich auch die Verhältnisse der Freunde untereinander zu klären versuchen. Wie eng waren Giovanni und Bruna miteinander? Sind Flavia und Giuseppe ein Paar oder nur Freunde? Und was ist mit Flavia und Giovanni? Ist an der

Neidgeschichte was dran? Kann ich Giovanni und Giuseppe vertrauen? Ich möchte nicht auf Giuliettas bösartiges Geschwätz hören, trotzdem bin ich ja gerade deshalb gekommen. Giulietta behauptet, dass Flavia mit dem Altwerden nicht fertigwerde, mit ihrem verblassten Ruhm ebenso wenig, außerdem sei sie immer schon scharf auf Tambalotti gewesen.

»Woher wissen Sie das, Signora?«, frage ich und bemühe mich, die nötige Bewunderung für so viel Insiderwissen auf mein Gesicht zu zaubern. Bin mir allerdings nicht sicher, ob mir das gelingt, ich habe den schweren Verdacht, dass ich aussehe wie nach einer verunglückten Schönheits-OP.

Giulietta scheint nichts aufzufallen, sie lacht selbstgefällig. »Weibliche Intuition, meine Liebe«, sagt sie und streckt Carla ihre Hände entgegen. »Mia cara, machst du mir noch die Nägel? Mit dem brombeerfarbenen Lack, der hat wunderbar gehalten.«

Am liebsten hätte ich ihr Lästermaul verkleistert, stattdessen säusle ich weiter in schönster Klatschmanier, meine unverhohlene Neugier in den Raum werfend: »Sind nicht Flavia und dieser Giuseppe ein Paar? Ich meine den Gärtner aus dem Botanischen Garten«, setze ich nach, aber die Damen wissen natürlich, von wem ich spreche.

Carla berichtigt mein völlig falsches Bild von Flavia, wie sie sich ausdrückt. »Den nutzt sie doch nur aus. In dem Alter gibt es einfach einen Frauenüberschuss, da wird jedes freie Exemplar sofort als Eigentum angesehen, egal, ob als Fahrer, Gärtner oder fürs Bett.«

Ich pruste los und werde mit mahnenden Blicken bedacht. Ich bin ja selbst manchmal ziemlich derb, aber wie Carla das eben gesagt hat, klang es schon etwas ordinär. Ich muss ein wenig nachgrinsen.

Carla wertet meine Miene hundertprozentig zu ihren Gunsten und freut sich, dass ihr Humor so gut bei mir ankommt. Ich lasse sie in dem Glauben und begebe mich hemmungslos auf ihr Niveau. Sosehr ich Vinc vermisse – dass er mich jetzt nicht miterlebt in der illustren Gesellschaft von Antonella, Giulietta und Carla, ist für unsere gemeinsame Zukunft nur von Vorteil.

Gerade werden andere Themen und Leute von Interesse durch den Kakao gezogen, Carla lästert gnadenlos hinter vorgehaltener Hand – immer schön diskret, das sei sie ihren Kundinnen schuldig, wie sie sagt. Ich schmeiß mich weg, von wegen diskret.

Giulietta schwärmt jetzt von ihrer letzten Seereise mit dem Traumschiff in die Karibik, nächstes Ziel sei Mexiko.

Wird langsam Zeit, die Damen wieder auf die richtige Spur zu lenken: »Sie sitzen in Ihrer Tabaccheria ja an der Quelle, da hören und sehen Sie bestimmt eine ganze Menge. Gerade auch, was das Glücksspiel angeht. Manche sind ja regelrecht süchtig danach, stimmt's?«

»Jaja, das ist richtig. Und die meisten verlieren natürlich, da ist das Gejammer dann groß. Oft genug wird uns unterstellt, dass wir die Lose manipulieren und steuern, wer gewinnt. Darüber kann ich nur lachen. Würde ich dann noch den ganzen Tag in meinem Laden stehen?« Wir stimmen alle in ihr abfälliges Gelächter ein.

»Ist ein langer Arbeitstag bei Ihren Öffnungszeiten, zum Glück haben Sie diesen jungen Mitarbeiter«, kurble ich weiter am Mitteilungsrädchen.

»Fausto?«, fragt Giulietta schrill. »Hören Sie mir auf mit dem! Der macht ein Fernstudium. Wird wohl nicht mehr lange bei uns sein. Rom, Mailand, was weiß ich, wovon die jungen Leute heutzutage träumen … Immer das große

Geld vor Augen. Wenig Arbeit, viel Freizeit und der Erfolg soll ihnen am besten in den Schoß fallen.«

»Er studiert?«, frage ich, denn das wusste ich nicht. »Aber dann ist er doch fleißig, wenn er nebenbei arbeitet, oder nicht?«

»Ha!« Giulietta zeichnet theatralisch mit den Händen einen großen Kreis in die Luft. »Solche Augen hat er gekriegt, als Bruna letztens das Gewinnerlos aus dem Laden getragen hat. Er hat sofort geschaut, wie hoch der Höchstgewinn bei dieser Art von Scheinen ist und dann zehn Euro investiert. Die Wahrscheinlichkeit, einen richtig großen Betrag zu gewinnen, ist ja sowieso gering, aber die, dass zweimal hintereinander aus einer Box der Hauptgewinn ausgeschüttet wird, geht gegen null. ›Lass dir das eine Lehre sein‹, hat mein Mann zu ihm gesagt, und ich habe ihm nahegelegt, sich lieber auf seiner Hände Arbeit zu verlassen.«

Mir wird übel – genauso, wie sie über Flavia gelästert hat, nimmt sie jetzt Fausto auseinander. Und das Schlimme ist, ich glaube, sie meint es gar nicht böse, sondern ist einfach ein Mensch, der alles und jeden schlechtreden muss. Es ist ihr völlig egal, dass sie Fausto damit als geldgierig hinstellt. Mühsam schlucke ich die Gegenfrage runter, ob so ein Gewinnerlos ihrer Reisekasse nicht ebenfalls ganz guttun würde. Seereisen sind schließlich teuer. Dann hätte ich allerdings schnell eine Flasche Haarfarbe im Gesicht, denn der Prosecco wäre ihr sicher zu schade dafür. Es kostet mich alle Kraft, mir meine Abneigung gegen sie und ihr Gehetze nicht anmerken zu lassen. Ich muss unbedingt gleich Vinc anrufen. Jetzt brauche nämlich *ich* jemanden zum Ablästern. Und keiner versteht mich da so gut wie er.

Eine halbe Stunde später verlasse ich den Salon und atme erst mal tief durch, als mein Handy bimmelt.

Vinc. Das ist Gedankenübertragung.

»Hallo, Schatz, ich wollte nur deine Stimme hören«, sagt er liebevoll, als ich rangehe.

»Vincenzo mio, das war die beste Idee des Tages. Deine Stimme ist Balsam für meine Seele, ich schwör's dir«, stöhne ich theatralisch. »Du hast gerade etwas verpasst, das hätte dir gefallen. Ich war beim Friseur. Frauengekeife pur. Tratsch vom Feinsten. Jede Realityshow würde dafür horrende Summen zahlen. Ich glaube, wenn es bei meinem Friseur so zugehen würde, würde ich selbst zur Schere greifen.«

»Wieso, würdest du damit deine Friseurin abstechen?«

»Haha, auch eine gute Idee. Aber nein, ich würde meine Haare lieber selber schneiden.«

»Ich könnte dir helfen …«

»Vorsicht, das wäre ein Trennungsgrund«, bemerke ich skeptisch.

»Warum? Weil du dann so bescheuert aussehen würdest, dass ich mich nicht mehr mit dir in der Öffentlichkeit zeigen könnte, oder weil ich dir ins Ohr geschnitten hätte?«

»Puh, da weiß ich gar nicht, was ich schlimmer fände.« Wir müssen beide lachen.

»Schatz, ich vermiss dich«, seufzt Vinc schließlich.

»Ich dich auch. Weißt du, Lou ist total lieb und taff und alles, aber lachen kann ich am besten mit dir.«

»Nur lachen?«, fragt er anzüglich.

»Klar, was sonst«, tue ich ungerührt.

»Mein Bauchgefühl sagt mir etwas anderes«, lässt er nicht locker.

»Apropos Bauchgefühl, meines sagt mir, dass ich nachher auf der Bootstour Fausto auf den Zahn fühlen muss, und das widerstrebt mir schon allein deshalb, weil ich damit dem fiesen Geschwätz von Giulietta Bedeutung beimesse.« Ich weihe Vinc in die Interna ein, dann widmen wir uns anderen Themen …

*

20 Uhr

Louisa hat nach wie vor keine große Lust auf die Bootstour mit den Jungs, ich dagegen freue mich auf die Fahrt über den abendlichen Gardasee. Natürlich kommt sie trotzdem mit, wir haben ja besprochen, dass es klug ist, mit den Freunden zu reden, denn Frederico braucht dringend loyale Hilfe, wenn er rauskommt. Und dazu müssen wir die Jungs mit ins Boot holen – beziehungsweise umgekehrt. Berto hat sein kleines Motorboot bereits startklar gemacht.

»Sind wir nicht zu viele?«, erkundige ich mich skeptisch. »Da passen doch höchstens fünf Personen drauf, und wir sind sieben.«

»Wir sind ja zum Glück alle schlank, und keiner von uns ist so ein Bulle wie Frederico. Also alles paletti«, meint Berto entspannt und hilft uns an Bord. Dann nehmen wir in südlicher Richtung Kurs auf Salò. Die Wasseroberfläche kräuselt sich in sanften Wellen, das Ufer ist nah genug, um die Menschen an der Promenade flanieren zu sehen. Es sind noch einige andere Motorboote unterwegs, die letzten Ausflugsschiffe fahren zum Hafen. Von abendlicher Ruhe kann man allgemein also nicht sprechen. Berto schwenkt ab, auf die Seemitte zu.

Ich lehne mich zurück und blinzle in einen traumhaft schönen Sonnenuntergang. Die laue Abendluft bläst durch meine frisch gestylten Haare. Antonella hat am Ende noch selbst Hand angelegt, ein paar Strähnchen nachgeschnitten und Michelle erklärt, wie sie die Naturwelle in meinen Haaren lufttrocknen muss, damit es richtig gut aussieht. Eins muss ich ihr lassen, ihr Handwerk versteht sie, was sich auch in der Bewunderung der Jungs ausdrückt.

Mein weißes Shirt flattert im Fahrtwind. »Hoffentlich kackt keine Möwe auf meine helle Hose«, bemerke ich träge, was allgemeine Heiterkeit hervorruft. Ich lausche dem Gekreische der Seevögel und will an nichts denken.

»Du posierst wie eine Diva. Wo hast du das gelernt?«, veräppelt mich Pascale.

Seine Worte katapultieren mich direkt zurück zu dem Fall. Diva – Flavia – und ja, ich kann mir vorstellen, wie sie sich gefühlt hat, als sie jung war. Ich sehe sie an meiner Stelle, umschwärmt von jungen, gut aussehenden Männern, fühle, wie sie ihren Traum gelebt hat. »Ist reiner Zufall«, erwidere ich, ohne auf Pascals lockeren Tonfall einzugehen. »Aber apropos Diva: Fausto, ich habe ja heute deine Chefin bei ›L'Onda‹ getroffen, das weißt du wahrscheinlich. Sie und die Inhaberin haben einiges über Flavia erzählt.«

Leichte Röte überzieht Faustos Gesicht. »Erzählt, das kann ich mir lebhaft vorstellen. Die zwei in Kombination und dann noch Carla dazu, da braucht man keine Klatschpresse.«

»Welch wahre Worte«, sage ich und rolle mit den Augen. »Wer in so einer Informationshöhle arbeitet, bekommt doch einiges mit. Hast du also vielleicht was über Brunas ominösen Lottogewinn gehört?«

Schlagartig ist die gute Stimmung über Bord. Fausto hebt abwehrend die Hände. »Informationshöhle ist gut, du meinst wohl eher Informations*hölle*. Doro, so gerne ich helfen möchte, aber ich halte mich aus diesem Getratsche heraus. Mi dispiace.«

»Ist schon klar, Fausto, ich brauche auch keine Klatschgeschichten, sondern stichhaltige Informationen. Wer hat etwas mitbekommen von dem Gewinn und sich vielleicht merkwürdig verhalten? Solche Dinge. Es geht um Frederico, Fausto, vergiss das nicht. Ihr wollt doch alle, dass seine Unschuld möglichst schnell bewiesen wird, oder? Allora, dann helft mit. Jeder Hinweis kann wichtig sein.« Ich lege so viel Eindringlichkeit in meine Rede, wie ich kann.

»Trotzdem«, beharrt Fausto, »ich bin nicht Giulietta. Und ich weiß wirklich nichts Konkretes.«

Um die Stimmung nicht noch mehr zu verderben, reite ich nicht weiter auf dem Thema herum. »Tja, das ist schon erste Sahne, was die Damen der Schöpfung so vom Stapel lassen«, komme ich stattdessen noch mal auf Giuliettas Geschwätzigkeit zurück.

»Doro, du musst das nicht höflich umschreiben, nenn es beim Namen. Die Weiber sind grässlich. Ich will gar nicht wissen, was sie der armen Flavia alles angehängt haben.«

Ich nicke. »Giulietta hat auch über dich gesprochen«, sage ich dann.

»So?« Fausto verzieht das Gesicht. »Was hat sie denn gesagt?«

»Dass du studierst und dir dann etwas Besseres suchen wirst als die Stelle bei ihr.«

»Wie lange willst du es noch aushalten bei der alten Hexe?«, stichelt jetzt Pascale.

»Du weißt, ich brauche die Kohle. Hat nicht jeder so reiche Eltern wie du«, rechtfertigt sich Fausto.

»Die sitzen aber fest auf ihrem Geldsack«, entgegnet Pascale lakonisch.

Ich grätsche rein. »Jetzt macht ihr mich neugierig. Was hast du vor, Fausto?«

»Ich will mich mit einer Steuerkanzlei selbstständig machen. Aber das dauert noch. Erst mache ich mein Studium fertig, dann muss ich ein paar Jahre in einer Kanzlei mitarbeiten und Erfahrungen sammeln, und dann ziehe ich mein eigenes Ding auf. Das ist mein Ziel. Meine Eltern sind stolz auf mich, aber sie können mich nicht unterstützen. Mein Papa ist frühpensioniert, multimorbid, der kriegt nur ein paar Euro Rente, meine Mama verdient im Supermarkt ein bisschen was dazu. Wie sollten sie mir da unter die Arme greifen?«

»Ich beneide dich trotzdem um deine Eltern«, kommentiert Berto düster.

»Ich würde sie auch niemals eintauschen. Nicht für alles Geld der Welt«, sagt Fausto liebevoll.

»Und du, Berto? Was sind deine Pläne für die Zukunft?«, frage ich.

»Aktuell bin ich noch Krankenpfleger. Allerdings mehr aus Protest gegen meine Eltern. Die wollten, dass ich studiere. Medizin. Das Praktikum habe ich angefangen, um guten Willen zu zeigen, und bin dann als Pfleger hängen geblieben. Aufs Medizinstudium habe ich absolut keine Lust, die ganze Lernerei ist nichts für mich. Ich werde mir ein paar Boote zulegen und an Touristen vermieten. Ich liebe Boote.«

»Und hübsche junge Frauen, die du damit beeindrucken kannst«, flachst Tommaso.

»Nicht jeder Mann mit Motorboot ist auf der Jagd«, gibt Berto retour.

»Was mich zu einer Frage verleitet«, pirsche ich mich in private Gefilde, »wo sind eigentlich eure Frauen? Ihr könnt mir doch nicht erzählen, dass ihr alle Singles seid.«

»Habt ihr gehört? Neugierig wie Giulietta!« Tommaso grinst diabolisch.

»Hey! Das ist selbst als Scherz zu böse«, weise ich diesen Vergleich mit erhobenem Zeigefinger von mir.

»D'accordo. Das war wirklich zu viel des Guten. Ich entschuldige mich in aller Form«, rudert Tommaso reumütig zurück und macht es wieder gut, indem er mir Auskunft erteilt. »Cleto und ich sind in festen Händen, Pascale hat sich gerade von seiner langjährigen Freundin getrennt oder, besser gesagt, sie sich von ihm, und Berto und Fausto sind momentan ebenfalls solo.«

»Okay, dann habe ich jetzt den Überblick«, sage ich dazu schlicht und widme mich wieder Wind und Wellen.

Das Ufer wird immer kleiner, die berühmte Isola del Garda dehnt sich mondän im See aus.

Alle sind plötzlich sehr einsilbig. Klar, Fredericos Schicksal lässt sich nicht lange aus den Gedanken verbannen, das schafft nicht mal der herrliche See.

Louisa starrt auf ihre ineinander verschlungenen Hände. Ich erinnere sie flüsternd an den Grund dieser Fahrt. Frederico braucht seine Freunde. Das lockert sie ein kleines bisschen auf. Einige Möwen verfolgen uns, in der Hoffnung auf ein paar Brocken Brot.

Berto gibt Gas, die Gischt spritzt uns nass, die Möwen kreischen empört und geben auf. Er zieht eine Schleife Richtung Fasano und steuert Gardone von der anderen Seite an.

»Da, siehst du? Das ›Principe‹«, Louisa deutet auf den Prachtbau ihres Arbeitgebers.

»Und da vorne ist der Torre San Marco. Der Turm gehört zu den Anlagen des ›Grand Hotels‹«, spielt Berto den Fremdenführer.

Aha, denke ich, aber mein Interesse liegt beim oberen Ortsteil. Ich deute mit dem Finger auf die Region oberhalb des Vittoriale, wo heute Vormittag schwarze Rauchschwaden den Sommerhimmel über Gardone verdunkelt haben. »Pascale, weiß man schon, was die Brandursache war?«

Er schüttelt den Kopf. »Nichts Konkretes, aber man munkelt, dass es sehr wahrscheinlich Leichtsinn war. Bestätigt ist diese Theorie aber noch nicht.«

»Auf jeden Fall ist es schade um die verbrannte Natur«, nehme ich meine Gedanken von heute Vormittag auf und denke, dass es um jede Art von verbrannter Erde schade ist. Es gibt auch eine seelische Landschaft.

»Zum Glück waren keine Wanderer dort unterwegs oder Forstarbeiter, und es gab auch keine Verletzten unter den Feuerwehrleuten«, meint Pascale.

Alle nicken. Glück im Unglück.

»So viel Glück hatte Bruna leider nicht«, schlage ich den zugegebenermaßen nicht sehr eleganten Bogen zum Thema meines Interesses und setze noch eins drauf: »Da sieht man mal, was aus einer Sucht alles entstehen kann.«

Den verwirrten Blicken der anderen nach zu urteilen, können die nichts mit meinem Gedankensprung anfangen. Ich kläre sie auf: »Na ja, Nikotinsucht und Waldbrand, Spielsucht und die Gier nach dem großen Geld … Klingelt's?«

Louisa schaut skeptisch, Berto schüttelt den Kopf. »Nein, ehrlich gesagt klingelt es nicht. Bei euch, Jungs?«, wirft er in die Runde. Unisono ratlose Gesichter.

»Bruna hat doch regelmäßig gespielt. Lotto, Rubbellose und wer weiß, was sonst noch. Und dann wird sie ermordet. Hat sie gewonnen? Ist sie deshalb getötet worden? Zumindest indirekt wäre das doch eine logische Kausalkette, oder nicht?« Bewusst provoziere ich mit dieser völlig überzogenen Theorie und Brunas erfundener Spielsucht.

Prompt tappt Fausto in die Falle. »Scusami, Doro, aber das ist völliger Quatsch! Signora Rossi war nicht spielsüchtig. Sie hat Lose gekauft, ja, aber in absolut normalem Rahmen. Wenn du das als Sucht bezeichnest, ist ganz Italien süchtig. Und Deutschland übrigens auch. Allora, da haben wir ganz andere Kaliber.«

»Und was weißt du über den Gewinn?«, versuche ich es noch einmal, obwohl ich damit vorhin ja schon auf Granit gebissen habe.

Fausto windet sich. »Warst du nicht beim Friseur? Mit meiner Chefin?«, fragt er diplomatisch, und alle lachen. Denn damit ist alles gesagt und meine Frage beantwortet.

Schlaues Kerlchen, denke ich, hat mich mit meinen eigenen Waffen geschlagen, aber so leicht lasse ich mich nicht abspeisen. »Was haltet ihr von Natale?«, frage ich in die Runde. »Hat Frederico etwas über sein Verhältnis zu ihm erzählt?«

Jetzt mischt sich Cleto ins Gespräch ein: »Frederico und Natale mögen sich nicht, das ist kein Geheimnis und auch nicht verwunderlich. Frederico hat das abgestritten, aber er war eifersüchtig, weil er eine Tatsache nicht ändern konnte – die Blutsverwandtschaft zwischen Natale und Bruna. Er hat immer gesagt, Bruna sei für ihn eine mütterliche Freundin, und er wusste auch, dass Bruna genauso dachte und sich nicht von Natale blenden ließ.« Cleto wendet sich an Louisa. »Sei mir nicht böse, Louisa, aber so sehe ich das, und ihr wollt ja die Wahrheit herausfinden.«

Louisa beruhigt ihn. »Passt schon, Cleto. Es ist nicht verwerflich, was du erzählst, und du hast ja recht. Frederico hätte immer gerne eine Mutter wie Bruna gehabt, nicht wegen des Hauses, sondern weil er sich bei ihr geborgen gefühlt hat und dieses Gefühl schon sein Leben lang vermisst.«

»Das hat er euch erzählt? Oder vermutet ihr das nur?«, bohre ich nach.

»Ist eine Mischung aus beidem. Frederico hat oft von Bruna gesprochen. Also wesentlich öfter als wir anderen von unseren Eltern reden, außer wenn es Probleme gibt oder sie den Geldhahn zudrehen. Frederico war sehr fürsorglich, hat sich um sie gekümmert und vieles im Haus erledigt. Das Haus war ja für die Frau alleine viel zu groß, weil sie nicht mehr so gut laufen konnte. Irgendwann hat sie untervermietet, und das war der Anfang zwischen den beiden. Aber eine Lösung für immer war es natürlich nicht. Es liegt in der Natur der Dinge, dass Kinder ausziehen und ihr eigenes Leben führen. Eine eigene Familie gründen.«

Ich versuche, zwischen den Zeilen zu lesen. Das ist Cletos Meinung, wie denken die anderen über Frederico? Was halten sie zum Beispiel davon, dass er bei Bruna wohnen bleiben wollte und nicht zu Louisa gezogen ist? Ich linse zu ihr hinüber. Ich bin mir nicht sicher, ob ich nicht eine Grenze überschreite, so wie wir hier über Bruna und ihr Leben und über Frederico und Louisa sprechen. Immerhin ist sie besagte Freundin, die hier als Stein des Zweifels missbraucht wird. Aber jetzt habe ich die Jungs beieinander, der Mord ist vor drei Tagen passiert, und Frederico ist im Gefängnis. Beschissener kann die Situation nicht werden.

Doch, flüstert mir ein inneres Teufelchen ein, *du kannst eine Freundin verlieren.*

Da hat dieses Scheißkerlchen leider recht. Ich seufze. Louisa tätschelt meinen Arm. *Alles gut, ich verstehe dich und nehm's dir nicht übel*, scheint sie mir damit sagen zu wollen.

»Danke, Lou«, lasse ich sie von meinen Lippen ablesen.

Mittlerweile ist es dunkel, das Leben am Lungolago pulsiert im bunten Lichterspiel. Sommer am Gardasee. Ich sauge die Atmosphäre auf und fühle mich für einen Moment befreit. Berto lenkt das Boot geschickt zu dem kleinen Anleger an der Promenade, nur ein Stück entfernt von der Bank des Dichters, und lässt uns aussteigen. Festmachen muss er das Boot ein Stück weiter die Promenade runter, wo er einen Platz gemietet hat.

Die Jungs zerstreuen sich. Cleto und Tommaso wollen heim zu ihren Freundinnen.

»Warum habt ihr sie nicht mitgebracht?«, frage ich.

»Das hätte Bertos Boot nicht geschafft«, meint Cleto lakonisch.

Womit er recht hat. Ich vermute allerdings eher, dass die Jungs eine eingeschworene Gruppe sind und manchmal einfach unter sich sein wollen. Louisa und ich heute auf dem Boot, das ist etwas anderes. Es geht um einen von ihnen. Und wir können ihm vielleicht helfen.

Fausto bleibt sitzen, er will Berto helfen. Ich blicke dem kleinen Boot nach, wie es in der Dunkelheit unsichtbar wird. Man spürt Bertos Stolz auf sein Gefährt, und die Geschäftsidee mit den Touristentouren kann ich mir gut bei ihm vorstellen. Genauso wie das Steuerbüro bei Fausto. Sicher lukrativ, aber auch ganz schön trocken – zumindest für meinen Geschmack.

Pascale verabschiedet sich und mischt sich unter die flanierenden Touristen, Louisa und ich setzen uns in Matteos Bar und blättern in der Karte.

Als der Kellner an den Tisch kommt, um die Bestellung aufzunehmen, entscheiden wir uns einhellig für unser neues Lieblingsgetränk Bellini. Danach bleiben wir einsilbig – wir haben keine Lust, über die Jungs zu sprechen, und auch nicht über Brunas Tod und Fredericos beängstigende Lage. Louisa ist durch und hundemüde. Nach einem letzten Schluck will sie nach Hause.

»Ist es okay für dich, wenn ich noch ein bisschen bleibe?«, frage ich.

»Was für eine Frage. Mir geht so vieles durch den Kopf, da bin ich ganz gerne ein Weilchen allein. Vielleicht sitze ich ja noch draußen, wenn du kommst. Ansonsten buona notte, Doro.«

»Buona notte, Lou.«

Ich schaue ihr hinterher. Gibt ein hübsches Bild ab, meine Freundin, immer makellos, ich kriege das nie hin. Auch wenn man ihr die Strapazen der vergangenen Tage inzwischen etwas ansieht. Sie verschwindet zwischen den Menschen, und langsam fällt ein bisschen Anspannung von mir ab. Die Sorgen um Louisa und damit auch um Frederico drücken mir auf die Seele, doch es nützt keinem von uns, wenn ich auch noch Trübsal blase. Lieber verwende ich meine Energie für die Auflösung des Desasters.

Ein Stück von mir entfernt sehe ich Pascale dahinschlendern. Ist er etwa immer noch auf Storyfang? Inzwischen ist es ist 23 Uhr!

Er hat mich ebenfalls entdeckt und kommt zu mir rüber. »Trinken wir noch ein Glas zusammen?«, fragt er.

»Ein Bellini geht immer«, smile ich.

Wir plaudern über dies und das, und nicht nur ich versuche, ihm neue Erkenntnisse zu entlocken, auch er löchert mich mit Fragen. Ob es etwas Neues gebe im Fall Bruna Rossi. Irgendetwas, was die anderen noch nicht wüssten, womit er punkten könnte bei der Zeitung. Verständlich, allerdings hüte ich mich, den Einbruch zu erwähnen oder sonst wie über den Fall zu spekulieren. Ich will mir nicht die Finger verbrennen. Als Pascale merkt, dass diese Informationsquelle nicht sprudelt, nimmt er den letzten Schluck aus seinem Glas, legt einen 20-Euro-Schein auf den Tisch und tippt sich an die imaginäre Hutkrempe. »Buona notte, Doro. Viel Erfolg.«

Was auch immer er damit meint. »Buona notte, Pascale. Grazie per il Bellini.«

»Spesen.« Pascale zwinkert mir zu und schleicht von dannen.

Der Menschenstrom wird lichter, die meisten Touristen sind in ihren Hotels, die Bars schließen, und für mich wird es auch langsam Zeit. Der Tag morgen wird kein Zuckerschlecken werden. Es ist knapp vor Mitternacht. Auch wenn hier unten an der Promenade nicht mehr der Bär steppt, wird es noch viel ruhiger, als ich eine erleuchtete Passage durchquere und über die Hauptstraße Richtung Heller-Garten laufe. Unterwegs ziehe ich mein Handy aus der Handtasche und drücke auf Vinc' Nummer, aber er geht nicht ran.

Ich biege links in den schmalen Fußweg ein, in die Via Arturo Hruska, die am Heller-Garten entlang zur Piazza Pietro Scarpetta führt, und wähle noch ein paarmal vergeblich seinen Kontakt an. Hinter mir knirschen Kiesel unter den Schritten eines nächtlichen Spaziergängers. Ich schaue mich um. Keiner zu sehen, hab ich mich anscheinend getäuscht. Irgendwie beruhigt mich der Gedanke, dass ein Stück weiter oben, an der Piazza Pietro Scarpetta, die Carabinieri ein Büro haben. Ob das allerdings nachts besetzt ist …? Soweit ich weiß, gibt es ja noch die Polizeistation in der Via Fiume in Gardone Riviera. Egal, ich bin eh gleich zu Hause.

Hinter mir höre ich wieder schnelle Schritte, ein Klicken, als ein Steinchen vom Sohlenrand abrutscht und ins

Gebüsch geschnippt wird. Ich trete einen Schritt zur Seite, um den späten Läufer vorbeizulassen, aber keiner überholt mich, und die Schritte kommen auch nicht näher. Ein Blick zurück zeigt dieselbe gähnende Leere wie gerade eben schon. Jetzt probiere ich den Klassiker: unerwartet stehen bleiben und schnell umsehen. Seltsam, ich bin mir sicher, dass jemand hinter mir gewesen ist, die Schritte waren deutlich zu hören. Aber sobald ich mich umdrehe, ist nichts und niemand zu sehen, nur einmal erahne ich einen Schatten, der nicht rechtzeitig im nächtlichen Dunkel verschwindet.

Aua! Ich spüre einen schmerzhaften Schlag am Rücken, kurz darauf kullert ein golfballgroßer Stein zur Seite. Verdammt, was soll das? Hektisch schaue ich mich um. Immer noch ist niemand zu sehen. Ich haste weiter. Ein zweiter Stein verfehlt mich nur knapp und rollt auf den Seitenstreifen des Weges. War das ein Schatten, der schnell hinter dem Baum da drüben verschwunden ist? Wäre es untertags, würde ich auf einen Kinderstreich tippen. Aber mitten in der Nacht? Kurz fällt mich der Verdacht an, Fredericos Jungs könnten sich einen Scherz mit mir erlauben. Ein kleiner Denkzettel für die neugierige *tedesca*, die von jedem Einzelnen ein Alibi will und keine Ruhe gibt. Aber warum sollten sie das tun? Immerhin handle ich in Fredericos Sinne, und der ist einer von ihnen. Außerdem war der Stein groß genug, um mich wirklich verletzen zu können, und ich kann mir nicht vorstellen, dass einer von ihnen mir ernsthaft etwas Böses will.

Noch ein Stein kommt angeflogen. Wieder knapp an mir vorbei. Aus den Augenwinkeln sehe ich eine Gestalt in schwarzer Kapuzenjacke, die sich schnell hinter dem Schild zum Heller-Garten duckt. Keiner der Jungs hatte heute so eine Jacke dabei, da bin ich mir sicher. Die Gestalt wirkt riesig, aber das haben nächtliche Schatten ja so an sich. Monströs und verzerrt. Angsteinflößend. Unheimlich. Shit, denke ich, das ist keiner der Jungs. Ich will losrennen, die Via Trieste liegt in greifbarer Nähe, da taucht der schwarze Riese auf einmal vor mir auf. Oben, am Ausgang des Weges … und verschwindet dann wieder. Ich drücke mich seitlich an den Zaun des Parks und lausche. Ich fühle mich umzingelt, bin mir nicht sicher, ob es nur eine Person ist, die mich verfolgt. Verdammt, der Typ macht mir Angst. Wie soll ich oben an ihm vorbeikommen? Und wenn es doch zwei sind? Dann ist der Weg zurück vielleicht auch abgeschnitten. Ausgerechnet jetzt kommt kein Mensch mehr den Weg hier herauf. Ist ja auch schon ziemlich spät. Da sticht mir der Seiteneingang der Anlage ins Auge. Wenn ich … Ich könnte durch den Garten zum Haupteingang und dort wieder aus dem Park hinaus. Veranstaltung findet dort heute leider keine statt, die Pflanzen schmiegen sich still und dunkel in die Nacht. Vorsichtig drücke ich den Griff an dem Tor nach unten. Überraschenderweise schwenkt es nach innen auf, leider nicht ganz geräuschlos. Das rote Licht der Überwachungskamera schräg oberhalb blinkt in regelmäßigen Abständen. Habe ich ein Signal bei der Polizei ausgelöst? Alarm ist jedenfalls keiner zu hören. Ich schließe das Tor so leise wie möglich. Ein paar Strahler beleuchten regenschirmgroße Blätter, die wie stumme Wächter den Weg säumen. Ich schleiche voran, lausche und versuche, zwischen den Pflanzen unsichtbar zu werden. In der Dunkelheit sehen die Wege ganz anders aus als am Tag. War die Brücke mit den beiden grimmigen, wasserspeienden Brückenwächtern nicht in der Nähe des Eingangs? Ich bin unsicher. Muss ich nach rechts oder nach links? Niemand scheint mir zu folgen. Meine List ist geglückt, ich atme auf und ziehe mein Handy aus der Tasche, um mir moralische Unterstützung von Louisa zu holen. Ist eine beruhigende Vorstellung, sie wenigstens am Telefon bei mir zu wissen. Da ächzt in der Ferne das Tor in den Angeln. Ich bin nicht mehr allein. Schnell schalte ich mein Telefon auf lautlos und schaue mich hektisch um. Keine Ahnung, wo der Ausgang ist. Entfernt meine ich, Kies knirschen zu hören. Da sehe ich es: das Maul der Schlange. Habe ich letztens nur im Vorbeigehen wahrgenommen, eines der vielen Kunstwerke von André Heller und seinen Künstlerfreunden. Und jetzt meine Rettung. Mist, fast wäre ich in den kleinen Teich direkt vor der Skulptur gefallen, aber ich erinnere mich gerade noch rechtzeitig an seine Existenz, bevor mein Schritt endgültig ins Leere geht. Das riesige Maul verschluckt mich, und ich stehe gebückt im Inneren des Kopfes. Ich gehe in die Hocke, mit dem Rücken zur Wand, das dunkle Loch des Eingangs im Visier. Draußen schleicht jemand vorbei. Ich sehe nichts, ich höre es nur. Langsame, pirschende Schritte, begleitet von einem leisen, rhythmischen Klirren. Hier drinnen klingt jede Bewegung laut und hohl, ich traue meinen Ohren nicht, vielleicht narrt mich nur die Angst. Auf jeden Fall ist Rausgehen keine Option. Noch nicht. Immer wieder vibriert mein Handy, aber ich wage nicht zu schauen, wer es ist, oder gar ranzugehen. Das Licht des aktivierten Displays wäre viel zu hell. Um mich herum raschelt es in den vertrockneten Blättern am Boden, ich mag mir gar nicht vorstellen, welche Tiere ich in ihrem Reich gerade störe. Käfer, Spinnen, Schlangen, Mäuse, Ratten? Unheimlich. Ich schließe die Augen und verbiete mir weitere solcher Gedankenreisen. Außerdem riecht es nach Urin.

Nach gefühlt 100 Stunden wage ich es, mein Handy aus der Tasche zu ziehen. Ich drehe mich so, dass ich mit meinem Körper das Licht des Displays einigermaßen abschirme. Puh! Ich habe Netz. Viertel nach zwei. Vinc hat mehrmals versucht, mich zu erreichen. Ich habe keine Zeit für Erklärungen, und helfen kann er mir jetzt auch nicht. Deshalb tippe ich nur kurz: *Geht grad nicht.* Schnell tippe ich eine WhatsApp an Louisa. *Stecke im Botanischen Garten fest. Jemand ist hinter mir her, ich traue mich nicht raus. Kannst du Verstärkung organisieren und mich holen?*

Mist, sie schläft bestimmt längst und liest meine Nachricht nicht. Ich nehme mir vor, es bei ihr anläuten zu lassen, bis sie wach ist, und dann aufzulegen, aber noch bevor der Ton des ersten Freizeichens verklungen ist, schreit sie mir ins Ohr: »Doro! Wo bist du? Ich wollte fast die Polizei rufen. Mir fällt ein Felsmassiv von der Seele!« Dann heult sie los. Wundert mich nicht, so wie ihr Nervenkostüm zurzeit strapaziert wird.

»Lies die WhatsApp«, flüstere ich.

»Was? Ich versteh dich nicht«, ruft sie zurück.

»WhatsApp!«, flüstere ich scharf und lege auf.

Dauert nicht lange, dann kommt ihre Antwort. *Halte durch und rühr dich nicht von der Stelle, ich komme, so schnell ich kann!*

Sofort geht es mir ein bisschen besser. Die Zeit vergeht immer noch langsam, aber ich bin wesentlich entspannter. Louisa weiß, wo ich bin, und wird irgendwie für Hilfe sorgen. Sie schickt mir etwa alle fünf Minuten eine beruhigende WhatsApp, trotzdem zieht sich die nächste Stunde zäh wie Kaugummi. Es raschelt, schwacher Uringeruch hat sich in meiner Nase festgesetzt, und über die Tiere, die ich höre, und, noch schlimmer, über die, die ich nicht höre, will ich lieber gar nicht nachdenken.

Wir sind unterwegs, schreibt Louisa, und ich nehme

mein Rettungskommando bereits wahr, bevor sie laut nach mir rufen. Jetzt wage ich mich aus meinem Versteck und vergesse vor lauter Erleichterung den Teich. Ich kann mich gerade noch ausbalancieren.

»Doro?« Drei schemenhafte Personen biegen um die fast zugewachsene Ecke des Weges.

»Lou! Bin ich froh, dich zu sehen!« Ich renne meiner Freundin entgegen und falle ihr erleichtert um den Hals. Sie hat Alfredo und dessen Freund Rosario im Schlepptau. Alfredo habe ich sowieso schon ins Herz geschlossen, da ist auch noch Platz für Rosario. Louisa knufft mich liebevoll in die Schulter. »Mann, Doro, ich hatte echt Angst, dass dir etwas passiert ist! Verdammt noch mal, was war bloß los?«

»Scusate«, sage ich nur. Mehr kriege ich nicht raus, sonst heule ich los. Plötzlich zittere ich am ganzen Körper – trotz der lauen Temperaturen. Im Kopf der Schlange war es kalt, und die abfallende Anspannung ändert alles in mir. Ich schlinge die Arme um meinen Körper. »Gehen wir nach Hause? Dann erzähle ich euch alles«, bitte ich und fühle mich total erschöpft.

Zurück im Haus stehen Alfredo und Rosario erst noch etwas unschlüssig herum, dann beschließen sie, den Rest der Nacht hier im Wohnzimmer zu schlafen. Sie wollen uns nicht allein im Haus lassen. Die beiden sind echte Schätze, vor allem, weil sie meine Geschichte ernst nehmen. »Nimm du die Couch, ich hol mir eine Liege von der Terrasse«, regelt Alfredo die Frage der Schlafplätze.

»Lass die beiden mal machen, Doro, sie sind ein eingespieltes Team. Sie leben zusammen.«

»Als Paar?«, frage ich nach, um Missverständnissen vorzubeugen.

»Ja, Alfredo und Rosario sind zusammen. Allora, jetzt kümmere ich mich erst mal um dich. Du wirkst ziemlich wackelig auf den Beinen.«

»Sieht schlimmer aus, als es ist, Lou. Mir geht es gut. Lass mich nur schnell duschen, dann berichte ich euch, was passiert ist. Kannst du inzwischen die Kaffeemaschine anschmeißen? Und vielleicht zwei Scheiben Toast mit Marmelade, per favore. Und, äh, kann ich noch kurz Vinc anrufen? Er hat ein paarmal versucht, mich zu erreichen. Obwohl, nein, er schläft bestimmt. Ist auch schon egal, wann ich ihn wecke. Oder ich ruf ihn erst morgen an.«

»Immer langsam, du Verrückte«, bremst mich Louisa. »Toast ist alle, aber ich schau ins Eisfach, irgendwas findet sich bestimmt. Und Kaffee gibt es jetzt sicher nicht, dann wirst du ja noch aufgedrehter. Ich mache Tee für uns alle. Und jetzt zisch endlich ab!«

Statt Toast werden es dann wenig später *Ritornelli con cacao e mandorle* aus dem Vorratsschrank, und während wir alle an unserem heißen Tee schlürfen und ich Unmengen an Keksen verdrücke, schildere ich, was vorgefallen ist. Trotz der Aufregung dauert es keine Viertelstunde, bis alle um die Wette gähnen. Schließlich ist es mitten in der Nacht, die Anspannung fällt von uns ab, morgen wartet ein Arbeitstag auf die Männer, und für Louisa und mich wird es auch kein Zuckerschlecken werden.

»Allora, buona notte a tutti«, beende ich für mich den Abend und trolle mich nach oben. Louisa schließt sich an.

Doch bevor ich mich hinlege, rufe ich noch Vinc an.

Der gähnt durch den Äther. »Hat meine kleine Nervensäge vergessen, dass manche Menschen nachts schlafen?«

»Du hast versucht, mich anzurufen, und jetzt ruf ich zurück«, grummle ich.

»Da war es aber nicht … warte mal … 3 Uhr in der Nacht«, stellt er klar, »außerdem wolltest du mich sprechen, ich hatte mein Handy nicht bei mir und habe dann deine Anrufe gesehen …«

Ich unterbreche ihn. Ist mir jetzt egal, ich will einfach nur getröstet werden.

»Vinc! Ich hatte echt saumäßig Angst. Ich bin die halbe Nacht in diesem Loch gehockt. Zwischen Müll und Spinnen und … Aber es war kein Vergleich zu …« Mir versagt die Stimme.

»Doro, Schatz, was ist passiert?«, fragt er erschrocken. Er ist jetzt hellwach.

»Das weiß ich selbst nicht genau. Vorhin hat mich auf dem Nachhauseweg jemand verfolgt, und ich habe mich im Botanischen Garten versteckt. Dort bin ich stundenlang im Kopf einer Riesenschlange gehockt.«

»Deshalb bist du nicht ans Handy gegangen! Geht es dir gut? Wo bist du jetzt? Wieder bei Louisa?«

»Ja, bin grade vorhin zurückgekommen.«

»Schatz, wenn ich könnte, würde ich dich jetzt an mich drücken. Fühl dich umarmt von mir«, flüstert er zärtlich.

»Hm, du riechst nach …« Ich sauge imaginär seinen Duft ein.

Vinc lacht leise. »Ja, schnuppere nur. Schließ die Augen und stell dir vor, ich halte dich fest, streiche über deinen Rücken … Dein Haar riecht nach Orangen …«

»Ich dachte, *ich* soll *dich* riechen, nicht umgekehrt. Und überhaupt, was wird das jetzt? Telefonsex?« Ich krieg mich nicht mehr ein. Meine ganze Anspannung bricht mit Gelächter aus mir heraus.

»Doro, du bist echt versaut. Eine Romantikbremse. Ich wollte …«

»Okay«, reiße ich mich zusammen. »Ich weiß, was du wolltest, und das ist echt süß von dir, aber …« Ich kann nicht mehr. Eine erneute Lachsalve erschüttert mich. Das Lachen pulverisiert die restliche Anspannung. Vinc schweigt.

Langsam beruhige ich mich. »Tut mir leid, Schatz, aber ich bin gestresst, müde, frustriert und stinke wahrscheinlich immer noch. Glaub mir, du willst nicht an mir riechen – und kannst es auch gar nicht, denn du bist nicht da. Ich vermisse dich so …«

»Da ist sie ja wieder, meine Romantikerin. Hast gerade noch so die Kurve gekriegt.« Seine liebevolle Stimme macht die Sehnsucht noch schlimmer.

»Vinc, echt, ich mein's ernst. Ich vermisse dich. Wann kommst du endlich?«

»Man könnte glatt meinen, du wärst schon ein halbes Jahr weg, dabei sind es grade mal ein paar Tage. Louisa und du, ihr seid doch ein gutes Team. Ehrlich, Schatz, ich bin ein bisschen beunruhigt. Du am Gardasee, ein Mord, Schlangen mit Monstermäulern, das trägt alles nicht zu meinem Seelenfrieden bei. Ich finde das überhaupt nicht lustig.«

Die Geschichte von letztem Jahr wirkt nicht nur bei mir nach, hat aber so betrachtet auch etwas Gutes, weil ich Vinc kenne. Er ist jetzt auf dem Sprung. »Wann kommst du?«, frage ich deshalb noch einmal.

»Das ist nicht so einfach. Ulli ist noch nicht so weit. Er kann definitiv noch nicht in die Firma.«

»Homeoffice?«

»Du gibst wohl nie auf?«

»Nur im Extremfall«, stimme ich zu und bin mir sicher: Vinc macht sich Sorgen, ergo wird er kommen. Ullis demolierte Knochen hin oder her.

KAPITEL 12

PEZZI DEL PUZZLE - PUZZLETEILE

Venerdì (Freitag) – Tag 5

Das Frühstück ist bereits fertig, und Louisa hält ihre Neugier nur mühsam im Zaum, aber ich will auf Alfredo und Rosario warten, die noch kurz ins Bad wollten, bevor sie sich zu uns setzen. Bei *caffè* und Toast erzähle ich dann alles. Wir spekulieren, wer der nächtliche Verfolger gewesen sein könnte und ob er mir wirklich etwas antun oder mich nur erschrecken wollte.

»Wirst du es dem Capitano erzählen?«, fragt Louisa, dieser Option offenbar nicht abgeneigt.

Ich winke ab. »Das bringt nichts. Mir ist nichts passiert, und der Typ ist längst zu Hause. Was soll die Polizei da unternehmen? Die werden mich höchstens für überspannt halten, was meiner Glaubwürdigkeit insgesamt schaden würde. Stichwort Einbruch. Nein, in dem Fall nützt mir die Polizei nichts, aber im Fall Bruna brauchen wir sie. Dringend. Heute ist Tag fünf nach der Tat, und es wird allerhöchste Zeit, dass Frederico freikommt. Allora, schnappen wir uns das Schwein!«

»Wen meinst du? Natale? Fausto? Oder den großen Unbekannten?«

Louisas Fragen bringen es auf den Punkt. Wir wissen nicht, wer Bruna getötet hat. Für die Polizei ist Frederico der Täter. Es muss etwas vorwärtsgehen, bevor Frederico den Mut verliert. Meine Angst von heute Nacht hat sich in Wut verwandelt. Wut auf den wahren Täter und Wut auf die Polizei, die den Falschen im Visier hat.

Alfredo und Rosario haben bisher zugehört, ohne sich einzumischen. Doch jetzt lässt Alfredo seine Faust auf den Tisch niedersausen, dass wir alle zusammenzucken. »Ich bin jederzeit dabei, wenn ihr mich braucht. Und Rosario auch, nicht wahr?«

Der legt seine Hand auf Alfredos Schulter. »Sì, certo. Deine Freunde sind auch meine Freunde, mein Lieber.«

Nach dem Frühstück machen wir uns eilig daran, alles aufzuräumen. Louisa hat um elf einen Termin bei Brentano, ich werde in dieser Zeit unsere Vorräte im Supermarkt auffüllen und richte dafür schon mal eine Kühltasche her. Aber vorher wollen wir noch bei Fausto vorbeifahren. Natale werden wir uns später vornehmen.

»Was machen wir mit Caruso, während wir unterwegs sind?«, frage ich Louisa.

»Den lassen wir hier. Ich stelle ihm Futter und Wasser auf die Terrasse, er hat genug Schatten im Garten. Ach ja, können wir deinen Wagen nehmen?«, fragt sie. »Ich müsste erst tanken.«

»Klar, wenn du auf die Klimaanlage verzichten kannst? In diesem Punkt ist Vinc' Liebling nämlich nicht sehr zuverlässig.«

Kurz wägt Louisa ab und entscheidet sich dann doch fürs Tanken.

»Fahr du schnell zur Tankstelle, ich geh inzwischen mit Caruso noch mal eine Runde Gassi«, schlage ich vor.

Sie nickt. »Gute Idee, dann müssen wir später nicht alles im Garten aufsammeln.«

»Wir brechen auch auf«, sagt Alfredo und klopft kurz gegen den Türrahmen der Küche.

»Wartet, ich hol nur schnell meine Jacke aus dem Auto, dann können wir ein Stückchen zusammen laufen«, rufe ich und spurte schon hinaus. *Kacktüten nicht vergessen*, notiere ich mir gedanklich für den bevorstehenden Spaziergang und finde, dass mein Kater Rambo in dieser Beziehung doch sehr praktisch ist. Zumindest für mich als Frauchen – aber ich will lieber gar nicht wissen, wo er überall seine Häufchen hinterlässt.

Als ich am Corsa ankomme, bleibe ich wie angewurzelt stehen. Der Albtraum geht also weiter. »Lou! Komm! Schnell!«, rufe ich alarmiert.

Louisa kommt angerannt, dicht gefolgt von Alfredo und Rosario. Dann stehen wir fassungslos vor Vinc' mintgrünem Corsa, an dem alle vier Reifen platt sind.

»Das ist kein Zufall«, sagt Alfredo finster. Rosario hat sich die Hand vor den Mund geschlagen und starrt aus großen Augen auf die Szenerie.

»Schaut mal«, Louisa hockt am linken hinteren Reifen und fährt mit dem Finger über einen Spalt. Ich schlucke. Sieht verdammt aus wie ein Schnitt. Dann kommt mir ein übler Gedanke. »Wir sollten die Reifen an deinem Wagen überprüfen, Lou.«

Erschrocken schaut Louisa mich an. »Du meinst …?«

»Vergewissern wir uns einfach«, sage ich knapp und bin schon auf dem Weg zum Carport.

Sofort sehen wir den Platten am linken hinteren Reifen. Schnell umrunden wir den Wagen. Die drei anderen Reifen scheinen heil zu sein.

»Das ist echt ein Albtraum«, flüstere ich mit rauer Stimme. »Jetzt müssen wir wohl doch den Capitano verständigen.«

Die anderen nicken, und wir gehen wieder raus zu Vinc' maltrātiertem Corsa, während Louisa Linfattis Nummer in ihr Handy tippt.

Der Capitano ist nicht im Haus, Tenente Ponti kommt allein. Er nimmt die Fakten auf, zum Einbruch sagt er nichts, auch nicht zu sonstigen Entwicklungen im Fall Bruna Rossi.

»E siamo in alta stagione! Se i turisti se ne accorgono«, murmelt er vor sich hin.

»Ich glaube, in dem Punkt kann ich Sie beruhigen, Tenente, das ist ganz offensichtlich ein gezielter Anschlag auf Louisa und mich und tangiert weder Ihre heilige Hauptsaison noch die Touristen.« Ich lasse meine Stimme ganz bewusst vor Sarkasmus triefen. Okay, das ist nicht ganz fair, er weiß ja nichts von der Nacht im Botanischen Garten, ergo kann er auch keine Zusammenhänge sehen.

Der Tenente macht ein säuerliches Gesicht. »Schlagen Sie sich mal mit einem Haufen beunruhigter Sommergäste herum«, gibt er zurück.

»Schlagen Sie sich mal mit den Behörden herum, wenn Ihr Lebensgefährte unschuldig im Gefängnis sitzt«, retourniert Louisa. »Ich glaube, im Vergleich zu Fredericos Lage sind diese Belange wirklich unwichtig.«

»Scusi, signorina, ich habe es nicht böse gemeint«, lenkt der Tenente freundlich ein.

Louisa nickt, und ich gebe auch Ruhe.

Als Ponti weg ist, bleiben wir draußen stehen und bereden die Lage, die immer unübersichtlicher wird.

Mit dem Blindenstock die Straße vor sich abtastend, kommt Signora Giallini auf uns zu, unter dem hellblauen Morgenmantel ganz offensichtlich noch im Nachthemd. »Ist etwas passiert?«, fragt sie besorgt.

»Nein, nein, Signora, ich habe nur einen platten Reifen und Alfredo und Rosario helfen mir freundlicherweise, den Ersatzreifen aufzuziehen«, beruhigt Louisa die Nachbarin von Berta Rossi. Mannomann, die muss ja Ohren haben wie ein Luchs. Ihr Haus ist ein gutes Stück weiter oben.

»Ich war im Garten, da habe ich Stimmen gehört«, erklärt sie.

»Mi scusi, signora, waren wir so laut?« Ich grinse in mich hinein. Von wegen Ohren wie ein Luchs, wir haben wohl eher ein Geschrei wie am Bahnhof veranstaltet. Ist fast verwunderlich, dass sich nicht mehr Neugierige hier versammelt haben.

Die Signora gibt sich damit zufrieden und macht sich auf den Weg zurück zu ihrem Haus. Alfredo und Rosario montieren derweil den Ersatzreifen auf Louisas Wagen, Carusos Gassirunde fällt erst mal aus.

»Ich frage Danilo, ob er neue Reifen für dein Auto besorgen kann«, wendet sich Alfredo an mich. »Er ist ein Freund von mir und hat eine Autowerkstatt.«

»Das ist lieb, grazie mille«, sage ich dankbar. Vielleicht muss Vinc gar nichts von diesem Vorfall erfahren. Oder erst wenn alles vorbei und geregelt ist und sein motorisierter Liebling wieder im Top-Zustand dasteht. Baujahr 1998 – hat immerhin ein Vierteljahrhundert erlebt, und Vinc pflegt ihn liebevoll. Und mir ist der Wagen in den letzten Jahren auch ans Herz gewachsen, schon allein deshalb nehme ich den Angriff persönlich. Außerdem habe ich den Verdacht, dass mein nächtlicher Verfolger und der Reifenschlitzer ein und dieselbe Person sind. Wem bin so auf den Schlips getreten, überlege ich. Dem Mörder von Bruna? Was haben wir übersehen?

Ein schneller Blick auf die Uhr zeigt mir, dass es zeitlich eng wird mit der Befragung von Fausto. Nach Desenzano ist es ein gutes Stück, und auf der Gardesana herrscht reger Sommerverkehr. »Schaffen wir es noch, bei Fausto vorbeizufahren?«, frage ich Louisa, sie kann die Strecke besser einschätzen.

»Ich habe vorhin bei Signor Brentano angerufen. Er ist bis 15 Uhr in seiner Kanzlei, und ich kann jederzeit kommen, er hat sonst keinen Parteiverkehr heute. Fausto wohnt kurz vor Salò, wenn wir jetzt losfahren, klappt es noch«, überlegt sie und scheucht mich zum Wagen.

Wenig später sind wir unterwegs. »Wieso eigentlich Fausto und nicht Pascale?«, fragt Louisa mich auf der Fahrt und gibt so viel Gas, wie die Verkehrslage es zulässt. »Der wusste, wo du warst, und hätte dich problemlos verfolgen können. Oder Berto? Der war auch noch unten an der Promenade, genauso wie Fausto.«

»Cleto und Tommaso sind nach Hause zu ihren Freundinnen«, rolle ich das Feld von hinten auf. »Berto war noch unten an seinem Boot, und Fausto wollte ihm dabei helfen.«

»Ja eben, die beiden waren zusammen, Pascale war allein. Wenn du es für möglich hältst, dass dein Verfolger einer von Fredericos Freunden war, dann doch eher er, oder?«

»Ich weiß nicht … Mein Bauch sagt mir, dass das heute Nacht kein Scherz war, sondern mit den Vorgängen zusammenhängt, in denen wir zurzeit herumwühlen. Pascale werden wir auch noch durchleuchten, aber fangen wir bei Fausto an. Er braucht Geld, er arbeitet in der Tabaccheria und wusste von dem Los«, erkläre ich mein intuitives Gefühl. »Es könnten auch beide gewesen sein, Fausto und

Berto. Die zwei sind dick befreundet, und Bertos Goldesel – sprich seine Eltern – spuckt keine Taler mehr aus.«

»Na gut, mir ist es egal, bei wem wir anfangen. Seine Adresse liegt fast auf dem Weg, und in erster Linie will ich zu Signor Brentano.« Louisa drückt ungeduldig auf die Hupe, weil der Fahrer im Auto vor uns sich nicht traut, einen Radfahrer zu überholen.

Nach einigen Kilometern biegt Louisa zu einer Tankstelle ab, und dann sind es nur noch wenige Minuten bis zu Faustos Wohnung. Berto hat erzählt, dass Fausto ein sehr günstiges *appartamento* mieten konnte, nur ein Zimmer, Küche, Bad. Er sei froh, seine Eltern entlasten zu können, die in ihrer Dreizimmerwohnung immer im Wohnzimmer geschlafen haben, um ihrem Sohn einen eigenen Raum bieten zu können. Ein unscheinbares Kunststoffschildchen zeigt uns, dass wir an diesem Mehrfamilienhaus richtig sind. Wir klingeln. Keiner öffnet, und auch sonst scheint niemand im Haus zu sein, auch kein Vorhang bewegt sich verdächtig.

»Niente«, stelle ich resigniert fest. »Probieren wir es auf dem Rückweg noch mal. Oder in der Tabaccheria. Ich muss wissen, wo Fausto heute Nacht war. Und die anderen. Wer mir Angst einjagen wollte.«

»Klar, das will ich auch wissen. Aber jetzt fahren wir erst mal zu Brentano, dann kann ich mich auch wieder besser auf etwas anderes konzentrieren«, bestimmt Louisa.

Wir steigen ein und setzen unseren Weg fort. Unterwegs nach Desenzano passieren wir Salò, umrunden mehrere Kreisverkehre und entfernen uns für den Rest der Strecke vom See. Dass die Landschaft hier weniger überwältigend ist, stört mich nicht, denn diese Strecke ist kürzer, und wir wollen schnell ankommen. Nachdenklich mustere ich Louisa von der Seite, sie sieht übernächtigt aus und ist sichtlich nervös. Wer könnte es ihr verdenken.

Das Navi und die Straßenschilder kündigen an, dass wir in circa fünf Minuten unser Ziel erreicht haben. Louisa wischt ihre Hände abwechselnd am Rock ihres Kleides ab, die Anspannung steigt merklich. Wir nähern uns dem Ort von hinten und halten wenig später direkt vor Brentanos Kanzlei. Eilig steigen wir aus.

Das Gebäude liegt ein Stück vom See entfernt. Eine geschmackvolle moderne Villa, nicht groß, aber mit vielen Fenstern zum leicht hügeligen Hinterland und einem herrlichen Blick über die Dächer des Ortes. In der Umgebung gibt es bereits vermehrt Weinberge, insgesamt ist es hier flacher und weniger idyllisch als in Gardone, aber dennoch sehr mediterran.

Ich schaue Louisa an, die so sehr auf positive Neuigkeiten von Frederico hofft. Dass sie mit ihm telefonieren oder ihn eventuell sogar sehen darf. Immerhin hat sie heute ein paar persönliche Dinge für ihn dabei – Kosmetika, seine Faszienrollen, Sport- und Fitnessjournale, Radio und Kopfhörer … Brentano will mit ihr nach Brescia fahren, wo er inhaftiert ist, um die Sachen dort für ihn abzuliefern. Und vielleicht darf sie sogar kurz mit ihm sprechen. Wenn nicht, sieht Louisa wenigstens, wo er ist. »Lou, amica mia, ich halte die Daumen. Für dich und für Frederico. Alles wird gut, du wirst sehen. Toi, toi, toi.« Ich drücke sie noch einmal fest und steige dann zurück ins Auto – wir haben vereinbart, dass ich die Zeit zum Einkaufen nutze, während sie ihren Termin mit dem Anwalt absolviert. Die Scheibe auf der Beifahrerseite surrt leise, als ich sie herunterlasse, um Louisa noch etwas zuzurufen. »Du meldest dich, wenn du fertig bist, d'accordo?« Ich winke mit dem Handy.

»Mach ich, Doro. Fahr du ruhig los und besorge Nachschub für unseren Kühlschrank, ich schaff das hier.« Sie winkt kurz zurück, dann geht sie zur Eingangstür der Kanzlei.

Ich mache mich auf zum Supermarkt. Ist nicht weit entfernt und genau genommen ein riesiges Einkaufscenter. Hier gibt es wahrscheinlich nichts, was es nicht gibt. Eigentlich bevorzuge ich die kleineren, persönlicheren Läden, aber ab und zu liebe ich so eine Tour durch die Gänge zwischen hohen Warenregalen, wo es von Tomatenmark über Campari und Co. bis hin zu Heftpflaster und Duschbad alles gibt. Zudem habe ich genügend Zeit zu überbrücken, um mich hier in Ruhe umzusehen. Fast schon meditativ schiebe ich den Einkaufswagen durch die vollgestopften Gänge. Überall stehen Sonderaufsteller und Stapel mit Angeboten. Prosecco, Kaffee und Kekse sowie Kühltruhen voller Käse, Wurst und Pasta locken zum Vorratskauf. Meine Sinne sind sofort auf Genuss gepolt, ich habe Bilder im Kopf von Bigoli mit frischen Sardellen, spüre dem würzigen Geschmack von zart schmelzendem Gorgonzola im Risotto nach … Ich muss mich stark beherrschen, um nicht übermäßig viel einzukaufen. Allerdings sind Louisas Vorräte sehr karg, und sosehr ich frische Speisen liebe, ein bisschen was für den spontanen Hunger muss ich um mich haben. Also häufe ich vakuumierten Käse und Schinken in den Wagen, erstehe an der Frischetheke Mortadella und Fenchelsalami und schiebe den Wagen dann noch in die Gemüse- und Obstabteilung.

Acqua Frizzante packe ich in größeren Gebinden auf die untere Ablage des Einkaufswagens, Wein haben noch wir ausreichend im Haus und kaufe ich ehrlich gesagt sowieso nicht im Supermarkt. Nach einer halben Stunde sichte ich zufrieden meine Ausbeute im Wagen. Fehlt noch etwas? Lemon Soda, kommt eine kulinarische Eingebung über mich. Ich liebe dieses Getränk, besonders aus den herrlichen schwarzen Dosen, eisgekühlt und ohne Glas. Sehr zum Leidwesen meines Vaters, der als Gourmet und Sternekoch so einen Stilbruch nicht gutheißen kann. Mit einer gewissen Schadenfreude packe ich zwei Zwölfer-Steigen in den Wagen. Soll ich Paps vielleicht ein Bild per WhatsApp schicken? Reizvolle wie fiese Idee, die ich wieder verwerfe, weil meine Laune für solche Spielchen gerade ein wenig auf Eis liegt. Nicht wegen Paps, sondern aufgrund der Umstände, die von Louisa und mir momentan gemanagt werden müssen. Zumindest zücke ich mein Handy und banne die Krönung meiner Einkäufe im unteren Wagenbereich auf ein Bild. Aufgeschoben ist nicht aufgehoben.

Entspannt schiebe ich den Wagen weiter. Okay, soweit ich es überblicke, habe ich vorerst die wichtigsten Lücken aufgefüllt. Auf geht's zur Kasse. Im Vorbeigehen nehme ich mir eine Flasche Cola light aus dem Getränkekühlschrank, für den Sofortverzehr gleich im Auto.

Nachdem mir ein erkleckliches Sümmchen vom Girokonto abgebucht wurde, verstaue ich alles in Kartons, die hinter dem Kassenbereich aufgestapelt aufs Altpapier warten, und transportiere meine Errungenschaften zum Auto. Bald ist der Kofferraum gut gefüllt, ein junger Mann schlurft heran und fragt in gebrochenem Englisch, ob er den Einkaufswagen zurückbringen darf.

»Gerne«, antworte ich und überlasse ihm das Teil samt dem eingeworfenen Eurostück. Kann sich für ihn schon was läppern den ganzen Tag über … Ich drehe den Verschluss meiner Colaflasche auf, der kühle, feuchte Druck entweicht zischend. Ohne abzusetzen, leere ich die Flasche. Mmh, lecker. Die Sonne brennt vom Himmel – gut, dass wir eine Kühltasche mit Kühlakkus für die Frischware mitgenommen haben.

In der Erwartung, dass Louisa sich bald melden müsste, fahre ich zu Brentanos Büro, parke den Wagen an einer schattigen Stelle unter einer riesigen Magnolie mit grün glänzendem Blattwerk und lehne mich im Sitz zurück. Sofort merke ich, wie sich angenehme Entspannung in mir ausbreitet, und bald schon döse ich hinüber in eine ferne Traumwelt.

Keine Ahnung, wie lange ich bereits auf Traumpfaden gewandelt bin, als mein Handy vibriert und eine aufgekratzte Louisa verkündet, dass sie in einer halben Stunde an der Kanzlei sein wird.

»Bin längst hier und fröne dem Nichtstun und dem Schönheitsschlaf«, antworte ich gähnend. »Ist alles gut gelaufen?«

»Ja, ziemlich gut. Ich erzähl dir gleich alles. Wir sitzen im Auto und ich muss noch ein paar Dinge mit Signor Brentano besprechen. Er lässt mich dann an der Kanzlei aussteigen und fährt gleich weiter. Ciao, a dopo!«

»Okay. Bis gleich«, kann ich grade noch erwidern, dann hat sie aufgelegt.

Ist also gut gelaufen. Endlich mal eine schöne Nachricht. Hat sich zumindest so angehört.

Ich steige aus und flaniere an den Häusern entlang. Alles schicke Anwesen, kleine Gärten, viel Grün, Palmen, Feigenbüsche, aber auch bunte Bougainvilleen und blühende Ranken an Kletterspalieren und Zäunen. Entlang der Straße, auf dem Grünstreifen, strahlen Oleanderbäume in allen Farben um die Wette und sind groß genug, um den

Fußgängern Schatten zu spenden. Ich schlendere zurück, unter den Schutz der Magnolie, die ihrer Größe nach zu urteilen lange vor den Oleandern hier gepflanzt wurde. Ich lehne mich an Louisas Auto und warte.

Endlich biegt die dunkle Limousine des Anwalts um die Ecke. Brentano grüßt kurz durchs offene Fenster, die grauen Locken vom Fahrtwind zerzaust. Louisa hat sich vermutlich bereits von ihm verabschiedet, denn sie springt sofort aus dem Auto und eilt schnurstracks zu mir rüber. Sie ist randvoll mit Infos, die dann ungefiltert und ohne Anspruch auf Chronologie aus ihr heraussprudeln.

»Doro, stell dir vor, ich durfte mit Frederico telefonieren! Nur kurz, aber es war so schön, seine Stimme zu hören. Er hat sich ganz normal angehört.« Sie fängt vor Erleichterung an zu weinen.

Ich schließe sie in die Arme. »Hey, Lou, das ist ja super! Und hoffentlich ist der Spuk für ihn bald vorbei. Zumindest, was die Haft angeht.«

Sie hat sich schon wieder gefangen und löst sich aus meiner Umarmung, weil es noch mehr gibt, was sie loswerden will. »Weißt du, Brentano ist echt ein sehr netter Mensch. Ich glaube, er hat Frederico viel von seiner Angst genommen und ihm Zuversicht vermittelt. Frederico hat erzählt, Brentano sei der Meinung, ihn bald aus der Untersuchungshaft herausholen zu können. Ist das nicht Wahnsinn? Das sagt er doch nicht einfach so, wenn es nicht so wäre, oder?« Louisa lechzt förmlich nach einer Bestätigung.

Ich tu ihr den Gefallen und nicke eifrig. Was ich auf jeden Fall für realistisch halte, ist die Aussicht, dass Louisa ihn am Montag oder Dienstag besuchen darf. »Das ist doch schon mal ein Lichtblick«, sage ich und freue mich mit ihr.

Lieber wäre es mir allerdings, bis dahin Beweise zu finden, die Frederico aus der Schusslinie nehmen, denn alles andere wäre ein unbefriedigender Zustand.

Endlich fahren wir los. Im Gegensatz zum Hinweg bestehe nun ich darauf zu fahren. Louisa widerspricht nicht, sie ist in ihre eigene Welt versunken.

Ich denke an Fausto. Hoffentlich erwischen wir ihn heute noch. Oder die anderen. Ich schnaufe tief durch. Stop-and-go-Verkehr, wenigstens sind wir bereits in Salò, die Blicke auf den See tun meiner Seele gut. Vinc würde meiner Seele auch guttun. Aber aktuell muss ich die Starke sein und Louisa unterstützen, so gut ich kann. Sie seufzt neben mir vor sich hin. Vorfreude, Sorge, Angst – wird wohl eine Mischung aus allem sein.

Um sie ein wenig abzulenken, bringe ich wieder mal das Thema Motiv aufs Tablett, denn mit diesem nähern wir uns dem wahren Mörder. Wir kauen alles noch mal akribisch durch, und Louisa meint: »Das Testament beweist doch eindeutig, wie gern Bruna Frederico hatte, und er hatte keinen Grund, sie umzubringen.«

»Das sehe ich anders. Oder, besser gesagt, die Polizei. Versetz dich in deren Lage, dann kannst du alles, was in unseren Augen für Frederico spricht, auch gut und gerne gegen ihn verwenden. Wenn die Ermittler Natale glauben, dass Bruna ihr Testament zu seinen Gunsten ändern wollte, dann könnten sie annehmen, dass Frederico das Gespräch belauscht hat und sich daraufhin gezwungen fühlte zu handeln. Er sah seine Felle davonschwimmen, hatte Angst, das Haus nicht zu bekommen, glaubte seine Zukunftspläne in Gefahr, sein Liebesnest, das er mit dir hier mal gründen wollte. Alles drohte, den Bach runterzugehen. Oder sie unterstellen ihm schlicht und einfach

Geldgier – dass er nicht auf Brunas natürliches Ableben warten wollte und einfach nur ein gemeiner Erbschleicher ist. Außerdem wird das Recht, etwas zu erben, in den Augen der meisten Menschen immer noch als familiäres Privileg angesehen, das heißt, Natales Schleimerei und Gier, wie wir sie nennen, erscheint Außenstehenden durchaus berechtigter als Fredericos Anspruch auf das Erbe.«

Louisa schaut mich komisch an. »Ich hoffe, du siehst es nur aus der Perspektive der Polizei so.«

»Das sind lediglich Schlussfolgerungen, die ich angestellt habe, weil der Capitano einiges angedeutet hat, was genau in diese Richtung geht. Aber vertrauen wir darauf, dass er und seine Kollegen neutral ermitteln.«

»Das hoffe ich von ganzem Herzen.« Louisa schaut mich verzweifelt an. »Doro, wir müssen Linfatti einfach davon überzeugen, dass Natale mehr Grund zur Sorge hatte, leer auszugehen. Brunas Freunde bezeugen doch auch Fredericos Leumund. Und ich habe deutlich klargestellt, dass die Idee, Frederico solle bei Bruna wohnen bleiben und ich in unserem Haus, unsere gemeinsame Entscheidung war. Von Frederico, mir *und* Bruna. Frederico hat oft bei mir übernachtet oder ich manchmal bei ihm, aber jeder hatte eben sein eigenes Reich. Bruna hat mir angeboten, bei Frederico mit einzuziehen, mein Atelier hätte ich ja weiter betreiben können, aber das wollte ich nicht. Also liegt der Schwarze Peter in *meiner* Hand – *ich* bin die egoistische Person, die auf ihre Freiheit nicht verzichten wollte.«

»Okay, als Argument zu Fredericos Entlastung gestattet, aber lass dir so einen Blödsinn bloß nicht wirklich einreden. Es war eine gleichberechtigte Entscheidung, mit der ihr alle zufrieden wart. Was die Zukunft gebracht hätte, wenn es um Familiengründung und Kinder gegangen wäre, das steht in den Sternen, und dort wird es immer bleiben. Ihr hättet eine Lösung gefunden, und wenn es Natale wirklich in erster Linie um seine Tante gegangen wäre, dann hätte er sich ja weiterhin um sie kümmern können.«

»Meine Meinung. Deshalb finde ich es ungerecht, dass nur Frederico Geldgier und Erbschleicherei unterstellt wird. Und Mord.« Ihre Stimme ist ganz leise geworden bei den letzten Worten.

Mord. Ein kalter Schauer läuft mir den Rücken runter. Die Konsequenz daraus ist so tragisch. Sowohl für Bruna als auch für Frederico. Er hat seine Wahlmama verloren und sitzt als Hauptverdächtiger in Untersuchungshaft. Was, wenn die Wahrheit nicht aufgedeckt und er verurteilt wird? Diese Vorstellung schnürt mir die Kehle zu. Wir müssen endlich etwas zu seiner Entlastung finden. Oder gibt es da nichts zu finden? Ich verbiete mir, diesen ungeheuerlichen Gedanken weiterzuverfolgen. Wenn es so ist, dann wird es früh genug über uns hereinbrechen.

Louisas Stimme holt mich in die Gegenwart zurück. »Bei mir im Haus zu wohnen, wäre sowieso ungünstig. Das Haus gehört nicht mir, sondern meiner Mutter, und ab und zu kommen meine Eltern zu Besuch. Sie spielen mit dem Gedanken, irgendwann mal hierherzuziehen. Wie auch immer, für uns war die Wohnsituation einfach kein Problem.«

»Okay, lassen wir mal die familiären und erbtechnischen Aspekte beiseite. Was ist mit dem Lottogewinn? Wo ist das ominöse Los? Wer hat es? Das muss man doch herausfinden können.«

Louisa zieht die Augenbrauen zusammen. »Verbeiß dich nicht in diese Sache«, warnt sie dann. »Es kann auch nur ein Gerücht sein. Wer sagt denn, dass dieses Los wirklich existiert? Vielleicht hat Bruna aber auch nur ein verhältnismäßig kleines Sümmchen gewonnen, 1.000 oder 2.000 Euro. Irgendjemand hat dann in Brunas aufgeregte Reaktion zu viel hineininterpretiert, und schwups ist das Gerücht vom großen Gewinn bis hin zum Jackpot geboren.«

»Ja, schon, aber trotzdem. Was, wenn es das Los gibt und Bruna es doch noch nicht eingelöst hat? Vielleicht hat sie gezögert, weil sie nicht sicher war, was sie damit machen sollte? Ich kann den Punkt nicht abhaken, bevor er geklärt ist.« Vinc gegenüber hätte ich das nicht extra erwähnen müssen, der weiß, dass der Terrier erst loslässt, wenn er die Beute gesichert hat.

»Habe ich auch gar nicht von dir erwartet, Doro«, sagt Louisa. »Ich bin ganz bei dir. Nur … Egal, wir sammeln mögliche Motive, und solange eines nicht widerlegt ist, werden wir es nicht von der Liste streichen.« Sie trommelt leise mit den Fingern an das Seitenfenster.

»Sehr gut, Lou. Fassen wir also zusammen. Motiv eins: das Erbe. Motiv zwei: der Lottogewinn. Motiv drei: die neidische Freundin Flavia, die Bruna den Wohlstand, den Mann und das Glück mit ihrem Ziehsohn nicht gönnt. Und dann noch die große Unbekannte – das Motiv, das noch im Dunkeln liegt und mit ihm der Täter oder die Täterin.«

Louisa stöhnt. »Ich bin nicht sicher, welchem Szenario ich am ehesten zugeneigt bin.«

»Um noch mal auf das Los zurückzukommen: Hältst du es für plausibel, dass Bruna Frederico nichts davon erzählt hat?«

Louisa wiegt skeptisch den Kopf. »Nein, das ist es ja. Warum hätte sie es ihm denn verschweigen sollen?«

»Hm. Vielleicht, weil sie wusste, wie sehr Frederico und Natale um ihre Gunst gebuhlt haben. Mit dem Geld wollte sie nicht noch mehr Öl ins Feuer gießen.«

»Trotzdem, sie hätte es ihm gesagt«, bleibt Louisa bei ihrer Einschätzung.

Ich grüble schweigend über diesen Punkt nach, bis ich direkt vor Faustos Wohnanlage in eine freie Parklücke biege.

Louisa löst den Sicherheitsgurt. »Du kannst sitzen bleiben, Doro, ich klingle kurz, ob er überhaupt da ist«, sagt sie.

Ich sehe, wie sie den Knopf drückt und wartet. Dann läutet sie noch einmal, dieses Mal bleibt ihr Finger auf dem Knopf. Schulterzuckend gibt sie auf und lässt sich gleich darauf auf den Beifahrersitz plumpsen. »Niente«, sagt sie nur.

*

Gardone

Wir schleppen gerade unsere Vorräte ins Haus, als mein Handy vibriert. »Es ist Vinc«, rufe ich Louisa zu, die am Kühlschrank steht und bereits anfängt, die Sachen zu verstauen. »Ich geh mal schnell ran. Ist sowieso nur noch ein Karton im Auto.«

»Kein Problem. Ich mache das fertig«, antwortet Louisa und wedelt mit der Hand, um mich samt Handy aus der Küche zu verscheuchen.

Als ich draußen bin, hebe ich ab. »Na endlich«, beschwert sich Vinc. »Ich hab schon befürchtet, du hockst wieder in irgendeinem Loch.« Meine Nacht im Kopf der

Schlange von Rudolf Hirt lässt ihm offensichtlich keine Ruhe. Eigentlich hätte ich ja getippt, dass er sich sofort auf den Weg macht, aber anscheinend brennt es wirklich in seiner Firma. Deshalb gebe ich mich betont optimistisch, ich will ihn nicht in einen Gewissenskonflikt bringen, weil ich weiß, wie schnell er besorgt ist seit der Geschichte im letzten Jahr.

»Ciao, Vincenzo«, flöte ich, »wir waren beim Einkaufen, und Louisa hat mit Brentano ...«

»Doro, bitte hör zu. Ich wollte dir letztens schon etwas erzählen, aber da hat es nicht gepasst. Du mit deiner Dramatik um Louisa ... Sorry, das ist unfair, die Sache mit deiner Freundin und Frederico ist echt schlimm, und dann noch die Nacht gestern ... Aber es ist wichtig. Doro, wir haben einen Gast. Genau genommen drei Gäste.«

Was? Ich verstehe nur Bahnhof.

»Kannst du dich erinnern, ich habe dir doch von Tina erzählt, mit der ich ein paar Monate zusammen war.«

Ich gebe ein weiteres abwartendes »Hm« von mir. Natürlich kann ich mich an seine Verflossene erinnern. Ich habe sie zwar nie persönlich kennengelernt, aber ich weiß, dass Vinc seinerzeit ganz schön verknallt in sie war. Hat er mir in einer »ehrlichen Stunde« mal erzählt. Wird das jetzt der Klassiker, das Revival mit der Ex? Aber doch nicht wir, nicht Vinc!

»Doro, hörst du mir überhaupt zu?« Er hat Antennen für meinen Gemütszustand.

»Ja natürlich«, entgegne ich. »Erzähl schon, gestehe alles«, fordere ich und bin bemüht um eine feste Stimme.

Für einen Moment ist Vinc irritiert, dann holt er tief Luft. »Also«, beginnt er, »die Sache ist die ... Tina braucht Obdach für ein paar Tage. Sie ist samt Babys vor ihrem

Mann geflohen. Er ist gewalttätig geworden, aus Frust, weil er seinen gut dotierten Job verloren hat. Abstieg statt Aufstieg. Der Mann steht unter Stress, klar, aber das ist kein Grund, seine Frau zu schlagen. Tina fühlt sich bedroht. Wir haben uns kürzlich zufällig getroffen, und da hat sie mir davon erzählt. Was sollte ich da machen? Sie stehen lassen? Doro, das ging gar nicht, glaub mir.«

Ich schweige betroffen, weil ich nicht weiß, ob ich eher erleichtert sein oder mich für meinen Eifersuchtsanfall schämen soll.

»Doro, es klappt!«, schreit da Louisa aus der Küche zu mir herüber.

»Was denn?«, erkundige ich mich in der gleichen Lautstärke.

»Danke, das war mein Ohr«, protestiert Vinc aus dem Hörer.

»Alfredo sagt, die Werkstatt hat die Ersatzreifen für den Corsa am nächsten Freitag da!«

Shit. Das wollte ich vermeiden. In der Sekunde, in der Louisa den Satz ausgesprochen hat, ist mir klar, dass Vinc bei der Erwähnung seines Autos spitze Ohren kriegt. Und genauso ist es.

»Was ist mit meinem Auto? Warum Ersatzreifen?«, fragt er alarmiert.

»Ähm, ja, das ist so ...«

»Doro! Spuck's aus! Hattest du einen Unfall? Bist du verletzt?«

Ich will ihn nicht anlügen. »Schatz, ganz entspannt. Ich hatte keinen Unfall. Aber irgend so ein Idiot hat unsere Reifen zerstochen. Und Alfredo hat sich darum gekümmert, dass die Werkstatt möglichst schnell passenden Ersatz besorgt. Das ist alles.«

»Das ist *alles*? Doro, sag mal, was ist los bei euch? Zerstochene Reifen in dem Kontext, in dem ihr gerade steckt, sind doch keine Lappalie! Das könnte eine Warnung oder Drohung oder was weiß ich was sein. Seid bloß vorsichtig! Am besten, ihr bleibt zusammen – keine Alleingänge und nächtlichen Ausflüge. Bitte, Doro, ich meine es ernst. Du weißt ganz genau, wie ein Mörder, der sich in die Ecke gedrängt fühlt, reagieren kann.«

Ich schlucke. Natürlich, das weiß ich nur zu gut. »Schatz, ich verspreche, vorsichtig zu sein. Und Alfredo und Rosario passen auf uns auf. Sie wohnen nicht weit weg, und wir können sie im Notfall rund um die Uhr erreichen. Louisa hat sie heute Nacht ja auch angerufen, und sie sind sofort gekommen und haben dann sogar hier geschlafen. Du siehst also, wir sind wohlbehütet.«

Leider teile ich Vinc' Befürchtung, dass es da einer ziemlich ernst mit uns meint – doch das behalte ich für mich.

Ich habe es dreimal versucht, aber Fausto bisher nicht erreicht. Deshalb hat Louisa Pascale angerufen, und der hat versprochen, die Jungs zusammenzutrommeln, Treffpunkt halb sieben im »Bellini«. Er will vorher in der Tabaccheria vorbeischauen und prüfen, ob er dort vielleicht aufgetaucht ist. Die Unterstützung nehmen wir gerne an. Wir sind beide zwar müde, aber noch mehr aufgedreht. Ich schwimme ein paar Runden im Pool.

»Ich kann jetzt nicht einfach dasitzen und Däumchen drehen«, jammert Louisa und tigert durch den Garten.

Mir geht es ähnlich. Das Wasser kühlt mich zwar ab, dennoch zieht es mich wieder raus. Ich trockne mich ab und tigere neben Louisa her. Caruso drängt sich zwischen unsere Beine und wandert mit. Ein bisschen Bewegung im

Garten gefällt ihm offenbar ebenfalls, und der Futternapf ist ja in Reichweite.

»Ich finde, unser Dickerchen sieht richtig zufrieden aus«, stelle ich schmunzelnd fest.

»Wenigstens einer, der glücklich ist«, sagt Louisa und klopft Caruso sanft auf die Flanke.

»Fühlen wir Natale noch mal auf den Zahn«, schlage ich vor, und Louisa nickt.

Gesagt, getan. Ich schlüpfe in meine Klamotten. Caruso wuselt aufgeregt um uns herum, anscheinend nimmt er das Risiko, sich noch mehr bewegen zu müssen, billigend in Kauf, jedenfalls will er ganz offensichtlich mit.

»Ist ja gut«, beruhige ich ihn, »ich hole die Leine.« Er wedelt mit dem Ringelschwänzchen, so gut es damit eben geht.

»Was wollen wir Natale fragen?« Louisa will sich auf den Besuch vorbereiten.

»Wir sollten ihn direkt auf den Einbruch ansprechen. Hat bestimmt die Polizei schon getan, aber vielleicht können wir ihn irgendwie in die Ecke drängen. Oder doch noch an seiner Moral packen. Klar, wenn er der Mörder ist, dann machen wir uns nur lächerlich. Wenn er aber unschuldig ist, weiß er vielleicht etwas, das er zurückhält. Ich meine, er hat ja angedeutet, dass er als Blutsverwandter erbt, wenn Frederico für den Mord verurteilt wird. Warum hat er das gesagt? Einfach nur so, weil es den Tatsachen entspricht, oder ist er von Fredericos Schuld überzeugt? Oder weiß er womöglich etwas, das Frederico entlasten würde, und behält es für sich? Ist er wirklich so skrupellos, dass er Frederico nur des Erbes wegen unschuldig im Gefängnis schmoren lassen würde? Ist es tatsächlich glaubhaft, dass Bruna ihm versprochen hat, das Testament zu seinen Gunsten zu ändern? Wir müssen ihm klarmachen, dass er vor Gericht einen Meineid schwört, wenn er lügt. Und dass von seiner Aussage Fredericos Schicksal abhängt. Wir müssen ihm das in aller Deutlichkeit bewusst machen. Vielleicht knickt er dann doch ein.«

»Und die Hoffnung stirbt zuletzt«, orakelt Louisa trübe. Was ihr einen zarten Rüffler von mir einbringt.

Schweigend laufen wir die letzten Meter. Wir kennen den Weg, und ein paar Minuten später stehen wir in der kühlen Gasse vor dem renovierungsbedürftigen Wohnhaus.

Die untere Tür steht offen, um ein wenig warme Luft ins Haus zu holen oder, umgekehrt, etwas Mief hinauszulassen. Die Feuchtigkeit hockt eh schon in den Mauern, der Verputz blättert ab, ich glaube, da kann man nichts mehr falsch machen.

Von Etage zu Etage werden unsere Schritte langsamer und unser Atem schneller. Caruso keucht ebenfalls, nur dass er uns dieses Mal voraus ist, soweit die Leine es zulässt.

»Schau ihn dir an, ich glaube, der will es hinter sich bringen«, sage ich zu Louisa und lasse mich von unserem Mops weiterziehen.

»Lokomotive Caruso, keine schlechte Idee«, sagt sie. »Puh, die Luft hier ist echt übel, die saugt dir die letzte Reserve aus den Lungen.«

»Ich hab schon befürchtet, es liegt an meiner Kondition.« Wir lachen. Das tut gut und spendet zumindest etwas mentale Kraft vor dem Treffen mit Natale.

Wir klingeln. Natale gibt sich wenig Mühe, zu verbergen, dass er nicht begeistert ist, uns hier, direkt an seiner Wohnungstür, erneut zu sehen. Dieses Mal bin ich vorbereitet und habe mich vorsichtshalber sofort auf die Schwelle gedrängt, sodass er keine Möglichkeit hat, uns die Tür vor der Nase zuzuschlagen. Ich seh's ihm an der Nasenspitze an, dass er genau das gerne tun würde und sich ärgert, nicht schnell genug reagiert zu haben. Pech. Ich hatte ihm den entscheidenden Überraschungsmoment voraus.

»Natale, lass uns rein. Wir müssen etwas mit dir besprechen«, fordert Louisa. Sie redet nicht um den heißen Brei herum, denn dass es kein Freundschaftsbesuch ist, den wir ihm hier abstatten, ist klar.

In Natales Gesicht arbeitet es. Mit einem einfachen Nein wird er uns nicht los, das ist ihm bewusst, und uns direkt hinauszuschieben, traut er sich nicht. Immerhin sind wir zu dritt. Louisa, Caruso und ich.

Caruso knurrt leise. Ich verkneife mir ein Grinsen, weil unser Mops so tut, als wüsste er, dass es jetzt um alles geht. Ich nutze Natales Zögern und drängle in den Flur, Caruso braucht ebenfalls keine persönliche Aufforderung, Louisa folgt, und Natale gibt sich geschlagen. Er tritt resigniert zur Seite, und wir nehmen den bereits bekannten Weg ins Wohnzimmer. Er bietet uns keinen Platz auf seiner gelben Monstercouch an. Haha, uns doch egal, wo er uns Rede und Antwort steht!

Caruso hechelt mitleiderregend. »Hast du ein bisschen Wasser für den Hund?«, bittet Louisa.

Widerwillig kommt Natale ihrer Bitte nach. Ist ja immerhin der Hund seiner verstorbenen Tante.

Kaum ist er aus dem Raum, springt Caruso auf und schnüffelt überall herum. »Hey, das sind aber keine guten Manieren«, mahnt Louisa den Mops. »Wir sind hier Gäste.«

»Wenn auch ungebetene«, kommentiere ich trocken.

»Wuff«, bestätigt Caruso und schnüffelt weiter. Am Sessel bleibt er stehen. Schnüffelt, wackelt mit dem Ringelschwänzchen und fängt auch noch an zu fiepen wie verrückt. Im ersten Moment muss ich lachen, weil er sich gar so geschäftig aufführt. Dann aber stutze ich. Was hat er bloß?

»Caruso, Platz und still jetzt«, schimpft Louisa.

Das Benehmen des Hundes ist ihr sichtlich peinlich. Als er dann plötzlich Natales Sakko, das auf dem Sessel liegt, schnappt und auf den Boden zerrt, finde ich das allerdings auch nicht mehr witzig und springe auf, um es zu retten. Das wiederum findet Caruso nicht lustig, er knurrt und verteidigt seine Beute.

Meine Antennen erwachen zum Leben. Was regt den Hund so auf? Das ist merkwürdig. »He, mein Freund!«, rufe ich streng und gebe nicht nach, denn eins ist klar: Chef im Ring bin ich, das muss er wissen.

Caruso sieht das anders und wechselt die Strategie. Jetzt fiept er wieder so herzzerreißend, dass es mich wundert, dass Natale nicht sofort hereingestürmt kommt, um nachzusehen, was los ist.

Solange der noch in der Küche ist, muss ich unbedingt das Sakko erobern. Irgendetwas stimmt nicht damit. Außerdem hoffe ich, dass es noch kein Loch hat. Mittlerweile hat sich auch Louisa ins Getümmel um das Sakko gestürzt. Sie fasst Caruso um den Bauch und versucht, ihn von dem Corpus Delicti wegzuziehen. Das Ganze hat groteske Züge, stelle ich zwischen Hektik und Belustigung schwankend fest, frage mich allerdings, wieso sich der sonst so ruhige Hund aufführt wie ein Irrer. Caruso lässt nicht von dem Sakko ab. Ich zerre auf der anderen Seite. Dabei fällt etwas auf den Boden. Ein rotes Samttäschchen. Ich lasse das Sakko los. Prompt verliert auch Caruso das Interesse daran und widmet sich einem neuen Ziel. Bevor ich reagieren kann, fischt er flink das mit Goldstickerei verzierte rote Teil zwischen den Falten des Sakkos heraus und trollt sich damit in die Ecke neben dem Sofa. Das Täschchen wie eine Trophäe zwischen den Vorderpfoten, schaut er mich an, als würde er größtes Lob erwarten, und zwar sofort. Louisa hebt das Sakko vom Boden auf, faltet es ordentlich zusammen und zupft ein paar Fusseln weg. Sie will es gerade über die Sessellehne hängen, als Natale mit einer weißen Blechschüssel voll Wasser zurückkommt. Stumm wandert sein Blick zu Louisa, die sein Sakko noch in der Hand hält. »Scusami«, setzt sie verlegen an.

Natales stummer Vorwurf wandelt sich in Fassungslosigkeit, als er Caruso in der Ecke entdeckt. Ihm entweicht ein gurgelnder Laut. Hart stellt er die Schüssel ab, sodass das Wasser überschwappt, und ist mit zwei großen Schritten bei dem Hund. Er bückt sich und will ihm das Täschchen entreißen. Caruso fängt sofort an zu knurren. Wie es aussieht, geht die groteske Szene weiter. Obwohl es natürlich nicht lustig ist, zumindest tu ich recht empört und schimpfe Caruso.

Louisa wirft das Sakko jetzt achtlos auf den Sessel. »Caruso. Aus! Aus!«

Der Mops folgt genauso gut wie ein bockiges Kind. Nämlich gar nicht. Mir entschlüpft ein Lacher. Caruso witscht mit seinem alles andere als stromlinienförmigen Körper zwischen Natales Beinen hindurch und legt das mittlerweile ziemlich versabberte Täschchen auf meinen Knien ab. *Vielen Dank, sehr angenehm*, denke ich und nehme das feuchte Teil mit spitzen Fingern hoch.

Natale steht da wie zur Salzsäule erstarrt. Ich wäre nicht ich und hätte wohl kaum von Vinc den Spitznamen »Miss Marple« verliehen bekommen, wenn mir Natales Reaktion auf das Täschchen nicht aufgefallen wäre.

Caruso winselt und schaut mich mit großen Augen an.

»Caruso, mein Süßer, was ist denn?«, fragt Louisa neugierig, kommt rüber und nimmt mir das schlabbrige Teil aus der Hand. Natale greift ebenfalls danach, aber Louisa hat es bereits fest im Griff und dreht ihm schnell den Rücken zu. Der Mops knurrt eine Oktave tiefer, während Louisa das Teil von allen Seiten begutachtet. »B. R. Da sind Initialen, B. R.« Sie lässt sich neben mich auf die Couch fallen und zeigt mir die goldenen Buchstaben.

»Bruna Rossi? Vielleicht war es ihr Täschchen, und Caruso ist deshalb so aufgeregt«, kombiniere ich, jetzt ebenfalls aufgeregt.

»Was fällt euch ein! Finger weg, das gehört mir!«, schnarrt Natale, der seine Stimme wiedergefunden hat. Worin ich ihm grundsätzlich recht gebe, allerdings lässt sich eine »Miss Marple« davon natürlich wenig beeindrucken, schon gar nicht, wenn sie Doro Ritter heißt, ihres Zeichens »Spürnase am goldenen Bande«. Als Louisa sich daranmacht, das Täschchen zu öffnen, gerät er völlig außer Fassung. Jetzt will er es ihr gewaltsam entreißen. Ich werfe mich zwischen Natale und Louisa, die weiter an dem Reißverschluss zerrt. Der klemmt. Mittlerweile hat Caruso entschieden, dass Bellen allein nicht genug ist, und zieht knurrend an Natales Hosenbein. Natale hat jetzt jede Zurückhaltung über Bord geworfen. Er versucht, mich abzuschütteln, schubst mich mit einem schmerzhaften Stoß gegen die Brust auf die Couch zurück und schlenkert gleichzeitig heftig mit dem Bein, an dem Caruso sich in den Stoff seiner Hose verbissen hat. Der kleine Kerl wird hin und her geschüttelt, aber er lässt nicht los.

Louisa hat sich aus der Gefahrenzone begeben, und endlich ratscht der Reißverschluss auf. Sie zieht einen bunten Papierfetzen aus dem roten Schlabbersäckchen und schaut ihn sich genauer an. Dabei schüttelt sie stumm den Kopf.

»Das ist ein Los. So ein Rubbelding«, sagt sie langsam und betont. Sie beugt sich noch tiefer darüber. »Achtung: mit Höchstgewinn. 500.000 Euro!«

Natale sackt mit einem Mal zusammen, als hätte jemand den Stöpsel zum Luftablassen gezogen. Verdattert gibt Caruso das Hosenbein frei. Natale sinkt neben mir aufs Sofa und vergräbt sein Gesicht in den Händen.

»*Du* hattest das Los die ganze Zeit? Hast du Bruna deshalb umgebracht? Wegen des Geldes?« Louisa baut sich vor ihm auf und wird immer lauter.

Natale schaut nicht hoch und schüttelt nur den Kopf. Hört gar nicht mehr auf damit.

»Du hast von dem Los gewusst? Und hast dir gedacht, wenn schon nicht das Haus, dann wenigstens die Gewinnsumme erben? War es so?« Louisas Stimme schraubt sich in bedenkliche Höhen. Und die haben nichts mit wohlklingendem Sopran zu tun.

Natale schüttelt weiter stumm den Kopf.

»Und als Bruna dir das Los nicht gegeben hat, hast du sie mit Gewalt dazu zwingen wollen? Hast sie umgebracht und dir das Los geschnappt?« Louisas Stimme kippt.

Endlich schaut Natale hoch. Er räuspert sich. »Nein, so war es ganz und gar nicht«, sagt er heiser und verstummt dann wieder.

»Wie war es dann? Verdammt, rede! Frederico sitzt im Gefängnis! Unschuldig! Mach endlich den Mund auf!«, schreit Louisa außer sich.

Caruso hat sich hinters Sofa verzogen. Ihm ist die Situation nicht geheuer. Mir offen gesagt auch nicht. Nicht wegen Louisa. Die ist hysterisch, verständlicherweise, aber Natale … Ist er der Mörder von Bruna?

Er sitzt da und schnappt nach Luft wie ein Fisch auf dem Trockenen. Ich bin in Alarmbereitschaft. Was ist los mit ihm? Bricht er zusammen? Ist es Panik, weil ihm klar ist, dass er nun auf der Rangliste der Verdächtigen ganz oben steht und sich vielleicht bald in einer Zelle neben Frederico wiederfinden könnte? Ist er wirklich ein Mörder? Ich zwinge mich, ruhig zu bleiben, und überlege zugleich krampfhaft, ob wir mit ihm fertig werden, wenn er ausrastet. Okay, wir sind zu zweit, ich könnte mir die tönerne Obstschale vom Wohnzimmertisch als Waffe schnappen … Im Bruchteil einer Sekunde wäge ich die Möglichkeiten ab. Die Luft im Raum knistert vor Spannung.

»Nein, so war es ganz und gar nicht«, wiederholt Natale dumpf.

Louisa steht vor ihm und wedelt mit dem Los vor seiner Nase herum.

Ohne Natale aus den Augen zu lassen, stehe ich auf. Versuche, dabei möglichst unsichtbar zu sein. Mit einer schnellen Bewegung nehme ich Louisa das Los aus der Hand, bevor Natale auf die gleiche Idee kommt. Ich verziehe mich damit zur Tür Richtung Flur, lasse meine potenzielle Waffe nicht aus den Augen und sondiere die Möglichkeiten zur Flucht, sollte es nötig werden. Ich muss den Capitano anrufen. Wenn es das Los von Bruna ist – und der rote Beutel mit den Initialen lässt das stark vermuten –, dann muss es Spuren von Bruna daran geben. Und umgekehrt, Natales Spuren müssten bei Bruna zu finden sein. Irgendwelche. Wenn er die Madonna berührt hat, hat er wahrscheinlich Handschuhe getragen. Oder hatte Bruna das Los vielleicht gar nicht in der Madonna deponiert? Hat sie es ihm einfach vor die Nase gehalten, so wie es Louisa eben getan hat? Weil sie nie auf den Gedanken gekommen wäre, dass jemand für Geld töten könnte? Naiv, aber nachvollziehbar. Ich bin zu aufgeregt, um klar denken zu können. Aber egal, trotz der Verwirrung kristallisiert sich eine Erkenntnis heraus: Auch auf die Gefahr hin, mich heute zum zweiten Mal zu blamieren, ich muss den Capitano anrufen. Ich greife mit der freien Hand zur Hosentasche, um mein Handy herauszuziehen.

Weiter komme ich nicht, denn jetzt erwacht Natale zum Leben. Er macht einen Schritt auf mich zu, um sich das Los zu holen, überlegt es sich anders, bleibt in der Mitte des Raumes stehen und stiert nur gierig auf den bunten Papierfetzen in meiner Hand. So nah ... Seine Stirn glänzt, seine Hände zittern. Strähnig kleben ihm die braunen Haare am Kopf.

Louisa ist noch nicht fertig mit ihm. Sie drängt sich zwischen uns, hat anscheinend jegliches Gefühl für Gefahr ausgeblendet. »Sag mir nur eines: Hast du Bruna umgebracht?« Sie stemmt die Hände in die Hüften.

Natale weicht einen Schritt zurück und hebt abwehrend die Hände. »Nein, ich schwöre, dass ich meiner Tante nichts angetan habe.«

»Und wie kommst du dann zu dem Los? Woher wusstest du überhaupt davon?«, wirft sie ihm mit scharfer Stimme an den Kopf.

»Bruna hat mir an ihrem Todestag davon erzählt. Als Frederico beleidigt abgezogen ist, hat sie mich rausgeschickt aus der Küche. Ich sollte ihre Jacke holen, weil sie zum Einkaufen wollte. Es sollte eine spezielle sein, oben aus ihrem Ankleideraum. Da habe ich Lunte gerochen und gespitzelt. Ich habe gesehen, wie sie etwas aus der

Madonna herausnahm, den Kopf wieder draufsteckte und mich dann rief. Sie hat mir das Los gezeigt. 500.000 Euro. Sie hat gesagt, das Geld sei für mich. Einen Teil sollte ich sofort bekommen, den Rest nach ihrem Tod. Außerdem hat sie gesagt, sie würde das Testament ändern.«

Haben nicht gerade seine Lider geflackert? Lügt er? Ich lasse ihn nicht aus den Augen.

»Dann hat Bruna mich hinauskomplimentiert, sie wolle jetzt einkaufen. Was blieb mir da übrig? Ich bin gegangen, ich wusste ja jetzt, wo das Los lag. Aber meine Tante hat noch gelebt, als ich ging. Das schwöre ich! Ich wollte später noch mal wiederkommen, wenn Frederico in der Pizzeria gewesen wäre und Bruna ihren Mittagsschlaf gehalten hätte. Ich wollte keine Zeit verlieren, handeln, bevor sie das Los selbst eingelöst und es auf der Bank deponiert hätte. In diesem Fall hätte ich nur hoffen können, dass sie ihr Wort hält. Das Risiko wollte ich nicht eingehen. Als ich am frühen Nachmittag zurückkam, stand wie meistens die Wohnzimmertür offen. Ich ging rein und rüber in die Küche, um das Los aus der Madonna zu holen. Da sah ich sie liegen. Tot. Ich konnte nichts mehr für sie tun. Ich bekam Panik und bin abgehauen – an das Los habe ich vor lauter Schreck gar nicht mehr gedacht. Als ich wieder daheim war, in meiner Wohnung, ist mir klar geworden, wie dumm das war! Die Madonna stand in ihrer Ecke und hat praktisch auf mich gewartet. Und ich Trottel … Aber ich konnte es nicht mehr ändern. Tante Bruna war tot und mir war klar, dass es nur eine Frage der Zeit wäre, dass man sie finden würde. Ich habe mich nicht getraut, an diesem Tag noch mal bei ihr aufzutauchen, es hätte mich ja auch jemand sehen können. Außerdem – das könnt ihr mir jetzt glauben oder nicht – hatte ich meine Tante wirklich gern. Sie war die einzige Familie, die mir noch geblieben war. Leider hat mich mein Vater früher konsequent daran gehindert, Kontakt mit ihr aufzunehmen.« Natale stößt ein bitteres Lachen aus.

»Und das Los?«, bohre ich jetzt. »Warst du das mit dem Einbruch neulich?« Ich duze ihn einfach. Ist jetzt auch schon egal.

»Zuerst hatte ich wahnsinnige Panik, dass mich irgendjemand dabei gesehen haben könnte, wie ich ins Haus ging oder wieder rausgekommen bin, aber ich hatte wohl Glück, sonst wäre ich ja verhaftet worden. Ab da hatte ich keine ruhige Minute mehr, ich habe fieberhaft auf eine Gelegenheit gewartet, noch mal ins Haus gelangen zu können. Dieses Mal war die Tür natürlich zu, deshalb musste ich die Scheibe einschlagen … Ich war so froh, als ich den Kopf der Madonna abgeschraubt habe und das Los noch da war.«

»Da warst du uns einen Tick voraus. Wir sind zu spät gekommen. Dennoch hat der Einbruch unseren Verdacht bestätigt, dass es noch etwas anderes außer dem Testament geben musste.«

Louisa lacht bitter auf. »Weißt du, Natale, das mit dem Geld kann ich irgendwie noch nachvollziehen, aber dass du Frederico ans Messer geliefert hast, das ist unmenschlich.« Sie flüstert nur noch.

Ich kann ihre Gefühle so gut nachempfinden. Diese Riesenangst, dass wir es nicht schaffen, Frederico zu entlasten, und dass er für eine Tat verurteilt wird, die er nicht begangen hat.

»Mit dem Mord habe ich nichts zu tun! Frederico wird es wahrscheinlich gewesen sein, und jetzt sitzt er dafür im Knast. Das ist nicht meine Schuld! Pech für ihn, als Mörder von Tante Bruna wird er wohl nichts erben.« Gehässig und unsympathisch wie eh und je schleudert er Louisa diese Worte entgegen. Es kommt mir sogar so vor, als müsste er sich einen zufriedenen Gesichtsausdruck verkneifen. Was geht in seinem Gehirn vor? Vor einer Minute hatte ich fast so etwas wie Verständnis für ihn – aber das ist mit einem Schlag weg.

»Noch ist seine Schuld nicht bewiesen«, tue ich wesentlich gelassener, als ich innerlich bin. Ich muss den Capitano anrufen, denke ich zum wiederholten Mal. Die Polizei muss die Lage hier vor Ort erfassen, das Los allein nützt nichts, da könnte womöglich Linfatti wieder auf irgendeine Verschwörungstheorie kommen.

Caruso lugt hinter dem Sofa hervor.

»Komm her, mein Guter«, locke ich ihn, ohne Natale aus den Augen zu lassen. Der Mops wagt sich an ihm vorbei und trappelt zu mir. »Gut gemacht, mein Held. Du bist der Größte. Ein echter Spürhund«, lobe ich ihn. Streicheleinheiten gibt es später, jetzt müssen wir Natale in Schach halten und vor allem den Capitano anrufen. Zum zweiten Mal heute, und dieses Mal kommt er bestimmt persönlich.

*

Kurze Zeit später

Linfatti ist da. Er muss gar nicht viel sagen oder fragen, Natale fängt sofort an, sich zu verteidigen. »Wenn ich der Mörder wäre, warum hätte ich dann erst später einbrechen sollen? Ich wäre ja dumm gewesen, wenn ich das Los nicht gleich mitgenommen hätte. Ich wusste, wo Bruna ihr ›Schatzkästlein‹ hatte, und außerdem hatte sie das Los ja in der Hand. Wenn ich sie umgebracht hätte, hätte ich es mir nur nehmen und verschwinden müssen«, stellt er hysterisch, aber mit einer gewissen Folgerichtigkeit in den Raum.

Der Capitano bleibt unbeeindruckt. »In Panik reagiert man oft unlogisch. Wir werden die Wahrheit herausfinden, Signor Negretti. Sie kommen jetzt erst einmal mit. Wir nehmen Ihre Aussage auf, alles Weitere wird sich zeigen«, bestimmt er und gibt seinem Kollegen mit einer knappen Handbewegung zu verstehen, dass er Natale »reisefertig« machen soll.

Der Kollege verzichtet auf Handschellen – schade eigentlich, finde ich –, fasst ihn leicht am Oberarm und führt ihn ab.

Nächster Akt, denke ich und habe noch Fragen an den Capitano: »Wie war das nach dem Einbruch? Haben Sie nur uns verdächtigt? War die Polizei nicht auch bei Natale?«

Linfatti lächelt milde. »Immer noch nachtragend, Signorina? Um auf Ihre Frage zu antworten: Doch, natürlich haben wir auch mit Negretti gesprochen, aber er hat geleugnet, im Haus gewesen zu sein, und die Spuren sind noch nicht ausgewertet. Allora, cosa avremmo dovuto fare?«

Jetzt ist Louisa ebenfalls in Angriffsstimmung. »Sie fragen, was Sie hätten machen sollen? Das sage ich Ihnen gerne. Punkt eins: Zum Beispiel hätten *Sie* das Los bei Negretti finden können. Punkt zwei: Wir sind nicht nachtragend, wir sind sehr besorgt um Frederico Piotti, der unschuldig im Gefängnis sitzt. Das ist ein großer Unterschied.«

»Calma, signorina, ich bin ja ganz bei Ihnen. Zu Punkt eins« – ich höre einen spöttischen Unterton – »im Gegensatz zu Ihnen verfügen wir nicht über einen so genialen Spurensucher wie Sie mit Ihrem … äh, Hund, und jetzt komme ich direkt zu Punkt drei: Bis jetzt gibt es weder am Tatort noch an Negrettis Kleidung, die er laut Signor Piotti am Mordtag trug und die wir selbstverständlich untersucht haben, Spuren, die Negretti direkt mit der Tat in Verbindung bringen. Außer den zu erwartenden Fingerabdrücken natürlich. Und Punkt vier: Ohne Spuren kein Durchsuchungsbefehl, und das bedeutet für uns als Vertreter des Staates, wir haben keine Möglichkeit, in Negrettis Wohnung herumzuschnüffeln.«

»Und? Reichen die Beweise jetzt?«, frage ich ein bisschen provokant.

Der Capitano grinst kurz. »Bin zuversichtlich.« Dann wird er sofort wieder ernst. »Es wird ein paar Gespräche mit dem Staatsanwalt geben, eine richterliche Zustimmung, aber der Durchsuchungsbefehl ist so gut wie durch. Ob Negretti in Haft bleibt, wird man sehen, ohne das Los hat er keine Veranlassung mehr zu verschwinden.«

»Außer er ist der Mörder«, sage ich trocken.

»Giusto, außer er ist der Mörder«, bestätigt Linfatti.

Louisa und ich stehen ein wenig unschlüssig herum. »Lou, ich glaube, hier gibt es nichts mehr für uns zu tun.«

Louisa nickt. »Komm, Caruso, wir gehen«, ruft sie und schaut sich suchend im Wohnzimmer um.

»Der wartet schon lange an der Haustür«, sage ich und nicke Richtung Flur.

»Signorine«, wendet sich Linfatti noch einmal an uns, »sprechen Sie bitte vorläufig nicht über das Auftauchen des Gewinnerloses.«

»Warum?«, frage ich automatisch, obwohl ich ohnehin nicht vorhatte, mit jemandem darüber zu reden. Außer mit Vinc natürlich, aber das muss ich Linfatti ja nicht auf die Nase binden.

»Signor Brentano muss es erfahren. Ich rufe ihn sofort an. Und Frederico hat ebenfalls ein Recht darauf, Bescheid zu wissen. Immerhin rückt das Natale in ein ganz anderes Licht, er steht damit auch auf der Liste der möglichen Täter, und das entlastet wiederum Frederico.« Louisa lässt keinen Zweifel offen, dass der Anruf bei Brentano das Erste ist, was sie nach Verlassen der Wohnung tun wird.

»Ist in Ordnung«, meint Linfatti, ohne eine Miene zu verziehen. »Ich dachte eher an alle anderen, die Sie in den letzten Tagen befragt haben.« Er hebt die Augenbrauen.

»Geht klar«, stimme ich zu und bin zugegebenermaßen etwas kleinlaut dabei.

Als wir wieder zu Hause sind, telefoniert Louisa lange mit Brentano. Der verspricht, alle Hebel in Bewegung zu setzen, um Frederico schnellstmöglich aus dem Gefängnis zu holen. Vor allem will er sie sofort über Neuigkeiten informieren, sollte sich die Lage ändern. Was einen möglichen Zeitpunkt für Fredericos Freilassung betrifft, hält er sich bedeckt, er will Louisa nicht allzu viele Hoffnungen machen. Aber die Aussicht auf baldige Freiheit werde ihn heute schon im Schlaf begleiten dürfen, zitiert Louisa ihn hinterher mir gegenüber.

»Lou, ich will keine Spielverderberin sein, aber das Spiel ist noch lange nicht gewonnen. Bevor nicht der Mörder von Bruna entlarvt ist, hängt der Verdacht wie ein Damoklesschwert über Frederico. Freu dich, aber wir bleiben trotzdem am Ball. Irgendwo liegt ein Hinweis im Verborgenen, sprich versteckt sich die Nadel im Heuhaufen.«

»Hey, willst du mir Angst machen?« Louisa schaut mich an, als wollte sie mich mit besagter Nadel aufspießen, kommt dann aber zu mir und umarmt mich. »Tut mir leid, Doro. Du hilfst mir so viel und du hast vollkommen recht. Fredericos Unschuld muss hundertprozentig bewiesen werden.« Sie ist jetzt, was unseren bevorstehenden Abend mit den Jungs im »Bellini« angeht, nicht mehr so demotiviert. Ganz im Gegenteil.

»Lou, ich freu mich genauso wie du, aber bitte halte heute Abend den anderen gegenüber dicht. Du weißt, was Linfatti gesagt hat – wir sollen die neuesten Erkenntnisse vorläufig nicht verbreiten. Und ich glaube, er hat recht. Er hat es ernst gemeint und wäre wahrscheinlich sauer, wenn wir seine Anweisung nicht befolgen würden.«

»Keine Sorge, Doro, ich schaff das. Und ich bin gespannt, ob Fausto heute Abend dabei ist. Noch habe ich nichts von ihm gehört.«

»Stimmt. Das ist mir vor lauter Los und Natale total aus dem Sinn gekommen. Hoffentlich ist er inzwischen aufgetaucht, denn wenn nicht, gibt es eh nichts zu lachen, und die Jungs werden kaum auf uns achten. Zwei ihrer Runde sind abgängig. Der eine sitzt unter Mordverdacht im Gefängnis, der andere ist unauffindbar.«

»Warten wir es ab. Vielleicht ist er längst wieder da, und es gibt eine harmlose Erklärung für sein Verschwinden.«

Ich seh schon, Louisas Optimismus hat einen kräftigen Schub bekommen. Schön.

»Schwimmen wir ein paar Runden? Und tanken danach im Liegestuhl ein bisschen Sonne?«, fragt sie.

»Prima Idee«, stimme ich zu.

Wir holen unsere Bikinis. Wenig später hängen wir am Beckenrand und eine Ahnung von Urlaubsgefühl will sich in mir ausbreiten. Dieses Mal fängt Louisa mit dem Thema an.

»Ich kann es noch nicht glauben, Doro, Frederico kommt frei. Das ist so … so mega.«

»Logisch. Ist fürs Erste das Wichtigste. Vor allem für Fredericos Seelenleben. Trotzdem. Natale hat den Mord nicht gestanden. Wenn er dabei bleibt, wird es für ihn ebenso ein Indizienprozess werden, wie es für Frederico einer geworden wäre. Wenn er es war und verurteilt wird, ist es okay. Wenn er es aber nicht war, sondern er genauso die Wahrheit spricht wie Frederico, was ist dann?«

»Du meinst, es gibt noch einen anderen möglichen Täter?« Louisa hält entsetzt die Luft an.

»Wenn Natale unschuldig ist, muss es so sein. Wovon wir aber gar nicht ausgehen, nur …« Ich mache eine Pause, um Louisas Aufmerksamkeit voll und ganz auf diesen Punkt zu konzentrieren.

»Nur?«, fragt sie atemlos nach.

»Nur, wenn an Natales Schuld auch nur der Hauch eines Zweifels bestehen bleibt – und das tut es bestimmt, wenn er nicht gesteht –, dann wird im Gegenzug zumindest ein Hauch von Verdacht auch an Frederico haften bleiben. Außerdem sind da noch die Blutspuren an Fredericos Sportkleidung.«

»Willst du damit sagen, dass …?«, sie schaut mich entsetzt an. »Hört dieser Albtraum denn nie auf?«

»Lou, beruhige dich, ich will gar nichts schwarzmalen, aber ich halte auch nichts davon, die Augen vor unangenehmen Tatsachen zu verschließen. Ich bin sicher, dass Natale gestehen wird, wenn wir die richtigen Beweise finden. Oder die Polizei natürlich.«

»Vielleicht eine Videoaufzeichnung vom Mord, aufgenommen von einer zufällig vorbeischwirrenden Drohne?« Louisas Stimme trieft vor Galgenhumor und verzweifeltem Spott.

»Ja, so ungefähr«, gebe ich zu.

»Und wie hoch ist die Wahrscheinlichkeit, dass so eine Drohne auftaucht?«, fragt sie traurig.

Wir starren düster vor uns hin.

»Na ja«, nimmt mein Ideenschreiber die Arbeit auf, »Natale ist ein bisschen geschwätzig, habe ich den Eindruck. Selbst bei uns beiden, die er am liebsten zum Mond geschossen hätte, ist er am Ende so richtig in Fahrt gekommen. Vielleicht hat er irgendjemandem leichtfertig etwas erzählt, das ihn als Täter überführen könnte. Wir horchen uns also weiter um, fragen die Leute aus und –«

»– und machen uns unsympathisch«, vollendet Louisa den Satz.

»Ach Quatsch! Außerdem kommt Frederico bald frei und ist dann mit von der Partie, ich glaube, jeder versteht, dass er sich von jeglichem Verdacht befreien und vor allem Brunas wahren Mörder finden will. Dass Natale unter Mordverdacht steht, wissen die Leute nicht, und ich würde es auch nicht herumerzählen. Je unvoreingenommener die Menschen mit uns reden, desto besser. Wäre doch gelacht, wenn wir nicht ein paar unerwartete Hinweise zu hören bekämen. Die Leute werden in erster Linie wissen wollen, warum Frederico freigekommen ist, da müssen wir uns absprechen. Vielleicht kann Frederico Signor Brentano bitten, diesbezüglich die Strategie der Polizei zu erfragen. Wäre hilfreich, nicht total konträr zur Staatsmacht zu agieren und am Ende wie die Trottel dazustehen.«

»Deinen Optimismus möchte ich haben«, stöhnt Louisa. »Ich will primär Frederico abholen, und das hoffentlich bald. Ich denke, er wird zunächst bei mir hier wohnen. Hauptsache, er ist nicht mehr eingesperrt.«

KAPITEL 13

UNA LUNGA GIORNATA – EIN LANGER TAG

Venerdì (Freitag) – Tag 5

18.30 Uhr – im »Bellini«

Die Jungs sitzen bedröppelt im Garten in einer Ecke neben dem Eingang. Das Einzige, was spritzig ist, ist das Bier in den Gläsern. Lou und ich lassen uns auf zwei freie Stühle fallen.

»Jungs, was ist los? Wo habt ihr Fausto gelassen? Und Pascale? Ist der noch auf der Jagd nach einer heißen Story?« Meine gute Laune zerläuft in der Abendsonne, als ich in die verschlossenen Gesichter von Cleto, Berto und Tommaso schaue. »Also Jungs, was ist passiert?«

»Pascale müsste noch kommen, aber Fausto ist immer noch verschwunden«, informiert uns Tommaso. Die anderen starren auf ihre Hände und sind ungewöhnlich still.

Hä? Drehen jetzt alle durch? »Gestern Abend war er doch noch da. So schnell verschwindet man nicht spurlos. Habt ihr wirklich keine Idee, wo er sein könnte?«, bohre ich nach.

Berto nimmt das Ganze am meisten mit. »Wir hatten eine Auseinandersetzung gestern Abend«, gesteht er.

»Ja und? Um was ging es dabei?«, fragt Tommaso nach.

»Ach, war im Grunde kein großes Ding. Aber er war eingeschnappt. Ist er ja immer, wenn es um Geld oder seine

Familie geht, ihr kennt ihn doch.« Berto zuckt mit den Schultern. »Aber mich hat es halt genervt, weil er immer so tut, als bräuchte ich mir nur einen Scheck bei meinen Eltern abholen, wenn das Geld alle ist. Der hat echt keine Ahnung!« Er schnauft verbittert.

»Komm, hör schon auf zu jammern! Wenn einer Ahnung hat, dann Fausto, ihr seid doch beste Freunde seit eurer Schulzeit«, weist ihn Tommaso zurecht.

»Auch wieder wahr«, gibt Berto zu. »Seine Eltern würden ihn gerne unterstützen, können aber nicht, meine Eltern könnten, wollen aber nicht. Kommt unterm Strich aufs selbe raus.«

»Eben.« Tommaso haut ihm kumpelhaft auf die Schulter.

»Ach, da ist Pascale ja«, ruft Cleto und schaut zum Eingang.

Eben ist ein knatternder Roller vorgefahren. Ich ziehe fragend die Augenbraue hoch.

Cleto lacht. »Das alte Ding erkennt man hundert Meter gegen den Wind.«

Pascale biegt jetzt um die Ecke, im Laufschritt, und nimmt dabei den Helm ab. »Scusate, ragazzi, ich bin noch bei den Morellis vorbeigedüst, um zu schauen, ob Fausto aufgetaucht ist.« Er lässt sich auf den freien Stuhl fallen. »Leider Fehlanzeige. Stattdessen hat sich die liebe Giulietta bei mir ausgeheult.« Pascales Stimmlage geht eine Oktave nach oben, als er den keifenden Singsang imitiert: »*Seine Vespa stand heute früh noch im Durchgang. Mitten im Weg. Und ich hab schauen können, wie ich die Ware dran vorbeischleppe. Dabei weiß er genau, dass ich in der Früh da durchmuss. Die ganzen Zeitschriften und diverse andere Lieferungen, die dort abgelegt werden, bevor die Geschäfte öffnen. Der feine Herr Fausto ist heute nicht erschienen.* Bla, bla, bla. In dieser Tour ging es noch eine ganze Weile weiter. Geholfen hat mir das nichts, denn außer dass Faustos Roller noch dasteht und er den ganzen Tag nicht im Laden war, habe ich nichts Neues erfahren.«

»Diese Natter«, zischt Berto wütend.

»Reg dich nicht auf, ist doch reine Energieverschwendung«, tröste ich Berto. »Das ist typisch Giulietta, diese Frau hat keinerlei Empathie. Für diese Erkenntnis reicht mir unsere kurze Bekanntschaft. Ignoriere sie einfach, okay?«

»Du bist gut. Dieses Keifen zu ignorieren, ist schlicht unmöglich«, ereifert sich Berto. »Ach lasst doch die Alte. Vielleicht ist Fausto etwas passiert?«, unkt Cleto. »Wir sollten die Krankenhäuser abtelefonieren.«

Berto schüttelt den Kopf. »Habe ich schon gemacht, leider ohne Erfolg. Aber vielleicht geben sie mir auch nur keine Auskunft – bin ja schließlich kein Familienangehöriger. Was meint ihr, soll ich seine Eltern bitten, noch mal nachzufragen?«

»Damit versetzt ihr sie nur in unnötigen Schrecken«, mischt sich jetzt Louisa ein. »Überlegen wir lieber erst noch einmal in Ruhe, ob es nicht doch eine logische Erklärung für Faustos Verschwinden geben könnte. Immerhin ist er erwachsen und wird erst seit heute früh vermisst.«

»Stimmt nicht ganz, Louisa. Offensichtlich hat er seine Vespa gestern nicht mehr abgeholt, nachdem wir uns am Boot getrennt haben. Sie steht immer noch bei der Tabaccheria. Und er wird kaum nach Hause gelaufen sein oder sich ein Taxi genommen haben. Obwohl …« Berto stockt.

»Was meinst du?«, fragt Pascale.

Berto druckst ein wenig herum. »Er war ziemlich angefressen. Giuliettas Geschwätz hat ihn mehr geärgert, als er zugeben wollte. Auch, dass sie es überall herumposaunt.« Jetzt schaut er mich an.

Hätte ich meinen Mund halten sollen? Aber Giuliettas Lästerzunge ist allgemein bekannt. Zugegeben, ich habe gestern absichtlich provoziert, wollte irgendetwas aus den Jungs herauslocken, und dass Fausto das so persönlich nimmt, hätte ich nicht gedacht. »Habt ihr deswegen gestritten? Weil ich das mit Giulietta erzählt habe?« Ich lasse so was nicht gerne auf mir sitzen, zumindest will ich es klären und keine vagen Anschuldigungen im Raum stehen lassen.

Berto rudert zurück. »Nein, das war nur der Tropfen, der das Fass zum Überlaufen gebracht hat. Er war urplötzlich sauer, hat mich angepflaumt. Wir haben uns ein bisschen gefetzt, aber dann hat er gefragt, ob wir noch was zusammen trinken gehen wollen. Ich hatte aber keine Lust. Deshalb dachte ich vorhin, dass er vielleicht alleine losgezogen ist, zu viel getrunken und sich dann ein Taxi genommen hat.«

»Das würde zwar erklären, warum sein Roller noch vor dem Laden steht«, überlegt Pascale, »aber nicht, warum er heute nirgends aufgetaucht ist.«

»Wir waren ja schon am frühen Vormittag an seiner Wohnung. Er war nicht da. Zumindest hat er nicht aufgemacht«, sagt Louisa.

»Leute«, Pascale klopft mit den Fingerknöcheln auf die Tischplatte, »ich würde vorschlagen, wir warten bis morgen früh, dann gehen wir zur Polizei. Was meint ihr?«

Eine Pause entsteht. Dann räuspert sich Tommaso. »Ist das nicht ein bisschen zu spät? Wenn er irgendwo verletzt im Straßengraben liegt? Oder in seiner Wohnung?«

»Ich habe eine Idee, seid mal still«, sagt Pascale und zückt sein Handy. Er greift in die Journalisten-Trickkiste und ruft bei der Polizei an, fragt, ob es in der letzten Nacht einen Unfall oder sonstigen Vorfall gegeben habe, in den ein junger Italiener verwickelt gewesen sei. Aber er bekommt lediglich die Auskunft, dass bei der Polizei nichts dergleichen gemeldet wurde.

»Im Grunde ja positiv«, resümiert er und wählt erneut eine Nummer.

Gespannte Gesichter in unserer Runde. Hat er noch ein Ass im Ärmel?

»Taxizentrale«, flüstert er uns zu. Doch leider bekommt er auch hier keine Information, die uns weiterbringt.

»War aber eine gute Idee«, lobt Cleto.

»Tommaso hat recht«, sage ich dann, »ich finde auch, dass wir heute handeln sollten und nicht erst morgen. Wir müssen die Polizei kontaktieren.«

Pascale reibt sich nachdenklich an der Nase. »Am besten machst du das, Berto. Du bist Faustos bester Freund und hast ihn als Letzter gesehen«, schlägt er dann vor.

»Geht klar. Jetzt gleich?«

»Wird das Beste sein«, rät Tommaso, und Berto zückt bereits sein Handy. Es ist mucksmäuschenstill am Tisch, als er Linfatti die Lage um Faustos Verschwinden schildert.

»Linfatti wird sich erkundigen und uns Bescheid geben, wenn Fausto irgendwo auftauchen sollte«, informiert uns Berto, aber das meiste haben wir sowieso mitbekommen.

Berto hat eine neue Idee. »Faustos Eltern kennen mich gut, ich war früher beinahe täglich bei ihnen zu Besuch. Sie wohnen außerdem nicht weit von hier. Wie wär's, wenn ich sie anrufe und ihnen erzähle, dass Fausto sich ausgesperrt hat und ich für ihn seinen Ersatzschlüssel bei ihnen abholen soll? Dann könnten wir nachschauen, ob er vielleicht verletzt in seiner Wohnung liegt.« Erwartungsvoll schaut er in die Runde.

»Sehr gut«, findet Pascale und springt auf. »Ich komme mit. Wartet ihr hier auf uns?«, fragt er, während er seinen Helm unterm Stuhl hervorholt.

Wir nicken.

Alle sind einverstanden, und Berto macht sich mit Pascale auf den Weg. Cleto und Tommaso halten mit Louisa und mir hier die Stellung.

Weil mir nichts Besseres einfällt, frage ich, ob gestern zufällig einer von ihnen gegen Mitternacht am Botanischen Garten vorbeigekommen ist.

»Zur Geisterstunde?«, witzelt Tommaso. »Nein, ich bin nach unserer Bootstour direkt nach Hause gegangen. Meine Freundin war gestern Abend auch unterwegs und wir haben ausgemacht, uns später bei mir zu treffen. Ungefähr eine Viertelstunde nachdem wir uns getrennt hatten, war ich daheim.«

»Bei mir war's ähnlich«, sagt Cleto nur.

Okay, die Reaktionen waren spontan und glaubwürdig. Allerdings kamen keine Rückfragen, wieso und weshalb. Mal im Hinterkopf behalten, notiere ich mir gedanklich. Berto, Fausto und Pascale nehme ich mir auch noch vor. Aber nicht mehr heute.

»Sollen wir was zu essen bestellen oder warten wir, bis Berto und Pascale zurück sind?«, fragt Cleto.

»Ich brauche heute nichts mehr«, antwortet Tommaso. »Sandra und ich hatten ein sehr spätes Mittagessen, bevor sie losmusste.«

»Also, ich könnte was vertragen«, werfe ich ein. »Wie sieht es bei dir aus, Lou?«

Sie hat auch Hunger. Wundert mich nicht, wir haben seit dem Frühstück nichts mehr gegessen. Mein Magen knurrt vernehmlich.

»Machen wir schnell, bevor Doro die Tischdeko verschlingt«, scherzt Cleto.

Wir entscheiden uns alle drei für Pizza und einen großen Salat. Keine Calzone, das ist Ehrensache, die wollen wir erst wieder vom Maestro persönlich genießen.

Eineinhalb Stunden später, wir sitzen gesättigt und ein bisschen träge vor unseren fast leeren Gläsern und überlegen gerade, was wir noch zu trinken bestellen sollen, als Pascales Auspuff lautstark seine Rückkehr ankündigt.

»Niente. Nessuna traccia di Fausto«, verkündet Pascale im Näherkommen und schnappt sich Tommasos halb volles Weißweinglas vom Tisch. Er leert es in einem Zug wie ein Verdurstender. »Vielleicht wird Capitano Linfatti fündig«, meint er hoffnungsvoll.

Berto ist still und in sich gekehrt. So kenne ich ihn gar nicht. Sofern von Kennen bei uns überhaupt die Rede sein kann.

»Hoffen wir das Beste«, sagt Pascale und bestellt einen halben Liter Weißwein. »Berto? Für dich auch ein Glas?«, fragt er und klopft seinem lethargisch dasitzenden Freund auf die Schulter.

Der schüttelt den Kopf. »Ich geh jetzt lieber«, sagt er knapp und steht auf. »Ciao, ragazzi.«

Wir schauen uns etwas ratlos an.

»Du kannst mir was eingießen«, unterbricht Tommaso die Stille und hält Pascale sein Glas hin, »seltsamerweise war es plötzlich leer.« Er wirft seinem Freund einen bedeutungsvollen Blick zu.

»Grazie mille, amico mio«, feixt der und füllt Tommasos Glas.

Louisa und ich ordern noch ein Viertelchen Rosé für uns zusammen, allzu lange wollen wir auch nicht mehr bleiben. Pascale hat Hunger und verdrückt eine vegetarische Pizza.

Nach einer Weile fange ich an zu gähnen. Kein Wunder. Essen, Wein und ein langer, ereignisreicher und emotionaler Tag liegen hinter uns. »Leute, es ist zwar erst zehn, aber mir langt's für heute.«

Louisa erhebt sich ebenfalls, die Jungs möchten noch ein bisschen bleiben.

Zu Hause hat Louisa sich auf ihr Zimmer zurückgezogen. Ich genieße die Ruhe, rücke mir im Garten eine Liege zurecht, mache es mir bequem und drücke auf Vinc' Kontakt. Es dauert eine Weile, bis er rangeht. Klingt ein bisschen gehetzt, mein Schatz. Jetzt um halb elf noch? Ich wundere mich.

»Noch nicht Feierabend?«, frage ich deshalb.

»Du, Schatz, ist gerade ungünstig. Können wir morgen telefonieren?«

»Hey, was sind denn das für neue Sitten? Was ist los bei dir? Kaum bin ich weg, zieht eine fremde Frau bei dir ein, samt Kind und Kegel. Ist die Katze aus dem Haus, tanzen die Mäuse auf dem Tisch, oder was? Ruf ich an und will ein paar verbale Streicheleinheiten von meinem Traummann, lässt er mich abblitzen … Was kommt als Nächstes?«, empöre ich mich nicht ganz ernst gemeint, aber schon ein bisschen enttäuscht.

Vinc lacht. »Also, die Mäuse tanzen bei uns ja immer, weil Rambo ein Gourmetkater ist. Den Viktualienmarkt und die Küche vom ›Macis‹ vor der Tür, wer will da noch Mäuse? Die man auch noch selber fangen müsste? Bestimmt nicht unser Rambo.«

Schön, klingt schon wesentlich entspannter. »Freust dich also doch, mich zu hören, Vincenzo mio, gell? Übrigens, wir haben hier auch so einen vierbeinigen Gourmet. Einen Gourmetmops genauer gesagt. Momentan allerdings in Trauer. Ohne Spaß, der kleine Kerl tut mir echt leid.«

»Da bin ich mal gespannt. Musst du mir dann genauer erzählen.«

»Dann? Jetzt! Caruso ist zwar ein Dickerchen und kurzatmig und es steht demnächst eine Diät an, aber heute haben wir ihn ordentlich verwöhnt. Er war heldenhaft!«

Entgegen seiner sonstigen Art fragt Vinc nicht nach. Im Gegenteil. »Doro, wie gesagt, lass uns morgen telefonieren«, drängt er.

»Nur noch kurz«, lasse ich nicht locker.

»Okay, ich ruf dich in fünf Minuten zurück. Ich bin unterwegs und steh echt blöd am Straßenrand herum. Ich such mir schnell ein ruhiges Plätzchen«, schwenkt er jetzt um.

Ach so, ich hab mich schon gewundert, jetzt bin ich zufrieden. Ich bin so voller Neuigkeiten, die muss ich wenigstens in Kurzform am Telefon loswerden, wenn schon nicht persönlich.

»Also, ich mach's kurz«, fang ich an, sobald ich Vinc wieder an der Strippe habe. »Wir waren doch heute bei Natale, und rate mal, was wir da gefunden haben.«

»Keine Ahnung. Ein zweites Testament? Den Schmuck der Signora?«

»Nein, beides falsch. Aber es ist tatsächlich etwas von Bruna Rossi. Ein Samttäschchen mit ihren Initialen. Caruso hat es aufgespürt, es befand sich in Natales Sakkotasche.«

»Und wie seid ihr da rangekommen? Habt ihr ihn überwältigt und gefesselt?« Er klingt amüsiert.

»Quatschkopf! Nein, Natale hat uns kurz im Wohnzimmer allein gelassen, um Wasser für Caruso zu holen. Währenddessen hat der sich mit den Gerüchen der Wohnung vertraut gemacht, ich habe schon befürchtet, er hebt womöglich das Bein am Fuß der Stehlampe.«

»Doro, du bist echt ein Ferkel«, kommentiert Vinc.

»Wieso? Ich habe doch nicht gesagt, dass *ich* an die Stehlampe ...«

»Halt«, schreit Vinc, »diese Bilder will ich nicht im Kopf haben müssen!«

Ich kichere, fahre dann fort: »Jedenfalls hat Caruso den Duft seines toten Frauchens in die Nase bekommen, in Form dieses Täschchens. Es trug die Buchstaben B. R. Das hat er mir vor die Füße gelegt, als könnte ich sein Frauchen daraus hervorzaubern. Aufgrund der Initialen haben wir messerscharf kombiniert, dass das Täschchen der Signora gehört haben muss. Vielleicht hat sic cs Natale ja wirklich geschenkt, wie er behauptet. Immerhin war er ihr Neffe.«

»Jetzt komm mal zum Punkt, Doro, was ist so Besonderes an dem Täschchen?«

»Der Inhalt.«

»Ihr habt also reingeschaut, was auch sonst.«

»Ganz genau, du kennst mich ja. In dem Täschchen war ein Lotterielos. So ein Rubbelding. Mit Höchstgewinn. Halt dich fest: 500.000 Euro!«

»Wow!«

»Natale behauptet, dass es sein Los sei. Das glauben wir ihm nicht, aber wir können auch nicht das Gegenteil beweisen. Allerdings war er so überrumpelt und geschockt, als er das Los in Louisas Hand gesehen hat, dass er sich doch verraten hat, zumindest teilweise. Immerhin hat er zugegeben, dass das Los ursprünglich seiner Tante gehörte, die es ihm dann geschenkt habe. Schlauer wäre ja gewesen, er hätte gesagt, dass es sein eigenes Los sei und ihm seine Tante lediglich das Täschchen gegeben habe, in dem er es aufbewahrt hat. Aber er war eindeutig überfordert mit der Situation. Was im Endeffekt egal ist, weil wir das Los so oder so zur Polizei gebracht hätten, und dann hätten die Fingerabdrücke von Signora Rossi und die vom Losverkäufer ihre eigene Wahrheit erzählt.«

»Wie, ihr habt das Los zur Polizei gebracht? Mit welchem Recht denn? Es befand sich in Natales Besitz, ich glaube nicht, dass er da viel beweisen muss«, mutmaßt Vinc.

»Ja, wir haben es zur Polizei gebracht beziehungsweise die Polizei gerufen, und Natale hat sich nicht mal groß dagegen gewehrt. Und doch, er muss sehr wohl was beweisen. Nämlich, dass seine Tante ihm das Los wirklich geschenkt hat. Immerhin taugt eine halbe Million Euro durchaus als Mordmotiv. Vor allem, weil er wusste, dass Frederico das Haus erben sollte und es dafür ein Testament gibt. Zwar wollte auch er das Haus haben, aber eine halbe Million könnte über den Verlust hinwegtrösten, möchte ich meinen.«

»Das stimmt, so viel Geld wäre im Zweifel durchaus ein Motiv. Zumindest steht so ein zweiter Verdächtiger auf der Liste und entkräftet damit die alleinige Konzentration auf Frederico. Das habt ihr richtig gut gemacht, Schatz.«

»Das sagt Franco Brentano, der Anwalt von Frederico, auch.«

»Ihr dürft euch auf die Schulter klopfen«, bestätigt Vinc.

KAPITEL 14

LA VERITÀ – DIE WAHRHEIT

Sabato (Samstag) – Tag 6

»Mmh, Kaffee.« Schnuppernd kommt Louisa in die Küche und nimmt einen Schluck aus meiner Tasse.

»Kannst ihn behalten, ich lass mir einen neuen raus.« Ich stelle eine Tasse unter den Auslass und drücke auf den Knopf. »Sollen wir draußen frühstücken?«

Louisa gähnt ausgiebig, dann nickt sie. »Ich trag schon mal Teller und Besteck raus. Was gibt's eigentlich?«

»Nix Großartiges. Ich dachte an ein schnelles Rührei mit Kräutern, und das Weißbrot von gestern toaste ich kurz an.«

»D'accordo. Hört sich gut an«, stimmt Louisa zu.

»Magst du Speck zum Rührei?«, rufe ich ihr hinterher, denn sie ist bereits draußen.

»Nein danke, nur Kräuter«, ruft sie zurück. »Hat Pascale angerufen? Oder Berto?«

In dem Moment höre ich ihr Telefon läuten. Es folgt Stimmengemurmel von Louisa, dann ein Aufschrei. Schnell schiebe ich die Pfanne von der Platte und renne nach draußen. Lou sitzt auf einem Stuhl, die Hand vor dem Mund, und lauscht mit weit aufgerissenen Augen. Ich bleibe angespannt neben ihr stehen. Gute oder schlechte Nachrichten?

Zwei Minuten später legt sie auf. »Das war Signor Brentano. Um elf kann ich Frederico abholen«, sagt sie ruhig.

Dann fängt sie an zu zittern und Tränen laufen ihr über die Wangen.

»So schnell? Was für ein Glück!« Ich bin richtig froh für die beiden.

Vor lauter Vorfreude kriegt Louisa fast nichts vom Rührei runter. Würde mir nicht anders gehen. Wir bleiben noch sitzen – würde ohnehin nichts bringen, wenn sie gleich aufbrechen würde, es ist noch viel zu früh. Sie will allein fahren. Klar, die beiden brauchen erst mal Zeit für sich.

Die Sorge um Fausto stellen wir hintenan, da wollten sich sowieso seine Freunde drum kümmern. Die haben sich noch nicht gemeldet – ausgemacht war, dass sie Bescheid geben, wenn sie etwas wissen oder Linfatti sich melden sollte. Ich widme mich den Pflichten der Hundebesitzerin, drehe eine Gassirunde mit Caruso und warte auf den Anruf von Pascale oder Berto.

Unterwegs treffe ich Giovanni Tambalotti, und Caruso flippt schier aus. Wenn er so weitermacht, kann sich Giovanni ein Dauerabo für Hosenreinigung besorgen. Bevor ich mich entschuldigen kann, bückt sich Giovanni und hebt Caruso hoch. Der will begeistert sein Gesicht abschlabbern, das ist Giovanni dann doch zu viel des Guten, und er setzt ihn wieder ab.

»Das nächste Mal habe ich ein Leckerli für dich in der Tasche, versprochen, mein Freund. Aber für heute reicht vielleicht auch ein Stück meiner Hose.« Scheinbar nimmt er Carusos schlechte Manieren mit Humor.

»Er braucht was zum Kuscheln. Ihm fehlt sein Frauchen«, versuche ich es mit einer Erklärung.

Giovanni nickt ernst. »Sie fehlt uns beiden, nicht war, mein Freund?«

»Wuff.«

»Das war ein eindeutiges Ja«, sage ich ergriffen.

»Allora, signorina, ich muss weiter«, verabschiedet Giovanni sich und eilt davon. Ich habe den Verdacht, dass ihn sonst die Emotionen übermannen würden. Bruna war die Liebe seines Lebens.

Als ich zurückkomme und Caruso von der Leine lasse, springt der kleine Kerl mit flinken Trippelschritten voraus zum Haus, bleibt vor dem Eingang stehen und knurrt wie ein Großer. Nicht schon wieder eine unangenehme Überraschung, bete ich, und ein mulmiges Gefühl lässt mein Herz schneller schlagen. Noch ein Einbrecher?

Ein Motorrad steht in der Einfahrt. Münchner Nummer. Das kann nur bedeuten … Ich renne Caruso hinterher in den Garten. Vinc höchstselbst liegt entspannt im Liegestuhl auf der Terrasse und erklärt Caruso, dass er sich beruhigen kann, er sei ein Freund des Hauses. Mit in die Hüften gestemmten Händen beobachte ich, wie Caruso tatsächlich verstummt. Vinc als Hundeflüsterer? Er zwinkert mir zu, streicht dem Mops über den Kopf und steht dann auf. Ich laufe ihm entgegen. Mitten in seine ausgebreiteten Arme.

»Vinc! Wo kommst du denn her?«, frage ich.

»Aus München.« Er grinst. »Ich bin in aller Früh losgefahren. Du hast mich gestern am Telefon erwischt, als ich gerade tanken war, danach wollte ich noch ein paar Stunden schlafen, bevor ich losfahre. Überraschung gelungen?«

»Mehr als das.« Ich lasse ihn erst mal nicht mehr los, mache es mir in seiner Umarmung bequem. »Obwohl ich vermutet habe, dass es dich bald hierherziehen würde. Ich muss mich aber doch ein bisschen wundern.« Ich schiebe ihn ein Stück zurück. »Wenn ich es mir recht überlege, bist du erst gekommen, als du mitgekriegt hast, dass die Reifen deines Lieblings demoliert worden sind.«

»Was denkst du denn? Dass ich extra wegen dir an den Gardasee düse, nur weil du verfolgt und mit Steinen beworfen wirst und ein paar Häuser weiter eine Frau ermordet wurde? Hab ich noch etwas vergessen?«

»Jetzt übertreib mal nicht. Ich gebe zu, so komprimiert hört es sich sehr bedrohlich an, und die Nacht im Botanischen Garten muss ich echt kein zweites Mal erleben. Ich will auch keine Leiche mehr finden müssen. Aber eine gute Nachricht gibt es doch.«

»Und die wäre?« Vinc schaut mir neugierig in die Augen.

»Louisa hat von Signor Brentano heute Morgen erfahren, dass Frederico nach Hause darf. Das ist echt ein Lichtblick in diesem Drama. Sie ist mit Brentano gerade unterwegs zum Gefängnis in Brescia und kann ihn dort abholen.«

Wir setzen uns auf die Liege, und ich kuschle mich erneut in Vinc' Arm. »Ich freu mich, dass du da bist.«

»Was blieb mir übrig? Ich bekam ja eine Hiobsbotschaft nach der nächsten!«

Er umarmt mich fester. Endlich. Ich drücke meine Nase in seine Halskuhle. Sein Duft beruhigt mich. Hatte ich jemals Zweifel? Ich schniefe.

»Schön, dass du Tina hilfst«, murmle ich. Ich meine es ernst, aber Vinc spürt anscheinend, was mich bewegt hat.

»Doro, ich würde dich niemals eintauschen, nicht mal gegen den legendären Schatz der Azteken, und schon gar nicht gegen eine andere Frau«, murmelt er dumpf in mein Haar, aber ich verstehe jedes Wort.

»Das hast du schön gesagt, Schatz, auch die Gewichtung der Reihenfolge gefällt mir – ich weiß doch, dass du ein alter Goldgräber bist. Dass du mich über das Gold der Azteken stellst, bedeutet mir viel. Was sind dagegen schon andere Frauen!«

Ich lache ihm ins Gesicht, wir küssen uns, und tief in mir drin kratzt ein wenig Schamgefühl an meinem Ego. Ich war mir immer so sicher, dass ich Eifersucht nicht nötig habe, und dann, schwups, sind die edlen Vorsätze doch so schnell vergessen.

»So, jetzt weißt du im Grunde alles.« Er zieht mich zurück in seine Arme. »Eventuelle Fragen werden später beantwortet, jetzt habe ich wichtigere Dinge zu erledigen.«

Aha, so nennt man das, denke ich und lasse mich sehr gerne in diese Welt der unerledigten Dinge gleiten. Vinc schmeckt nach Minze und riecht, wie er riechen muss. Mein Lieblingsduft. Vincextrakt. Schade, dass man den nicht abfüllen kann, funktioniert aber sowieso nur als Gesamtkonzept. Wärme mal Duft mal Dichte.

Mein Gesamtkonzept fängt an zu lachen. »Schnüfflerin«, spottet er.

»Wie soll ich das verstehen?«

»Durchaus doppeldeutig.«

Viel Zeit bleibt uns nicht, mein Handy bimmelt. Pascale. Ich richte mich auf und nehme den Anruf entgegen.

»Hör zu, Doro. Berto hat mich gebeten, alle zu informieren. Er ist im Krankenhaus, bei Fausto. Faustos Eltern sind auch dort und haben seine Identität bestätigt. Die Polizei hatte ja von uns seine Daten, und es kam auch schnell eine Rückmeldung von einer Klinik, mit der Vermutung, es könnte sich um den vermissten jungen Mann handeln.«

»Fausto ist im Krankenhaus? Wie geht es ihm?« Ich taste nach Vinc' Hand, weil ich Angst vor der Antwort habe. Ich stelle auf Lautsprecher.

»Er ist nicht bei Bewusstsein«, sagt Pascale leise. »Er wurde gestern von späten Spaziergängern am Ufer des Sees gefunden. Nicht sehr weit vom Liegeplatz des Bootes entfernt. Mit einer Kopfverletzung, ohne Papiere, bewusstlos. Sie haben den Notarzt verständigt, er wurde nach Brescia geflogen. Ist wohl gestürzt, meint der Arzt. Er musste notoperiert werden und bleibt erst mal noch ein paar Tage im künstlichen Koma. Erst dann wird man erkennen, ob irgendwelche Schädigungen durch Sauerstoffmangel oder die Verletzung bleiben werden.«

»Puh, das ist heftig. Die armen Eltern. Was ist passiert? War er betrunken und ist ins Wasser gefallen?«

»Berto hat gesagt, Fausto wollte noch was trinken gehen, und bis dahin war er nüchtern.«

»Aber warum hatte er keine Papiere bei sich? Nicht mal den Führerschein?«

»Keine Ahnung, Doro. Wie gesagt, Berto ist bei ihm im Krankenhaus. Er hat versprochen, mich auf dem Laufenden zu halten.«

»Und du informierst uns, sobald es etwas Neues über Faustos Zustand gibt, ja?«

»Klar, das mache ich.«

»Warte mal, bevor du auflegst. Es gibt eine gute Nachricht, die du wissen solltest, Pascale. Frederico wird heute aus der Haft entlassen. Louisa ist unterwegs und holt ihn ab.«

»Wow! Das sind echt tolle Neuigkeiten«, freut sich Pascale. Klingt ehrlich, denke ich, und bin fast ein wenig entsetzt über mein Misstrauen. »Wie kommt es zu diesem Sinneswandel der Staatsmacht?«

Vorsicht, ermahne ich mich. Pascale ist neugierig und schlau. Er ist Reporter und wittert schnell eine Story. Von

Natale, dem Gewinnerlos und dem Zusammenhang mit der Schuldfrage Fredericos darf ich ja nichts erzählen. War ich zu voreilig? »Brentano hat etwas von neuen Erkenntnissen erwähnt, aber nicht, welche das sind. Louisa war viel zu aufgeregt, um nachzufragen«, umschiffe ich Details.

»Das kann ich mir vorstellen. Wird auch Zeit, dass Frederico rauskommt. Ich glaube nicht, dass er es war. Aber wer kann schon in den anderen hineinschauen?« Pascale gibt sich zufrieden mit meiner Erklärung und verabschiedet sich.

»Genau das ist es«, rege ich mich auf, nachdem ich aufgelegt habe. »Solange kein Täter gefunden ist, wird der Verdacht an Frederico kleben bleiben wie ein zäher Kaugummi.«

»Schatz, du wirst deinen Teil dazu beitragen, den Fall zu lösen.«

»Meinst du?«, frage ich.

»Da bin ich hundertprozentig sicher.«

Ich sauge Vinc' Worte auf wie ein Schwamm. »Danke, das tut gut zu hören.« Ich kuschle mich zurück auf die Liege. »Ist so schön, dass du da bist. Ich habe mir das alles hier ganz anders vorgestellt. Ich wollte ... Ach, egal.«

»Ich weiß, was du wolltest, Schatz. Aber es ist wie so oft, wenn du in der Nähe bist.«

Der spöttische Nachsatz hat nicht die gewünschte Wirkung, mich belasten die Eindrücke der letzten Tage. Erschöpft schütte ich Vinc mein Herz aus: »Ich habe sie nicht mal gekannt, aber wie sie so dalag ... Und die Tatsache, dass es keine natürliche Ursache war, sondern dass sie gewaltsam aus dem Leben gerissen wurde ... Da hat einfach jemand bestimmt, dass es jetzt für sie vorbei ist, und zwar nicht der da oben.« Ich zeige Richtung Himmel.

Vinc lässt mich reden, hört einfach zu.

»Diese Bilder hängen fest. Und dann Frederico. Den kenne ich kaum, aber ich bin von seiner Unschuld überzeugt. Und Natale, den ich auch nicht besser kenne. Ich weiß nicht, was ich von ihm halten soll. Es ist alles total verworren.« Ich seufze.

»Aber Louisa kennst du, und die braucht dich.« Vinc nimmt mein Gesicht in seine Hände und schaut mir in die Augen.

»Und ich brauche dich«, sage ich lächelnd und vergrabe mein Gesicht in seiner Halskuhle, meinem persönlichen Kraftort. Tut gut. Und klar – ich gebe nicht auf.

»Was hältst du von einem Willkommensempfang für Frederico?«, schlägt Vinc vor, um mich abzulenken. »Ich könnte außerdem etwas zu essen vertragen.«

»Natürlich. Du Armer, bist Stunden unterwegs und kriegst nicht mal einen Kaffee.« Ich springe auf. »Sektempfang ist eine gute Idee. Lass uns reingehen. Der Kühlschrank ist seit gestern wieder gut gefüllt, ich mache ein paar Snacks, okay? Oder willst du was Warmes?«

»Lieb von dir, Doro, aber mir genügt eine Kleinigkeit. Und Kaffee klingt sehr gut.«

»Komm, wir gehen vorne ins Haus, seit dem Einbruch lassen wir die Terrassentür nicht mehr offen, auch wenn wir nur kurz unterwegs sind. Caruso muss jetzt entweder mit oder er bleibt im Garten, eine Schale Wasser steht für ihn bereit und Schattenplätze gibt es auch genug.«

»Wunderbar. Dann zeige ich dir gleich mein neues Baby.«

Ich habe mich schon gewundert, dass er es so lange ausgehalten hat. »Ach, jetzt nicht«, ärgere ich ihn ein bisschen.

Aber er kennt mich viel zu gut und lacht nur. »Tatatataaa … I proudly present: eine Ducati Corse, nigelnagelneu. Fährt wie eine Göttin.« Er grinst bis über beide Ohren und streichelt die Maschine.

»Wenn da mal unser Grüner nicht eifersüchtig wird«, bemerke ich süffisant und meine damit Vinc' über alles geliebten Opel Corsa, Baujahr 1998, mintmetallic und ein echter Benzinstinker. Aber dann würdige ich seine neue Errungenschaft gebührend. Sein lang gehegter Wunsch. Eine Ducati, rot glänzend und mit dem Duft von Freiheit.

»Schau«, er zeigt auf die zwei Helme, die am Lenker baumeln. Ich habe zwar meinen uralten Helm dabei, aber der neue ist Luxus. Partnerlook. Haben wir damals probiert, als Vinc die Maschine bestellt hat. Megabequem, aber auch megateuer.

»Wow«, sage ich nur und streichle nun meinerseits den Helm. Vinc freut sich, dass ich mich freue. »Ich sollte doch noch den Motorradführerschein nachholen«, finde ich, während ich bewundernd um die Ducati herumgehe. »Aber bis dahin fahre ich gerne bei dir mit.«

»Sehr gnädig, Signorina.«

Ich reiße Vinc von seiner Ducati los. Wir sollten ins Haus, um den geplanten Imbiss vorzubereiten. Es ist bereits 11.30 Uhr, Louisa und Frederico werden bestimmt bald da sein.

Es dauert dann doch noch gut zwei Stunden, bis die beiden eintreffen.

»Benvenuto a casa«, sage ich gerührt zu Frederico und umarme Louisas Liebsten, als er endlich vor mir steht.

»Ecco il mio principe azzurro, mein Traumprinz, er ist gerade erst angekommen«, stelle ich dann Vinc vor, und zu Vinc gewandt: »Louisa kennst du ja, und dieses Prachtexemplar ist der Mann an ihrer Seite.«

Zwischen den Männern gibt es einen Handschlag, taxierende Blicke, kurzes Nicken. »Piacere«, sagt Frederico schlicht.

»Dito«, kommt es noch schlichter von Vinc.

Ich glaube, sie sind sich nicht unsympathisch.

Wir bequatschen alles Mögliche, rühren aber nicht an Fredericos Gefängnisaufenthalt – vorerst zumindest, denn natürlich sind der Fall an sich und unsere diesbezüglichen Aktivitäten Thema.

Louisa erzählt, dass Brentano endgültig einen Schlussstrich unter das Alibi von Flavia und Giuseppe ziehen konnte – es ist eine glaubwürdige Zeugin aufgetaucht. Eine Verkäuferin aus dem Supermarkt hat die beiden auf ihrem Nachhauseweg auf einer Bank am See sitzen sehen. Sie haben sich ein paar Trauben geteilt. Sie ist sich hundertprozentig sicher, hat Flavia von einem alten Plattencover ihrer Mutter wiedererkannt, wollte sie ansprechen, hat sich dann aber nicht getraut.

Schade, denke ich, Flavia hätte sich gefreut.

Nach einer Weile hält Frederico es aber nicht mehr aus. Er will zu Alfredo. Nein, die heutige Schicht werde er noch nicht übernehmen, aber er wolle ihm danken für den Kontakt zu Brentano und die Unterstützung für Louisa und mich.

Spontan beschließen Lou, Vinc und ich, in einer Stunde nachzukommen. Wir rufen die Jungs an, sie sollen mitfeiern.

Es gibt Prosecco, Oliven, Taralli und andere Knabbereien für alle im »Bellini«. Wir wollen auf Fredericos Freiheit anstoßen. Dass ausgerechnet Giulietta und Carla, ihre Freundin und Friseurin, mit einem orange leuchtenden

Aperol Spritz beim Nachmittagsplausch im Bellini'schen Garten sitzen, ist ein Wermutstropfen, aber auch nicht mehr. Von wegen Zehnstundentag … Das gilt vielleicht für ihren Mann. Zum Glück steht ihr Tisch weit genug entfernt von unserem Platz, sodass die beiden nichts von dem mitkriegen, was bei uns besprochen wird.

Alfredo hat sich wieder in die Küche zurückgezogen, schließlich erwarten die Gäste den gewohnten Service. Berto erzählt bedrückt von seinen Erlebnissen im Krankenhaus, von Fausto, der immer noch nicht bei Bewusstsein ist, und von den verzweifelten Eltern. Fausto und er sind schon seit Kindertagen befreundet, und Berto war immer gerne bei den Piasinis zu Besuch. Dann rückt er mit einer neuen Wahrheit heraus: »Neulich, nach unserem Bootsausflug, hat Fausto mich zum Anlegeplatz begleitet, ist dann aber verschwunden. Ich bin noch eine Weile geblieben, weil ich eine verschrammte Stelle an der Außenwand des Bootes reparieren wollte, dafür habe ich nicht viel Licht gebraucht. Musste bloß ein bisschen Lack drauf, der dann über Nacht in Ruhe trocknen sollte. Aber Fausto kam zurück. Er hatte eine halb volle Weinflasche dabei und war schon ein bisschen beschwipst. Wir sind kurz zusammengesessen und haben geredet. Dann ist er gegangen, die Flasche hat er mitgenommen, sie war mittlerweile fast leer. Tja, und das war das letzte Mal, dass ich ihn gesehen habe. Ich habe das nicht für wichtig gehalten, und wollte nicht … Aber jetzt …«

Pascale mischt sich ein: »Wir waren am nächsten Tag verabredet. Fausto, Berto und ich. Fausto ist normalerweise sehr zuverlässig, deshalb haben wir uns gewundert, als er nicht auftauchte. Über sein Handy war er nicht erreichbar, und bis zu der Nachricht, dass er im Krankenhaus liegt, haben wir nichts von ihm gehört.«

Berto schüttelt immer wieder den Kopf. »Ich hätte ihn nicht allein lassen dürfen. Irgendetwas hat ihn bedrückt. Ich habe gemerkt, dass etwas nicht stimmte. Fausto rennt sonst nicht einfach so mit einer Weinflasche durch die Gegend. Warum habe ich ihn gehen lassen, ohne nachzufragen? Was war mit ihm los? Und dann liegt er wenig später im Wasser, am Ufer. Angespült wie eine Flaschenpost. Was ist ihm bloß passiert?« Bertos Augen füllen sich mit Tränen. Ausgerechnet der Gruppenclown sitzt jetzt da wie ein Häufchen Elend und weint. Mir krampft sich das Herz zusammen. So viel Elend hier im Paradies.

Auf einmal steht Giulietta an unserem Tisch. Ist sie auf dem Weg zur Toilette – oder einfach ungeniert neugierig? Jedenfalls erkundigt sie sich nach Fausto. Eine pulsierende Aura von Scheinheiligkeit umgibt sie mit einer Intensität, die mich abstößt. Den anderen geht es bestimmt genauso, keiner will mit ihr reden, alle starren konzentriert auf die Tischplatte, als könnten sie auf diese Weise unsichtbar werden. Tja, das hat schon in der Schule nicht funktioniert.

Vinc schaut mich irritiert an, er hat keine Ahnung, was hier vor sich geht. Wir waren alle viel zu beschäftigt, um einen Gedanken an Giulietta zu verschwenden, ich habe verpasst, ihn einzuweihen, wer sie ist.

Frederico ist der Einzige, der sie anschaut. In seinem Blick liegt Feindseligkeit. Doch die prallt an ihr ab, kratzt nicht mal an ihrer Oberfläche. Noch ehe ihr jemand auf die Frage nach Fausto antworten kann, spuckt sie schon Gift und Galle. »Euer feiner Freund hat uns seit zwei Tagen hängen lassen, ist wie vom Erdboden verschluckt. Ich sage euch, ich mache mir meine eigenen Gedanken, das habe ich vorhin auch zu meinem Mann gesagt. Fausto hat sich das Lotterielos unter den Nagel gerissen und ist damit verschwunden. Hat es mit der Angst zu tun bekommen, weil er die gute Bruna deswegen getötet hat. Ging ihm wohl nicht schnell genug mit der Selbstständigkeit«, ätzt sie gallig.

Das ist echt der Hammer! Es ist ja nicht so, dass es diese Möglichkeit theoretisch nicht gegeben hätte, aber sie sollte nicht zu vorschnell sein mit solchen Unterstellungen. Zumal ich weiß, dass Fausto das Los nicht hat. Das liegt nämlich sicher verwahrt bei Capitano Linfatti. Gut, vielleicht hat er danach gesucht, ist dabei von Bruna überrascht worden und hat deshalb Fredericos Sachen präpariert, um eine falsche Fährte zu legen. Das wäre möglich, weil er die Gewohnheiten seines Freundes kennt. Aber ich kann mir das nicht vorstellen. Nicht bei Fausto, eher schon bei Natale.

Pascale überwindet sich und spricht betont ruhig zu Giulietta: »Sie haben keine Ahnung, was Sie da sagen, Signora. Unser Freund Fausto liegt im Krankenhaus. Er hatte einen Unfall und wird die nächste Zeit nicht zur Arbeit kommen.«

Giulietta ist kurz irritiert, fängt sich aber schnell, und ohne sich mit einem Wort nach Faustos Zustand zu erkundigen, hat sie die geniale Idee des Tages: »Berto, da dein Freund ausfällt – willst du nicht seine Stelle bei uns im Laden übernehmen?«

Mehr Taktlosigkeit geht nicht, und Berto wendet sich wortlos ab. Endlich merkt Giulietta, dass sie hier keinen Stich macht, und rauscht davon.

Berto reibt sich übers Gesicht. »Lasst uns bitte nicht mehr über diese Frau reden. Die ist unterirdisch.«

»Und merkt das nicht einmal.« Mit diesen Worten von Pascale schließen wir einmütig das Thema Giulietta, das selbst einem sonnigen Tag wie heute die Wärme entziehen kann.

Ändert leider nichts an dem Problem, das uns beschäftigt: Fausto wurde im Wasser gefunden, bewusstlos. Ohne Papiere, der Arzt hat von einem Sturz gesprochen. Hat ihm unsere Fragerei etwa so zugesetzt, dass er sich …? Nein, das kann ich mir nicht vorstellen. Außer er hätte Bruna umgebracht, das Geld zumindest hätte er brauchen können. Hat Giulietta mit ihrer Lästerzunge doch recht? Shit, genau das meine ich. Auch wenn man nicht glaubt, was sie erzählt, auch wenn man sie für eine bösartige Lästerzunge hält, es bleibt etwas hängen von dem, was sie sagt. Eine offene Frage, ein Zweifel.

Fausto hat sich an seinem Arbeitsplatz nicht abgemeldet. Wir wissen, warum. Weil er einen Unfall hatte und im Krankenhaus liegt. Und uns nicht sagen kann, was passiert ist. Ist er der Schlüssel zu den Ereignissen um Bruna Rossi?

Die Stimmung am Tisch ist auf dem Nullpunkt. Tommaso und Cleto verabschieden sich als Erste.

»Ich fahre noch mal ins Krankenhaus«, sagt auch Berto kurz darauf und stülpt sich seinen Helm über den Kopf.

Pascale erhebt sich ebenfalls und klopft mit den Fingerknöcheln auf die Tischplatte. »Leute, ihr habt sicher noch Nachholbedarf im Paarlauf, da störe ich nur. Danke, dass ihr uns angerufen habt. Auf bessere Zeiten.«

Wenig später sind auch wir auf dem Heimweg. »Ich finde es mies, dass so über Fausto geredet wird. Dass diese Frau ihm unterstellt, das Los geklaut zu haben«, empört sich Frederico. »Auch wenn jeder weiß, wie viel Gift Giulietta den ganzen Tag verspritzt. Und als Mörder stempelt sie ihn ja auch schon ab. Normalerweise müsste man sie wegen Verleumdung anzeigen. Dabei ist Natale der Dieb. Und vielleicht auch der Mörder. Zutrauen würde ich es ihm«, schnaubt er.

Louisa und Frederico haben eine Mordswut auf Natale, aber das mit der Schuldfrage sehen sie genauso. Die muss geklärt werden. Egal, wer es war, es darf kein Unschuldiger für etwas zur Verantwortung gezogen werden, das er nicht getan hat. Deshalb wollen wir die Tatsache, dass das Los aufgetaucht ist, erst mal nicht öffentlich erwähnen. Denn falls Natale nicht der Mörder ist und der wahre Täter es auf das Los abgesehen hat, müssen wir es als Ass im Ärmel behalten. Die Konsequenz ist momentan leider, dass Fausto als Dieb in Verdacht geraten ist.

»Fausto bekommt es nicht mit, seine Eltern hoffentlich auch nicht, und am Ende wird sich alles aufklären, dafür sorgen wir.« Energisch versuche ich, meine drei Mitstreiter zu motivieren.

Frederico schaut etwas nervös, aber Louisa wird ihm schon noch erklären, wie es mit mir läuft. Und Vinc weiß das sowieso. Vielleicht gibt es ja auch ein Gespräch von Mann zu Mann. Das wäre wahrscheinlich kürzer.

Zu Hause setzen wir uns auf die Terrasse.

»Ich bin froh, dass Signor Brentano meine Freilassung erreichen konnte. Dafür müsste ich Natale dankbar sein, denn ohne seine Gier und seine Blödheit hätte er das Los nicht gestohlen und schon gar nicht in Brunas Samttäschchen gelassen.« Frederico schüttelt den Kopf über diese Dummheit.

Ich gebe ihm recht. War keine Glanzleistung. Aber gut, im Nachhinein würde er es sicher anders machen.

»Ich hätte ihm schon ein paar Nächte im Knast gegönnt«, knurrt Frederico mit seinem Bass. »Der Staatsanwalt hat U-Haft beantragt, aber der Richter hat abgelehnt, da das Los sich in Natales Besitz befand, und die ganze Aktion, wie ihr daran gekommen seid, nicht ganz sauber war. Aber zumindest darf er Gardone vorerst nicht verlassen. Ich allerdings auch nicht.« Er verzieht das Gesicht.

»Die Blutspuren an deiner Sportkleidung?«, frage ich nach. »Das ist eigentlich der dickste Brocken, der erdrückendste Beweis gegen dich.«

»Ich habe keine Erklärung dafür. Die Spuren muss mir jemand untergejubelt haben, das heißt, der Mörder muss das mit Absicht getan haben.«

Wir sind meilenweit von Entspannung entfernt, denn dieser Stein liegt uns schwer im Magen.

»Was ist, wenn Natale die Wahrheit sagt? Wenn Bruna dir nichts von dem Gewinn gesagt hat, weil sie nicht wollte, dass es noch mehr Zwist und Hader zwischen euch beiden gibt? Wenn sie das Geld Natale zukommen lassen wollte, um ihn zu besänftigen und um den Streit wegen des Erbes zu beenden? Damit Natale Ruhe gibt? Vielleicht auch, weil sie befürchtete, dass du mit ihrer Entscheidung nicht einverstanden gewesen wärst?«, stelle ich vorsichtig in den Raum.

»Unsinn! Ich hätte es akzeptiert«, protestiert Frederico.

»Wie auch immer, wir sollten das Gerücht streuen, dass das Los noch nicht gefunden wurde. Das soll bekannt werden, und wer bietet sich da besser an als Giulietta Morelli? Nutzen wir diese Frau und ihre unangenehmen Eigenschaften. Wir unterbreiten ihr, dass das Los noch immer nicht aufgetaucht ist und auch noch nirgends eingelöst wurde – aber unter dem Mäntelchen der Verschwiegenheit. Der Capitano wolle nicht, dass es die Runde macht. Vielleicht locken wir damit jemanden aus der Reserve.« Ein erfrischender Gedanke, uns ausgerechnet Giuliettas Geschwätzigkeit zunutze zu machen.

»Und wenn Natale die Sache mit dem Los verrät? Oder sich verplappert?«, fragt Vinc.

»Der Capitano ist der Meinung, dass Natale seinen Mund halten wird. Es ist ja durchaus auch in seinem Interesse, den Mörder zu finden. Soll er sich ruhig wundern, er wird sich nicht dazu äußern, da bin ich mir sicher. Dann würde er ja seine Rolle in dem Spiel öffentlich bekannt machen, und ich glaube nicht, dass er das will. Denn damit wäre er in den Augen aller der Erbschleicher«, erkläre ich.

»Was meint ihr, wann Bruna beigesetzt werden kann?« Frederico hängt in einer anderen Gedankenwelt als wir, das ist deutlich spürbar. Klar, er ist von Brunas Tod direkt betroffen, ganz abgesehen von der Untersuchungshaft. Auf ihn kommen jetzt Aufgaben zu, wie sich um die Beerdigung zu kümmern. Ich hoffe mal, dass Natale nicht querschießt, denn eigentlich ist er als Angehöriger ja dafür zuständig. Ich glaube aber, der ist erst mal damit beschäftigt, seinen Diebstahl zu erklären. Außerdem steht immer noch die Frage nach dem Mörder im Raum.

»Ich rufe Signor Brentano an«, sagt Louisa und steht auf.

»Grazie, amore.« Frederico stützt sein Kinn auf die Hände und seufzt. Er wirkt ausgelaugt, energielos.

Während Louisa im Haus ist, lässt er die Gedanken heraus, die ihn beschäftigen. »Wisst ihr«, sagt er, »als ich vom Joggen zurück nach Hause kam, war sie schon tot. Mir ist ein Bergmassiv von der Seele gefallen, als der Todeszeitpunkt feststand und ich damit Gewissheit hatte. Zumindest für mich, denn ich weiß, dass ich erst danach vom Joggen zurückkam. Es war von Anfang an meine persönliche Horrorvorstellung, dass ich womöglich im Haus gewesen bin, während sie nur ein Stockwerk tiefer ermordet worden ist. Und ich es somit hätte verhindern können. Natürlich weiß ich, dass ich nichts dafür kann. Ich habe nur selten bei Bruna vorbeigeschaut, bevor ich zur Arbeit ging, und ich war ja in der Früh bei ihr. Aber dann tauchte dieser *cretino* Natale mit seinem Schleimerblumenstrauß auf, und Bruna hat sich sehr darüber gefreut. Ich bin mir vorgekommen wie ein Sohn, der den Geburtstag seiner Mutter vergessen hat, und der eigene Bruder tanzt mit Blumen an.« Frederico schüttelt sich. »Die Tragik an dem Morgen ist für mich, dass ich mit Wut im Bauch die Küche verlassen und Bruna zugetraut habe, auf ihren Neffen hereinzufallen. Dass ich in den letzten Augenblicken ihres Lebens keine positiven gemeinsamen Momente mit ihr hatte. Auch wenn es mir schwerfällt, das zuzugeben, ich bin eifersüchtig, dass Natale der Letzte war, der sie lebend gesehen hat. Natale, und nicht ich.«

Vinc und ich nicken verständnisvoll.

Louisa kommt zurück. »Grüße von Signor Brentano. Er sagt, da es sich um einen nicht-natürlichen Tod handelt, dauert es vermutlich noch ein paar Tage, bis die Leiche freigegeben wird. So lange, bis die Rechtsmedizin mit allen Untersuchungen fertig ist. Weitere Details zu den Todesumständen wollte die Staatsanwaltschaft mit dem Verweis auf mögliches Täterwissen zunächst nicht nennen. Was auch immer das heißt.«

»Ja, klar, die halten sich bedeckt, genauso wie wir das ja auch machen mit dem Los und so.«

»Certo«, sagt Frederico, »Brentano hat gesagt, dass die Sache mit dem Lotterielos Natale in die Schusslinie des Staatsanwalts gebracht hat und ich deshalb freigekommen bin. Dass ihr in seiner Wohnung herumgeschnüffelt habt, hat die Sache nur beschleunigt.«

»Sonst wäre das Los vielleicht erst gar nicht gefunden worden und er hätte jetzt einen Haufen Geld. Was ihn wiederum auch verdächtig gemacht hätte ... Egal, es ist, wie es ist. Ich war ja erst auch sicher, dass er der Mörder ist, aber dann ... Als wir das Los bei Natale entdeckt haben, war er total überrumpelt«, erzähle ich. »Deshalb fand ich seine Geschichte dann doch ziemlich glaubwürdig, zumindest habe ich Zweifel an seiner Schuld. Und ehrlich, Leute, sosehr wir Frederico entlasten wollen – wir sollten das nicht auf Kosten eines möglicherweise Unschuldigen tun. Ich könnte sonst keine Minute ruhig schlafen, obwohl Natale bisher wenig Skrupel gezeigt hat, wenn es darum ging, Frederico in einem schlechten Licht dastehen zu lassen. Aber das ist nicht mein Ding, Natale soll einfach gründlich unter die Lupe genommen werden, trotzdem müssen wir noch andere Möglichkeiten in Betracht ziehen. Zum Beispiel, dass es möglicherweise zwei voneinander unabhängige Verbrechen und Motive gibt.«

Frederico nickt vehement. »Ich will mich hundertprozentig rehabilitiert sehen, und ich will Gerechtigkeit. Aber wie du schon sagst, Doro, nicht auf Kosten eines Unschuldigen. Auch nicht, wenn es Natale ist.«

»Das sehen wir alle so«, sagt Vinc. »Es gibt noch eine Möglichkeit – der Täter könnte ein Gelegenheitseinbrecher gewesen sein.«

Ich schlage mit der Faust auf den Tisch. »Verdammt, Leute, wir brauchen Beweise. Die Blutspuren auf Fredericos Kleidung stehen auch noch im Raum. Das ist der Hauptgrund, warum ich überzeugt bin, dass es kein Gelegenheitsdieb war. Der wäre einfach abgehauen. Es ist ja auch nichts gestohlen worden. Außer dem Los natürlich. Aber dafür ist Natale erst nach dem Mord eingebrochen.«

Ich stutze. »Und wenn er genau das fingiert hat? Wenn er will, dass alle glauben, dass er eingebrochen ist, um das Los zu stehlen, er es in Wahrheit aber schon am Montag an sich genommen hat, nachdem er Bruna erschlagen hatte?«

»Das wäre ziemlich kaltblütig. Der Mord im Affekt und dann die geplante Irreführung der Polizei …« Frederico wiegt den Kopf.

»Wenn es um Geld geht, wenn die Gier von jemandem Besitz ergreift, dann ist so etwas durchaus möglich. Aber ob Natale zu so etwas fähig wäre? Ich weiß es nicht. Okay, er sieht dich als Bedrohung und Konkurrenz. Auf jeden Fall hat er keinerlei Bedauern gezeigt, als er davon gesprochen hat, dass du als Mörder für das Erbe ausscheidest. Er hat eher so gewirkt, als würde ihm der Gedanke sehr gut gefallen«, gebe ich zu bedenken.

Louisa fährt sich durch die Haare. »Fassen wir zusammen: Die Spuren an Fredericos Kleidung könnten fingiert worden sein – das bestätigt die Spurenauswertung, beziehungsweise weisen die Auswertungen darauf hin, muss aber noch bewiesen werden. Brentano konnte zumindest starke Zweifel an Fredericos Schuld wecken und den Richter überzeugen, dass sich alles, was Frederico wichtig ist, hier in Gardone befindet – ergo keine Fluchtgefahr besteht. Natale wird ebenfalls verdonnert, hier vor Ort zu bleiben und sich täglich auf dem Revier zu melden. Außerdem musste er seinen Pass abgeben. Immerhin ist ihm der Einbruch zuzuschreiben, den gibt er ja auch zu, hofft aber immer noch auf Frederico als Mörder, weil er dann erben würde. Aber das kann er sich abschminken.«

»Das tut er erst, wenn er es schwarz auf weiß sieht«, knurrt Frederico.

KAPITEL 15

PETTEGOLEZZE E IDEE – GERÜCHTE UND IDEEN

Domenica (Sonntag) – Tag 7

Heute ist Sonntag. Ruhetag. Auch für uns. Louisa und Frederico wollen für sich sein, einen Paartag einlegen, und Vinc und ich werden eine Runde mit dem Motorrad drehen. Mal sehen, wie überfüllt die Gardesana heute ist – wenn's schlimm wird, weichen wir in die Berge aus.

»Nehmen wir die Badesachen mit?«

»Unbedingt«, sagt Vinc. »Wir suchen uns ein schönes Plätzchen, das nicht total überlaufen ist.«

»Sehr optimistisch, am Sonntag sind zusätzlich zu den Touristen viele Einheimische mit ihren Familien am See.«

»Das sehen wir dann. Lass uns einfach losfahren. Wohin willst du?«

»Richtung Toscolano und Limone, ist die schönere Motorradstrecke.«

»Okay, dann los.«

Meine Motorradklamotten habe ich schon von daheim mitgenommen und zum Glück alles aus dem Auto geholt, bevor es zur Werkstatt gebracht wurde. Ich freue mich darauf, mir den Wind um die Nase wehen zu lassen, mit Vinc zusammen und ohne Gedanken an Mord und Habgier im Gepäck.

Vinc schiebt die Maschine auf die Straße. Ich sehe Signora Giallini vor ihrem Haus herumschlurfen. Sie stellt ihre Mülltonne zur Abholung bereit.

»Buon giorno«, rufe ich zu ihr die Straße hoch.

»Ah, Signorina Doro«, ruft sie zurück. »Sie sind in Begleitung?« Sie kommt mit ihrem Blindenstock zu uns, und ich stelle ihr Vinc vor.

»Das ist mein Freund Vinc. Er ist mit dem Motorrad gekommen.«

»Habe ich gehört«, sagt Signora Giallini. »Dann weiß ich ja jetzt immer, wann Sie kommen und gehen«, sagt sie. »Ich könnte da so manche Geschichte erzählen.« Sie lächelt schelmisch.

»Also, Vorsicht bei heimlichen Fahrten«, warne ich Vinc mit gespielter Strenge.

Signora Giallini lächelt und wünscht uns viel Spaß.

Wir fahren los, bevor uns in der Motorradkluft der Hitzschlag trifft. Während meine Augen den Wellengang des Sees beobachten, die Sonne, die sich glitzernd an der Wasseroberfläche bricht, spielen meine Gedanken ein ganz anderes Spiel. In mir tut sich was. Hat sich festgehakt. Signora Giallini sieht nichts, hört dafür aber umso besser. Hm, von wegen keine Gedanken an den Mordfall im Gepäck … Das wäre eine Möglichkeit, denke ich aufgeregt. Und schlage gedanklich eine Brücke zu der röhrenden Vespa von Pascale. Das ist eine geniale Idee! Eine Art Gegenüberstellung, nur eben nicht visuell, sondern akustisch.

Erstaunlicherweise schaffe ich es, die restliche Fahrt zu genießen, was allein deshalb funktioniert, weil ich Vinc noch nicht in meine Überlegungen eingeweiht habe. Auf dem Motorrad ist es ohnehin schwierig, sich zu unterhalten, dafür kann man wunderbar entspannen und die

Gegend genießen. Außerdem will ich erst mit Signora Giallini reden.

Wir kommen ziemlich weit, bei Gargnano stürzen wir uns dann in die Fluten. Das öffentliche Strandbad ist erwartungsgemäß rappelvoll, Familien mit dem halben Hausstand auf der Decke, Mädelsgruppen, Liebespaare, Kindergewusel. So ein richtiger Ausflugssonntag, an dem alle den Alltag ablegen und entspannen. In den flachen Wellen des Seeufers sitzen vereinzelte Sonnenanbeter auf Sitzliegen und lassen sich von oben die Sonne auf den Körper knallen, während von unten das Wasser für Abkühlung sorgt. Die Röte ihrer Haut lässt vermuten, dass es einen fetzen Sonnenbrand geben wird. Da will ich nicht tauschen.

Vinc und ich bleiben fast eine Stunde im Wasser, schwimmen, schmusen und lassen uns treiben. Danach zieht es uns auf die Terrasse des Restaurants. Wir bestellen beide einen Eiskaffee ohne Sahne, ich dazu ein Stück Schokokuchen und Vinc eine Limonentorte. Außerdem teilen wir uns eine große Flasche Acqua Frizzante.

»So kann man es aushalten«, sage ich und schlürfe genießerisch am Eiskaffee.

»Dir geht aber etwas im Kopf herum«, stellt Vinc fest.

Habe ich wirklich gedacht, ich könnte es vor ihm verbergen? Ich lege den Finger auf den Mund. »Später«, bitte ich und widme mich weiter meinem Kuchen.

Vinc hat nichts dagegen, er wundert sich allerdings, das sehe ich ihm an.

Als wir wieder zurück sind, ist es mit meiner Ruhe vorbei. »Ich muss etwas mit Signora Giallini besprechen, kommst du mit?«, frage ich Vinc.

War eine rein rhetorische Frage, natürlich begleitet er mich. Deshalb ist er ja hier, um mich auf Schritt und Tritt zu beschützen. Ob die Signora allerdings eine große Gefahr darstellt, wage ich zu bezweifeln. Im Botanischen Garten hätte ich wer weiß was für Vinc' Anwesenheit gegeben, Signora Giallini dagegen traue ich mir auch allein zu. Trotzdem freue ich mich, ihn an meiner Seite zu haben.

»Allora, andiamo«, sage ich, und Caruso spitzt die Ohren. Ganz offensichtlich will er ebenfalls mit. Er wedelt eifrig mit dem Schwanz. Gut, dass das Ringelschwänzchen so kurz ist, da brauchen wir unsere Gläser auf dem niedrigen Beistelltisch nicht in Sicherheit zu bringen. »Schon gut, wir drehen erst mal eine Runde mit dir, mein Guter.« Ich tätschle beruhigend seinen Kopf.

Damit Caruso zufrieden ist, gehen wir mit ihm ein Stück Richtung Piazza dei Caduti. Ich gebe Vinc fürs Erste einen groben Überblick, in den nächsten Tagen wollen wir uns das Anwesen von Gabriele D'Annunzio anschauen, die Kirche und mal ein Stück in die Berge hochwandern.

»Lou hat gesagt, es gibt tolle Wanderwege mit gigantischen Ausblicken. Ich wollte mir sowieso mal die Schäden ansehen.« Ich erzähle von dem Brand vor ein paar Tagen. Caruso fiept und schaut sehnsüchtig Richtung »Bellini«. Die Hoffnung muss ich ihm nehmen, wir wollen wieder zurück. Als Trostpflaster habe ich für ihn ein paar Leckerlis eingesteckt, die er dankbar frisst.

Daheim stelle ich ihm eine Schale mit frischem Wasser in den Garten, Caruso soll dableiben, er würde es nicht verstehen, wenn wir am Haus seines Frauchens vorbeikommen und nicht hineingehen. Dann spazieren wir los.

Signora Giallini ist erfreut über unseren Besuch. Sie hört sich aufmerksam mein Anliegen an. »Könnten Sie sich vorstellen, einen Roller zu erkennen, der am Mordtag vorgefahren ist?«, frage ich sie. »Vielleicht auch nur vorbeigefahren? Könnten Sie sich den Vormittag noch einmal in Erinnerung rufen?«

»Das müsste möglich sein. Warten Sie, ich werde versuchen, die entsprechenden Stunden mit bestimmten Handgriffen in Einklang zu bringen.« Sie schließt beim Überlegen die Augen, so wie jemand, der sehen kann. »Es ist ein Roller vorgefahren. Der hat eher vor meinem Haus gehalten als vor Brunas Grundstück. Daran erinnere ich mich, weil ich dachte, jemand wolle zu mir. Es kam aber keiner. Ob der Fahrer zu Bruna ging, ob es ein Mann war oder eine Frau, das kann ich nicht sagen. Ich weiß nur, dass er nach einer gewissen Zeit sehr in Eile wieder losgefahren ist. Ich habe gehört, wie die Räder durchdrehten.«

»Können Sie die Zeit genauer eingrenzen? Um wie viel Uhr war das, und wie lange stand der Roller vor Ihrem Haus?«

»Es war kurz nachdem Natale und Bruna das Haus verlassen hatten. Ich habe ihre Stimmen gehört, aber nicht verstanden, was sie gesprochen haben. Dann ist das Gartentor zugefallen, und die Stimmen haben sich entfernt. Danach ging es dreimal wieder auf. Einmal, als der Roller vor meinem Haus geparkt hat, beim zweiten Mal muss es Bruna gewesen sein, denn ich habe ihre Schritte erkannt. Das Klackern der Absätze mit dem minimalen Hinken, verursacht durch ihre Arthrose, erkenne ich hundertprozentig. Und das dritte Mal, das war aber eine gute Weile später, vielleicht eine halbe Stunde, da kam Frederico vom Laufen zurück. Er lief direkt an meinem Garten vorbei, zuerst habe ich seine Schritte erkannt und dann sein typisches Schnaufen. Er hat mich bemerkt und gegrüßt. Keine zwei Minuten später hat der Postbote mir ein kleines Paket überreicht, und ich habe gehört, wie er es abgescannt hat. Das habe ich auch der Polizei gesagt.«

»Prima, das hilft auf jeden Fall, den zeitlichen Ablauf und vor allem Fredericos Alibi zu untermauern. Und wann ist der Roller wieder gefahren?«

»Ich weiß nicht genau, meine Tochter hat mich angerufen, und ich bin mit dem Handy ins Haus gegangen. Ich habe noch meine Zimmerpflanzen gegossen und Nachrichten gehört. Irgendwann fuhr dann draußen der Roller mit quietschenden Reifen davon.«

»Haben Sie Frederico wieder weggehen hören?«

Signora Giallini schüttelt den Kopf. Aber das ist egal, da Frederico ja pünktlich zur Arbeit kam und damit sein Zeitablauf gut nachkonstruiert werden kann.

»Signora Giallini, meinen Sie, Sie würden den Roller wiedererkennen, wenn er noch mal an Ihrem Garten vorbeiführe? Ich meine, könnten sie ihn einwandfrei identifizieren?«

»Ja, ich glaube wohl, dass das ginge«, bestätigt die Signora.

»Und wären Sie bereit, bei einem Experiment mitzumachen? Es ist nicht gefährlich, aber es könnte unter Umständen einen wichtigen Hinweis geben und zur Wahrheitsfindung beitragen.«

Sie nickt. »Ich helfe gerne, wenn ich kann.«

Ich verspreche, mich bald mit näheren Instruktionen bei ihr zu melden, und wir verabschieden uns fürs Erste.

»Gehen wir ein paar Schritte? Runter zur Promenade?«, frage ich, als wir wieder auf der Straße stehen.

Vinc ist es recht, und unterwegs erläutere ich ihm meinen Plan. Er findet ihn gut. Müssen wir später auch mit den anderen besprechen, aber die haben sich bis jetzt nicht blicken lassen.

Als ich mit Vinc den Corso della Repubblica entlangschlendere, die Parallelstraße zur Promenade, dem Lungolago Gabriele D'Annunzio, und wir an der Tabaccheria Morelli vorbeikommen, steht Giulietta mit in die Hüften gestemmten Händen vor der Tür. Sie bewacht den Eingang zum Laden wie André Hellers Wächter ihre Brücke im Botanischen Garten. Die Fratze ist nicht ganz so hässlich, aber nichtsdestotrotz Furcht einflößend. »Kundenwerbung ist das keine«, flüstere ich Vinc zu und kichere.

Was mir dann im Hals stecken bleibt. Giulietta hat uns entdeckt und winkt uns herrisch zu sich. Beinahe hätte ich eben noch so etwas wie Mitleid empfunden, dass sie sogar sonntags den Laden geöffnet haben müssen, aber das verfliegt mit dieser Geste sofort.

»Du bist doch neuerdings mit diesen jungen Männern zusammen. Mit Faustos Bekannten«, sagt sie zu mir, als wäre das etwas Unanständiges.

Kurz muss sie auf die Seite treten, es wagt sich doch tatsächlich ein Kunde in den Laden. Ich nicke abwartend.

Dann fängt Giulietta an, über Faustos Roller zu schimpfen. Berto solle ihn endlich abholen, er sei ja auch sonst oft genug damit herumgegurkt. Und so weiter und so fort. Nicht eine Silbe des Mitgefühls oder die Frage nach Faustos Befinden. Aber das ist jetzt zweitrangig. Wir brauchen Faustos Roller, also passt es gut, dass sie ihn loswerden will. Ich werde Berto anrufen, ihn aber bitten, das Fahrzeug erst zu holen, wenn ich ihm Bescheid gebe. Ich muss nämlich vorher noch mit Capitano Linfatti reden.

*

Sonntagabend.

Louisa, Frederico, Vinc und ich sitzen zur Lagebesprechung zusammen.

Ich erkläre den beiden, was ich vorhabe. »Signora Giallini traut sich zu, den Roller zu identifizieren, der am Mordtag vor ihrem Haus gehalten hat und erst eine gute Zeit später in Eile davongebraust ist. Das will ich ausnutzen. Wir lassen verschiedene Roller vorfahren, anhalten und wieder davonfahren, um zu prüfen, ob der richtige darunter ist. Morgen früh rede ich mit Capitano Linfatti darüber. Den brauchen wir für die Aktion, wenn das Ganze überhaupt so etwas wie Beweiskraft haben soll.«

Wir überlegen, welche Roller wir vorfahren lassen müssen. Den von Pascale natürlich. Der gibt besonders charmante Töne von sich. Berto muss sich zweimal auf den Weg machen – einmal mit seinem eigenen Roller und einmal mit Faustos.

»Ich weiß, es wirkt angesichts von Faustos Zustand herzlos, aber es ist notwendig. Immerhin hat Fausto von dem Gewinn gewusst. Und die Morellis natürlich auch. Haben die eigentlich einen Roller? Oder benutzen sie den von Fausto, wenn der vor dem Geschäft steht? Vielleicht, wenn er den Schlüssel stecken lässt?«

»Nein. Der ist immer abgesperrt«, weiß Frederico. »Er ist ihm viel zu wertvoll, um ihn einfach so rumstehen zu lassen. Deshalb hat er ja auch darauf bestanden, ihn direkt beim Geschäft abzustellen. Das hat der Chefin nie gepasst, aber da blieb Fausto stur. Und ja, die Morellis haben beide einen Roller. Damit fahren sie immer ins Geschäft. Die Dinger stehen hinten im Hof, deshalb hat Faustos Gefährt auch nur im Durchgang Platz, so sieht es nämlich aus.«

»Und du glaubst, der Capitano spielt da mit?«, fragt Louisa skeptisch. »Versteh mich nicht falsch, ich finde den Plan gut, aber ob die Polizei bei so einer Scharade mitmacht, da bin ich mir nicht sicher.«

»Warum nicht?«, widerspreche ich. »Ich halte den Capitano für einen sehr offenen Ermittler, der sich nicht scheut, neue Wege einzuschlagen. Ich traue ihm zu, sich auf unkonventionelle Ermittlungsmethoden einzulassen. Also, wen haben wir noch?«

»Giuseppe hat für die Mordzeit ein Alibi. Trotzdem – sein Motorroller gibt seltsame Geräusche von sich, das habe ich mit eigenen Ohren gehört, als er mal zu Bruna getuckert kam und ich vor dem Haus stand. Und es dürfen ruhig ein paar Nieten dabei sein, das erhöht die Glaubwürdigkeit der Signora.« Louisa ist jetzt voll dabei.

»Tambalotti können wir streichen, Bruna war die Liebe seines Lebens, es wäre zu hart, ihn jetzt für diese Aktion heranzuziehen, außerdem hat er ein wasserdichtes Alibi. Genauso Flavia – sie hat außerdem keinen Roller. Weshalb auch Giuseppe raus ist, denn Flavias Alibi ist ja auch seines. Aber wie du sagst, wir brauchen ja auch Nieten. Der Vollständigkeit halber würde ich noch Cleto und Tommaso dazunehmen. Das reicht vorerst. Wenn der gesuchte Roller nicht dabei ist, überlegen wir weiter.«

»Okay, das wird eine größere Aktion. Bis wir die alle zeitlich koordiniert haben, das dauert«, stöhnt Vinc.

KAPITEL 16

STRATEGIE E SOLUZIONI – STRATEGIEN UND LÖSUNGEN

Lunedì (Montag) – Tag 8

Am Montag in aller Früh rufe ich beim Capitano im Büro an.

»Sì, pronto?«, meldet er sich.

»Buon giorno, capitano. Hier spricht Doro Ritter. Ich habe ehrlich gesagt gar nicht damit gerechnet, dass Sie schon da sind. Aber umso besser.«

»Buon giorno, signorina. Da sehen Sie mal, wie die Woche für einen armen italienischen Capitano beginnt. In aller Herrgottsfrühe und mit langweiliger, staubtrockener Schreibtischarbeit. Zum Glück funktioniert wenigstens der Kaffeeautomat.«

»Das mit der Langeweile kann ich unter Umständen ändern.«

»Das habe ich befürchtet«, antwortet Linfatti trocken.

»Ich könnte zu Ihnen ins Büro kommen«, schlage ich vor.

»Ich nehme an, dass ich das nicht verhindern kann.«

»Capitano, seien Sie nicht so zynisch. So schlecht waren unsere Einbringungen bisher nicht. Ich sage nur Natale Negretti«, kontere ich.

»Va bene. Kommen Sie einfach. Wenn nicht irgendwo einer meint, er muss ausgerechnet jetzt eine Bank überfallen oder einen Mord begehen, dann bin ich die nächsten Stunden hier im Büro.«

»Ich klopfe auf Holz, Capitano. Und das sollten Sie auch tun. Passen Sie auf sich auf, zu viel Zynismus am Morgen ist Ihrem Seelenheil nicht zuträglich.«

»Gilt das auch für eine Überdosis Laienermittlung? Scherz beiseite, Signorina, ich erwarte Sie hier. A dopo.«

Eine Dreiviertelstunde später sitze ich in Linfattis Büro, Vinc neben mir, als stiller Beobachter sozusagen.

In möglichst komprimierter Form erzähle ich von Signora Giallini und ihren besonderen Fähigkeiten und wie wir diese für den Fall nutzen wollen.

Linfatti nickt und massiert dabei sein Kinn. Ob es ein zustimmendes Nicken ist, kann ich nicht mit Sicherheit sagen. Es könnte auch heißen: *Ich habe gewusst, dass die Signorina spinnt.* Vinc grinst amüsiert, als ich ihn per Augenkontakt dazu befrage.

Der Capitano räuspert sich. »Va bene, Signorina, wir können es probieren.«

Ja! Ich schaue triumphierend zu meinem Freund. Der hebt den Daumen.

Ich steige in die Planung ein. »Da wäre die Sache mit der Logistik. Wen wollen wir vorfahren lassen und in welcher Reihenfolge? Und was machen wir, wenn jemand die Teilnahme verweigert?«

»Darüber müssen Sie sich keine Gedanken machen, das wird nicht passieren. Darum kümmern wir uns«, sagt der Capitano bestimmt.

»Aber wie können wir sicherstellen, dass jeder Besucher wirklich mit seinem eigenen Roller kommt?«

»Schlicht und einfach, indem ich den Termin ansetze

und jedem Einzelnen explizit erkläre, dass er mit seinem Roller zu erscheinen hat«, entgegnet der Capitano. »Wie gesagt, darum müssen Sie sich nicht kümmern.«

»Der Mörder wird Lunte riechen«, gebe ich zu bedenken.

»Soll er ruhig«, winkt Linfatti ab, »umso eher macht er einen Fehler.«

»Okay, da ist was dran. Und in dem Fall bin ich aus der direkten Schusslinie, da es eine Polizeiaktion sein wird«, stelle ich fest.

»Auch wenn es dich schmerzt, ich bin sehr froh über diese Tatsache«, wirft Vinc dazwischen.

Ich auch, wenn ich ehrlich zu mir selbst bin, aber ich gebe halt nicht gerne die Zügel aus der Hand. »Egal, Hauptsache, der Täter wird gefasst«, bringe ich das Ziel der Aktion auf den Punkt.

Dann lege ich dem Capitano unsere Liste der Roller vor, die vorfahren sollen. Wir gehen sie durch, und Linfatti hat nichts daran auszusetzen. Nur Giuseppe will er beinahe von der Liste streichen, da er ja ein Alibi hat, lässt ihn dann aber doch stehen, weil er öfter bei Bruna vorbeigekommen ist und wir so gut überprüfen können, ob die Signora das tatsächlich erkennt. So ganz traut er der Sache anscheinend noch nicht.

»Was ist eigentlich mit Natale? Der hat zwar mit Bruna gemeinsam das Haus verlassen, aber wer sagt uns, dass er nicht noch mal zurückgekommen ist? Und dabei von seiner Tante überrascht wurde?«, fällt mir noch ein.

»Sì, questo sarebbe stato possibile.« Der Capitano macht sich eine Notiz, äußert sich aber nicht. Offensichtlich lässt er sich nicht komplett in die Karten schauen.

»Und da wäre noch etwas.«

Linfatti schaut mich beunruhigt an.

»Wie wär's, wenn wir dem Mörder eine Falle stellen? Wir gehen davon aus, dass Frederico unschuldig ist und Natale zumindest den Mord nicht begangen hat. Der Täter hat nach dem Los gesucht, also muss es jemand gewesen sein, der von dem Gewinn wusste. Einige Alibis haben wir, doch vielleicht kennen wir einfach nicht alle, die infrage kommen.«

Linfatti wartet meine Erklärung ab.

»Wir streuen mithilfe der ahnungslosen Giulietta das Gerücht, dass Frederico bald wieder ins Haus zurückziehen wird und dann alle Zeit der Welt hat, nach dem Los zu suchen. Das wird den Täter aus der Reserve locken. Er wird damit hadern, umsonst getötet zu haben, und muss jetzt die ultimativ letzte Gelegenheit nutzen. Ist natürlich hinfällig, wenn Natale der Mörder ist, weil er außer uns der Einzige ist, der weiß, dass das Lotterielos nicht mehr im Haus ist.«

»Nette Idee, Signorina, aber wir können nicht tagelang auf einen vagen Verdacht hin das Haus observieren lassen«, widerspricht Linfatti.

»Ich bin sicher, dass der Mörder noch heute kommen wird, wenn es bei dem Überfall auf Bruna um das Los ging. Das ist seine letzte Chance. Sonst hätte er vergeblich gemordet. Vinc und ich gehen jetzt eine Runde Gassi mit Caruso, dabei greifen wir uns Giulietta und impfen sie mit dem Verschwiegenheitsvirus – der bei ihr natürlich das Gegenteil bewirken wird. Eine schnellere und sicherere Verbreitungsmöglichkeit fällt mir nicht ein. Und wenn die Morellis selbst Dreck am Stecken haben, dann sind wir ja auch an der richtigen Adresse.« Zufrieden lehne ich mich zurück.

»Ich gebe Ihnen einen Tag und eine Nacht«, gesteht uns der Capitano nach kurzem Überlegen zu. »Zur Unterstützung schicke ich einen zivilen Beamten, der bis morgen früh das Haus unauffällig beobachten soll. Morgen ist Schluss damit, dann konzentrieren wir uns auf die Sache mit den Rollern.«

Während Vinc und ich mit Caruso Richtung See laufen, besprechen wir, wie wir uns in Brunas Haus am besten positionieren und ab wann wir uns dort verstecken sollen.

»Aber zuerst müssen wir Giulietta aktivieren. Die ist wie eine tickende Zeitbombe. Eine Nachrichtenbombe«, sage ich grinsend. »Oder ist das pietätlos?«, setze ich nach.

»Quatsch, wenn die Frau so ist, wie ihr sie alle beschreibt, dann muss man es mit Humor nehmen, oder man wird selbst zum Mörder.«

»Vinc, Schatz, ich erkenne dich nicht wieder«, feixe ich.

Wir biegen in den Corso della Repubblica ein, und ich konzentriere ich mich auf unsere Nachrichtenmaschine. Mit gerunzelter Stirn und vor der Brust verschränkten Armen schaut sie uns von ihrem Stammplatz vor dem Laden aus entgegen.

Ich winke schon von Weitem. »Buon giorno, Signora Morelli«, grüße ich, als wir fast bei ihr sind. »Ich habe Berto Bescheid gesagt. Er holt den Roller spätestens morgen.«

»Morgen!« Giulietta stemmt empört die Hände in die Taille. »Dann muss ich die Eltern von Fausto anrufen. Das Ding steht wirklich im Weg.«

»Signora, lassen Sie bitte Faustos Eltern in Ruhe. Die haben genug Sorgen, solange sie nicht wissen, wie es mit ihrem Sohn weitergeht. Und Sie sind doch eine Frau mit einem großen Herzen, wenn ich Sie richtig einschätze.«

Vinc dreht sich weg und geht ein paar Schritte zur Seite. Klar, bevor es ihn zerreißt bei der Vorstellung, wie viel Selbstbeherrschung diese Schleimerei von mir erfordert. Aber das musste sein. Ich will auf keinen Fall, dass Faustos Eltern von Giulietta belästigt werden. Deren Wangen färben sich rosa. Kann mir vorstellen, dass sie so ein Kompliment nicht oft hört.

»Übrigens, Signora«, starte ich mit geheimnisvoll gesenkter Stimme die Infiltrierung, »Ihnen kann ich es ja sagen, denn Sie haben hautnah miterlebt, wie Bruna Rossi ihr Los freigerubbelt hat. Dieses Los ist immer noch wie vom Erdboden verschluckt. Ich habe Frederico sagen hören, dass er morgen wieder in seine Wohnung ziehen will. Vielleicht findet er dann ja das Los. Ist aber nur so ein Gedanke unter uns, Signora.«

»Sì, certo, was denken Sie!« Sie legt mit verschwörerischem Blick den Zeigefinger auf die Lippen.

Okay, der Zünder wäre platziert – ich verabschiede mich überschwänglich.

Vinc nickt nur, ich glaube, er ist fassungslos.

»Lass uns noch an der Promenade etwas trinken gehen. Oder steht noch was Wichtiges auf dem Programm?«, schlägt er vor, als wir außer Hörweite sind. »Diese Frau muss man einfach runterspülen.«

Ich knuffe ihn liebevoll in die Seite. »Hätte ich nicht besser ausdrücken können, und nee, sonst steht nichts an.« Ich schaue auf die Uhr. Kurz nach elf. Ich beuge mich zu Caruso. »Gehen wir zu Matteo. Der ist nett, und vielleicht hat er ein Leckerli für dich in der Hosentasche, stimmt's, mein Dickerchen?«

»Du nennst ihn Dickerchen und führst ihn dann selbst zum Leckerli? Ist das nicht ein Widerspruch in sich?«, spottet Vinc.

»Man soll keine Diät anfangen, wenn es einem schlecht geht. Das gilt auch für Möpse«, stelle ich eine These auf, die zumindest für Menschen ihre Richtigkeit hat.

»Aha«, sagt Vinc nur.

Als wir vor der Bar stehen und uns überlegen, ob Sonnen- oder Schattenplatz, zerrt Caruso plötzlich wie verrückt an der Leine. »Siehst du, er erinnert sich an die Hundedrops«, mache ich Vinc auf sein Gebaren aufmerksam. Hätte ich gar nicht müssen, denn Caruso stranguliert sich fast selbst und gibt dabei seltsame Knurrlaute von sich. »Jetzt beruhige dich, du Dummerchen, wir bleiben ja hier«, versuche ich, ihn zu bändigen.

Im Innenbereich erkenne ich Matteo von hinten. Er lehnt am Tresen und unterhält sich mit einem Gast. Giovanni Tambalotti. Hätte ich mir denken können. Er hat ja gesagt, dass er oft um diese Zeit bei Matteo ist. Ich kläre Vinc darüber auf, wer er ist, und wir gehen rein, um ihn zu begrüßen. Das ist auch Carusos Ziel.

»Schau mal an. Ich hätte geschworen, dass er es auf Matteos Hosentasche abgesehen hat«, sage ich kopfschüttelnd zu Vinc, während Giovanni den kleinen Kerl gebührend krault.

»Also, womit spülen wir Giulietta runter?«, frage ich bestens aufgelegt. Es läuft, und ich bin sicher, dass sich in den nächsten Tagen endlich alles klären wird. »Eigentlich müssen wir nur abwarten«, sage ich leise zu Vinc. Giovanni ist mit Caruso beschäftigt und kann uns nicht hören.

Vinc ist ausnahmsweise anderer Meinung. »Das glaube ich nicht. Dazu hängt zu viel in der Luft. Deine Theorien sind gut, das stimmt, aber dass sich der Mörder einfach so auf dem Silbertablett präsentiert, kann ich mir nicht vorstellen.«

»Spielverderber«, schimpfe ich. »Unken können wir immer noch. Ob es klappt, steht in den Sternen, klar, aber wenigstens tun wir was. Das ist gut für Frederico, und irgendwie muss Bewegung im Ablauf bleiben.«

»Für mich einen Cappuccino«, bestellt Vinc resigniert, als Matteo wissen will, was wir möchten.

Ich schließe mich an. »Und ein Stück Kuchen dazu. Den mit Heidelbeeren, ganz oben in der Vitrine.«

Matteo entfernt sich und begibt sich hinter die Theke zum Kaffeeautomaten.

»Schau dir bloß mal Caruso an«, wechselt Vinc das Thema und deutet lachend auf den Hund. Der liegt mittlerweile auf Giovannis Füßen, damit er ja nicht entwischen kann.

Später gehen wir mit Louisa, Frederico und Caruso rüber zu Brunas Haus und begutachten die Örtlichkeit. Eigentlich wollten wir den Mops nicht mitnehmen, um ihm die Sehnsucht nach seinem Frauchen nicht noch bewusster zu machen, aber nachdem wir ihn vorhin von Giovannis Füßen loseisen mussten, hat er sich hartnäckig an unsere Fersen geheftet und jämmerlich gefiept, als wir ihn hier im Garten zurücklassen wollten.

Wie erwartet leidet er sichtlich, als wir sein altes Zuhause erreichen, weil er Bruna nirgends finden kann. Vor allem in der Küche flippt er schier aus. Die Madonna lächelt unschuldig von ihrem Platz herunter.

Frederico ist sehr still. Er leidet auf seine Art. »Was mache ich nur mit dir?«, murmelt er und streichelt dem

Hund über den Rücken. »Ich kann dich ja nicht immer mitnehmen, wenn ich zur Arbeit muss.«

Louisa geht neben den beiden in die Hocke. »Mach dir keine Sorgen deswegen, ich bin ja auch noch da.«

Caruso schnüffelt durchs Haus. »Ja, mein Guter, es riecht überall nach Frauchen, hm?«, rede ich beruhigend auf ihn ein. »Och schau, Lou, er macht einen riesigen Bogen um die Speisekammer, obwohl da doch bestimmt oft ein Leckerli für ihn hervorgeholt wurde. Aber dass er dort eingesperrt war, während nebenan seinem Frauchen Gewalt angetan wurde, vergisst er wohl nicht. Ich glaube, auch Hunde können ein Trauma erleiden.«

Caruso fiept, als wollte er mir zustimmen.

»Der arme Kerl«, sage ich mitleidig, »der Einzige, der wahre Begeisterung bei ihm hervorruft, ist Giovanni. Das hättet ihr sehen sollen, als wir ihn vorhin in der Bar bei Matteo getroffen haben. Caruso ist ihm fast in die Hosenbeine geschlüpft. Den liebt er anscheinend.« Hm … »Ich habe eine Idee«, sage ich zu den anderen, hauptsächlich meine ich aber Frederico, weil es den vorwiegend betrifft. »Caruso liebt Tambalotti, und für Tambalotti wäre es vielleicht ein kleiner Trost, Brunas Liebling bei sich zu haben. Wie wäre es, wenn du Giovanni fragst, ob er den Mops zu sich nehmen will?«

Frederico schaut mich erschrocken an.

»Du musst dich ja nicht sofort entscheiden, und Giovanni müsste auch erst zustimmen. Ich dachte nur … Es wäre vielleicht nicht die schlechteste Lösung«, schlage ich vor.

Louisa streichelt seine Hand. »Liebling, ich finde, das ist eine prima Idee.«

Frederico nickt. »Ich denke darüber nach.«

Dann machen wir den Plan für die Überwachung. Wir beschließen, eine Nachtschicht hier im Haus einzulegen, oben in Fredericos Apartment. Caruso wird drüben bei Louisa zu Hause bleiben. Die Scheibe unten im Wohnzimmer ist noch nicht repariert, was der potenzielle Einbrecher, auf den wir hier warten, vermuten wird. Der Einstieg ins Haus wird für ihn also ein Leichtes sein. Linfattis Bedingung: Wenn sich etwas tut, Kontakt zu seinem Mann aufnehmen, nicht selber einmischen. Er trägt die Verantwortung und der Mörder vielleicht eine Waffe.

Frederico begibt sich bereits am Nachmittag in seine Wohnung, wir folgen später. Es ist noch hell, Linfattis Mann, Tenente Ponti, hat sich im Garten von Signora Giallini im Gebüsch positioniert und grünes Licht gegeben. Keiner hat sich bis jetzt dem Haus genähert. Die Dämmerung weicht allmählich der Dunkelheit.

Es wird eine lange Nacht. Wir sitzen im Finstern, sprachlos und angespannt. Ich höre das leise Atmen der anderen, und als ich versehentlich Fredericos Arm streife, spüre ich, dass er zittert. Verständlich, für ihn geht es um alles. Darum, den Mörder von Bruna zu finden, aber vor allem darum, sich selbst vom Mordverdacht reinzuwaschen. Seine Nervosität ist ansteckend. Bei jedem Knarren im Haus verkrampfen sich meine Muskeln. Ganz normale Geräusche, versuche ich mich zu beruhigen, manche Materialien ziehen sich in der abendlichen Kühle einfach Bruchteile von Millimetern zusammen. Ich drücke unwillkürlich Vinc' Hand. Eine Mücke surrt um mein Ohr. Je länger es dauert, desto unerträglicher wird für uns alle die stumme Warterei. In meinem Kopf kämpft Müdigkeit gegen Anspannung. Angst habe ich keine, wir sind zu viert, und vor dem Haus wartet ein Polizeibeamter. Sicherer habe ich noch nie auf einen Mörder gewartet, mäandert es durch mein Gehirn, und diesem beruhigenden Gedanken geschuldet, fällt mein Kopf im Sekundenschlaf nach unten. Ich schrecke hoch. Dass ich in so einer Situation einnicke! Vinc lacht verhalten neben mir. Wahrscheinlich hat er meine Zuckungen richtig interpretiert. »Wenn sich nicht bald etwas tut, werde ich wahnsinnig«, flüstere ich in die Dunkelheit.

Die anderen murmeln zustimmend. Wir unterhalten uns jetzt leise, nur Frederico schweigt und starrt gebannt vor sich hin, ich sehe im Mondlicht seine Augen glitzern.

Unten im Wohnzimmer rumpelt es leise.

»Leute, es ist so weit«, flüstert Frederico heiser. Sofort sind all unsere Sinne geschärft. Ein schneller Blick aufs Handydisplay verrät mir: Es ist halb zwei.

Eine Tür schleift leise, eine Schublade wird aufgezogen. Atemlos lauschen wir den Geräuschen, auf die wir so lange gewartet, auf die wir gehofft haben. Nur ein paar Meter trennen uns von Brunas Mörder. Frederico will losstürmen, aber Louisa hält ihn am Ärmel zurück.

»Wir müssen Tenente Ponti Bescheid geben. Wenn etwas schiefgeht, kommst du in Teufels Küche«, beschwört sie ihn.

Er schüttelt ihren Arm ab. »Lass mich«, presst er leise hervor, »er soll mir in die Augen schauen, dieses Schwein.«

Ich verstehe ihn. Frederico hat dem Typen die schlimmste Zeit seines Lebens zu verdanken. Er ist ein Schrank von einem Mann, durchtrainiert, fit. Und voller Wut und Hass. Ich glaube nicht, dass mich in seiner Situation jemand aufhalten könnte.

»Ich gebe Ponti Bescheid«, sage ich. »Sei wenigstens vorsichtig. Und leise.«

»Ich gehe mit«, flüstert Vinc. »Ihr haltet hier die Stellung und den Kontakt zu Linfattis Mann.«

Ausnahmsweise widerspreche ich nicht, sondern wähle die Nummer von Ponti. Der ist schon auf dem Weg. Er hat das Gartentor gehört, aber niemand an der Haustür gesehen, was vermuten lässt, dass der Eindringling über die kaputte Terrassentür ins Haus kam. Wie erwartet. Mein Herz klopft deutlich schneller. Vielleicht hat er eine Waffe ... und Vinc ist da unten. Ich schlucke. »Komm, Lou, wir setzen uns auf die Treppe.«

Im Notfall bin ich schnell unten, denke ich und komme mir vor wie eine Staffelläuferin, die auf die Übergabe des Stabs wartet.

Weiter unten knarrt eine Stufe. Die Haustür wird geöffnet. So leise, dass wir es nur erahnen können. Und dann schlägt eine Zimmertür zu. Schritte, die Türe wird wieder aufgerissen, Getrampel auf der Treppe. Letzteres stammt von Frederico und Vinc, die die letzten Stufen hinunterhasten. Das zweimalige Schlagen der Tür bedeutet wohl, dass es einen Durchzug gegeben hat. Wahrscheinlich, als Tenente Ponti vorne zur Tür rein ist. Dadurch ist die Küchentür oder die Wohnzimmertür zugefallen, je nachdem, wo der Eindringling gerade war. Er muss durch die kaputte Terrassentür reingekommen sein und sich dann auf die Suche gemacht haben. Bis wir das Geräusch gehört haben und er gemerkt hat, dass sich etwas tut im Haus. Das Knarren der Stufe oder das Schlagen der Tür oder die Haustüre, jedenfalls hat er offensichtlich den Rückzug angetreten.

Sobald mir der Zusammenhang klar geworden ist – noch bevor Frederico und Vinc unten angekommen sind –, spurte ich ebenfalls los. Vorne raus. Ein Stück weiter sehe ich zwei Männer hintereinander herrennen. Der hintere ist Ponti. Wo sind Vinc und Frederico? Die kommen gerade um die Ecke aus dem Garten. Haben denselben Weg genommen wie der Einbrecher. Ponti und der Unbekannte sind schon am Ende der Via Trieste, biegen ab und rennen nach unten, Richtung See. Ponti zieht im Lauf die Waffe und stößt einen Warnruf aus. Der andere Mann rennt weiter, springt über einen Zaun und verschwindet in der Nacht. Ich habe Ponti inzwischen eingeholt, aber der, den er verfolgt hat, ist verschwunden. Richtung Norden. Gleich darauf schließen Frederico und Vinc zu uns auf.

»Wo ist er?« Fredericos rauer Aufschrei kommt tief aus seinem Inneren und entlädt seine ganze Wut und Enttäuschung.

Vinc stützt sich auf seinen Oberschenkeln ab und schnauft erst mal durch.

»Mist! Verdammter Mist. Das hätte nicht passieren dürfen«, schreit Frederico.

Ponti schaut schuldbewusst und unzufrieden zugleich. »Nein«, bestätigt er, »das hätte nicht passieren dürfen.«

Und ehrlich, mir fehlen die Worte. Der Plan war so gut, und dann haben wir ihn versaut wie die größten Dilettanten. Zum Glück war Tenente Ponti der größte Dilettant in unserem Reigen, sonst hätten wir Linfatti gar nicht mehr unter die Augen treten brauchen. Ich meine, ganz ehrlich, warum war der Tenente nicht im Haus? Diese Frage werde ich dem Capitano nicht ersparen können. Shit, und morgen wollen wir die Rolleraktion starten. Spätestens jetzt ist dem Täter klar, dass wir ihm auf den Fersen sind. Aber er kann der Aktion nicht fernbleiben, damit würde er sich verdächtig machen – sofern er überhaupt einer unserer Verdächtigen ist. Außerdem besteht ebenso die Möglichkeit, dass Giuliettas Geschwätz einen Trittbrettfahrer angelockt hat, der es auf das schnelle Geld abgesehen hat und die Gelegenheit auf das Los nutzen wollte. Womöglich war der Einbrecher von heute Nacht also gar nicht Brunas Mörder. Ich seufze. So viele Möglichkeiten und noch keine Lösung in Sicht.

KAPITEL 17

PROVA E SBAGLIA – VERSUCH UND IRRTUM

Martedì (Dienstag) – Tag 9

Linfatti äußert sich nicht zum Ausgang des nächtlichen Einsatzes, und das spricht Bände, finde ich. Was sollte er auch sagen? Die Aktion ging eindeutig nach hinten los. Und daran sind wir genauso schuld wie Linfattis Mitarbeiter Ponti. Also breiten wir das Mäntelchen des Schweigens darüber und konzentrieren uns auf den heutigen Tag.

Der Capitano hat wie versprochen die potenziellen Verdächtigen per Roller einbestellt.

»Das Prozedere wird folgendermaßen ablaufen«, erklärt er gerade. »Die Anfahrt erfolgt über die Piazza Pietro Scarpetta. Signora Giallini erinnert sich daran, dass der Roller am Mordtag aus dieser Richtung kam und dann später die Via Trieste entlang Richtung Süden verschwunden ist.«

Die Reihenfolge, in welcher die einzelnen Fahrer vorfahren sollen, behält der Capitano für sich. Entweder, weil er uns eine Mitschuld an dem Desaster von heute Nacht gibt, oder weil er schlicht und einfach der Meinung ist, dass das Polizeiarbeit ist und er uns diesbezüglich keine Auskunft schuldet. Was zwar stimmt, mir aber trotzdem nicht passt, denn schließlich war die ganze Aktion meine Idee. Doch seine Anweisungen sind klar und lassen keinen Spielraum für Diskussionen.

Wir bleiben in Brunas Haus, während Linfatti nebenan bei Signora Giallini sitzt, die aufmerksam auf die Roller und deren Motorengeräusche lauscht. Der Capitano will ihre Reaktion aus erster Hand.

Um möglichst viel mitzubekommen, positionieren wir uns oben in Fredericos Wohnung. Vom Giebelfenster aus hat man nicht nur einen Blick über die Dächer von Gardone Sotto und den See, man sieht auch einen kleinen Ausschnitt der Via Trieste. Außerdem können wir von hier oben ausgezeichnet hören, was unten vor sich geht.

Frederico schließt die Augen und versucht, die einzelnen Gefährte anhand der Geräusche zu identifizieren, wir anderen starren runter auf die Straße und konzentrieren uns neben der Laute auch auf die Optik.

Pascals Roller erkennen wir alle sofort. Ich würde sagen, er gibt die markantesten Töne von sich. Frederico ist sich außerdem bei Bertos Roller sicher, und auch später, als Berto mit Faustos Roller vorfährt, erkennt er diesen treffsicher. Giuseppes sowie Giulietta und Luigi Morellis Fahrzeuge sind ihm von den Geräuschen her fremd, genauso kann er Tommasos Maschine nicht sicher zuordnen, wohingegen Cletos Gefährt ein leichtes Pfeifen hören lässt, das er sofort identifiziert. Louisa erkennt Guiseppe sowohl akustisch als auch optisch. Wir identifizieren noch Natale, rein von der Silhouette her, ein Fahrzeug samt Fahrer ist uns völlig unbekannt.

Wir notieren unsere Erkenntnisse und die dazugehörige Reihenfolge, um sie später mit Linfatti zu besprechen.

»Okay, lass uns mal zählen«, schlage ich vor, als alle Fahrer durch sein müssten. »Sechs Roller waren dir unbekannt, Frederico. Einen davon konnten wir auch optisch nicht zuordnen. Linfatti hat zwei zusätzliche Motorroller ins Programm genommen. Einer ist klar, der gehört zu Natale Negretti. Der wohnt zwar nicht weit entfernt und ist normalerweise zu Fuß zu seiner Tante gekommen, aber an dem besagten Vormittag hat es ihm unter den Nägeln gebrannt. Vielleicht hat er deshalb den Roller genommen, ist ins Haus zurück, als er seine Tante beim Einkaufen wusste, und hat nach dem Los gesucht. Er ist nur nicht zum Ende gekommen, weil Bruna noch mal zurückkehrte. Hat sie ihn erwischt und eventuell von der Begünstigtenliste gestrichen? Ist er daraufhin ausgerastet? Hm … Der Capitano hat natürlich völlig recht, dass er ihn hat vorfahren lassen.«

»War mir nicht bewusst, was man alles hört, ohne es bewusst wahrzunehmen«, wundert sich Frederico.

»Geht mir genauso. Ich bin gespannt, was die Signora drüben sagt. Vor allem, ob sie den Roller erkannt hat, der letzten Montag vor ihrem Garten angehalten hat«, sagt Vinc.

*

Später in Linfattis Büro

Des Rätsels Lösung um den unbekannten Roller ist ganz einfach, der Capitano hat einen seiner eigenen Leute mit einem Roller vorbeigeschickt, der garantiert noch nie hier war. Sozusagen als Test. Davon hat er uns nichts gesagt, er sollte die Aussagekraft der Aktion erhöhen.

»Jetzt sagen Sie uns endlich, ob Signora Giallini einen der Fahrer erkannt hat«, drängle ich.

»Allora«, der Capitano lehnt sich in seinem Stuhl zurück und verschränkt die Hände vor seinem Bauch. »Die Signora ist tatsächlich gut.« Er nickt anerkennend.

Ich rutsche ungeduldig auf meinem Stuhl hin und her. Ein Blick zu Frederico und Louisa genügt, um zu sehen, dass es den beiden genauso geht. Vinc' und mein Blick kreuzen sich, er wirkt wie meistens total gelassen.

»Capitano, jetzt spannen Sie uns nicht länger auf die Folter«, bitte ich eindringlich. Er genießt es offensichtlich, mich zappeln zu lassen. Er verzieht zwar keine Miene, aber ich sehe das Funkeln in seinen Augen.

»Wie gesagt, Signora Giallini war richtig gut«, erklärt er schließlich. »Sie hat mich überzeugt, dass man sich auf ihr Gehör besser verlassen kann als auf so manchen Augenzeugen. Und, Signorina Ritter, Sie dürfen sich ebenfalls auf die Schulter klopfen. Ihre Idee war ausgezeichnet.«

Ich lächle erleichtert. Eine Antwort auf meine Frage habe ich aber immer noch nicht.

»Es sind alle gekommen, pünktlich und so, wie wir es angeordnet haben. Ich habe es Ihnen ja gesagt, es funktioniert, wenn die Anweisung von der Polizei kommt.« Jetzt ist es der Capitano, der lächelt. Dann fährt er mit ernster Miene fort. »Allora, Signora Giallini hat alle Fahrzeuge einwandfrei zugeordnet, bis auf drei. Zwei davon gehören den Morellis, das dritte wiederum war von einem unserer Mitarbeiter, sie konnte es also bis dato noch gar nicht gehört haben. Und jetzt kommt das Wichtigste: Auch den Roller vom Mordtag hat sie zweifelsfrei identifiziert.«

»Und wer war der Fahrer?«, fragt Frederico, als Linfatti wieder eine Pause macht.

»Der Fahrer oder das Fahrzeug?«, entgegnet der.

»Wieso? Was meinen Sie?«, fragt Frederico verwirrt.

»Die Idee, Berto Marchetto nicht nur mit seinem eigenen Roller vorfahren zu lassen, sondern zusätzlich den

Roller von seinem Freund Fausto stellvertretend vorzuführen, hat den Durchbruch gebracht. Es war tatsächlich Fausto Piasinis Roller, der am besagten Tag zur Mordzeit vor dem Grundstück von Signora Giallini geparkt wurde«, lässt Linfatti die Bombe endlich platzen.

Das müssen wir erst mal sacken lassen. Der Gedanke, dass Berto Faustos Roller vorfährt, bevor er ihn zu dessen Eltern bringt, ist ursprünglich aus rein praktischen Gründen getroffen worden, da dann auch endlich Giulietta Ruhe geben würde, andererseits war es auch logisch, da Fausto als Mitarbeiter der Tabaccheria natürlich auch zum Kreis der Verdächtigen gehört. Dass es sich jetzt ausgerechnet um das gesuchte Fahrzeug handelt, ist alles andere als in meinem Sinne, und ich weigere mich im ersten Moment, über die Konsequenzen nachzudenken. Aber ich kann die Tatsachen nicht lange ignorieren: Faustos Roller war am Tag des Mordes zur fraglichen Zeit am Tatort. Damit ist Fausto verdächtig.

»Fausto?«, fragt Frederico mit tonloser Stimme. »Fausto hat Bruna …?«

Der Capitano beugt sich vor und legt die Hände flach auf den Tisch. »Wir untersuchen das. Es wird Spuren geben«, sagt er ruhig.

Für einen Augenblick ist es still im Raum.

Ich räuspere mich. »Capitano, halten Sie es für möglich, dass Fausto sich umbringen wollte? Weil er so viel Schuld auf sich geladen hat? Weil er der Versuchung auf das große Geld nicht widerstehen konnte? Seine Eltern wären entsetzt, und Frederico war drauf und dran, an seiner Stelle ins Gefängnis zu gehen. Als verurteilter Mörder. Ich meine, wenn man das alles zusammennimmt, ist das für einen Menschen eine riesige Belastung. Noch dazu hat sich die ganze Aktion nicht gelohnt, da das Los für ihn unauffindbar blieb … Da könnte er die Nerven verloren habe«, fasse ich nachdenklich zusammen.

»Möglich, Signorina«, antwortet der Capitano. »Auch dem werden wir nachgehen.«

»Andererseits kann Fausto nicht der Einbrecher von heute Nacht gewesen sein«, gebe ich zu bedenken. »Hatte er womöglich einen Komplizen?«

»Wie gesagt, meine Herrschaften, wir werden das alles untersuchen«, wiederholt Linfatti ein letztes Mal und verabschiedet uns dann höflich.

Für heute sind wir bedient. »Schatz, ich brauche Ablenkung«, stöhne ich in Richtung Vinc.

»Wie muss ich das verstehen?«

»Hm, muss ich überlegen …« Weit komme ich damit nicht, weil Vinc mich packt und durchkitzelt.

Louisa lächelt.

»Gnade!«, rufe ich. »Hör auf!«

»Nur wenn du etwas Feines für uns kochst«, fordert Vinc und weiß, dass er mir damit eine Freude macht. Denn das ist genau das, was mich jetzt entspannt. »Ich helfe auch mit«, bietet er an.

»Davon gehe ich aus, mein Lieber. Unter diesen Umständen zaubere ich gerne was für uns vier. Lasst euch überraschen, okay?«

Frederico wollte schon seit gestern wieder am Pizzaofen stehen, aber Alfredo hat ihm noch zwei bis drei Tage Erholung verordnet. Nach kurzer Beratung beschließen Louisa und er, einen Spaziergang zum »Bellini« zu machen, um Hallo zu sagen, und anschließend mit uns daheim zu essen.

»Ich hab schon ein Menü im Kopf«, eröffne ich Vinc, als wir zu zweit in der Küche stehen.

»Wenn es anders wäre, würde ich mir Sorgen machen«, antwortet er lakonisch. »Lass hören.«

»Als Aperitivo einen ›Dorini‹, meine Eigenkreation. Danach eine Suppe, ich denke an ein Hummersüppchen mit Garnelenspießen von glücklichen Garnelen.«

»Glückliche Garnelen ist gut, hast du sie gefragt?«

»Stand so auf der Werbetafel im Supermercato letztens. Das hat mir irgendwie gefallen.«

»Tot ist tot«, sagt Vinc trocken. Ich muss lachen.

Während ich die einzelnen Gänge aufzähle, suche ich bereits die Zutaten für die Suppe zusammen. Dafür brauche ich kein Rezept.

Wenig später schmoren die gewürfelten Schalotten in Butter, und ich lösche sie mit Fischfond und Weißwein ab. Allein für diese Düfte, die jetzt durch die Küche ziehen, würde ich im nächsten Leben wieder Köchin werden. Nachdem ich heute nicht in der Gourmetküche meines Vaters stehe, erlaube ich mir, statt des kompletten Hummers mit einer Hummerpaste zu arbeiten. Die habe ich letztens im Supermarkt mitgenommen, als ich auch die glücklichen Garnelen erstanden habe. Das ist der Vorteil, wenn das gestrenge Gourmet-Auge von Paps mal nicht missbilligend auf Tiefkühlkost und zu Paste verarbeitetem Hummer blickt. Vinc steckt derweil je drei Garnelen auf ein Holzspießchen. Die werden ganz zum Schluss in der Pfanne gebraten und über den Tellerrand gelegt, die Suppe garniere ich mit ein paar roten Safranfäden. So viel Luxus darf sein. Salz, Pfeffer und Sahne runden die Suppe ab, ich lasse alles auf kleiner Stufe köcheln und nehme mir jetzt den Zwischengang vor. Vinc halbiert dazu die Chicorée-Köpfe samt Strunk, damit das Ganze nicht auseinanderfällt.

»Kannst du den Chicorée ein wenig salzen?«, bitte ich ihn. »Birne oder Pfirsich«, lasse ich ihm anschließend die Wahl.

»Wenn du frische Birne hast, würde ich die nehmen.«

»Jep. Haben wir. Also Birne. Bitte schälen und in Spalten schneiden.«

»Wird erledigt, *chef*.«

»Ich erhitze schon mal das Öl. Wenn du die Birne geschnitten hast, kannst du sie zusammen mit dem Chicorée so circa eine Minute von jeder Seite darin anbraten. Dann stellst du die Pfanne auf die Seite. Später lassen wir das Ganze in Essig, Portwein und Honig ein wenig schmoren.« Ich werfe Spaghetti ins kochende Salzwasser.

»Was gibt es als Hauptgericht?«, fragt Vinc neugierig.

»Spaghetti alla siciliana, ein schnelles Gericht.«

»Hast du frische Sardellen?«

»Nee. Heute ist der Tag der Tuben und Dosen«, gestehe ich lachend und ohne schlechtes Gewissen.

»Immerhin sind der Chicorée und die Birne frisch«, bemerkt Vinc.

»Stimmt, und es sieht ja eh keiner«, sage ich augenzwinkernd.

»Mit ›keiner‹ meinst du deinen Vater, stimmt's?«

Dazu muss ich nichts sagen.

»Für die Spaghetti brauche ich den Saft und die Schale von einer halben Zitrone. Machst du das auch noch?«

»Sì, sì, chef.« Er grinst, schnappt sich den Chicorée und die Birnenspalten und reibt wenig später die Zitronenschale ab. Sofort verbreiten die ätherischen Öle einen frischen Zitrusduft in der Küche.

Ich röste ein paar Pinienkerne in einer weiteren Pfanne und stelle sie auf die Seite. Die kommen ganz zum Schluss zu den Nudeln. Das Gleiche mache ich mit einer kleinen Menge Semmelbröseln in Olivenöl, sobald sie goldbraun sind, fülle ich sie in eine Schüssel und gebe Salz und Pfeffer dazu. So, was noch? »Schatz, ich brauche 'ne Zwiebel und Knoblauch klein geschnippelt.«

Während Vinc das erledigt, lasse ich die Sardellen abtropfen, beträufle sie mit zwei Esslöffeln Zitronensaft, füge etwas Zitronenabrieb und die Hälfte der Petersilie hinzu, vermische alles und würze es mit Pfeffer. Ich nehme mit der Gabel eine Kostprobe. »Schatz, probier mal«, sage ich und schiebe auch ihm eine Gabel voll in den Mund.

»Mmh.«

Okay, es schmeckt ihm.

Vom Garten her höre ich Stimmen, und kurz darauf stehen Louisa und Frederico in der Küche. Sie schnuppern genießerisch.

»Ihr kommt genau richtig«, begrüße ich sie. »In fünf Minuten können wir essen. Würdet ihr draußen den Tisch decken?«

Die beiden ziehen ab, ich gebe die fertig gekochten Spaghetti und etwas Nudelwasser in die Pfanne zu den in Öl gedünsteten Zwiebelchen und Knoblauch, außerdem kommen Fischmasse, Pinienkerne und die restliche Petersilie dazu.

»Als Nachspeise reicht ein Affogato, was meinst du?«, schlägt Vinc vor.

»Kannst wieder mal Gedanken lesen, was, Schatz?«, sage ich liebevoll und umarme ihn. Dann schicke ich ihn raus und bereite den Aperitivo zu.

»Einen Dorini für jeden«, verkünde ich feierlich, als ich mit meinem Tablett an den Tisch komme.

»Dorini?«, tönt es mir fragend entgegen.

»Ja, ganz richtig. Den habe ich extra für euch kreiert«, verrate ich. »Himbeermus mit Eiswürfeln eiskalt gemixt, dazu Spumante Rosé, garniert mit einem Basilikumröschen. Angelehnt an den berühmten Bellini, aber ich probiere ja immer gerne etwas Neues aus. Salute!« Wir stoßen an. »Auf einen schönen Abend bei einem frischen Sommermenü. Ich habe es ›Menù d'amore per noi‹ getauft. Kommt vielleicht irgendwann in mein Kochbuch, wenn ich jemals damit anfange.«

»Das klingt romantisch, Schatz«, sagt Vinc.

Wir trinken noch einen Schluck Dorini, der von allen gebührend gelobt wird, und servieren anschließend das Essen.

Stillschweigend sind wir uns einig, nicht von dem Mord und auch nicht über Faustos Rolle dabei zu reden.

Später sitzen Vinc und ich am Poolrand und lassen die Füße ins Wasser baumeln. Vinc hat noch einen Dorini angefordert.

»Was sagt eigentlich Rambo zu unseren Gästen? Zwei kleine Kinder? Laut und vor allem: die Sache mit der Aufmerksamkeit. Der ist wahrscheinlich beleidigt.«

Vinc widerspricht. »Ich glaube, Rambo mag Kinder. Die Zwillinge von Tina verwöhnt er auf Katzenmanier, das heißt, er legt sich zu ihnen ins Bettchen, wenn wir nicht intervenieren, und schnurrt sie an.«

Wir gehen zurück auf die Terrasse.

Frederico und Louisa haben mittlerweile den Tisch abgeräumt und die Küche sauber gemacht, jetzt lümmeln wir paarweise auf zwei Liegen.

Vinc flüstert mir zärtliche Worte ins Ohr, ich kraule seinen Nacken und gebe zustimmendes Gemurmel von mir. Louisa und Frederico ergreifen die Flucht bei so viel Liebesgesäusel. Caruso schaut unentschlossen hin und her. Er kann sich nicht entscheiden, löst das Dilemma salomonisch, trollt sich in den Garten und legt sich unter einen Busch.

Als Frederico und Louisa wieder zurückkommen, macht Frederico eine Ansage. »Ich habe über Caruso nachgedacht«, ergreift er das Wort. »Doro, deinen Vorschlag, Giovanni zu fragen, finde ich sehr gut.«

Ich schaue ihn an. »Das freut mich. Wir könnten morgen mit Tambalotti telefonieren und mit ihm darüber reden«, schlage ich vor.

»Es wäre mir sehr recht, wenn ihr das übernehmen könntet. Ich stehe zwar hinter der Lösung, vor allem, weil Caruso den alten Herrn wirklich gerne mag, aber es war Brunas Hund, und er ist so etwas wie ihr letztes Vermächtnis, wisst ihr. Was Lebendiges. Kommt es nicht eigennützig rüber, wenn ich das Haus und das Geld zwar gerne nehme, für ihren tierischen Nachlass aber keine Zeit habe?«

Louisa legt beruhigend ihre Hand auf seinen Arm. »Mach dir darüber keine Gedanken. Ich habe selbst gesehen, wie sehr Caruso Giovanni mag. Und Bruna hatte Giovanni ebenfalls sehr gern. Im Grunde wäre er sowieso Carusos Herrchen geworden, wenn Bruna nicht gestorben wäre. Sie würde sich bestimmt freuen, wenn er den Hund nimmt. Also ist es die richtige Entscheidung.«

Frederico seufzt. »Du hast sicher recht, mia cara. Dann klären wir das so bald wie möglich. Der Hund muss wissen, wo er hingehört.«

KAPITEL 18

UNA QUESTIONE DI DECADENZA – EINE FRAGE VON DEKADENZ

Giovedì (Donnerstag) – Tag 11

Vinc und ich machen uns auf den Weg, Caruso zu seinem neuen Herrchen zu bringen. Wie versprochen haben wir gestern noch mit Giovanni Tambalotti telefoniert und ihm von unserer Idee erzählt. Er war sofort einverstanden.

Frederico fällt es nicht leicht, sich von dem kleinen Mops zu trennen, der ja Brunas Liebling war. Aber Caruso hat sich ohnehin selbst entschieden. Sein neuer Lieblingsmensch ist Giovanni Tambalotti, und es ist gut, dass er nicht in diesem Haus bleibt, in dem alles nach seinem verstorbenen Frauchen riecht.

Wir schlendern im Sonnenschein – Vinc und ich mit ineinander verschränkten Fingern, Caruso trappelt an der Leine neben uns her – und stehen einige Zeit später vor Giovannis schönem Haus. Ich drücke den Klingelknopf. »Du hast ihn ja bei Matteo kurz kennengelernt und wirst ihn mögen«, prophezeie ich an Vinc gerichtet und stemme mich leicht gegen die Eingangstür, als der Summton ertönt.

Giovanni hat bestimmt schon alles Nötige für seinen neuen Mitbewohner besorgt, aber einen kleinen Futtervorrat haben wir trotzdem im Rucksack dabei, es wäre schade drum, wenn wir die Sachen wegschmeißen müssten. Futternapf und Wasserschale haben Louisa und Frederico vorsichtshalber behalten, für den Fall, dass Giovanni mal einen Hundesitter braucht.

Er empfängt uns herzlich, mich mit einer Umarmung, Vinc mit Handschlag. Caruso bezeugt durch sein Repertoire an Liebesbeweisen Giovanni gegenüber – Hochspringen, Reiben am Hosenbein, Abschlecken seiner Hand und merkwürdige Töne –, dass die Entscheidung, ihn hierherzubringen, die richtige war.

Wie schon bei meinem ersten Besuch führt Giovanni uns auf seine Terrasse, und ich beobachte Vinc, als sich ihm dieser Wahnsinnsblick auf den Gardasee eröffnet.

Giovanni bietet uns etwas zu trinken an.

»Bitte nur Wasser mit Zitrone«, sage ich, und Vinc schließt sich an.

Giovanni kommt mit einem Tablett zurück, auf dem außer dem Gewünschten noch für jeden ein Glas Prosecco prickelt. »Für den Kreislauf«, meint er augenzwinkernd. »Manche Menschen werden damit über 100 Jahre alt.«

Wen er damit wohl meint? Queen Mum? Der der regelmäßige Genuss einer morgendlichen Dosis Sekt nachgesagt wurde und die zumindest vom Alter her von ihrer Tochter, Queen Elisabeth, nicht geschlagen werden konnte.

Es klingelt. »Scusatemi un attimo, torno subito«, entschuldigt sich Giovanni und geht zur Tür.

»Flavia, meine Liebe!«, hören wir ihn überrascht ausrufen, als die Besucherin, ohne auf eine Aufforderung zu warten, in die Diele stürmt. Wir sehen nichts, aber wir hören viel. Giovanni hat zwar die Tür zur Terrasse zugeschoben, aber ein Spalt genügt, um Flavias aufgeregte Begrüßungsworte bis zu uns dringen zu lassen.

»Flavia, meine Liebe, beruhige dich«, versucht Giovanni, die Frau zu beschwichtigen, »Doro und …«

Weiter kommt er nicht, weil Flavia ganz offensichtlich zu erregt ist, um sich bremsen zu können.

»Giovanni, per favore«, wehrt sie Tambalottis Versuche ab, ihr Einhalt zu gebieten. »Ich muss das loswerden, sonst kann ich nicht mehr atmen. Allein die Vorstellung, ich könnte etwas mit Brunas Tod zu tun haben, ist unerträglich. Du musst wissen …«

Die Theatralik, die ich schon von ihr kenne, bricht durch. Sie fängt an zu weinen. Oje, armer Giovanni. Er hat ja selbst mit seiner Trauer zu kämpfen, obwohl er Brunas Tod mit erstaunlicher Fassung trägt.

Was Giovanni »wissen muss«, hören wir dann allerdings nicht mehr, weil er Flavia ins Nebenzimmer schiebt und die Tür hinter sich schließt. Damit hat sich unser Lauschposten erledigt.

Vinc und ich lehnen an der Balustrade, ich lasse die Sonnenstrahlen durch meine halb geschlossenen Lider dringen und träume den süßen Traum, Besitzerin einer solchen Wohnung zu sein, in dieser Lage, an diesem Ort.

Aber dann denke ich an mein München. »Ehrlich, Schatz, würdest du unsere Wohnung am Marienplatz eintauschen?«, frage ich.

Vinc weiß sofort, wovon ich rede. »Nee, Schatz, auf keinen Fall. Ganz zu schweigen von Rambo. Der würde uns nicht eintauschen, der würde uns gewaltig zusammenstauchen.«

Wir lachen beide in Gedanken an unseren sehr eigensinnigen Kater, der eigentlich zu 99,9 Prozent seinen Willen durchsetzt – und das ganz ohne Worte.

»Und meine Arbeitsduelle mit Paps in der Küche des ›Macis‹ möchte ich auch nicht missen.«

»Außerdem haben wir hier genug Adressen, wo wir herzlich willkommen sind«, stellt Vinc fest.

»Stimmt«, sage ich träge. »Allen voran Greta in Limone, die hat immer Platz für uns. Und Enzo in Bardolino auch.«

»Und Valeria in Valeggio, und hier in Gardone können wir zu Louisa … Allora, wer braucht da schon eine eigene Wohnung, um die man sich kümmern muss?«, führt Vinc den Gedanken zu Ende, als wir hören, wie die Wohnzimmertür geöffnet wird.

Giovanni führt Flavia auf die Terrasse. Ihr Outfit ist schlicht: Beige Leinenhose und eine leichte orangefarbene Sommerbluse ohne Schnickschnack. Bis auf einen auffälligen Ring mit einem – möglicherweise echten – Rubin ist sie heute schmucklos, ihre wallende Mähne hat sie mit einer braunen Holzklammer zu einem lockeren Bausch am Hinterkopf zusammengefasst.

Ich stelle ihr Vinc vor und beziehe ihn auch gleich in unseren Du-Status mit ein. »Wir haben ein wenig von eurem Gespräch mitbekommen«, gebe ich unumwunden zu. »Zumindest die Sorge wegen des Verdachts, du könntest Bruna etwas angetan haben, kann ich zerstreuen. Signor Brentano hat Giuseppes und dein Alibi überprüft. Es ist eindeutig, weil ihr beide zur Tatzeit gesehen worden seid. Hat der Capitano euch das gar nicht mitgeteilt?«

Flavia zieht überrascht ihre linke Augenbraue nach oben und schüttelt den Kopf.

»Wegen der Uhrzeit auf dem Kassenzettel wäre ja alles möglich gewesen, aber dann hat dem Capitano der Zufall in die Hände gespielt. Eine Verkäuferin, die ihr im Laden angesprochen habt, hat euch später auf ihrem Heimweg am See auf einer Bank sitzen sehen. Kann das sein?«

Flavia nickt. »Ja, Giuseppe hat gemerkt, dass mir etwas auf der Seele brannte. Unter dem Siegel der Verschwiegenheit habe ich ihm dann erzählt, was mich bedrückt. Aber er musste mir schwören, dass es unter uns bleibt. Es war mir so peinlich.«

»Aber ihm hast du dich trotzdem anvertraut?«

Flavia hebt in einer ergebenen Geste die Hände. »Der Druck war einfach zu groß. Die Enttäuschung. Auch das, was ich zu Bruna gesagt habe.«

»Was hast du denn zu Bruna gesagt? Warst du vor ihrem Tod doch noch bei ihr?«, frage ich.

Giovanni schüttelt langsam den Kopf. »Lass es gut sein, Flavia. Was gesagt ist, lässt sich nicht mehr ändern.«

Flavia richtet sich auf und legt kurz ihre Hand auf seine. »Du hast recht, Giovanni, aber es tut mir gut, darüber zu reden. Es ist fast so, als könnte mich Bruna hören und meine Entschuldigung posthum annehmen. Ich denke, so kann ich mit Bruna meinen Frieden schließen und Abschied von ihr nehmen.«

Giovanni nickt. »Wie du meinst, meine Liebe«, sagt er ruhig.

»Um auf deine Frage zurückzukommen, Doro: Nein, ich habe nach unserem Treffen am Donnerstag vor ihrem Tod nicht mehr mit Bruna gesprochen, aber ich habe damals etwas gesagt, das gemein und meiner Enttäuschung geschuldet war. Mir war mein Irrtum ja schnell klar, und eigentlich habe ich mich für die beiden gefreut, aber im ersten Moment … Ich habe zynisch gratuliert und gesagt ›Jetzt musst du dir ja nur noch deinen *Sohn* kaufen‹.«

Wir schlucken alle, obwohl wir keine genaue Vorstellung haben, wovon sie eigentlich spricht. Natürlich von Frederico und dass Bruna ihm das Haus vererben wollte, aber was war der Anlass für diese böse Bemerkung?

»Und weil ich das Ganze vor ihrem Tod nicht mehr aus der Welt schaffen konnte, vertraue ich jetzt darauf, dass sie, wo immer sie gerade ist, spürt, wie leid mir das tut.«

Flavia knetet verlegen ihre Hände und erzählt weiter: »Ich hatte kurz die Wunschvorstellung, Giovanni und ich könnten …«

Oha! Daher weht der Wind. Vinc' Miene verrät seine Gedanken nicht, und auch ich pfeife höchstens innerlich durch die Zähne.

»… na ja, dass Giovanni mich mag.« Flavia senkt den Blick, und Giovanni drückt ihre Hand.

Flavia atmet auf, als würde ihr ein Riesenstein vom Herzen fallen. »Es tut mir sehr leid, was mit Bruna passiert ist. Auch was Frederico erdulden musste. Bruna hatte ihn sehr gern, das hat sie oft gesagt. Sie musste ihn nicht kaufen, das habe ich immer gewusst, aber in diesem Moment wollte ich ihr wehtun. Und das, obwohl sie meine einzige Freundin war. Umso mehr bedauere ich, dass wir am Ende eine Missstimmung in unserer Beziehung hatten. Für mich ist das besonders schlimm, weil ich daran schuld war. Mir ist von meinem Ruhm und Reichtum nicht viel geblieben. Ich komme gerade mal so über die Runden und war und bin Giovanni sehr dankbar dafür, dass er mir finanziell unter die Arme greift. Leider habe ich seine Hilfe missverstanden, wenn ihr wisst, was ich meine.«

Ich nicke.

Flavia zuckt müde mit den Schultern. Sie kommt im Zickzackgang zum Punkt. »Er war so glücklich an diesem

Abend, sprach davon, dass sich sein Leben bald ändern würde ... Ich dachte, er meine mich. Aber dann hat er weitergesprochen. Dass Bruna und er sich gefunden hätten, dass sie endlich zusammengekommen seien und den Rest ihres Lebens gemeinsam verbringen wollten. Das war wie ein Schlag in die Magengrube für mich. Die Vorstellung war so verlockend gewesen. Der Macht alter Gewohnheiten folgend, habe ich Giovanni mir zu Füßen liegen sehen wie früher meine zahlreichen Verehrer, die entweder an meiner Schönheit, meiner Berühmtheit oder meinem Geld interessiert waren. Ich wollte halt nicht allein sein – damals nicht und heute auch nicht. Deshalb habe ich so gemein reagiert. Ich bin schnell wieder in der Realität angekommen und habe mich ehrlich für die beiden gefreut, aber, wie du sehr richtig bemerkt hast, gesagt ist gesagt.«

Betretenes Schweigen.

»Ich will klar Schiff machen, das bin ich Bruna schuldig. Und auch Frederico. Ich kann zwar für das, was ihm geschehen ist, nichts, und ich habe Bruna nichts angetan, aber trotzdem habe ich meiner toten Freundin gegenüber ein schlechtes Gewissen.«

Giovanni tätschelt ihre Hand. »Dazu hast du keine Veranlassung, meine Liebe. Du hast keinem etwas zuleide getan. Und du bist nicht allein. Du hast Giuseppe und mich. Wir lassen uns gegenseitig nicht im Stich. Und damit meine ich nicht das schnöde Geld, sondern unsere Freundschaft. In Gedenken an Bruna, bevor sie aus himmlischem Entsetzen über unsere Zwietracht ein heiliges Donnerwetter über uns ausschüttet.«

Flavia lächelt unter Tränen. »Das hast du schön gesagt, mein Lieber.«

»Dann ist ja jetzt alles gut, Flavia« sage ich, »die Verkäuferin aus dem Mercato hat Giuseppe und dich hundertprozentig erkannt. Und sie wusste auch, wer du bist, von einem alten Plattencover ihrer Mutter, wollte dich ansprechen, hat sich dann aber nicht getraut.«

Flavia lächelt bei dem Gedanken an vergangene Zeiten und Verehrer und Verehrerinnen, die sich noch an sie erinnern.

Zurück in Louisas Garten besprechen wir mit ihr und Frederico die Lage. Obwohl es viele hieb- und stichfeste Alibis gibt, stecken wir irgendwie fest, wie in einer Art Blase. Fausto liegt immer noch im Koma, hat kein Alibi, und sein Motorroller war zur Tatzeit vor Brunas Haus. Es widerstrebt uns, ihn als Mörder abzustempeln, während seine Eltern an seinem Krankenbett sitzen, um sein Leben bangen und er selbst sich nicht verteidigen kann. Ohne eine Idee, wie wir weitermachen sollen, bleiben Vinc und ich im Garten zurück, während Louisa sich in ihr Atelier verzieht und Frederico sich mit den Jungs treffen will.

Vinc schlägt vor, mit dem Motorrad nach Toscolano auf den Markt zu fahren, um uns den Kopf vom Fahrtwind freiblasen zu lassen. Ich bin sofort begeistert.

Genau das Richtige, denke ich dann auch, als wir die Gardesana entlangdüsen beziehungsweise uns oft auch im Stop-and-go-Modus weiterbewegen. Die Sonne brennt gnadenlos auf unsere Helme, und die Motorradkluft an sich ist auch keine luftige Sommerkleidung, aber das gehört dazu. Wenn möglich schlängelt sich Vinc an den Autos vorbei, doch unsere Ducati ist mit den seitlichen Koffern recht ausladend. Die brauchen wir aber, weil wir die Motorradklamotten ausziehen wollen, bevor wir auf dem Markt bummeln gehen.

Der Markt in Toscolano-Maderno findet immer donnerstags von 8 bis 13 Uhr an der Piazza Caduti di Nassiriya statt. Es ist später Vormittag und rappelvoll, als wir uns durch die Reihen der dicht gedrängten Verkaufsstände schieben lassen. Zu den interessierten Käufern kommen noch die Touristen, die nur zum Schauen da sind.

»Lass uns abkürzen. Links ist der Wochenmarkt mit Lebensmitteln – wir könnten Obst gebrauchen und eingelegte Antipasti. Salami, Speck und Käse, und wenn wir noch Weißbrot finden, haben wir heute Abend ein wunderbares Essen«, schlage ich vor.

»Kann es sein, dass du Hunger hast?«, fragt Vinc spöttisch.

»Das kann sehr gut sein«, gebe ich zu und spüre, wie mein Magen fordernd knurrt.

»Dann essen wir lieber erst was, bevor du den Markt leer kaufst.«

»Weise Entscheidung«, finde ich. »Warte mal …«, ich schnuppere. »Riechst du das?« Der Duft von frittiertem Fisch zieht in unsere Nasen. Einige Marktbesucher kommen uns mit Papiertüten entgegen, aus denen sie mit den Fingern diverse Krabben, Babycalamari und Sardellen herausfischen. »Das will ich auch«, stöhne ich gierig.

Der Stand kann nicht weit sein, wir machen uns gezielt auf die Suche, die anderen Einkäufe können warten.

Ein paar Minuten später sitzen wir auf der gemauerten Seitenbegrenzung neben dem modernen Trinkwasserbrunnen. Ich schlecke mir die Finger ab. »Früher, als ich mit Paps viel unterwegs war, haben wir oft seine beruflichen Verpflichtungen in den diversen Lokalen seiner Sternekollegen wahrgenommen. Die wirklichen Highlights, die sich bei mir eingebrannt haben, waren aber eher die einfachen Fish-and-Chips-Buden, fettige, salzige Pommes, dicke Currywürste, Hamburger und solche Sachen. Dass es dort oft besonders gut geschmeckt hat, lag dabei gar nicht am Essen, sondern an der Umgebung. An so wundervollen Plätzen wie hier …« Verträumt halte ich mein Gesicht in die Sonne.

»Das echte Leben«, murmelt Vinc nachdenklich.

»Wieso, was meinst du?«, frage ich, weil es so geklungen hat, als hätte er mir gar nicht zugehört.

»Weißt du, Tina kämpft zurzeit mit den Widrigkeiten dieses wahren Lebens. Sie tut mir leid.«

»Was ist eigentlich genau passiert?«, frage ich vorsichtig.

Vinc säubert notdürftig seine Hände mit der Papierserviette vom Fischstand. Er zuckt die Schultern. »Ihr Mann kommt nicht mit der Kündigung klar. Der Gesichtsverlust, Frust, das finanzielle Loch, in das sie gefallen sind … Und seine Wut lässt er an Tina aus. Mit Schlägen.«

Ich nehme Vinc' Hand und lege mein Gesicht hinein, mit der anderen Hand streicht er zärtlich durch meine Haare. »Das ist furchtbar. Du würdest so etwas nie tun, selbst wenn ich deine neue Ducati zu Schrott fahren und den Corsa im See versenken würde«, flüstere ich.

»Also Schatz, da wäre ich vorsichtig. Das wäre der Härtetest.« Vinc schnaubt, als würde er ernsthaft über die Konsequenzen in solch einem Fall nachdenken.

Eine Familie, die sich mit ihrem Mittagessen neben uns auf dem Mäuerchen niedergelassen hat, beäugt uns misstrauisch.

Wir knüllen unsere speckigen Tüten zusammen und befördern sie in den Abfallkorb gleich neben dem Brunnen. Praktischerweise können wir uns hier den Fischgeruch von den Händen waschen und unsere Flaschen auffüllen, bevor wir uns unseren Einkäufen widmen.

Ich greife das Tina-Thema noch mal auf. »Natürlich kann sie vorerst bei uns wohnen bleiben, zumindest so lange, wie wir hier in Italien sind. Aber ich habe eine Idee …«

Vinc schaut interessiert auf.

»Erinnerst du dich an die kleine Mansardenwohnung im zweiten Stock des ›Macis‹? Die steht leer. Das Haus gehört Paps, und ehrlich gesagt habe ich schon lange ein schlechtes Gewissen, in München bei dieser Wohnungsnot eine Wohnung einfach leer stehen zu lassen. Sie müsste auf jeden Fall renoviert werden, aber dann könnte Tina dort einziehen.«

»Wahnsinnsidee«, findet Vinc.

»Aber?«, frage ich, weil eine gewisse Skepsis darin liegt.

»Was macht Tina bis dahin? Die drei können ja schlecht in der Zwischenzeit bei uns wohnen bleiben.«

»Nein, eher nicht. Ich meine, solange wir uns hier aufhalten, geht es auf jeden Fall … dann könnte sie vielleicht übergangsweise bei Paps im ersten Stock unterkommen, da gibt es genügend ungenutzte Zimmer, und bis die Mansarde bezugsfertig ist, müsste das gehen. Das wird ja nicht ewig dauern. Pass auf, wenn wir zurück bei Louisa sind, rufe ich Paps an, er kann dann schon mal anfangen.«

»Das wäre die perfekte Lösung. Vor allem wäre Tina mit den Kindern nicht alleine im Haus. Dein Vater könnte ein bisschen auf sie achten. Das würde ihren Ehemann abhalten, sie zu besuchen. Ehrlich gesagt finde ich deine Idee genial, und wenn dein Vater einverstanden ist, dann kann man sich bestimmt auf einen fairen Preis einigen.«

»Da bin ich mir sicher. Notfalls kann sie auch eine Weile umsonst dort wohnen, immerhin stand die Wohnung bis jetzt auch leer. Damit können wir dann gleich etwas gegen unser schlechtes Gewissen tun.«

»Und – da muss ich zwar erst mit Ulli reden – bei uns in der Firma gibt es auch genug zu tun. Tina könnte für uns im Homeoffice arbeiten, zumindest bis sie zwei Plätze in einer Kindertagesstätte gefunden hat.«

Wir schlüpfen in unsere Motorradklamotten und verstauen die Einkäufe in den Seitenkoffern. Mein Herz schlägt spürbar schneller vor Mitgefühl mit Tina. Oder eigentlich vor Freude, dass Vinc' Gefühle für seine Ex-Freundin nichts anderes sind als Hilfsbereitschaft und Solidarität. Zufrieden stülpe ich meinen Helm über.

KAPITEL 19

PERICOLO - GEFAHR

Venerdì (Freitag) – Tag 12

Heute Nachmittag ist es endlich so weit, Vinc kann sein Auto aus der Werkstatt holen. Die neue Ducati ist klasse, aber kein Ersatz für sein gehegtes und gepflegtes mintfarbenes Lieblingsgefährt. Frederico bietet an, ihn zur Werkstatt zu fahren, Louisa braucht Ruhe zum Arbeiten, sie hat ein paar Ideen für den Kunstprospekt. Langsam, kaum merklich, kommt wieder so etwas wie Normalität in unser Leben.

Mir ist nach Bewegung, und ich ziehe alleine los. Ich will ein Stück laufen, bevor wir uns später zu viert im »Bellini« treffen, wo Frederico ab morgen wieder arbeiten wird.

Vinc hat versprochen, sich zu melden, wenn er zurück ist, Treffpunkt ist dann vor dem »Bellini« auf der Piazza dei Caduti. Ich bin sowieso hier oben, weil ich ein Stück in die Berge raufwill, ohne Ziel, einfach laufen, schauen und nachdenken. Gleich links am »Bellini« vorbei geht es hoch.

Mitten auf der Piazza dei Caduti, am Rand des Rondells mit dem großen Olivenbaum, sehe ich Berto sitzen. Sein Roller steht neben ihm aufgebockt, er selbst hat sein Gesicht in die Hände gelegt und wirkt wie ein Häufchen Elend. So leid er mir tut, ich habe gerade überhaupt keinen Elan, zu ihm rüberzugehen. Deshalb bin ich ja hier oben, um den Kopf freizukriegen, und nicht, um den Seelentröster zu spielen. Noch hat er mich nicht gesehen, und ich lege einen Zahn zu. Vorsichtshalber schaue ich in die andere Richtung, bevor ich am »Bellini« schnell um die Ecke biege. Puh, Gefahr gebannt – befreit schnaufe ich durch und sauge die Luft und die Aussicht ein. Links und rechts säumen die letzten Häuser des Ortes die Straße.

Abrupt bleibe ich stehen. Shit, ich kann das nicht. Bertos Freund liegt im Koma, und er fühlt sich dafür mitverantwortlich. Dass Faustos Roller ihn auch noch als potenziellen Mörder ausweist, hat Berto vielleicht noch gar nicht erfahren. Von mir wird er das auch nicht, aber mit ein paar tröstenden Worten breche ich mir keinen Zacken aus der Krone. Wer weiß, ob er sonst mit jemandem reden kann. Mit den Jungs, klar, aber sein bester Freund ist Fausto. Und der kann ihm momentan nicht beistehen. Ich mache kehrt.

»Ciao«, sage ich, als ich Berto erreicht habe, und setze mich neben ihn auf die gemauerte Einfassung des Rondells.

Er schaut hoch. »Ciao, Doro«, erwidert er ohne den üblichen Schalk in der Stimme.

»Gibt es etwas, was du dir von der Seele reden möchtest?«, frage ich frei heraus. »Ich bin gut im Zuhören, musst du wissen.«

Berto schaut mich aus müden Augen an. »Fausto hätte der alten Frau niemals etwas angetan«, sagt er heiser. »Keiner von uns.«

Okay, er weiß also vom Ergebnis des Rollertests, denke ich, sage aber nichts dazu.

»Natale dagegen würde ich das zutrauen«, fährt Berto stattdessen fort. »Er ist genau der Typ, der mit dem Fleischklopfer zuschlägt.« Es klingt gehässig.

»Ach, Berto, für uns alle wäre es einfacher, wenn Natale verdächtig wäre, als wenn wir uns Fausto als Mörder vorstellen müssen.« Ich seufze. Ich will Berto trösten, aber womit? Mir fehlen die Worte, weil ich einfach nicht weiß, was ich sagen soll.

»Willst du nicht ein Stück mit mir gehen?«, frage ich schließlich und verabschiede mich innerlich von einer meditativen, entspannenden Wanderung in dieser Traumkulisse. »Vielleicht lenkt dich das ein bisschen ab.«

Bertos Miene hellt sich etwas auf. »Störe ich dich auch sicher nicht?«, fragt er und ist bereits aufgestanden.

»Nein, keine Sorge. Ich sehe doch, dass du gerade nicht gut allein sein kannst. Allora, andiamo.« Ich klopfe ihm aufmunternd auf die Schulter und mache gute Miene zum verpatzten Nachmittag.

»Grazie, Doro.« Er kratzt sich verlegen am Kopf.

»Wohin?«, fragt er dann.

»Einfach hier nach oben, in die Berge. Soll ja nette Wanderwege geben dort.« Ich zeige Richtung Westen zu den Hügeln oberhalb von Gardone. »Wenn nicht alles abgebrannt ist …«, setze ich nach.

Berto nickt. Klar, das Feuer von vor einer Woche ist allen noch gut im Gedächtnis.

Wir lassen die letzten Häuser von Gardone Sopra hinter uns. Die Welt um uns herum ist trocken, heiß und still. Pinien ragen in den Himmel, Feigenbüsche, Zedern und Olivenbäume säumen unseren Weg, an jedem Baum zirpt mindestens eine Zikade ihr unermüdliches Lied. Unglaublich, was diese kleinen Viecher an Dezibel erzeugen. Und trotzdem ist es still hier. Kein Autolärm, kein Menschengewusel, nur Natur pur.

»Spürst du das?«, frage ich Berto. Wäre schön für ihn, wenn er Zugang zu solchen Gefühlen hätte.

»Was meinst du?«, fragt er zurück.

»Na, diese kraftvolle Ruhe hier.« Ich kann es nicht besser erklären.

Statt einer Antwort spielt er mit den Schlüsseln in seiner Hosentasche. Die Zikaden verstummen, wenn wir zu nahe kommen, setzen ihr Konzert lautstark fort, sobald wir passiert sind. Aus heiterem Himmel streift mich ein Déjà-vu … Ein Geräusch nachts im dunklen Heller-Garten. Hier ist es taghell, aber genauso einsam. Wie komme ich bloß ausgerechnet jetzt darauf? Mein Magen verkrampft sich bei der Erinnerung an die nächtlichen Stunden im Botanischen Garten. Verdammt, ich sehe langsam Gespenster. Auch die Geister vom vergangenen Herbst suchen mich immer wieder heim. Berto merkt nichts von meinen Gedanken. Ich wische meine feuchten Handflächen am T-Shirt ab.

Aus den Augenwinkeln linse ich zu Berto hinüber. Die Schlüssel in seiner Hosentasche klirren leise. Mir stockt der Atem. Schaut er mich seltsam an?

»Kraftvolle Ruhe«, wiederholt er jetzt meine Worte.

Wie er das sagt, so zögernd, als würde er dem Echo dieser Worte lauschen, jagt mir eine Gänsehaut über den Rücken. Die Atmosphäre hat sich verändert, ist auf einmal angespannt. Oder bilde ich mir das nur ein?

»Was ist?«, fragt Berto.

Arglos? Lauernd?

»Ach nichts«, sage ich lahm.

Die Ahnung verschwindet nicht. Was, wenn Berto der Verfolger im Botanischen Garten war? Es wäre immerhin möglich. Vielleicht ist er ja Faustos Komplize.

Ich überlege fieberhaft. Was soll ich sagen, um meinem Verdacht auf die Spur zu kommen? Mir fällt nichts ein, mein Kopf ist leer wie ein weißes Blatt Papier. Die leichte Brise bläst warme Luft unter mein T-Shirt und fühlt sich dennoch kühl an. Werde ich nochmals so eine Gelegenheit wie jetzt bekommen, Berto aus der Reserve zu locken?

Berto zieht jetzt seine Hand aus der Hosentasche und spielt mit den Schlüsseln, die an einer silbernen Gliederkette hängen. Ahnt er, dass ich eine Assoziation im Kopf habe? Das kann er nur, wenn er auch tatsächlich im Park war in jener Nacht.

»Mit so einer Kette habe ich tatsächlich mal meinem Cousin einen Zahn ausgeschlagen.« Berto lacht. Ablenkungsmanöver? Zufällige Anekdote? Oder eine Drohung?

Pass auf, Doro, du bist hier mit ihm alleine, spreche ich eine innere Warnung aus. Neben uns raschelt es. »Lass uns zurückgehen, es gibt vielleicht Schlangen hier, außerdem wird Vinc schon warten«, sage ich laut.

Pling. Wie eine eingehende WhatsApp Nachricht klingelt es in meinem Kopf. *Berto ist oft mit Faustos Roller herumgegurkt.* Ausgerechnet eine Bemerkung von Giulietta, die sich mir ins Gedächtnis gebrannt hat, ein Stachel, den dieses Klatschweib mir unter die Haut gesetzt hat, unbemerkt, hat sich jetzt entzündet, bricht auf wie ein eitriges Geschwür. War es gar nicht Fausto, der am Tag des Mordes mit seinem Roller vor Marta Giallinis Garten geparkt hat?

Pling. Noch ein Bild in meinem Kopf: der Fleischklopfer. Lag auf der Küchenablage, als wir Bruna gefunden haben. Hat sich dann als Tatwaffe herausgestellt. Linfatti hat uns strikte Anweisung gegeben, dieses Detail niemandem gegenüber zu erwähnen. Wir, Louisa, Frederico und ich, wussten es, weil wir Bruna gefunden haben. Und Vinc, weil ich es ihm erzählt habe. Ansonsten kann es nur der Mörder wissen. *Das ist ein Typ, der mit dem Fleischklopfer zuschlägt*, hat Berto vorhin die Mordwaffe im Zusammenhang mit Natale erwähnt. Ich schlucke. Waren es also gar nicht Natale oder

Fausto, sondern war es Berto? Würde passen, weil Fausto zumindest nicht der spätere Einbrecher gewesen sein kann, da er im Krankenhaus liegt. Also doch keine Komplizen?

Mein Handy vibriert, signalisiert einen eingehenden Anruf. Ich habe es auf lautlos gestellt, weil ich die Ruhe der Natur genießen wollte. Wie beiläufig ziehe ich es aus der Hosentasche und schaue darauf. Louisa.

»Ist mein Vater aus München. Da muss ich kurz rangehen«, lüge ich. Intuition. Oder dringende Empfehlung meines Schutzengels?

»Hallo, Paps«, rufe ich übertrieben fröhlich ins Handy.

»Was ist los?«, fragt Louisa irritiert. »Kannst du nicht sprechen?«

Goldschatz! Sie schnallt sofort, dass ich anders bin als sonst.

»Super, dass du zurückrufst, Paps«, plappere ich weiter. »Du, ich mache gerade eine wunderbare Wanderung hier in den Bergen hinter der Piazza dei Caduti. Du glaubst gar nicht, wie grandios die Aussicht ist! Leider hat es hier kürzlich gebrannt, und …«

»Sei kurz still und hör zu. Du musst nicht antworten.« Louisa spricht eindringlich und schnell. »Linfatti hat vorhin bei Frederico angerufen. Die Spuren an seinen Sachen sind jetzt ausgewertet, und es wurden noch Spuren einer weiteren Person sichergestellt, seitlich an der Sohle der Sportschuhe. Winzige Partikel alter Motorölrückstände, keine Fingerabdrücke, die Polizei vermutet, dass derjenige, der sie hinterlassen hat, Mechanikerhandschuhe trug. Linfatti hat superschnell reagiert, alle Roller auf diese Ölspuren hin vergleichen lassen, und halt dich fest – das Öl stammt von Bertos Roller! Sie haben daraufhin die Handschuhe in der Garage von Bertos Elternhaus sichergestellt.

Er muss das Blut auf Fredericos Sachen gebracht haben. An der Tatwaffe hat man die gleichen Spuren gefunden. Und das kann nur bedeuten, dass Berto der Mörder von Bruna ist! Linfatti lässt ihn bereits suchen.«

»Das musst du gar nicht, Paps. Ich bin hier in bester Gesellschaft.«

»Wer ist bei dir? Doch nicht etwa Berto? Mist, Doro! Im Ernst?«, flüstert Louisa und ihre Stimme kiekst weg.

Ich räuspere mich. »Ja genau, so machen wir das. Aber jetzt muss ich los, ich treffe mich in einer halben Stunde mit Vinc im ›Bellini‹. Ich bin auf dem Rückweg und muss mich beeilen, sonst schaffe ich es nicht rechtzeitig und er schickt am Ende noch einen Suchtrupp los. Also, Paps, ich muss jetzt Schluss machen.«

»Ich hole die anderen. Wir kommen! In die Richtung, wo das Feuer war?«

»Perfetto. Ciao, Paps.«

Ich tu so, als würde ich das Handy abschalten, behalte es aber in der Hand, vielleicht können wir so in Verbindung bleiben.

Berto ist skeptisch, das sehe ich ihm an.

»Schau, il Vittoriale«, ich zeige nach unten, wo sich die ganze Anlage von oben präsentiert, mit dem Mausoleum an der Spitze.

Berto schweigt.

Hat er Bruna ermordet, frage ich mich. Oder hat er nur das Lotterielos gesucht? Aber er wusste von dem Fleischklopfer … Wollte er das Los stehlen und hat dabei die tote Bruna gefunden und die Mordwaffe gesehen? Der Gedanke lässt mich hoffen, dass ich doch nicht mit einem Mörder hier oben bin, sondern nur mit einem berechnenden Dieb. Warum aber hätte er dann die falschen Spuren legen sollen? Er hätte auch einfach verschwinden können. Das hätte er allerdings auch, wenn er der Mörder ist. Frederico in die Sache mit reinzuziehen, war unfassbar kaltschnäuzig. Er hätte sein Leben damit zerstören können.

Egal, wie die Wahrheit auch lauten mag, ich muss unbedingt versuchen, auf sicheres Terrain zu kommen. Thematisch und umgebungstechnisch. Verdammt, irgendwo müssen hier doch noch ein paar Leute unterwegs sein. Sonst sind sie doch auch immer überall! Das habe ich jetzt von meinem Drang nach Bewegung.

»Gib mir dein Handy«, verlangt Berto plötzlich.

Shit! Was wird das denn jetzt?

»Ich bin mit Vinc verabredet«, versuche ich, mir nichts anmerken zu lassen, und tu so, als hätte ich das mit dem Handy nicht gehört. Pokerface. Den Schweißfilm auf meiner Stirn und die Röte im Gesicht schreibt Berto hoffentlich der sommerlichen Hitze zu.

»Hier? Das glaube ich kaum. Los, gib mir dein Handy.« Berto winkt fordernd mit der Hand. Alle Lockerheit zwischen uns ist verflogen.

Plötzlich hat er ein Messer in der Hand und drückt es mir unsanft in die Seite. Verdammt, der ist wirklich irre. Warum bin ich nicht einfach weggerannt, solange es noch ging? Das Messer hat Berto immer bei sich, er hat es uns letztens sogar gezeigt, als wir mit dem Boot unterwegs waren. Für den Notfall. Ein luxuriöses Taschenmesser mit Werkzeug. Dass er mich damit einmal bedrohen könnte, daran hätte ich im Traum nicht gedacht. Ich schlucke. *Ich bin so blöd.* Mit dieser Erkenntnis im Kopf gebe ich mich geschlagen und reiche ihm das Handy. Es ist mir gelungen, aufzulegen, ohne dass Berto es merkt. *Konzentrier dich auf Dinge, die du ändern kannst*, zwinge ich mich.

»Berto, was soll das? Bist du verrückt geworden? Tu das Ding weg«, versuche ich, die Situation ins Lächerliche zu ziehen. Ihm die Chance zu geben, sich mit einem dummen Spruch aus der Affäre zu ziehen. Aber das kann er nicht mehr. Er ist in einer anderen Welt, nimmt mich gar nicht mehr richtig wahr. Ich stelle eine Bedrohung für ihn dar, ein Problem, das gelöst werden muss. Oder beseitigt.

Ich versuche, unauffällig die Richtung zu wechseln. Sofort bohrt sich das Messer etwas fester in meine Seite. »Berto! Hör auf! Lass uns zurückgehen und den Scheiß hier vergessen, okay?«

»Du weißt es. Lüg nicht, ich habe es an deinem Gesicht gesehen, als du telefoniert hast. Mit wem auch immer und über was auch immer. Auf jeden Fall ging es nicht um die schöne Aussicht.«

»Berto …«

»Doro, es tut mir leid.«

Ich schlucke. »Was tut dir leid?« Meine Stimme bleibt mir irgendwo im Rachen stecken.

Nein, ich will es nicht wissen. Je mehr ich weiß, desto gefährlicher wird es für mich.

»Berto, lass uns zurückgehen, bitte.«

»Du weißt, dass es dafür zu spät ist.«

»Was ist mit Fausto passiert?«, frage ich. »Habt ihr gemeinsame Sache gemacht? Ging es um Geld?«

Berto bleibt kurz stehen, ohne den Griff an meinem Arm zu lockern oder das Messer wegzunehmen. Er schaut mich an, dann zuckt er mit den Schultern. »Als ihr das Ding mit den Rollern durchgezogen habt und tatsächlich Faustos Roller der gesuchte war, war das genial. Damit war ich aus der Schusslinie.«

»Wieso?« Ich stelle mich unwissend. »Was hat Fausto am Mordtag bei Bruna gewollt?«

»Das tut nichts zur Sache. Wir hatten deswegen einen Streit, wir haben gerangelt, aber das war kein Kampf. Fausto ist mein Freund. Er ist gestürzt und hat sich den Kopf gestoßen. Ich bin zu ihm hin, aber er hat sich nicht mehr gerührt, ich dachte, er sei tot. Ich habe ihn einfach liegen lassen, bin abgehauen. Seitdem geht es mir beschissen.«

»Welcher Streit? Ging es um den Einbruch?« Wenn Berto sowieso redet, dann kann ich genauso gut alles wissen. Und mir dabei eine Fluchtmöglichkeit verschaffen. Gut, er hat das Messer, er presst es mir in die Seite, aber irgendwann wird er mal einen unaufmerksamen Moment haben, und den werde ich nutzen. Bis dahin muss ich bei der Sache bleiben, damit er meine Absicht nicht bemerkt.

»Am Donnerstag, nach unserer Bootstour, ist Fausto mit mir zur Bootsanlegestelle gekommen. Er hat auf einmal angefangen, dumme Fragen zu stellen. Hat mich verdächtigt, etwas mit dem Überfall auf Bruna Rossi zu tun zu haben. Er hat angedeutet, dass er vermutet, ich hätte mir seinen Roller ausgeliehen und sei damit zu ihr gefahren, habe das Los an mich bringen wollen.«

Dann hat Fausto nichts mit dem Einbruch zu tun? Mir wird noch heißer.

»Es ist einfach passiert. Ich war geschockt. Dann habe ich dich an der Promenade gesehen, und ich wurde so wütend. Fausto tot, und du und deine Freundin mit eurer Fragerei die ganze Zeit. Meinst du, wir haben nicht bemerkt, dass ihr uns, Fredericos Freunde, verdächtigt? Durch die Fragerei ist Fausto ja erst skeptisch geworden.« Seine Augen werden zu wütenden Schlitzen.

Soll ich jetzt Mitleid haben? Oder ein schlechtes Gewissen?

»Aber Fausto ist nicht tot. Wenn er wieder aufwacht, bist du am Arsch«, stelle ich emotionslos fest.

Berto lässt sich nicht beirren. Und er lässt auch nicht locker, hält mich fest im Griff und am Messer. »Ja, seit der Aktion mit den Rollern ist mir klar, dass die Wahrheit rauskommen wird, wenn Fausto aufwacht. Außer, er erinnert sich an nichts mehr. Aber das ist unwahrscheinlich. Ich werde dafür sorgen müssen, dass er nicht mehr aufwacht. Darum kümmere ich mich später. Aber was mache ich mit dir?«

Ich schlucke. Und was meint er damit, er müsse dafür sorgen, dass Fausto nicht mehr aufwacht?

»Wer hat dich vorhin wirklich angerufen, hä?«, wechselt er das Thema.

»Hab ich doch schon gesagt, mein Vater.«

»Los, nimm dein Handy und zeig mir den letzten Anrufer.«

Ich ziehe es aus meiner Hosentasche. Schweigend folge ich seiner Anweisung.

»Drücken und auf Lautsprecher stellen«, befiehlt er.

Louisa ist sofort am Apparat. »Doro?«, flüstert sie.

»Lou, ich …«

»Auflegen!« Das Messer drückt jetzt durch die Haut. »Il tuo papà, eh?« Zynisch schürzt er die Lippen.

Die Situation entwickelt sich in eine völlig unkalkulierbare Richtung. Ich bin überrumpelt und habe die Sache unterschätzt. Das heißt, falsch eingeschätzt. Aber wie hätte ich ahnen können, dass ich mit einem Mörder losziehe? Ich meine, alles hat auf Fausto hingewiesen.

»Ich wollte das mit Fausto nicht. Das ist aus dem Ruder gelaufen, und er ist dann so blöd gestürzt …«

»Was hat er denn zu dir gesagt?«

»Fausto hat mir von dem Los erzählt, und wir haben darüber gewitzelt, wie wir es uns unter den Nagel reißen könnten. Für Fausto war's Spaß, aber für mich wäre es die Rettung aus einem üblen finanziellen Dilemma gewesen. Ich kann die Raten für mein Boot nicht mehr bezahlen ... Fausto war richtig wütend, er hat was von Vertrauensbruch gefaselt und dass ihn das den Job kosten könnte. So ein Scheiß. Ich bitte dich, das mit dem Tratschen erledigt sowieso Giulietta. Bald hätte jeder von dem Los gewusst, und kein Mensch hätte Fausto irgendetwas angelastet. Aber er hat es persönlich genommen. Die Sache mit dem Roller kommt jetzt dazu. Wenn Fausto aufwachen und damit konfrontiert werden würde, dass er verdächtigt wird, dann käme unweigerlich heraus, dass *ich* am fraglichen Tag mit seinem Roller gefahren bin. Die Selbstmordtheorie wäre damit vom Tisch. Das kann ich nicht zulassen.«

»Alles wegen der Aktion vom Capitano?«, frage ich, obwohl ich die Antwort kenne. Ich habe mich mit meiner genialen Idee selbst in die aktuelle Situation gebracht. *Klasse, Doro.*

»So ist es. Ich liebe Fausto, aber er hat keine Ruhe gegeben, hat mich provoziert. Egal, ich kann es nicht rückgängig machen, auch das mit Signora Rossi nicht«, er stockt.

Mir läuft es eiskalt den Rücken runter. Also doch.

»Aber jetzt bist erst mal *du* mein Problem.«

Ist mir klar. Ich muss auf Zeit spielen. Louisa weiß in etwa, wo wir sind, und wird schon alle mobilisiert haben. Ich kann nur hoffen, dass Vinc und Frederico bereits aus der Werkstatt zurück sind. Ich wäge meine Chancen ab. Berto ist größer als ich, aber nicht wesentlich, wenn ich schnell bin, könnte es klappen. Er hat ein Messer, und der Griff um meinen Arm ist hart. Trotzdem, meine Chance ist, mich loszureißen und wegzurennen. So schnell ich kann, in die sichere Nähe anderer Menschen. So wahnsinnig weit ist es nicht. Was mir nicht klar ist: Warum ist er mit mir mitgegangen? Er ist wütend auf mich, und er gibt mir und Louisa zumindest eine Mitschuld, dass er in der Klemme steckt, weil wir uns eingemischt haben. Ich glaube nicht, dass er die Absicht hatte, mich zu bedrohen, als er mich begleitet hat. Er ist einfach total aus dem Gleichgewicht, wollte wahrscheinlich wirklich nur mit mir reden. Irgendetwas hat sich in seinem Inneren verschoben, als ich den Anruf bekommen habe. Oder eigentlich hat es mit den Schlüsseln angefangen. Hat er sich vorher so sicher gefühlt, und erst als er meine Skepsis gespürt hat, ist sein Kartenhaus in sich zusammengefallen? *Zeit, Doro, spiel auf Zeit!*

»Hast du Frederico mit falschen Spuren belastet? War er dir egal? Er ist doch schließlich dein Freund. Wieso hast du dich überhaupt auf ihn eingeschossen?«

Berto zuckt mit den Schultern. »Das war die reine Panik, als ich die Konsequenzen meines Einbruchs begriffen habe. Die Frau war tot. Das habe ich nicht gewollt, aber hätte mir das jemand geglaubt? Ich habe das Los gesucht, dann kam Frederico ins Haus, und das war wie ein Zeichen für mich. Er war im Haus, was bedeutete, dass er kein Alibi für die Tatzeit hatte. Das schien mir perfekt. Ich habe mich erst noch eine Weile im Haus versteckt, weil ich nicht riskieren wollte, dass Frederico aus dem Fenster schaut und mich entdeckt, und auch sonst durfte mich niemand sehen, wie ich das Haus verlasse. Also habe ich gewartet, bis er wieder weg war, auf eine direkte Konfrontation wollte ich es nicht ankommen lassen. Wenn Frederico mich gesehen hätte, dann wäre ich geliefert gewesen, dann wäre ich dran gewesen wegen Mordes. Aber ich hatte Glück. Frederico hatte es eilig, außerdem dachte er, Bruna sei beim Einkaufen. Das war auch mein Plan: Die alte Frau aus dem Haus, Frederico beim Joggen, und ich kann nach diesem Los suchen. Die Lösung all meiner Probleme.« Er stößt verbittert die Luft aus. »Ich wusste, es gibt nur eine Chance, vor allem, weil ich sicher war, dass Bruna Rossi das Los bald einlösen würde und ich dann nicht mehr an das Geld herankommen würde. Leider hat sie den Hund nicht mitgenommen. Das war zwar kein großes Problem, ich wusste, wie verfressen der Mops ist. Aber es hat mich Zeit gekostet. Er war im Weg, hat mich angeknurrt. Er war lästig, also war es die effektivste Lösung, ihn wegzusperren. Ich habe das gesamte Paket Schinken aus dem Kühlschrank genommen und den Hund damit in die Speisekammer gelockt.« Er seufzt schwer und drückt mir das Messer schmerzhaft ins Fleisch. »Dann kam die Signora zurück. Ich habe sie nicht gehört, klar, das Gartentor hat nicht gequietscht, weil ich es selbst offen gelassen hatte, genauso wie die Haustür, um im Notfall schnell abhauen zu können. Und sie hat mich auf frischer Tat ertappt und zur Rede gestellt. Ich weiß nicht mehr genau – der Hund hat gebellt, die Frau hat auf mich eingeschimpft, und dann hatte ich den Fleischklopfer in der Hand. Da ist es passiert. Ich hatte mich gerade wieder so weit beruhigt, dass ich nach dem Los weitersuchen konnte, als bald schon Frederico zurückkam. Ich habe mich still verhalten, gewartet, bis er wieder ging. Der Hund hat zum Glück nur leise vor sich hin gewinselt.«

»Und Frederico war der perfekte Sündenbock?«, frage ich schockiert.

»Das war so nicht geplant. Doro, ich kann dich nicht gehen lassen, das weißt du, oder?«

Ich keuche, überlege fieberhaft, wie ich ihn am Reden halten kann. »Und Fausto?«, frage ich mit zittriger Stimme.

Berto seufzt. »Ich kenne mich ein bisschen aus. Ich habe ein Aquarium, und zum Prüfen der Wasserqualität besitze ich einen ganzen Koffer voller Chemikalien. Damals waren meine Eltern noch spendabel, und für ihr Söhnchen gab es nur das Beste. Ein bisschen Kalium in eine Spritze und in die Infusion von Fausto … Wahrscheinlich tue ich ihm sogar einen Gefallen. Er ist doch eh schon so gut wie tot, und vielleicht wäre er ein Idiot, wenn er wieder aufwachen würde.«

»Hörst du dich eigentlich selber reden? Du willst deinen Freund umbringen! Er hat ein Schädel-Hirn-Trauma, das kann schlecht ausgehen, ja, aber er könnte genauso gut wieder aufwachen, haben die Ärzte gesagt. Und zwar ohne Schäden. Mann, Berto, er ist dein Freund!« Ich bin zu entsetzt, um meinen Mund halten zu können. Außerdem ist er schon zu weit gegangen, um umkehren zu können. Andererseits ist er so abgedreht, dass er sich vielleicht einen Hoffnungsschimmer einreden lässt, spreche ich mir Mut zu und weiß gleichzeitig, wie unwahrscheinlich das ist. Unwahrscheinlich, aber nicht unmöglich, widerspricht die Optimistin in mir.

Berto packt etwas fester zu. Instinktiv hat er wohl meine Fluchtgedanken gespürt.

»Überleg doch mal«, versuche ich es vorsichtig. »Brunas Tod war ein Unfall, du wurdest überrascht und hast dich gewehrt, richtig? Das mit Fausto war ein dummer Streit, der tragisch ausgegangen ist.« Es fällt mir verdammt schwer, Berto gut zuzureden, weil ich ihn mittlerweile für ein skrupelloses Monster halte. Ein verzweifeltes zwar, aber trotzdem ein Monster.

Wird er darauf anspringen? Oder raube ich mir kurz vor meinem Ableben die letzte Würde, indem ich ihm in den Arsch krieche? Egal, der Typ ist in seiner Gewaltspirale gefangen, der Mord an Bruna hat bei ihm eine Hemmschwelle gelöst. Alle sind schuld an seinem Unglück, nur er selbst ist das arme Opfer. Mich schüttelt es. Noch vor einer halben Stunde hatte ich Mitleid mit diesem Wahnsinnigen! Eiseskälte kriecht durch meine Adern. »Wenn du mich jetzt umbringst, dann glaubt kein Mensch, keine Polizei und kein Richter an einen Unfall. Man hat uns zusammen gesehen«, setze ich alles auf eine Karte.

Scheinbar ohne Wirkung bei Berto. Er zuckt gleichgültig mit den Schultern, fordert mich auf, meine Zigaretten aus der Tasche zu holen und mir eine anzuzünden. »Immer diese Touristen. Lernen einfach nie dazu. Wie kann man bei dieser Trockenheit so dumm sein und hier draußen eine rauchen?«, ätzt er mit vor Sarkasmus triefender Stimme. »So ähnlich wird der Nachhall auf deinen tragischen Feuertod sein.«

Der ist irre! Ich habe das Gefühl, mich gleich übergeben zu müssen.

Plötzlich spüre ich einen schmerzhaften Schlag gegen die Schläfe, gehe in die Knie, mir wird schwarz vor Augen … Und dann höre ich es, das leise Knistern des trockenen Grases, und rieche es auch. Der Waldbrand letztens hat ihn wohl inspiriert.

Ich will mich hochstemmen. Ich muss weg hier. Berto stößt mich zurück und tritt grob auf meinen Arm. Ich wehre mich verzweifelt, aber er ist stärker. Er drückt mein Gesicht gegen den trockenen Boden, ich atme Staub ein, muss husten und kriege keine Luft. Verzweifelt bäume ich mich auf, schlage mit den Armen um mich. Mir gelingt es, mich zu drehen und aus seinem Griff zu lösen. Endlich. Luft. Und beißender Rauch. Mit einem unerwarteten Tritt in seine empfindlichste Stelle setze ich ihn außer Gefecht. Er krümmt sich vor Schmerzen, aber ich habe keine Zeit, mich darüber zu freuen. Auf einmal verdreht er die Augen und fällt schlaff in sich zusammen. Das Feuer frisst sich bedenklich schnell ins trockene Gras und breitet sich aus. Schon züngeln die ersten größeren Flammen am Stamm einer Zeder. Ich muss weg hier. Die Zeder ist trocken wie Zunder und kann wie eine Splitterbombe explosionsartig ihre brennenden Bestandteile in der Umgebung verteilen. Aber ich kann Berto nicht einfach hier liegen lassen. Verdammt! Er ist ein Mörder. Er wollte mich gerade umbringen, er hat mir fast den Arm gebrochen, er hat Bruna getötet. Und das Feuer hat er selbst gelegt. Er hätte keine Skrupel gehabt, mich verbrennen zu lassen. Ich schlucke. Ignoriere dann den stechenden Schmerz im Arm und rapple mich hoch. Ich beiße die Zähne zusammen und ziehe Berto mit letzter Kraft wenigstens aus der unmittelbaren Gefahrenzone. Dann hole ich mein Handy aus seiner Hosentasche und tippe auf Louisas Nummer.

Alles Weitere liegt wie im Nebel. Louisa, Vinc, Alfredo, Rosario. Auf einmal wimmelt es hier nur so vor Menschen. Endlich nähert sich auch die Feuerwehr. Und die typische Sirene der Carabinieri ertönt.

»Doro!«, höre ich Vinc als Ersten rufen. Ich will mich jetzt nur noch in seine Arme flüchten.

KAPITEL 20

LA FINE – DAS ENDE

Sabato (Samstag) – Tag 13

Wir verbringen den Vormittag im Bett. Nachdem gestern Abend im Krankenhaus festgestellt wurde, dass mein Arm nicht gebrochen ist und auch die Rauchvergiftung sich im Selbstheilungsbereich bewegt, konnten wir die Ärzte überzeugen, mich direkt wieder gehen zu lassen. Erholen kann ich mich ohnehin am besten in Vinc' Armen …

Es klopft vorsichtig an unsere Zimmertür. »Buon giorno, ecco la colazione«, trällert Louisa fröhlich von draußen.

»Frühstück? Ist es dafür nicht schon ein bisschen spät? Aber nur herein mit dir. Ich habe Hunger wie ein Bär«, rufe ich und setze mich im Bett auf.

Die Tür öffnet sich. »Doro, wie geht es dir?«, fragt Louisa mitfühlend, als sie das Tablett auf meinem Schoß abgestellt hat.

Ich drehe meinen Arm. »Tutto a posto. Tut noch ein bisschen weh, ist aber erträglich.«

Louisa nickt zufrieden. »Das freut mich. Linfatti hat angerufen. Er will dich sprechen. Es eilt nicht, aber im Laufe des Tages sollst du noch zu ihm kommen, das Protokoll für die Akten wartet …«

»Versteh schon, der Capitano will wissen, was Berto mir gesagt hat«, entgegne ich. Begleitest du mich, Schatz?«, bitte ich Vinc.

»Logisch. Und danach lade ich dich zu Eis und Prosecco an die Promenade ein, d'accordo?«

»Und wie ich damit einverstanden bin. Darf es im Zweifel auch ein Bellini sein?«

»Sì, certo, tesoro, in dubio Bellini.«

Vinc setzt sich auf, richtet unsere Kissen und zieht das Tablett zu sich rüber. »Aber jetzt wird erst mal gefrühstückt, komm her.«

Ich mache es mir in seiner Armbeuge bequem und Louisa verlässt lächelnd den Raum.

*

Am Abend

Der Fall ist gelöst, wir sitzen auf der Terrasse in der milden Abendsonne, und Louisa und Frederico schauen mich erwartungsvoll an.

»Der Capitano wollte alles ganz genau wissen. Er braucht ein lückenloses Bild, um den Fall endgültig abzuschließen. Er hat mich dann in sein Ermittlungs-Schatzkästlein blicken lassen. Erstens haben sie die Handschuhe mit den Ölspuren gefunden – sie gehören Berto, aber das wisst ihr ja schon.«

»Wieso hat er sie nicht entsorgt?«, fragt Frederico ungläubig.

»Keine Ahnung, er hatte sie in seinem Werkzeugkasten in der Garage im Haus seiner Eltern deponiert. Ich glaube, er war völlig überfordert damit, dass sein Einbruch letztendlich zu einem Mord geführt hat, aber immerhin hatte er Handschuhe dabei und von Anfang an den Diebstahl des Loses geplant. Und es war schon sehr abgebrüht, deine

Sportschuhe mit Blutspuren zu versehen. Allerdings hat er die Situation nicht bis zur letzten Konsequenz durchdacht, dazu war er zu aufgewühlt. Und zumindest zu dem Zeitpunkt hat er verdrängt, dass man ihm auf die Spur kommen könnte.«

Louisas Lippen sind nur ein dünner Strich. »Das klingt mir zu harmlos. Er hat Frederico in eine furchtbare Lage gebracht und hatte keine Skrupel, ihn als Mörder dastehen und für den Mord an Bruna büßen zu lassen. Das war besonders hart, weil Frederico durch Brunas Tod eh schon verzweifelt war, aber dann noch als ihr Mörder zu gelten … Das ist unglaublich gefühllos. Und Fausto? Berto hatte vor, seinen besten Freund aus dem Weg zu räumen, ich bitte euch! Und jetzt tut er so, als hätte er das alles nicht gewollt? Da gibt es nichts zu beschönigen! Dass es nicht zu dem Anschlag kam, haben wir nur der Tatsache zu verdanken, dass du vorher mit Berto diesen verhängnisvollen Spaziergang unternommen hast.«

»Du hast recht, Lou.«

»Wird Fausto es schaffen?«, fragt Frederico mit belegter Stimme.

»Linfatti sagt, sie halten sich bedeckt, überlegen aber, ihn in eine Spezialklinik verlegen zu lassen, weil sie hier nichts mehr für ihn tun können.«

Ich schlucke. Die armen Eltern. Armer Fausto.

Mein Handy läutet. Paps ruft an. Bevor er nach Italien gefahren ist, hat Vinc ihm von Tina erzählt, dass sie und ihre Zwillinge vorübergehend bei uns in der Wohnung leben, damit er sich nicht wundert. Ich informiere ihn jetzt über unsere Pläne bezüglich der Wohnung im zweiten Stock und bitte ihn, die Renovierung in die Wege zu leiten. Genaueres werde ich ihm erzählen, wenn wir zurück sind. Das wäre zu viel fürs Telefon. Paps gibt schlicht sein Okay dazu, ich weiß, dass er mir vertraut. Ob sonst alles mit mir in Ordnung sei, fragt er, und ich höre zwischen den Zeilen die Sorge heraus. Vinc' überstürzter Aufbruch hat ihm zu denken gegeben, und nachdem ich mich nicht gemeldet habe, will er von mir hören, dass es mir gut geht. Ich finde es rührend, dass Paps sich Sorgen macht, als wäre ich noch ein kleines Mädchen. Er gibt das nicht zu, aber ich weiß es trotzdem. Wahrscheinlich ist das so, wenn man Kinder hat, Eltern bleibt man ein Leben lang. Gut, meine Mutter sieht das anders, aber Ausnahmen bestätigen wie immer die Regel.

Erleichtert, das Gespräch hinter mir zu haben, lege ich auf.

Eigentlich wären wir ganz gerne einen Abend allein, aber hier herrscht Tohuwabohu, und um das große Abschlussessen morgen Abend im »Bellini« wären wir sowieso nicht herumgekommen. Alfredo hat eingeladen, Rosario und er wollen uns so richtig verwöhnen. Wird bestimmt schön, aber momentan lechze ich nach ein paar ruhigen Stunden mit Vinc.

*

Am nächsten Abend

Das »Bellini« hat heute Abend für andere Gäste geschlossen. Alfredo und Frederico kochen höchstpersönlich – mit meiner freundlichen Unterstützung. Rosario kümmert sich um die Logistik. Wir haben ein paar Tische direkt vor dem Holzofen aufgebaut, es gibt nur Pizza. Calzone, um genau zu sein.

Rosario hat seine Schwester Franca samt ihrem Baby dabei. Sie wohnt bei Alfredo und Rosario, der Vater ihres Kindes hat sich schon lange vor der Geburt aus dem Staub gemacht. Die beiden Männer ersetzen ihn mit vollem Elan. Ist aber auch süß, der Kleine. Franca drückt ihn Vinc in die Arme, sie hilft ihrem Bruder, die Tische einzudecken. Das Baby brabbelt fröhlich vor sich hin. Vinc hat ein Händchen dafür, die beiden verstehen sich prächtig.

Ich muss die Idylle stören. »So, mein Kleiner, jetzt brauche ich deinen Lieblingsplatz mal ein paar Minuten lang für mich, erkläre ich dem protestierenden Strampler, drücke ihn seiner Mutter in die Arme und nehme den frei gewordenen Platz bei Vinc ein. Der hat nichts gegen den Wechsel einzuwenden. Meine Nase in seiner Halskuhle erschnuppert neben meinem Lieblings-Vinc-Aroma noch den Geruch von vergorener Milch. »Muss ich mich daran gewöhnen, wenn wir mal selber so 'nen Schreihals haben?«, frage ich skeptisch, ob ich dieses Opfer zu bringen bereit bin.

»Der Gedanke hat was, finde ich, oder Schatz?« Vinc schaut mir verliebt in die Augen.

»Buona sera«, schallt es vom Eingang zu uns herüber. Giovanni Tambalotti und Caruso sind eingetroffen. So langsam ist die Runde komplett.

Frederico ist tiefenentspannt, heute Morgen hat Brentano ihm mitgeteilt, dass sie die Spuren an seinen Sportschuhen restlos klären konnten. Ein Haar von Berto am Schuh, ein Fußabdruck von ihm im Staub unter der Bank und die mit dem Auge nicht wahrnehmbaren Motorölrückstände von seinen Handschuhen haben ihn verraten. Und zwar nicht nur an den Sohlen der Sportschuhe, sondern auch an einigen anderen markanten Stellen, die den Ablauf des Geschehens, inklusive des Mordes, dokumentieren. Spuren in der Küche, an den Schubladen, wo er offensichtlich nach dem Los gesucht hatte, bis er dann von Bruna überrascht worden ist und zum Fleischklopfer gegriffen hat. Dazu die Tatsache, dass die passenden Handschuhe in der Garage seiner Eltern gefunden wurden, und vor allem, dass Berto endlich gestanden hat. Sehr zum Leidwesen von Natale wahrscheinlich, der damit die letzte Hoffnung auf seinen Erbanspruch in den Tiefen des Gardasees verschwinden sieht. Frederico als Mörder wäre ihm natürlich tausendmal lieber gewesen.

Mein Handy klingelt. Es ist Linfatti. Sofort habe ich einen Kloß im Hals. Gibt es doch noch schlechte Neuigkeiten?

Ich gebe den anderen ein Zeichen, ruhig zu sein. »Der Capitano«, sage ich.

Totenstille auf einmal. Ich lausche. Meine Hand umklammert das Handy wie einen Rettungsanker.

»Können Sie das wiederholen, Capitano?«, bitte ich und stelle für die anderen auf Lautsprecher.

Der Capitano tut mir den Gefallen. »Fausto Piasini ist aus dem Koma erwacht«, sagt er laut und deutlich, »und hat seine Eltern erkannt.«

Ruhe. Dann spannungsentladender Applaus. Erleichterte Stimmung. Jetzt können wir feiern.

Frederico nimmt seinen Bellini in die Hand, lässt die Gabel am Glas klingen. »Cari amici«, sagt er, »ich danke euch allen. Für eure Hilfe und für euer Vertrauen in mich und meine Unschuld. Ohne euch wäre ich im Gefängnis verzweifelt. Ganz besonders danke ich dir, mein Liebling.« Er prostet Louisa zu. »Und dir, liebe Doro. Ich weiß, wie sehr du in dieser schweren Zeit für Louisa da warst und dich für mich eingesetzt hast. So, und nun genug der Sentimentalitäten, salute e buon appetito!«

Wir heben die Gläser, sind ergriffen, jeder auf seine Weise, jeder mit eigenen Bildern im Kopf.

Frederico serviert unsere Calzonen. Calzone sorpresa für alle, Louisa bekommt ein Sonderexemplar. Ein großes, gewölbtes Herz. Süß.

Gespannt schneidet dann jeder seine Calzone an. Frederico hat es heute nicht übertrieben mit der Exklusivität, es musste einigermaßen schnell gehen und sollte trotzdem für jeden passen. Das hat er gut getroffen.

Louisa lacht. »Was ist das denn?«, ruft sie belustigt. Das Herz ist hohl und leer.

Frederico schmunzelt. »Man soll sich nicht vom Äußeren täuschen lassen, manchmal liegt der wahre Wert im Detail.«

Wird er jetzt auch noch poetisch? Die Aufmerksamkeit aller am Tisch ist ihm sicher, und ich bin echt gespannt, worauf er hinauswill.

»Was meinst du?«, fragt Louisa irritiert. Sie hebt mit der Gabel den leicht eingesunkenen Deckel der Calzone und schaut in die Höhle. Die gesamte Runde beobachtet sie höchst interessiert. Sie lacht, nimmt das Herz in die Hand und schüttelt es leicht über dem Teller. Zart klirrend fällt etwas aufs Porzellan. Jetzt erkennen wir es alle. Es ist ein Ring. Wow!

Frederico nimmt das Schmuckstück und geht vor Louisa auf die Knie. »Amore mio, vuoi sposarmi?«, fragt er leise.

»Sì, amore mio, lo voglio. Natürlich will ich dich heiraten!« Überschwänglich fällt sie Frederico um den Hals.

Ich wische mir verstohlen eine Träne aus dem Augenwinkel. Alfredo tastet ergriffen nach Rosarios Hand. Jetzt sind wir alle einfach nur fröhlich.

Das Baby bringt Leben in die Bude – Caruso liebt es und weicht nicht von seiner Seite. Irgendwann braucht er dann doch Ruhe und legt sich auf Giovannis Füße. Abschlussmenü im »Bellini« – mit Calzone sorpresa inklusive Verlobungsring. Da könnte man fast neidisch werden. Vinc drückt unterm Tisch meine Hand und ein Küsschen auf die Wange, was einen gutmütigen, leicht spöttischen Kommentar Alfredos zur Folge hat, ob es etwa noch einen Heiratsantrag gebe und so weiter. Mir entgeht aber nicht der Blick, den er Rosario zuwirft.

Als sich die Aufmerksamkeit um uns wieder gelegt hat, beuge ich mich zu Vinc. »Schatz, wenn ich jemals einen Heiratsantrag von dir bekomme, dann bitte nicht so öffentlich«, sage ich eindringlich und nur für ihn bestimmt.

»Merke ich mir«, flüstert Vinc zurück, »das sollte kein Problem für mich sein.« Wir küssen uns, und keiner nimmt Notiz von uns.

Frederico erzählt gerade, er werde Natale einen Teil des Geldes und ein paar Schmuckstücke seiner Tante geben. Außerdem wolle er Fausto mit einer großzügigen Summe den Start in die Selbstständigkeit erleichtern, er solle vor allem nicht länger für Giulietta arbeiten müssen. Giovanni Tambalotti werde Fausto außerdem mit seinen Beziehungen helfen. »Ich weiß, dass Bruna Natale nicht besonders mochte, aber er hat ihr leidgetan. Er wurde von seinem Vater, ihrem Bruder, als uneheliches Kind verleugnet – das präge einen Menschen, hat sie mir gesagt. Es war ihr wichtig, mir das zu erklären, weil sie natürlich gemerkt hat, dass ich eifersüchtig war. Und sie hatte ja recht damit. Ich gebe zu, ich hatte Angst, nicht mehr ihre Nummer eins zu sein. Natale war ihr Neffe, ihr einziger Blutsverwandter, und bei aller Abneigung kann man ihm nicht vorwerfen, er hätte sich nicht um seine Tante gekümmert, weil er bis dahin schlicht und einfach nichts von ihr gewusst hat. Und Bruna nicht von ihm. *Es gibt ihm kein Anrecht auf meinen Besitz oder darauf, sich als mein Erbe zu sehen, das bist und bleibst du, mein lieber Frederico. Aber Natale wird schon nicht zu kurz kommen.* Das hat sie mir am Vortag ihres Todes gesagt. Im Nachhinein beziehe ich das auf den Gewinn. Ich denke also, es wäre in ihrem Sinne, wenn Natale etwas davon abbekommt, und ich habe damit auch ein besseres Gefühl.«

Louisa küsst ihn zärtlich. »Frederico, ich bin sehr stolz auf deine Entscheidung.«

»Hast du es Natale schon gesagt?«, frage ich neugierig.

»Ich habe mit ihm geredet, ja. Er ist unzufrieden, wird aber einsehen müssen, dass es nichts außer Kosten bringt, wenn er das Testament anficht. Er droht zwar, zum Anwalt zu gehen, aber ich habe Signor Brentano gefragt, und der sagt, Natale hat keine Chance. Ich denke, wenn er ein paar Nächte darüber schläft und sich mit einem Anwalt beraten hat, dann wird er den Spatz in der Hand nehmen und die Taube auf dem Dach lassen.«

»Das hast du sehr schön gesagt«, findet Louisa.

Ich träume vor mich hin.

»Schatz, wo bist du?«, holt Vinc mich zurück in die Gegenwart.

»Ein paar Stunden weiter. Endlich Ruhe, Zeit für uns, mein Kochbuch und Louisas Projekt.«

»Perfetto. Die Reihenfolge gefällt mir«, raunt Vinc.

EPILOG

Das Wasser im Pool umhüllt uns wie ein sanfter Kokon. Schweigend schwimmen wir gemächlich eine Bahn, drehen uns auf den Rücken und schauen in die Sterne.

»Iiih«, quietsche ich erschrocken, als etwas meine Hand streift, das definitiv nicht Vinc ist. Denn der treibt auf meiner anderen Seite. Vor lauter Schreck habe ich mich verschluckt und versuche jetzt, hustend und spuckend Grund unter meine Füßen zu bekommen.

»Was ist denn mit dir los?«, fragt Vinc und zieht mich in die Vertikale. »Ist doch nur eine Pflanze«, lacht er, fischt einen Farnwedel aus dem Wasser und hebt ihn mir demonstrativ unter die Nase.

Okay, mein Nervenkostüm ist eindeutig angekratzt. Vinc schmeißt den nassen Wedel über den Beckenrand und umarmt mich. »Mein armer, schreckhafter Schatz«, murmelt er und küsst mir das Wasser von den Lidern. »Noi due per sempre, mein Augenstern«, flüstert er.

»Noi due per sempre, Vincenzo mio«, verspreche ich ernst.

ENDE

MENÙ D'AMORE

Aperitivo
Dorini/Dorino, alkoholfrei

*

Zuppa di aragosta con gamberi felici
Hummersüppchen mit glücklichen Garnelen
dazu Weißbrot

*

Insalata di cicoria con fettine di pera in salamoia, brasate al porto e miele
Chicorée-Salat mit eingelegten Birnenschnitzen, geschmort in Portwein und Honig

*

Spaghetti alla siciliana
Spaghetti mit Sardellen und Zitrone

*

Affogato al caffè
Espresso mit Vanilleeis

*

Liebe geht durch den Magen – die Dosis macht's, und weniger ist manchmal mehr.

Rezepte zum Menü

Aperitivi

Bellini – 3 cl weißes Pfirsichpüree, 10 cl Champagner/ Prosecco (mehr zum Bellini weiter hinten)

Dorini – Doros Eigenkreation; Rosé-Sekt, Himbeermus, garniert mit einem Basilikumröschen. Idealerweise streicht man die Kerne durch ein Sieb aus.

Dorino, alkoholfrei – Doros Eigenkreation; Himbeermus, 1 cl Grenadine, mit spritzigem Mineralwasser und Tonic Water 1:1 auffüllen

Leichter Cocktail – Gingerino, alkoholfrei mit Eiswürfeln, wenig spritzigem Mineralwasser und einem Schuss Prosecco

*

Antipasti – Vorspeisen

Bruschetta

Zutaten:

Weißbrot

Tomaten – gut geeignet sind Flaschentomaten oder sehr fleischige Tomaten

Frisches Basilikum

Knoblauchzehen, je nach Geschmack

Salz, Pfeffer, Olivenöl, Balsamicoessig

Zubereitung:
Für den Belag müssen die Tomaten nicht geschält werden. Einfach entkernen, in kleine Würfel schneiden, etwas Balsamicoessig und Olivenöl dazugeben, mit Salz und Pfeffer würzen. In jedem Fall viel frisches Basilikum in Streifen schneiden und untermischen. Und was nicht fehlen sollte: frischer Knoblauch, fein gehackt oder gerieben. Je nach Geschmack darf davon reichlich unter die Tomatenmasse gegeben werden. Die Masse kann in einem separaten Gefäß zum angerösteten Weißbrot gereicht werden oder direkt auf den gerösteten Weißbrotscheiben serviert werden.
Wenn es mal besonders schnell gehen soll: Die angerösteten, noch warmen Weißbrotscheiben mit einer halbierten Knoblauchzehe einreiben, mit Olivenöl beträufeln und leicht salzen.
Das ist immer eine besondere, ganz persönliche Note, wenn Gäste unerwartet auf ein Glas Wein hereinschneien!

Tipp: Das Weißbrot kann auf einem ungefetteten Blech im Rohr angeröstet werden (Bräunungsgrad nach Geschmack) oder auch einfach im Toaster leicht gebräunt werden.

Chicorée-Salat mit eingelegten Birnenschnitzen, geschmort in Portwein und Honig (*Menù d'amore)

Zutaten:
4 Chicoréeköpfe
1 Birne, alternativ Pfirsichspalten

1 EL Weißweinessig
1 EL Portwein
1 EL Honig
Salz
Krokant
Sonnenblumenöl zum Anbraten (alternativ kann man auch ein anderes geschmacksneutrales Pflanzenöl verwenden)

Zubereitung:
Zuerst den Strunk vom Chicoréekopf so entfernen, dass die Blätter beim Schneiden nicht auseinanderfallen.
Danach den Chicoréekopf halbieren und leicht salzen.
Birne in Spalten schneiden.
Nun das Öl in einer Pfanne erhitzen und den Chicorée zusammen mit den Birnenspalten 1 Minute von jeder Seite anbraten.
Essig, Portwein und Honig dazugeben und den Chicorée darin kurz schmoren lassen. Krokant darüberstreuen und anrichten.

Hummersüppchen mit einer glücklichen Garnele
(*Menù d'amore)
Zutaten:
3 Schalotten, nach Geschmack noch eine Knoblauchzehe, Lorbeerblätter
20 g Butter oder 20 ml Olivenöl
1 TL Tomatenmark
50 ml Weißwein

1 Glas Fischfond
150 g Sahne
1/4 TL Salz, wenig Pfeffer
50 g Hummersuppenpaste oder 300 g tiefgekühlten Hummer, ohne Schale
Safranfäden zum Garnieren
Garnelen, Scampi oder Jakobsmuscheln

Zubereitung:
Schalotten fein würfeln und in Butter/Olivenöl andünsten. Nach Geschmack Knoblauch dazugeben.
Mit Weißwein ablöschen. Fischfond, Sahne, Tomatenmark, 1–2 Lorbeerblätter, Salz und wenig Pfeffer zugeben und köcheln lassen.
Die Hummersuppenpaste oder den tiefgefrorenen Hummer zugeben und weiterköcheln lassen.
Die Lorbeerblätter entnehmen und den Sud anschließend mit einem Pürierstab schaumig rühren.
Die Suppe abschmecken und heiß servieren, auf Wunsch mit ein paar kross gebratenen Scampi, einem Garnelenspieß oder einer Jakobsmuschel. Dazu frisches oder geröstetes Baguette reichen.
Garnieren kann man die Suppe mit Safranfäden.

Insalata

Eissalat mit Fenchel und Liebstöckel – Lattuga (quella del tipo Iceberg) con finocchio e levistico
Eissalat, Fenchel und Liebstöckel in sehr feine Streifen schneiden. Salz, Pfeffer, Sauerrahm, Senf, Essig

und Öl zu einem sämigen Dressing aufschlagen und den Salat damit marinieren. Wie viel Liebstöckel man nimmt, ist wie so oft Geschmackssache, aber man darf ruhig mal etwas wagen!

*

Primo piatto – Hauptgang

Spaghetti mit Sardellen und Zitrone – Spaghetti alla siciliana (* Menù d'amore)

Zutaten (für 4 Personen):
400 g Spaghetti
½ Biozitrone
1 weiße Zwiebel
1 Knoblauchzehe
ca. 200 g Sardellen in Öl oder auch gerne frische Sardellen.
3 EL Petersilie
2 EL Pinienkerne
5 EL Olivenöl
4 EL Semmelbrösel
Pfeffer

Zubereitung:
Spaghetti nach Geschmack al dente kochen. Etwas Nudelwasser zur Seite stellen.
Die Zitrone waschen, Schale abreiben, auspressen.
Zwiebel und Knoblauch klein schneiden.
Sardellen abtropfen lassen, und grob zerteilen.
Mit 2 EL Zitronensaft beträufeln, etwas Zitronen-

abrieb sowie die Hälfte der Petersilie dazugeben und alles vermischen. Mit Pfeffer würzen.
Pinienkerne in einer beschichteten Pfanne ohne Fett rösten, dann zur Seite legen.
In der Pfanne 2 EL Olivenöl erhitzen, Semmelbrösel goldbraun rösten (Achtung: nicht anbrennen lassen!), die Brösel in einer Schüssel salzen und pfeffern und zur Seite stellen.
Zwiebel und Knoblauch in 1 El Olivenöl glasig anschwitzen, restliche Petersilie und restliches Olivenöl dazugeben.
Die gekochten Spaghetti mit Öl, Zwiebel und Knoblauch in eine Pfanne geben, etwas Nudelwasser hinzufügen, Sardellen und Pinienkerne untermengen, mit Salz und Zitronensaft abschmecken und mit Semmelbröseln bestreut servieren.

Tipp:
Frische Petersilie ist natürlich zu bevorzugen.
Statt Dosenfisch 400 g küchenfertige, frische Sardellen verwenden. Statt Knoblauch und Petersilie kann man ½ TL Fenchelsamen mit der Zwiebel und frisch gehacktem Fenchelgrün anschwitzen.

Calzone – mit Fredericos Spezial-Überraschungsfüllungen

Calzone sorpresa – zum Beispiel mit Kartoffeln und Pancetta, Wurst und Rosmarin …
Calzone diavolo – mit Peperoncini, scharfer Salami, Ricotta

Calzone misterioso – mit Fisch und Meeresfrüchten, Ricotta, Petersilie, Gewürzen, Piment (s. weiter unten), Dill, Anis oder Fenchel
Calzone classico – mit Mozzarella, Tomaten, Ei, Schinken

Teig:
Zutaten:
Pizzateig für ca. 4 runde Pizzen à 28 cm Durchmesser:
500 g Mehl (Typ 00 oder 550), 5 g frische Hefe oder 3 g Trockenhefe, Salz, 1 EL Olivenöl

Zubereitung (Teig am Vortag bereiten):
Hefe in 300 ml warmem Wasser auflösen und dann zum Mehl gießen.
1 leicht gehäuften TL Salz und 1 EL Olivenöl dazugeben.
Teig gut kneten, bedeckt bei Zimmertemperatur 30 Min. gehen lassen. Dann weitere 24 Stunden im Kühlschrank gehen lassen.
Am nächsten Tag 60 Min. Raumtemperatur annehmen lassen, in 4 Teile teilen, in die gewünschte Form bringen, auf ein bemehltes Backpapier legen und belegen oder wie in diesem Rezept füllen und zusammenklappen.
Auf das heiße Backblech ziehen und bei 250 °C im vorgeheizten Backrohr ca. 12–15 Min. backen.

Tipps:
Wenn es schneller gehen soll, mehr Hefe verwenden (20 g Frischhefe oder 7 g Trockenhefe) und nur 1–2 Stunden an einem warmen Ort gehen lassen.

Als Pizzabrot, Pizza Pane Rosso, Teig nur mit Tomatensugo und Kräutern belegen.
Wer mag, kann den Teig auch nur mit Ricotta und Kräutern für Pizza Pane Bianco belegen.

Calzone mit Schinken und Champignons – Calzone con prosciutto e funghi

Teig bereiten.

Füllung:

Zutaten:
250 g Champignons, 3 EL neutrales Öl, Salz, Pfeffer, 6 Scheiben gekochter Schinken, 200 g (1/2 Dose) stückige Tomaten, 1 Prise Zucker, 1 TL Oregano, 125 g Mozzarella, 100 g geriebener Emmentaler, 1 Ei

Zubereitung:
Champignons säubern und in Scheiben schneiden, in 1 EL Öl ca. 5 Min. kräftig anbraten und mit Salz und Pfeffer würzen.
Schinken würfeln und unter die Pilze mischen.
Die Tomaten mit Salz, Pfeffer, Zucker und Oregano würzen und zur Schinken-Pilz-Mischung geben.
Mozzarella reiben und mit dem Emmentaler mischen.
Das Ei trennen. Den Teig vierteln und auf einem leicht bemehlten Backpapier zu ca. 30 cm breiten Scheiben ausrollen oder ziehen.
Jeweils die Hälfte mit der Tomatenmasse / Füllung

und dem Käse belegen, den Teigrand rundum mit Eiweiß bestreichen. Die leere Bodenhälfte über die Füllung klappen und den Rand gut zusammendrücken. Der Rand kann noch dekorativ geformt, geritzt, gedrückt werden. Überhaupt sind der Kreativität bezüglich der Form keine Grenzen gesetzt.
Das Eigelb mit 2 EL Öl verquirlen und die Pizzataschen damit bestreichen.
Mit dem Backpapier auf ein Backblech ziehen und im vorgeheizten Backrohr bei 250 °C ca. 13–15 Min. knusprig backen.

Tipp:
Die Zutaten für die Füllung können natürlich nach Belieben ausgetauscht werden. Wunderbar schmecken zum Beispiel Salami, Oliven, Sardellen, Paprika, Peperoni, Thunfisch, Kapern usw.

*

Dolce
Affogato al caffè – Espresso mit Vanilleeis (*Menù d'amore)
Eine Kugel Vanilleeis in eine kleine Tasse geben und mit heißem Espresso übergießen. Fertig ist ein kleines, aber feines, megaschnelles Dessert – vor allem gut, wenn das Essen schon sehr üppig war. Ein Affogato geht immer noch.

Aus der Welt des Bellini

Zutaten:
3 cl weißes Pfirsichpüree
10 cl Champagner oder Prosecco

Zubereitung:
Pfirsich schälen und pürieren.
Pfirsichpüree ins vorgekühlte Glas geben und langsam mit eiskaltem Champagner auffüllen.
Vorsichtig umrühren.
In einem Champagnerglas oder einem kleinen Weißweinglas servieren.

Tipp:
Wenn weiße Pfirsiche Saison haben, ist die Zubereitung eines selbst gemachten Pürees für den Bellini-Cocktail kinderleicht. Einige Pfirsiche schälen, entsteinen und kurz mit dem Pürierstab oder Standmixer zerkleinern. Benötigt man eine größere Menge als Vorrat, empfiehlt sich zwecks Farberhaltung die Zugabe einiger Spritzer Zitronensaft.

*

Wer hat den Bellini erfunden?
Giuseppe Cipriani hat den Bellini 1940 in Harry's Bar in Venedig erfunden.
Cipriani wollte mit der Namensgebung den venezianischen Maler Giovanni Bellini ehren, der von 1437 bis 1516 in dieser Stadt lebte und wirkte. Seine Bilder haben sehr oft biblische und religiöse Hintergründe und weisen immer einen zarten Roséton auf – wie der »Bellini«.

Alternativrezept

Zutaten:
½ Pfirsich
1 Schuss Prosecco
1 Spritzer Pfirsichlikör

Zubereitung:
Das geschälte Pfirsichstück im Mixer pürieren und durch ein Barsieb in ein Rührglas streichen.
Das Fruchtpüree mit dem Likör und dem eiskalten Prosecco vorsichtig verrühren.
Als weitere Dekoration für einen perfekten Bellini kann auch ein Pfirsichstück ins Glas gegeben werden.

Doro Ritters Eigenkreationen

Dorini: Rosé-Sekt, Himbeermus, garniert mit einem Basilikumröschen. Idealerweise streicht man die Kerne durch ein Sieb aus.

Dorino (alkoholfrei): Himbeermus, 1 cl Grenadine, mit spritzigem Mineralwasser und Tonic Water 1:1 auffüllen.

ANMERKUNG

Gardone am Gardasee ist ein wunderbarer Ort mit italienischem Ambiente und »Tatort« im fünften Fall rund um Doro Ritter und ihre Mitstreiter. Wie bereits in den Vorgängerbänden stellen der Gardasee und der jeweilige Ort des Geschehens zentrale Elemente des Buches dar. Manche für die Handlung wichtige Settings werden aber in schriftstellerischer Freiheit fiktiv ergänzt, wie zum Beispiel das Ristorante »Bellini«, das »Hotel Principe«, die Tabaccheria und die Domizile der Protagonisten. Im Rathaus befindet sich eine Zentrale der staatlichen Polizia, die Zentrale der Carabinieri in Gardone liegt in Wirklichkeit weiter unten im Ort und wurde für die Handlung des Romans ins Rathaus verlegt.

DANKSAGUNG

Es ist stets ein großer Moment, wenn man das Wort ENDE unter das Manuskript setzen kann, sich zufrieden zurücklehnt, weil man als Autorin alles getan hat, um ein Buch entstehen zu lassen.

Ich halte das fertige Manuskript meines fünften Gardasee-Krimis in den Händen und möchte Danke sagen – Danke an alle, die mich bei der Entstehung unterstützt haben.

Allen voran meinem Mann fürs Plotten, Korrekturlesen, für seine konstruktive Kritik und viele inspirierende Gespräche. Er ist außerdem immer dabei, wenn es auf Recherchetour nach Italien geht. Danke auch meinem Sohn, der mich zuverlässig rettet, sobald der Computer Seiten zeigt, die ich noch nicht kennengelernt habe, die jedoch unbarmherzig den Schreibfluss stoppen. Wenn die Technik nicht gespeicherte Textpassagen schluckt und mir Schweißperlen auf die Stirn treibt. Danke, dass ihr mir mit viel Liebe und Geduld begegnet, wenn der Plot unerwartete Wege geht und das Zeitmanagement aus dem Rahmen läuft.

Danke an Brigitte Diefenthaler, Schwester, Autorin und Seelenverwandte, für ihren konstruktiven Blick auf Text, Inhalt und Stil. Sie ist meine treue Begleitung auf Buchmessen, intensiven Schreibtagen oder Spaziergängen zum Plotten. Es ist wunderbar, jemanden zu haben, der genauso fürs Schreiben brennt wie man selbst, der einem den Rücken stärkt, fachlich und moralisch.

Danke an meine Eltern, meine Geschwister – dafür, dass wir füreinander da sind und immer waren.

Danke an meine Freundin Uli für ihre unerschütterliche moralische Unterstützung und ihr Mitfiebern bei meinen Projekten.

Danke an meine Freundin Ursula, Fan der ersten Stunde, wie sie sich selber immer nennt, die mein schriftstellerisches Tun aus der Ferne stets im Auge behält.

Danke an alle aus meiner Freundesfamilie, die für mein straffes Zeitmanagement Verständnis aufbringen.

Schön, dass es euch alle gibt!

Ganz lieben Dank an die Gmeiner-Verlags-Familie:

Allen voran danke ich Frau und Herrn Gmeiner, die unermüdlich für den Verlag, ihre Mitarbeiter und Autorinnen und Autoren im Einsatz sind.

Danke an Susanne Tachlinski für ihr wunderbares Lektorat und die freundschaftliche Zusammenarbeit, Claudia Senghaas fürs »grüne Licht«, Maike Worczewsky-Schwarz und dem ganzen Marketingteam, Julia Franze, die dem Übersichtsplan meines Mannes den letzten Schliff gibt und dem Rezeptanhang einen würdigen Rahmen verschafft, Laura Oberndorff, Alisa Gerstner, Alexander Schulz für sein Cover-Engagement, Sarah Mück und allen, die sich um mich und meine Buchprojekte kümmern. Was würde ich nur ohne euch machen?

Lieben Dank an Julia Lorenzer, die bei ihrer Korrektur aufs Italienische achtet und auch sonst die richtigen Fragen stellt.

Und wie immer von Herzen: Ein riesiges Dankeschön an meine Leserinnen und Leser, ohne die das Schreiben das Ziel verfehlen würde – ein Buch zu schreiben, das gelesen wird.

QUELLENANGABEN

Jürgen von Stackelberg (Hrsg.): »Italienische Lyrik. 50 Gedichte, Italienisch/Deutsch«; Reclams Universal-Bibliothek Nr. 18310

»Der Silberlöffel: Die Bibel der italienischen Küche«; ZS Verlag GmbH, als Lizenzausgabe von Phaidon Press, 4. Auflage 2019

Köchin Doro Ritter ermittelt:

1. Fall: Proseccolügen
ISBN 978-3-8392-2378-9

2. Fall: Limoncellolügen
ISBN 978-3-8392-2840-1

3. Fall: Pasta Criminale
ISBN 978-3-8392-0185-5

4. Fall: Bardolino Criminale
ISBN 978-3-8392-0328-6

5. Fall: Bellinilügen
ISBN 978-3-8392-0558-7